LES SOLEILS DE L'ADOUR

DU MÊME AUTEUR

CHEZ LE MÊME ÉDITEUR

Les Troupeaux du diable

Frédéric Pons

LES SOLEILS DE L'ADOUR

Roman

Production Jeannine Balland
Romans Terres de France

PRESSES DE LA CITÉ

ISBN 2-258-05571-7

« Tout ce qu'on écrit finit par devenir vrai. »

Colette, *Mes apprentissages*

A Jacquot, l'Adrille et le Liseron

Escoute !
Que trouberas en route
Ment sendé fort estret ;
Més tout lou loun dou biatye
Hey bien cap a l'oratye :
— Tien-te dret !
Le poche buyte ou pleye
Chéns orgulh, chéns embeye,
Porte hàut lou berret,
En tout loc, en tout mounde,
Grans, petits, à le rounde,
— Tien-te dret !
Mespresan qui l'afrounte,
L'omi qui dèu, céns hounte,
Coufessa que so cred :
Chrestian è catoulique,
Dacha negua le clique :
— Tien-te dret !

Ecoute !
Tu trouveras en route
Maint sentier bien étroit ;
Mais le long du voyage
Fais bien face à l'orage :
— Tiens-toi droit !
La poche pleine ou vide,
Sans orgueil, sans envie,
Porte haut le béret,
En tout lieu, dans le monde,
Grands, petits, à la ronde,
— Tiens-toi droit !
Méprisant qui l'affronte,
L'homme doit, sans honte,
Confesser ce qu'il croit :
Chrétien et catholique,
Laisse nier la clique :
— Tiens-toi droit !

« Tiens-toi droit ! », texte extrait de *Poésies gasconnes* d'Isidore Salles (1821-1900), traduction de Georges Hondelatte, Editions du Mondarrain (1997).

1

Papillon de nuit pris au piège des lumières et des sons, aimantée par le mur de la sono, Nathalie enlaça un haut-parleur qui faisait sa taille. Collée à la membrane qu'elle sentait vibrer contre sa peau, elle se mit à trembler au rythme frénétique des percussions. Le grondement des basses, poussées au maximum, remontait par vagues puissantes dans son ventre en résonnant jusqu'à son cerveau, comme une énorme pulsation de sang et de sons mélangés. Ivre de plaisir et d'effroi, totalement immergée dans cette sensation sauvage qui la soulevait et l'anéantissait en même temps, elle hurla sans vraiment s'en rendre compte. Dans le fracas des sons, en rythme eux aussi avec les vibrations de la musique, les autres raveurs ne l'entendaient pas. A deux mètres d'elle, Juliette dansait, extatique. Elle aussi se rapprochait des baffles, prise dans le même vertige qu'elle pressentait immense.

Dix projecteurs fixés sur des camions de location, collés l'un à l'autre, délimitaient une clairière de lumière aveuglante, ouverte dans la nuit au centre de la prairie. En retrait de cette scène informelle, trois stands de sound-systems[1] dressés sur un échafaudage métallique formaient

1. Collectif de DJ (disc-jokeys) qui achètent et gèrent les platines, les disques et les baffles dans les rave-parties.

le mur d'enceinte derrière lequel officiaient les DJ, doigts crispés sur leurs platines. Vingt kilowatts de percussions et de stridences syncopées fusaient de la rangée des haut-parleurs.

Des centaines de jeunes sans âge s'étaient figés sous les projecteurs, cloués au sol par les faisceaux blancs et le martèlement de la sono. Après quatre heures de rythmes d'enfer dans les tympans et les jambes, les raveurs trouvaient encore la force de danser, en marquant le rythme mécanique qui les guidait. D'autres, de plus en plus nombreux, bougeaient à peine, sautillant d'un pied sur l'autre en remontant les épaules par saccades. Lancés dans un pogo halluciné, une dizaine de punks aux tempes rasées s'étaient rassemblés dans une ronde initiatique. Les corps restaient immobiles. Seules les têtes bougeaient, balancées sur le côté ou de haut en bas, acharnées à suivre la danse infernale. Les crêtes d'Indien collées au gel, les chaînes et les anneaux d'acier renvoyaient des éclats de lumière comme les flashs d'un stroboscope. Leurs visages fermés accrochaient par instants les éclairs rouges de deux cracheurs de feu qui bavaient du pétrole et des flammes au milieu des danseurs.

Nathalie et Juliette dansaient depuis des heures, secouées de spasmes, les bras lancés vers le ciel, tels des moulins devenus fous. Enivrées par les joints déjà fumés, les décibels et ces mouvements qu'elles ne contrôlaient plus, elles avaient atteint ce qu'elles venaient chercher, comme les autres : une transe, l'oubli de tout, le plaisir total. La fatigue n'existait plus. C'était l'heure où les garçons et les filles sous l'empire du THC[1], hallucinés, gavés de rythmes et de stupéfiants, se laissaient glisser au sol, frôler, frotter, caresser au hasard et parfois piétiner par les autres corps qui s'enchevêtraient. Ni excuses ni agres-

1. Tétra-hydro-cannabinol, principal composé du cannabis.

sion, c'était la loi des « teufeurs[1] », l'ambiance free-party. Dans les rave-parties, l'important était d'être « dedans », « tous ensemble ».

Nathalie et Juliette avaient sauté de joie, la veille, en apprenant la bonne nouvelle.

« Il ne se passe jamais rien ici... »

La rave-party que tout le monde attendait en août allait enfin se tenir, quelque part près de chez elles, aux confins du Gers, des Landes et des Hautes-Pyrénées. La semaine avait filé vite. Le bonheur était à portée de main : toute la nuit du samedi au dimanche et une bonne partie du week-end seraient noyées dans ce déluge de techno qu'elles aimaient tant. Elles seraient entre teufeurs. Aussi fous, aussi libres qu'elles.

« D'après le guidage, c'est près d'Estirac, un petit bled, précisa Nathalie. C'est du bol, hein ? Une bonne teuf à côté de chez nous ! »

Elles pourraient se rendre à cette rave-party presque en voisines. De chez elles, à Vic-en-Bigorre, elles auraient moins d'une vingtaine de kilomètres à faire pour rejoindre Estirac, ce hameau perdu du Val d'Adour. Pour une fois, elles seraient sur place. D'habitude, elles roulaient des centaines de kilomètres, pendant des heures, pour participer aux rave-parties du Languedoc, au-delà de Toulouse, ou vers l'Océan, entre Bayonne et Lacanau. Une fois, à la fin du printemps, elles avaient même pris la route pour une rave-party en Ardèche. Sept heures de voyage pour douze heures de fête ! Le plus souvent, elles devaient renoncer. Les distances étaient trop longues à parcourir le temps d'un week-end.

1. Teuf : « fête » en verlan. Teufeur : « participant à la fête ».

« On va pas se faire chier, comme d'habitude, dans ce trou paumé.

— On pourra rentrer dormir dimanche après-midi.

— Oui, pas dans la bagnole comme la dernière fois. De toute façon, personne ne nous attend. On n'a qu'à prendre les duvets. »

Pour se brancher sur cette rave-party, Juliette et Nathalie avaient gardé un flyer[1] qu'un groupe de jeunes leur avait donné à Tarbes, dans le square de la Mairie. La petite feuille de papier appelait à la solidarité avec le peuple basque et à se mobiliser contre la mondialisation. Entre plusieurs adresses et numéros de téléphone, le tract annonçait une fête, organisée par l'association Techno-More. Elles avaient noté l'infoline, indiquée en chiffres minuscules : T + : 3672*11777888. Elles connaissaient la marche à suivre : au bout du fil, une boîte vocale allait leur donner les instructions pour rejoindre la rave.

Dès le vendredi soir, elles avaient appelé l'infoline, au moins une dizaine de fois. Le numéro sonnait dans le vide. Elles avaient enfin décroché la ligne, vers une heure du matin. Nathalie avait ri en reposant le combiné, après avoir soigneusement écouté le message enregistré :

« Ces cons de flics n'ont pas encore compris la manip. Attends, je note avant d'oublier : la 935 jusqu'à Maubourguet, après c'est la départementale 8. Il y aura un petit carrefour sur la gauche, paraît-il. Et des mecs pour le guidage.

— Cette rave, on se la rate pas, hein, Natha ? Ça va être super. Et merde aux keufs ! »

Elles connaissaient et aimaient ce jeu du chat et de la souris avec la gendarmerie. L'adresse de la rave-party n'était donnée qu'au dernier moment par les organisateurs, uniquement à ceux qui avaient récupéré le numéro

1. Petit tract d'information distribué dans les milieux alternatifs.

de l'infoline. Les gendarmes arrivaient donc toujours trop tard sur le lieu de la fête, en nombre insuffisant. Il fallait au préalable qu'ils obtiennent l'information. Généralement, c'était par des paysans affolés devant le débarquement de centaines de voitures sur leur propriété.

Dans l'impossibilité de déloger la foule, les gendarmes restaient à proximité. Ils se contentaient de constater la présence de milliers de jeunes marginaux déchaînés, regroupés autour de camions de sono de location, et se tenaient prêts à appeler les pompiers pour les risques d'incendie, les accidents et les malaises dus à la drogue. Il y en avait toujours : des gars tombaient des échafaudages, d'autres se blessaient à l'arme blanche ou se brûlaient en allumant des feux. Parfois, de très jeunes gens anéantis par la drogue étaient évacués entre la vie et la mort. Jusque-là impuissants, les préfets, les maires et les gendarmes espéraient beaucoup de la nouvelle législation[1] pour changer tout cela et surtout éviter les risques mortels liés à de telles concentrations sauvages.

Agathe Labadie avait dit non et elle avait crié : « Non, je pars ! Je me casse, vous comprenez ! »

Par habitude, Brastous avait aussitôt levé la tête puis s'était dressé sur ses quatre pattes. A la maison, un cri était toujours un ordre, pour quitter la pièce ou partir se promener. Le chien attendait la décision des maîtres, la gueule entrouverte, interrogeant chacun à tour de rôle, de ses yeux doux et confiants. Agathe, sa jeune maîtresse, continuait à parler, la voix forte. Brastous cessa de remuer

1. La nouvelle réglementation, entrée en vigueur en mai 2002, exige désormais une demande d'autorisation pour les rave-parties de plus de deux cent cinquante participants, sous peine d'amendes et de saisie du matériel.

la queue et se replia prudemment sous la table de la cuisine où il patientait si souvent.

Pour Agathe, ce n'était pas un caprice. Plus maintenant, plus à son âge. Son refus était une rupture, un départ. Une folie, sans doute. Elle n'avait pas tenté d'expliquer quoi que ce soit. Ses parents n'avaient pas à savoir. Et même ! Comme s'ils avaient déjà cherché à connaître ce dont elle rêvait, ce à quoi elle croyait. Les parents Labadie s'étaient complètement désintéressés de sa vie, depuis son entrée au lycée. Ils avaient estimé que, pour leur fille, passer le bac était une fin en soi.

« Au moins, te voilà sortie d'affaire ! »

C'était l'expression que répétait son père. Elle tenait lieu de projet pour sa fille, car du travail l'attendait au magasin. Daniel Labadie avait bien d'autres soucis que les humeurs d'Agathe. Le cours des fruits et légumes, constamment à la baisse en été, l'inquiétait. Les grandes surfaces cassaient les prix. Leurs capacités de stockage réfrigéré leur donnaient une puissance contre laquelle les petits commerçants des bourgs ne pouvaient pas lutter. Labadie le savait et, comble de malchance, le groupe-moteur du système d'arrosage de ses serres menaçait de le lâcher, en pleine canicule.

Nathalie et Juliette avaient trouvé leur chemin sans difficulté, malgré un léger incident, juste avant d'arriver sur le site de la rave-party. La route qui menait vers Estirac était luisante de toute l'eau déversée depuis deux jours sur le Val d'Adour. Brouillée par un léger crachin, la nuit mal éclairée par les phares de la R 5 rouge leur avait semblé encore plus opaque. Quelques kilomètres après Maubourguet, au moment où elles allaient prendre un petit chemin qui filait entre les maïs, deux types couverts d'un large poncho jaune avaient surgi du bosquet où ils s'abritaient pour leur indiquer la direction. Les filles avaient ri de leur allure d'épouvantail.

« Et faites gaffe, ça glisse un max ! »

Juliette conduisait vite, pressée d'arriver. Déjà un peu engourdie par les deux cigarettes que Nathalie avait roulées dans de minuscules feuilles de papier, elle évalua mal la largeur du chemin et le piège dissimulé sous la banquette d'herbe, labourée par le passage des tracteurs. Manquant de vigilance et de réflexes, elle ralentit trop tard. La roue avant droite mordit sur le bas-côté, projetant des giclées de terre jaune mêlée de graviers. Elle voulut passer en force. La R 5 aux pneus usés patina sur la mélasse de boue et d'herbe humide, creusant en quelques secondes une profonde ornière. Juliette appuyait sur l'accélérateur, le moteur emballé. Après une nouvelle tentative inutile, elle repassa au point mort et attendit. Les deux filles pestèrent avant de se regarder en riant.

« Merde et remerde... C'est encore ces cons de paysans, avec leurs tracteurs.

— Zen, Natha... N'oublie pas d'où tu viens. »

La voiture était embourbée à cent mètres à peine de la bifurcation menant à la gravière. Une dizaine d'autres véhicules s'agglutinaient déjà derrière les filles, incapables de les dépasser sans risquer de basculer à leur tour dans le fossé, plein d'une eau sombre peu engageante. Une fourgonnette qui avait freiné à deux ou trois voitures derrière la petite Renault klaxonna, puis un homme se mit à la portière. Elles l'entendirent hurler :

« Alors, les meufs, vous dégagez, oui ou merde ?

— Ta gueule, connard ! » cria Nathalie, lançant sa main droite à l'extérieur, le majeur à la verticale.

Elle avait gardé les pieds sur le tableau de bord, la tête renversée en arrière sur le dossier. Juliette tira une nouvelle bouffée du petit mégot avachi qu'elle tenait avec précaution entre le pouce et l'index.

« Zen, Natha, zen, on va y arriver… C'est pas le Paris-Dakar !

— Font chier… Sont cons, ces mecs. Je vais voir… »

Nathalie était énervée. Comme toujours, elle n'arrivait pas à dissimuler ses sentiments ni à se maîtriser. Ce contretemps inattendu l'obligeait à sortir de l'habitacle enfumé où elle commençait tout juste à planer doucement, enivrée par l'odeur âcre du haschisch. A intervalles réguliers, les deux filles se passaient le mégot, tirant chacune à leur tour une bouffée. L'ivresse légère qui les avait gagnées était l'un des meilleurs moments de leur rituel, sur la route des rave-parties.

Nathalie descendit de voiture. A l'avant, l'air empestait le plastique brûlé. Le capot de la R 5 fumait. Vers l'arrière, des gens criaient. D'autres voitures se mirent à klaxonner un peu plus loin sur la route. Elle se retourna vers Juliette, qui n'avait pas bougé du volant, secoua la tête et lui lança :

« Juju, j'te dis pas l'ambiance… Viens, descends voir. Ça pue grave. A croire qu'un mec s'est fait un pétard de caoutchouc. J'te dis pas… »

Juliette descendit au moment où le type de la fourgonnette s'avançait. Maigre, vêtu de sombre, le gars ne riait pas du tout. Un autre jeune à queue-de-cheval, plus petit, empâté, des boucles argentées à chaque oreille, le suivait. En s'approchant, il enfila une vieille parka militaire à capuche, couverte de graffitis dessinés au feutre.

« Bon, il faut vous casser, les gonzesses… C'est pas un salon de coiffure, ici. »

Plutôt susceptible, Nathalie n'aima pas l'allusion. Elle avait opté depuis quelque temps pour des mèches noires coupées très court, taillées en hérisson. Ces types se moquaient d'elle. Elle les regarda un instant. Le plus grand, le plus maigre des deux, portait une étrange bosse sur l'épaule. Elle l'avait d'abord confondue avec un béret ou un chapeau roulé. Elle réalisa soudain que c'était un oiseau noir, tassé comme une boule : « Un corbeau ! Drôle de mec. » Un peu impressionnée, elle décida de faire front pour n'en rien laisser paraître.

« Petit con de macho », lâcha-t-elle entre ses dents.

Elle avait remarqué l'immatriculation de la fourgonnette beige, couverte d'autocollants : 65, Hautes-Pyrénées. Connaissant les jeunes du pays, elle joua la provocation, sûre de les désarçonner. Ici, on insultait les filles mais on respectait les guerrières. Les filles aimaient parfois la « castagne ». Il fallait s'en méfier. Nathalie savait qu'elle devait reprendre très vite l'initiative.

« On voudrait bien dégager, les mecs, lança-t-elle avec un sourire insolent. Mais il faut nous aider, OK ? On va gentiment pousser. D'accord ? Et même le corbac peut s'y mettre...

— Mikel, elle se fout de nous, cette conne, fit le plus petit à la capuche.

— Ouais... » répondit le grand, qui n'avait pas lâché Nathalie du regard, sa main gauche retenant l'oiseau, comme une coque protectrice.

« Cette fille se fout de nous. Une bonne torgnole, c'est ce qu'elle mérite », pensa-t-il. Mikel n'aimait pas s'exprimer ouvertement devant les autres. « Personne ne me comprend... » Il préférait le plus souvent se parler à lui-même, certain de ne pas dire de bêtises, toujours sûr de contrôler son expression. Nathalie continuait à les toiser, le sourire en coin. « Elle a de la gnaque, cette conne... » Comme elle l'avait prévu, Nathalie avait réussi à impressionner les garçons. Ils furent un court instant décontenancés par le culot et l'énergie de cette fille qui les défiait. Ils la trouvèrent appétissante. Pas très grande, plutôt ronde, le nombril à l'air sous un tee-shirt trop court moulant des seins ronds. Son pantalon coupé à mi-mollet, taille ultrabasse, la dénudait en partie, surtout les hanches. Sa peau de lait sous le tissu camouflé attirait le regard. L'inventaire prit une seconde. Nathalie ne s'en rendit pas compte, car elle leur avait tourné le dos pour remonter en voiture. Elle leur cria de pousser la R 5.

« Chiante mais baisable, commenta Mathias à voix basse.

— Bof...

— Vous faites chier, les gonzesses, reprit Mathias en haussant la voix. On n'a pas que ça à foutre.

— Basta ! commanda Mikel. On la dégage, sa tire pourrie. »

Juste avant de se remettre au volant, Juliette observa mieux ce jeune qui se penchait pour commencer à pousser, la corneille toujours agrippée à son épaule. Elle fut impressionnée par sa musculature tendue par l'effort, sur les bras, le cou. Un curieux pendentif se détacha de son débardeur noir et vint cogner le capot : une sorte de losange de pierre et de cuivre aux reflets rougeâtres.

Toujours indulgent avec Agathe, Daniel Labadie attendait de celle-ci qu'elle ne lui cause aucun souci supplémentaire, avec ses humeurs de petite fille. Il pensait qu'Agathe leur devait bien cela, comme une sorte de retour tacite pour les efforts que Muriel et lui faisaient pour elle. Après le bac, ils avaient accepté son projet de passer un diplôme de droit à Toulouse, et pas à Pau, même s'ils ne comprenaient pas bien à quoi ce bout de papier allait lui servir pour s'occuper du magasin familial, Labadie primeurs.

Daniel Labadie n'était pas allé plus loin que la classe de première. A seize ans, il avait rejoint son père sur les marchés. Sa femme et lui assimilaient encore le bac à une assurance tous risques. Le reste importait peu, même s'ils avaient regretté qu'Agathe ne suive pas, comme son frère, une formation commerciale courte.

« Tu vas pouvoir nous aider, hein, Tinou, maintenant que te voilà libérée de tes études, avait encore répété Daniel, la veille, à sa fille. On verra cet automne ce que tu feras avec ce bagage. »

Son ton conciliant n'avait pas radouci l'ambiance familiale, durcie par les soucis de gestion du magasin et par l'humeur de chien d'Agathe. Sa mère avait bien noté son irritabilité. Son succès aux examens de fin d'année n'avait pas détendu l'atmosphère, malgré la petite fête qu'ils avaient organisée, en présence de quelques amis et de son *papoun*, Maurice Peyroulet, le père de Muriel. Elle avait senti qu'Agathe cachait quelque chose. Mais personne ne voulait faire le premier pas, parler pour comprendre. C'était une question de fierté et de priorité. La discussion de la veille avait été pénible.

« Dans cette famille, on ne se parle pas, avait lancé Agathe, comme un défi.

— Et comme ça, on ne dit pas de bêtises », avait sèchement répliqué sa mère, qui ne supportait plus les foucades de sa fille.

Une nouvelle fois, Agathe avait très mal dormi, repliée sur son secret et sur la décision qu'elle allait prendre. Chacune de ses nuits était maintenant peuplée de cauchemars qui la laissaient épuisée, dégoûtée. Des images confuses la tenaient entre veille et sommeil, prise dans un immense voile noir qui augmentait son angoisse et lui donnait la sensation d'étouffer.

Moins de deux kilomètres après avoir été dépannées, Nathalie et Juliette avaient rejoint un parking sommaire, aménagé dans une jachère, à deux pas d'une ancienne gravière qui ouvrait sur l'Adour. Détrempé par la pluie et labouré par le passage anarchique des voitures, le champ n'était plus qu'un carnage de boue et de débris végétaux écrasés. Au-dessus flottait la fumée des barbecues et des pots d'échappement mal réglés. Une pancarte clouée de guingois sur un cerisier sauvage revendiquait la prise de propriété unilatérale des raveurs : ZONE D'AUTONOMIE TEMPORAIRE.

Les deux filles frissonnèrent de plaisir en sentant l'air vibrer au rythme de la sono déchaînée. A l'entrée du parking, au point de passage obligé qui conduisait vers la scène de lumière, une camionnette blanche de Médecins du monde distribuait des seringues et des préservatifs. Un groupe électrogène ronronnait à l'arrière. Une bonne cinquantaine de capuches et de parkas vertes se pressaient devant la longue table pliante montée sous une tente, éclairée par une guirlande d'ampoules.

Deux filles en gros pulls triaient des petits cachets blancs ou de couleur disposés devant elles. Une sacoche de médecin contenait des fioles de réactifs — formol et acide sulfurique — destinés à évaluer la qualité des produits. Un carton attaché avec une ficelle indiquait : ECSTA. TAZ. XTC[1]. Testez tout. Quelques messages particuliers et des tracts étaient scotchés sur le pare-brise de la camionnette. Nathalie s'arrêta et lut : MANU. CALL 06-40-54-12-99, TOTAL TRIP-RDV MDM-TONIGHT.

Sans attendre, les deux filles s'étaient aussitôt dirigées vers la sono, guidées par des gyrophares clignotants orange, fixés sur les camions. Comme tous ceux qui arrivaient, pressés d'aller s'engloutir dans le tonnerre des décibels, elles se déhanchaient déjà, happées par les « tchikaboum-tchikaboum » que crachaient les rampes. Les deux filles et les milliers de teufeurs autour d'elles

1. Ecsta, taz, XTC : noms familiers de l'ecstasy.

ne sentaient plus le crachin froid qui tombait par intermittence.

Elles avaient oublié aussi les deux gars qui les avaient sorties du fossé. Eux ne les avaient pas perdues de vue. Sa corneille noire sur l'épaule, Mikel et son ami Mathias se dirigèrent vers un fourgon devant lequel grillaient des saucisses et des merguez, dans une épaisse fumée grasse. Trois grosses lessiveuses en plastique débordaient de canettes de bière et de pains de glace. Mikel demanda une saucisse crue, qu'il découpa en petits morceaux avec son couteau de poche, sur sa main, à même la peau. La corneille noire se redressa, bec en avant. Mikel lui présenta sa paume largement ouverte à plat, à hauteur de son épaule. L'oiseau regarda deux ou trois fois avec méfiance autour de lui et piqua vivement les carrés de viande, un par un.

« Doucement, Néra, doucement, murmura Mikel comme à un enfant, en caressant la corneille avec son nez.

— Allez, une petite mousse pour commencer, lança Mathias en remontant sa capuche de jogging sur la tête. Je sens qu'on va bien se marrer… »

Les Labadie avaient dîné tard, comme souvent en été, car le nettoyage du magasin prenait beaucoup de temps. Minuit venait de sonner au clocher de l'église. La nuit faisait entrer un peu de fraîcheur dans la cuisine, dissipant la moiteur de la vaisselle que Muriel finissait de laver. Daniel Labadie était absorbé dans le démontage du petit moteur d'un bac de réfrigération qu'il essayait de réparer. Il avait étalé ses outils et les pièces détachées sur un exemplaire de *La Dépêche*, largement déplié sur la table pour protéger la toile cirée. La discussion avait commencé après le repas. Muriel achevait de nettoyer l'évier, le dos tourné à la table, mais toujours attentive à contrôler ce qui se disait dans « sa » cuisine. Quand la fille s'adressait au père, c'est la mère qui répondait.

Agathe adoucit sa voix :

— Je veux être libre, servir à quelque chose. Vivre ma vie, avec ceux que j'aime. Ceux que je choisirai. J'étouffe ici…

Son père lui coupa la parole avant qu'elle ait pu achever :

— Oui, bien sûr, attends l'automne. Après la belle saison, ce sera plus calme.

— Vous ne pensez qu'à vous ! A vos légumes et à vos sous !

— Ah oui ? Et ça t'a permis de passer ton bac et d'avoir ta fac, nos légumes et nos sous, comme tu dis…

— Maman a raison, Agathe, tu ne peux pas l'oublier. Mais on a encore besoin de toi, ma fille. Ça te concerne tout de même, ce magasin, depuis le départ de ton frère.

— Ça ne m'intéresse pas et vous le savez. Je… Je ne…

Agathe s'était interrompue au moment où elle allait ajouter quelque chose d'important pour elle, trop peut-être. Elle ne put finir sa phrase. Ni sa mère ni son père ne le comprirent. Ils crurent qu'Agathe s'inclinait finalement devant leurs arguments de parents.

Nathalie ne sut pas combien de temps elle était restée collée à ce haut-parleur géant. A un moment, elle se retrouva assise près de la roue d'un des gros camions de la sono. Des corps vautrés l'entouraient, magma de ponchos luisants de pluie, de treillis rapiécés et de capuches. Elle chercha Juliette, repliée un peu plus loin en chien de fusil. Les deux amies s'endormaient ainsi par à-coups, pour quelques minutes, le plus souvent serrées l'une contre l'autre, dans leur voiture ou dans l'herbe, là où la transe les jetait. Elles s'étaient mises d'accord.

Chacune pouvait rentrer à la maison de son côté, au gré de ses rencontres. Cela n'était arrivé qu'une fois. Juliette avait été raccompagnée par un jeune militaire de Pau, avec qui elle avait fini la nuit. C'est son amie qui avait ramené la R 5 jusqu'à Vic.

Juliette s'approcha. L'odeur d'alcool et d'humidité lui souleva le cœur. Elle voulut vomir mais n'y parvint pas. Elle avait soif, chaud, mal à la tête et à la poitrine, sans arriver à comprendre pourquoi. Elle entendit la voix de Nathalie qui hurlait à ses oreilles :

— Ça va ? C'est génial...

Elle bougeait encore la tête en cadence, incapable de s'arrêter. Elle trouvait idiot de se retrouver avachie contre les roues de ce camion alors qu'elle voulait continuer à danser, malgré son épuisement. Les vibrations de la sono lui manquaient, ce vertige qui l'avait soulevée tout à l'heure, la rendant plus légère qu'un oiseau.

— J'oublie tout, j'oublie tout, j'oublie tout...

Elle avait cru murmurer mais elle avait crié. Un type vautré à ses pieds se mit à beugler, en rythme, avec un vague accent étranger :

— *Yeah, forget, baby... Good trip, good trip*[1]...

— Natha, on va aux ballons ?

Juliette désignait à son amie une tente plantée un peu à l'écart, surmontée de ballons multicolores. A l'intérieur, deux hommes étaient agenouillés devant une grande bouteille métallique blanche, barrée d'une large inscription jaune : PROTOXYDE D'AZOTE[2].

— C'est combien ? demanda Juliette.

— Dix balles, répondit l'homme sans lever la tête de la poche en plastique où il injectait le gaz.

— C'est du vrai ? Enfin, je veux dire, du bon ?

1. Je plane, je plane.
2. Gaz médical détourné comme euphorisant.

Le gonfleur de sac releva la tête, l'air mauvais.

— Ecoute, j'ai pas le temps de donner une consult'. J'te dis que c'est dix balles, point-barre. Je vends pas de la merde. C'est du « proto » médical. Ça vient de l'hosto de Tarbes. Je bosse là-bas. Tiens, t'as qu'à vérifier.

Il lui désigna l'inscription sur le cylindre, la marque du fournisseur et l'adresse de l'hôpital de Tarbes. Nathalie réussit à sourire. C'est là que sa mère avait accouché d'elle, vingt ans auparavant.

— OK, mec, pas de problème pour moi.

Les deux filles payèrent leur petit sac et s'éloignèrent en respirant aussitôt le mélange gazeux à plein nez. En quelques secondes, une douce et légère euphorie s'empara d'elles. Elles savaient que l'effet ne serait que temporaire. Il fallait faire vite pour en profiter à fond avant d'en reprendre une dose, un peu plus tard. Elles retournèrent vers la clairière de lumière. La musique n'avait pas cessé une seconde de marteler la nuit.

Un long silence s'était installé dans la cuisine des Labadie. Muriel mettait de l'ordre sur des étagères. Agathe n'avait pas bougé de sa chaise, assise de l'autre côté de la table. Brastous s'était rapproché d'elle, le museau posé sur sa chaussure, comme si le chien cherchait un signe d'apaisement. Daniel acheva de remonter le petit moteur en pestant :

— Encore une dépense pas prévue, *ilh dou diable*[1] ! Et voilà ce truc qui me lâche maintenant, au mauvais moment… Agathe, je trouve que tu exagères avec tes idées.

Muriel Labadie voulait le dernier mot, comme souvent dans les discussions familiales qui tournaient mal. Elle

1. Fils du diable (juron traditionnel).

accrocha son tablier à fleurs au clou près de l'évier et lança, en lissant ses cheveux :

— Ça lui passera, va...

Agathe encaissa la remarque comme un coup de fouet. Elle leva vivement la tête, soupira bruyamment et se leva, bousculant le malheureux Brastous, qui la regarda un instant sans comprendre. Au moment de franchir la porte de la salle à manger pour rejoindre sa chambre, elle lâcha un adieu sec qu'elle voulut définitif :

— Puisque c'est ça, bonsoir.

« Ça lui passera... » Jamais elle n'avait autant détesté ces mots et aussi, ce soir, ceux qui les prononçaient. La phrase battait dans sa tête comme une mauvaise chanson qu'on cherche à oublier et qui pourtant s'incruste. Elle l'avait entendue si souvent. Voilà qu'elle revenait alors qu'elle essayait de faire comprendre à ses parents ses soucis, ses rêves, ses projets. Dans le froid qui l'envahit pendant quelques secondes, elle pensa à Olivier, sa chaleur. Olivier, si loin en ce moment. Elle savait qu'elle devait tourner le dos à cette vie qui s'achevait mais, dans le même temps, elle avait peur du vide, de n'emporter comme souvenir que ces dernières années à la maison, si pesantes. Quelle image garderait-elle des siens ?

La sagesse et la gentillesse de Maurice Peyroulet lui manquèrent. A presque quatre-vingts ans, son grand-père donnait ses dernières forces à son petit potager et apportait de temps en temps un coup de main à son gendre. Il triait des cageots de légumes et faisait parfois l'intérim sur le marché du mardi. Daniel et Muriel Labadie s'étaient rendu compte que ses moustaches grises de vieux mousquetaire et ses rides malicieuses plaisaient aux touristes. Il y avait aussi son béret gascon, que Maurice n'avait jamais abandonné. Il le portait pointe en avant, ce qui accentuait la vivacité de son regard, deux petits yeux noirs d'ourson de Bigorre, de part et d'autre de l'arête sèche du nez. Malgré son âge, le béret et l'œil vif lui gardaient cet air coquin dont il avait beaucoup joué dans sa jeunesse auprès des dames. Lorsqu'il était derrière l'étal de légumes, les ventes étaient meilleures. On le prenait même en photo.

Maurice venait moins souvent qu'avant chez les Labadie, gêné par l'arthrite et prisonnier de la télévision qui fonctionnait presque jour et nuit. Lui seul, pensait Agathe, savait la comprendre. Il disait beaucoup en peu de mots, comme si, l'âge venu, il avait à cœur de répandre autour de lui le fonds d'une sagesse héritée de toute sa lignée. Il se livrait un peu plus quand les discussions des Labadie se fracassaient sur les disputes. Il ne craignait pas les conflits.

« *Lous hils dou Gascounne qu'an tustéms lou gous de l'espade*[1] », rappelait-il parfois en riant, avant de calmer les ardeurs oratoires de sa famille.

Il aimait beaucoup Agathe, qu'il soutenait depuis toujours. Enfant, elle était si fine que les voisines du quartier la trouvaient maigre. C'est Maurice qui l'avait surnommée la Brindille. Il corrigeait : « Mais elle a du nerf. *Brabe è horte*[2] ! »

Agathe l'avait prouvé en gagnant trois ans de suite les championnats cadets de natation à la piscine municipale. Cinq ans plus tard, toujours aussi mince, en chemisier cintré et pantalon moulant, sa tenue favorite, Agathe avait gardé la souplesse de la Brindille. Olivier préférait l'appeler « ma liane ».

« Ecoutez-la, cette brindille, au moinsse... » grognait parfois Peyroulet en accentuant lourdement la finale, pour bien marquer sa désapprobation.

1. Les fils de Gascogne ont toujours le goût de l'épée.
2. Brave et forte.

Muriel Labadie ajoutait, invariablement : « Celle-là, tu sais, elle n'a jamais eu de cervelle... »

Encore une de ces remarques qu'Agathe ne supportait plus d'entendre et que ses parents, les adultes, semblaient vouloir resservir pour l'éternité, comme si le temps et les gens ne changeaient jamais. Cette phrase réveillait toujours en elle un souvenir d'enfance, un dégoût qui lui était resté : la vision d'un amas strié de veinules violacées que le boucher de son quartier avait un jour jeté sur sa balance, juste à la hauteur de ses yeux. Dans ses cauchemars de petite fille, elle avait souvent vu passer ce géant en tablier blanc, qui s'essuyait les mains maculées de débris rosâtres.

Agathe observa une seconde de trop la cuisine de ses parents. Son œil noisette avait viré au noir. Elle balaya du regard la collection d'assiettes à motifs régionalistes, la toile cirée et son damier de poivrons verts et tomates bien rouges, le calendrier cadeau d'Agricadour, les Bambi en faux cristal, le vaisselier bourré de verres et d'assiettes, « pour les invités », dont on ne se servait jamais. C'était l'univers clos de son enfance, les repères de toute une vie. Elle avait fait ses devoirs sur la toile cirée, joué à compter les poivrons, rêvé aux prénoms de ses enfants sur le calendrier. Le rideau venait de tomber.

Une fille sortit de la nuit et s'approcha du groupe où se trouvaient Nathalie et Juliette. Elle s'agenouilla devant elles et écarta les quelques mèches que la pluie avait collées sur son visage d'enfant.

— Tu veux boire ?

Nathalie n'entendit pas, mais elle vit la gourde en plastique et but. La drogue lui donnait toujours très soif. Le liquide lui parut bon. Après deux gorgées, elle s'étrangla. En toussant, Nathalie leva les yeux vers cette fille aux yeux clairs qu'elle trouva belle. « La bonne Samaritaine... » Son cerveau en pleine ébullition lui renvoya soudain l'image lointaine d'une séance de catéchisme, avant sa profession de foi dans l'église Saint-Jean-Baptiste. Sa mémoire confondait les leçons données par l'abbé Douzous sur le bon Samaritain et une chanson d'enfant qu'elle avait tant aimée, petite fille : *La Samaritaine va à la fontaine.* Tout se télescopait. Nathalie fit un effort pour retrouver l'histoire et la mélodie de la chanson. Elle n'y parvint pas, mais sourit au moment où la fille lui parlait de nouveau. Elle lui répondit, à retardement. Elle voulait boire.

— Oui, oui, donne...

L'autre répétait sa question.

— T'as rien compris... Taz ? CC ? Speed[1] ? Qu'est-ce que tu veux ?

Nathalie entendait mal, les tympans assourdis par la techno, le cerveau dans un magma de coton. Elle bredouilla une vague réponse. La fille comprit « taz ».

— T'en veux un ou deux ?

— Quoi ? Répète !

— Un ou deux ? J'te fais les deux à cent balles. T'as la thune ?

La fille aux yeux clairs venait d'ouvrir sa main sous les yeux de Nathalie. Sa lampe de poche éclaira deux petits comprimés bleus. Ils paraissaient minuscules.

— C'est du bon matos, je t'assure. Avec ça, tu peux pécho[2] un bon trip.

Nathalie fouilla dans sa poche. Il lui faudrait de quoi tenir jusqu'au matin, pour retourner danser, planer, oublier tout, se sentir belle et libre, au moins une fois dans sa semaine. « Se finir », disait Juliette, qui lui avait fait

1. Ecstasy, cocaïne, amphétamines.
2. Choper (en verlan).

découvrir l'ecstasy six mois plus tôt, de petits cachets blancs portant cette curieuse inscription : « colombe ». Juliette lui avait aussi fait essayer ceux marqués « love » et « popeye ». Elle avait toujours eu plus d'argent et de liberté que Nathalie, grâce à ses parents.

— C'est comme tu veux, hein, reprit la fille au visage d'ange. Si tu veux tenir, y a pas de risque. A cinq heures, tu peux encore te prendre un speed. Bon, cent. T'as un billet ?

Nathalie ne s'obéissait plus, en pilotage automatique. L'argent changea de mains. La fille enfouit le billet de cent francs dans un petit sac au crochet qu'elle portait autour du cou. Deux ou trois autres mains se tendirent : brefs coups de lampe de poche, coupures et monnaie contre comprimés. Nathalie se retrouva avec les deux pastilles bleues au bout des doigts. Des « smileys », gravés d'un petit sourire amusant. Elle les regarda et sourit, elle aussi, presque rassurée par le petit dessin qui ornait ses deux cachets. « C'est marrant, cette tronche qui rigole avant de me faire planer, se dit-elle. Ça rassure. »

— Tiens, passe-moi ta gourde, j'ai encore soif ! cria-t-elle à la fille qui s'éloignait.

A l'écart de la zone des projecteurs, là où la nuit reprenait ses droits, des raveurs s'étaient installés. Des toiles de tente et des bâches en plastique tendues entre des voitures garées en cercle, des bâtons et des cartons dressés comme des tipis d'Indiens faisaient une sorte de campement primitif. Ceux qui voulaient dormir s'abritaient dessous, près de poussettes qui paraissaient vides. Des casseroles fumaient sur des petits feux de fortune, alimentés par des morceaux de caoutchouc qui brûlaient sans fin. De loin en loin, des halos de lumière filtraient sous les tentes, animant un théâtre d'ombres où s'agitaient des silhouettes, courbées en deux, bras repliés, s'affairant sur des réchauds à gaz. Quelques chiens sans âge et sans race s'étaient endormis au milieu des groupes. La plupart veillaient dans l'ombre, attentifs à tout, habitués à cet univers de bruits et de mouvements permanents.

Près d'une haie de grands arbres sombres, plusieurs groupes s'étaient rassemblés autour de grands feux de branchages et de « petits sons », des murs de cinq à six kilos à peine d'enceintes. Quelques ombres dansaient. Debout devant les brasiers, des garçons torse nu et des filles au pantalon trop large, tombant sur les fesses, semblaient fascinés par le feu, retenus par un fil invisible au-dessus du gouffre de flammes, prêts à y basculer.

Après le départ de sa fille, Daniel Labadie leva un instant la tête. Cette conversation heurtée et fiévreuse venait de lui rappeler une précédente dispute, un soir de juin. Maurice Peyroulet était présent. Il était resté un peu plus longtemps que d'habitude en attendant qu'Agathe le raccompagne chez lui. Il se sentait bien, après avoir chauffé ses vieux os au soleil de la Saint-Jean, celui qu'il n'avait jamais craint dans ses tournées de facteur. « *Un beth sourelh*[1], le meilleur de l'année... »

Ils étaient tous assis autour de la table de jardin. Maurice et Muriel préparaient un grand panier de haricots verts sur la toile cirée. D'un côté les fils et les pointes trop dures, de l'autre les longs bâtonnets couleur d'émeraude, fermes et croquants, qu'ils jetaient dans une bassine d'eau. Le jour n'en finissait pas de se coucher. Une lueur mauve orangé s'attardait loin vers l'ouest, derrière le château d'eau de Villefranque. Cet immense totem sombre qui

1. Un beau soleil.

surveillait l'océan de maïs du Val d'Adour, depuis les hautes vignes du Madiran jusqu'aux contreforts de l'Armagnac, était pour Maurice un point de repère. Le château d'eau lui servait à prévoir la météo du lendemain : « Té, du rose sur Villefranque, il va faire beau ! ... Té, Villefranque est de deuil, l'orage approche... Oh, oh, le vent du nord : *Lou bén qui bin dou Labatut porte sourelh àu loc de plouye*[1]... »

Maurice se trompait souvent. Il ne l'admettait jamais. Agathe se moquait de lui, mais le vieil homme refusait de remettre en cause ses certitudes. Il affirmait les tenir de son premier chef d'équipe, l'ancien qui l'avait initié au métier à la fin des années vingt, lorsqu'il faisait les tournées à la force du mollet, d'abord à pied, ensuite sur les lourdes bicyclettes de l'administration.

« Et il en fallait, du mollet, à nous autres, *bère maynade*[2], pour porter la sacoche en haut de Lahitte ou sur Auriébat. »

Ce soir de juin, Maurice avait tenté de parler aux Labadie de ce qui le tracassait. « Tu sais, Daniel, la jeunesse, ce n'est plus comme avant... » Labadie avait grommelé un vague acquiescement. Après avoir fait une poignée de haricots, il s'était plongé dans une liasse de factures à classer. Il avait redouté le début d'un long monologue de lamentations sur le temps qui passe et les choses qui changent, même si ce n'était pas trop l'habitude de Peyroulet. Muriel avait répondu à sa place :

« Tu as raison, papa, on ne sait plus comment les prendre.

— Les jeunes, té, ils veulent tout et tout de suite, avait repris Peyroulet en s'adressant à Daniel plus qu'à Muriel. Ils croient que la vie c'est comme à la télé. On

1. Le vent qui vient de Labatut porte soleil au lieu de pluie.
2. Belle fillette.

joue, on gagne. On appuie sur un truc et, hop, par ici les millions !

— Ouais, ouais…

— Et tu as vu : même quand ils perdent, ces *pègots*[1], ils gagnent quand même quelque chose. Bah, c'est comme s'il fallait faire de peine à personne.

— Ah oui…

— Daniel, tu m'écoutes ou quoi ?

— Diable, papoun, je ne fais que ça. Je vous écoute, va.

— Daniel, la Brindille nous cache quelque chose. Je te le dis… comme je le sens. »

Le père d'Agathe l'avait regardé puis avait hésité un court instant. Mais il pensait à autre chose.

« Oui, vous avez sans doute raison. Mais vous savez, on peut en reparler.

— Je ne crois pas.

— Je dois finir ce truc, des papiers que la Caisse me réclame encore. C'est pour ces feignants du Crédit agricole. Comme s'ils n'avaient pas assez de paperasse à se mettre sous la dent. On en reparlera, va !

— Et sais-tu s'il sera encore temps ? *Sus terre array ne dure*[2]… »

Près de deux mois après cette conversation, Daniel Labadie se disait que Maurice Peyroulet savait quelque chose sur Agathe. Le grand-père n'avait pas tout dit. Daniel s'en voulut de ne pas l'avoir écouté en juin. La seconde d'après, il pensa que sa fille avait eu un déboire amoureux avec Olivier et que cela lui passerait bien vite. « Jeunes ou pas, les filles oublient vite leurs petits problèmes… » Mais il ressentait un malaise diffus car il ne savait plus bien comprendre Agathe, ni comment l'aider.

1. Idiots.
2. Sur terre rien ne dure.

Son regard erra dans la cuisine, maintenant déserte et silencieuse, et s'arrêta sur le pêle-mêle de photos. Sa fille y figurait en bonne place, souriante lors de sa victoire départementale aux championnats de gymnastique. On la voyait sur deux photos, l'une prise par la correspondante de *La République des Pyrénées*, l'autre par son concurrent de *La Dépêche du Midi*. Les deux clichés avaient été publiés dans les éditions locales des deux quotidiens.

Daniel prit soudain conscience du temps qui était passé si vite. Cette compétition remontait à six ou huit ans déjà. Pour lui, Agathe était restée la même, sa *gouyatote*[1], mais il savait qu'il se trompait. Il se rassura en pensant que la crise actuelle passerait rapidement. Il espérait simplement que Muriel n'envenimerait pas la situation. Daniel Labadie serra le poing en se disant qu'il n'était plus sûr de rien.

Après l'excitation et le plaisir total des premières heures, l'approche de l'aube rendait Nathalie un peu triste, mais elle voulait aller jusqu'au bout de sa fête, ne rien perdre. Elle s'était assoupie près d'un camion, cinq ou dix minutes, et avait perdu la notion du temps à son réveil, seule, avec un terrible mal de tête et une sensation de vertige qui ne la quittait plus. Elle n'avait pas faim mais soif. Le froid commençait à l'envahir. Elle avait besoin de se réchauffer. Les brasiers qu'elle apercevait près de la lisière du bois l'attiraient. Elle voulait danser près des flammes, sentir la chaleur sur sa peau, se mélanger à cette fumée claire qu'un léger vent rabattait de temps en temps sur le mur de haut-parleurs. Nathalie s'approcha de ces grandes lueurs orangées et se mêla aux groupes, pour la plupart muets. Certains étaient

1. Fifille.

debout, prostrés comme des chevaux fourbus, d'autres s'étaient couchés. De temps en temps, quelques-uns lançaient du bois dans les foyers. La fumée des branchages coupés trop verts piquait les yeux.

Mikel et Mathias étaient là, assis au milieu d'un groupe enchevêtré de garçons, de filles et de chiens. C'est Mikel qui vit arriver Nathalie le premier. « Un joli petit morceau, cette meuf... » Sans bouger la tête, il tapa du coude son ami, qui commençait à piquer du nez, une canette de bière à la main.

— Vois, Mathias ! La grosse de tout à l'heure.

— Ah ouais, merde... Je vais lui apprendre à danser, tu vas voir. Tranquille comme Mathias...

La sono était moins puissante à cet endroit mais par réflexe, comme les autres, Nathalie se remit à danser, en bordure d'un des plus grands feux. La chaleur lui fit instantanément du bien. Elle ondulait, les bras levés, son ventre nu, pâle et légèrement rebondi sous le tee-shirt. Mathias se rapprocha d'elle en chancelant un peu. Il la trouvait follement provocante, éclairée par ce foyer d'où montaient des nuées d'étincelles. « Elle danse comme... une flamme. » Son pantalon trop large semblait à chaque instant prêt à glisser sur ses hanches. Mathias voyait apparaître l'élastique d'un petit slip bleu pâle. Il mourait d'envie de tirer dessus. Plus Nathalie bougeait, plus elle l'excitait, avec une violence qui ne cessait de croître. Il regarda autour de lui, étonné : personne ne semblait prêter attention à cette fille. N'y tenant plus, il se plaça derrière elle, tout près, presque à la toucher, s'efforçant de danser à son rythme.

— Il faudrait remettre du bois...

Il avait murmuré, près de l'oreille, baissant la voix pour ne pas éveiller l'attention des autres. Nathalie n'avait pas compris. Encore assourdie, les yeux mi-clos, elle continuait de danser, repliée sur elle-même, sur son plaisir, comme si rien d'autre ne la concernait. Le monde extérieur était loin, il n'avait pas à la déranger. Elle n'avait rien à partager, rien à échanger. Aucune obligation. C'est ainsi qu'elle aimait les rave-parties, chacun respectant le plaisir de l'autre.

Mathias se trompa. Il confondit le sourire planant de Nathalie, sa bouche entrouverte aspirant la chaleur des flammes, avec une moue de provocation. Incapable de résister, il lui prit le bras, d'un geste un peu trop brutal qu'il ne sut pas contrôler. Largement anesthésiée par les effets de l'ecstasy, Nathalie sentit à peine la douleur. Elle ouvrit pourtant les yeux et, sans cesser d'onduler, se tourna vers ce type qui faisait une tête de plus qu'elle.

— Quoi ?

— Ouais, faut du bois pour tenir le feu. Tu m'aides à en chercher ? Autrement, c'est toujours les mêmes qui y vont...

Il avait raison, pensa Nathalie. S'éclater, c'était bien, mais il fallait rester solidaire. C'était l'esprit des free-parties. Elle ne s'était même pas demandé qui entretenait le feu pour passer la nuit. Elle aussi devait apporter son aide. Nathalie détestait le chacun-pour-soi, l'égoïsme qu'elle reprochait aux vieux et aux bourgeois, ce qu'elle rejetait par-dessus tout au monde. Elle pensa un instant appeler Juliette, endormie probablement dans la R 5, comme à chaque fin de nuit. Son amie ne tenait pas aussi bien qu'elle le rythme des fêtes, pas aussi longtemps. Elle prenait moins d'ecstasy. Juliette préférait profiter des teufs pour revendre de la résine et de l'herbe, quand elle avait pu en acheter auprès de grossistes dans les cités de Tarbes.

— Viens, c'est juste là, précisa Mathias en lui désignant la haie d'arbres dressée comme une muraille sombre à quelques dizaines de mètres du feu.

— On court ?

Curieusement, Nathalie ne sentait plus la fatigue. Elle avait envie de s'envoler, crier, se dépenser encore. Elle était bien, elle avait chaud, heureuse de rendre service, avec ce type sympa qui s'occupait du feu. Elle l'avait déjà vu quelque part, mais elle ne se rappelait plus où exactement. Une teuf précédente, sans doute.

— Le bois est là, plus bas, lui souffla Mathias en arrivant à la lisière du bosquet. Suis-moi !

Nathalie reconnut la forte odeur d'humidité des bords de l'Adour et le parfum sucré des saules qu'elle avait appris à connaître en jouant avec ses cousins dans la saligue[1], du côté de Lafitole. Ils lui avaient appris tous les secrets de cet univers de plantes, d'eau et de galets : faire claquer les fines branches d'osier comme des fouets, fouiller sans peur les racines tentaculaires des aulnes glutineux où se cachait une faune incroyable, s'allonger dans les longues algues vertes de la rivière, douces comme des chevelures de fée, ramasser des bouquets de joncs et d'onagres. Au printemps, les garçons agaçaient les filles en les bombardant avec les bourgeons d'aulnes : ces petites masses visqueuses et violacées poissaient les cheveux. Les cousines boudaient, pas longtemps.

Dans une quasi-obscurité, bras tendus vers l'avant pour écarter les branches, Mathias et Nathalie dévalèrent une courte pente. Nathalie sentit soudain le sol se dérober sous ses pieds. C'était un banc de graviers laissé par une crue précédente. Elle s'enfonçait légèrement et s'amusa de cette impression de vertige qu'elle avait ressentie en avançant dans la pénombre sur un sol aussi meuble. Elle riait encore quand elle fut brutalement happée et tomba à terre, enveloppée d'une chaleur inattendue. Interloquée, toujours sous l'influence de son dernier comprimé

1. Formation végétale typique des rives de l'Adour où l'eau et le sol s'interpénètrent.

d'ecstasy, elle crut un instant revivre ce mauvais cauchemar qu'elle avait fait à plusieurs reprises à douze ans, après sa visite à la ferme aux ours de Saint-Lary, en vallée d'Aure : un ours l'emportait dans la montagne, sans qu'elle puisse résister, sans qu'elle puisse appeler au secours...

Nathalie tenta de se dégager, mais son trémoussement maladroit échauffa un peu plus le désir de Mathias. Il pesait sur elle de tout son poids et grogna.

— Arrête, ça va. On rigole un peu. T'es pas coincée, quand même ?

Suffoquée par le poids de l'homme qui la plaquait sur les galets, Nathalie fut tentée de se laisser soumettre, affaiblie par la fatigue et la drogue. Elle se crut de nouveau dans un mauvais rêve et s'abandonna une poignée de secondes, en soupirant bruyamment. Mathias se trompa une deuxième fois. Il crut à son consentement. A genoux sur Nathalie, il en profita pour soulever son tee-shirt et saisir sa poitrine à deux mains. Elle essaya de se redresser et lâcha, presque à voix basse, comme si elle avait peur d'être entendue :

— Arrête, merde ! Tu fais mal...

Mathias la repoussa violemment au sol et s'attaqua au pantalon de treillis, arrachant d'un même mouvement la boutonnière et la fermeture éclair. Nathalie poussa son premier cri. Elle hurla de nouveau, beaucoup plus fort, lorsqu'il tira d'un coup sec son petit slip bleu ciel. En cédant, l'élastique claqua sèchement sur son ventre. Elle avait du mal à reprendre pied dans la réalité, encore trop loin dans l'euphorie cotonneuse entretenue par l'ecstasy. Ses cris étaient inaudibles pour ceux qui étaient restés là-haut, près du feu. Qui pouvait l'entendre, au fond de cette gravière où ce gars l'avait entraînée, perdue derrière ce rideau serré de saules et de vergnes ? La musique assourdissante de tout à l'heure lui semblait encore battre par moments dans sa tête, mais ce qu'elle entendait n'était que l'écho des amplis, restitué par ses tympans martyrisés. Nathalie sentait surtout battre le sang à ses tempes, comme en cadence.

Elle voyait alternativement au-dessus d'elle le ciel chargé de nuages gris et la touffe de cheveux sombres de l'homme qui la violentait. Elle remarqua les petits anneaux d'argent à son oreille et comprit : c'était l'un des deux types de la fourgonnette beige, le copain de l'homme au corbeau. Ce souvenir l'électrisa. Elle crut retrouver la force qui l'avait abandonnée. Elle mit toute son énergie dans une violente ruade, ses genoux ramenés en arrière pour bousculer son agresseur, le bras lancé vers l'avant. Elle sentit qu'elle griffait et arrachait quelque chose.

Cette violente réaction et le cri animal de Nathalie surprirent Mathias. Presque déséquilibré, il porta instantanément deux coups de poing au visage de la fille et lui saisit le cou à bout de bras, la main serrée sur la gorge. Etourdie, elle tenta une nouvelle fois de se redresser mais ne put aller très loin. Le garçon était trop lourd, sa prise trop forte. Elle était maintenant trop faible.

Une main bloquée sur l'avant-bras de l'homme pour atténuer sa pression, Nathalie cherchait une arme. Tâtonnant autour d'elle à la recherche d'un galet ou d'un morceau de bois, elle ne put saisir que de petites formes sèches, allongées comme des plumes d'oiseau. Elle reconnut les feuilles gris-bleu des saules avec lesquelles ses cousins s'amusaient à faire des sifflets entre leurs paumes. Cette image de la famille fut sa dernière pensée. Nathalie sentit un violent déchirement au bas du ventre. Puisant ses dernières forces au fond de son désespoir, elle hurla à la mort, comme une bête blessée. Son cri se termina dans un râle étouffé.

Sans vraiment s'en rendre compte, Mathias avait crispé ses doigts de plus en plus fort, au fur et à mesure qu'il s'emparait d'elle. Il lui sembla que son cri dura une éternité avant de réaliser qu'elle ne criait plus. Au loin, la sono continuait à faire vibrer la nuit. Le bras tendu sur le cou de la fille, Mathias resta tétanisé quelques secondes dans la position du viol, cambré tel un fauve sur sa proie. Il se mit à trembler puis se détendit doucement, au moment où le ciel paraissait vouloir enfin s'éclaircir. En retirant sa main, il vit que la peau fine et pâle du cou de Nathalie était couverte de stries sombres, le menton et la pommette droite violacés. La jeune fille était immobile et glacée sous ses doigts. Lui aussi eut envie de hurler.

La pluie avait cessé. Une aube grise et humide semblait avoir définitivement éteint le soleil de cette mi-août. Juliette ne se souvenait plus du moment où elle avait basculé dans ce mauvais sommeil, vers six heures peut-être, écrasée par la fatigue des longues heures de transe. Elle croyait avoir sombré dix minutes, mais elle avait dormi deux heures sous cet abri sommaire, fait de bâches en plastique et de grands cartons dépliés qui sentaient très fort l'humidité. La tête lourde et les muscles endoloris, elle mit plusieurs minutes à retrouver l'énergie nécessaire pour se lever et s'extraire du magma de corps inconnus qui l'entourait. Elle repoussa une fille énorme qui pesait sur elle. Le gars qui ronflait sourdement dans son dos se redressa, de larges cernes sous les yeux, avant de se recoucher en grognant comme un sanglier. Devant l'abri, un chien assoupi leva la tête et regarda Juliette s'éloigner avant de se rendormir.

Comme la veille, la sono continuait à balancer ses rythmes vers le champ de boue. Quelques centaines de silhouettes sombres s'agitaient devant les haut-parleurs. Juliette avala un café en tremblant de froid. Il lui restait assez d'herbe pour rouler une ou deux cigarettes. Elle n'avait pas revu Nathalie depuis son réveil mais ne s'en inquiéta pas. Reprise presque aussitôt par les rythmes techno, elle savait qu'elle retrouverait son amie plus tard, au hasard de son vagabondage dans la rave-party finissante.

Comme d'habitude, les deux filles rentreraient épuisées, muettes, hésitant entre bonheur et dégoût, murées dans le lourd silence qui suivait toujours ces longues heures de fête. Parfois, Nathalie ne rentrait pas avec elle. Juliette la voyait alors revenir beaucoup plus tard dans la journée, les yeux battus, l'air absent. Elle restait ensuite de longues minutes sous la douche brûlante. Tout se finissait en dispute car Nathalie vidait la réserve de leur petit ballon d'eau chaude.

Elles attendaient chaque fin de semaine avec impatience pour échapper à leur « quotidien de chiottes » qu'elles ne supportaient pas, sans savoir par quoi le remplacer. Elles avaient peur de basculer trop vite dans cette société aseptisée et régulée où tout était payant, dans le camp des « bourges », des vieux, ceux qui pointaient à huit heures et se couchaient à vingt-deux heures trente, après le film à la télé et la promenade-pipi du chien. Ces fêtes nocturnes et clandestines qu'elles vivaient intensément étaient pour elles et pour tous les autres un rêve. Ni maîtres ni entraves. Gratuité et liberté totales. Le plus souvent, c'était dans des hangars glauques situés dans les banlieues industrielles de Pau, Tarbes ou Toulouse. Parfois, c'était en pleine nature, comme ce samedi soir-là à Estirac.

« Vivre à fond… Après on verra ! On a le temps », avaient-elles répondu à une infirmière d'une équipe de Médecins du monde avec qui elles avaient un peu parlé lors de leur dernière fête, du côté de Seignosse, dans les Landes.

A peine plus âgée qu'elles, cette jeune femme au sourire patient les avait mises en garde contre les maladies et tous les stupéfiants qui circulaient dans ces rassemblements sauvages.

« Faites gaffe avec le sida ! Les pétards et surtout l'ecsta font oublier le préservatif. »

Nathalie et Juliette savaient tout cela. Pour elles, les rave-parties représentaient l'évasion, un formidable pied de nez à la société. « Fuck la société de l'ordre ! Défendez la liberté d'expression ! » avaient-elles lu sur un flyer. Libérées par la musique, l'alcool et les drogues qui circulaient librement, elles revivaient, plus légères, libres et sans témoins. On ne les jugeait pas. Qu'importaient le look, la taille, le poids. Les teufeurs de ces nuits sans fin ne regardaient qu'eux-mêmes, concentrés sur leur plaisir, leurs rêves.

« Chacun son trip perso... »

On pouvait danser, bouger, aimer, rêver, les yeux fermés ou grands ouverts, miroirs hallucinés du mélange d'espoir absolu et de vide immense des teufeurs.

— Mikel, arrête, je crois que j'ai fait une connerie...

Allongé sur la banquette de sa fourgonnette, une fille serrée contre lui, Mikel ne comprenait pas pourquoi Mathias le secouait avec cet air effaré. En trois sauts précis et un battement d'ailes furtif, Néra partit se réfugier à l'arrière. Mikel tenta de se redresser pour dire à son copain de le laisser tranquille avec Laurie, mais sa tête se mit à tourner. La bière, le haschisch, le tabac, un ou deux comprimés d'ecstasy avaient anéanti temporairement tout espoir d'équilibre. Mathias continuait à le secouer. Mikel se frotta la tête.

— Oh, *ilh de puto*[1] ! La tête… Ça *pampe*[2] dur là-dedans…

Il observa un instant Laurie. Ils étaient remontés dans sa voiture au moment où la pluie avait redoublé. Il lui avait allumé un pétard et elle s'était couchée contre lui, abandonnée, vite dépoitraillée, la fermeture éclair de son pantalon baissée. Aussi défoncée que Mikel, elle s'était laissée aller, désireuse de continuer à planer jusqu'au bout de la nuit. Elle voulait seulement un abri et un joint. Les caresses un peu nonchalantes de Mikel lui avaient fait du bien. Au cœur de cette nuit de solitude extrême dans la foule des teufeurs, à la fin d'une semaine de travail à la chaîne dans l'usine de foie gras de Maubourguet, c'était ce bonheur simple et sans arrière-pensée qu'elle venait chercher. Elle n'avait jamais supporté les regards souvent lourds des bourgeois, mais elle aimait partager ce qu'elle avait avec ses compagnons de fête. Elle s'offrait en même temps. C'était son trip.

— Mikel, déconne pas. J'ai besoin de toi.

Mathias avait baissé les vitres pour évacuer la fumée et l'odeur pestilentielle qui régnait dans la fourgonnette. Un mélange de tabac, d'herbe, d'humidité et de fiente d'oiseau. Il alla chercher de l'eau vers la tente de Médecins du monde, regardant autour de lui avec suspicion. Le regard des autres le mettait mal à l'aise. Sur le chemin du retour, ses deux bouteilles en plastique sous le bras, il croisa une fille qui le dévisagea avec insistance. Elle le montra du doigt en riant.

— Merde, t'as bouffé le cul d'une tigresse ou quoi ?

Mathias paniqua un court moment. Il crut qu'il rougissait. Son visage le brûlait. Peut-être un effet à retardement de l'ecstasy et de la terrible excitation qu'il avait

1. Fils de pute (juron courant).
2. Cogne.

ressentie avec la fille de la gravière. Il se passa machinalement la main sur la joue et sursauta. Ses doigts calleux venaient d'allumer une douleur vive sous la pommette. De petites croûtes de sang maculaient ses paumes. De nouveau, Mathias eut peur. Il vida un peu d'eau au creux de sa main et se frotta doucement la joue droite. L'eau était rose. Sur le parking, il chercha un rétroviseur. Trois coupures nettes déchiraient sa peau. L'estafilade en pointillé recommençait à saigner. En se débattant avant qu'il réussisse à l'immobiliser, la fille de la gravière lui avait labouré la joue avec ses ongles.

Il s'épongea le visage avec sa manche de jogging. Son cerveau tournait à toute vitesse, mais il n'arrivait pas à se concentrer plus de deux secondes sur ce qu'il avait à faire, et il lui fallut une longue minute pour reprendre pied. Il pensa prudent d'abandonner le corps de cette fille là où il se trouvait. Dans la nuit, au milieu de la foule, personne n'avait dû la voir avec lui. Il était urgent de se mettre à l'abri et de fuir le regard des autres. Pour cela, il avait besoin de l'aide de son ami et de sa fourgonnette.

Aspergé d'eau fraîche, Mikel s'ébroua et souffla.

— Putain, t'es con ou quoi ? Qu'est-ce que tu fais ?

— Descends, j'ai à te parler.

— J'ai plus rien à te filer, Mathias. Plus de kif, plus de shit. Trop tard.

— C'est pas ça, c'est pas ça, Mikel…

Mathias avait pris son ami sous les aisselles pour le tirer vers l'extérieur. Il le fit glisser sur la longue banquette de moleskine pour l'amener dans l'herbe, au pied de la fourgonnette. Laurie soupira en marmonnant quelques mots incompréhensibles. Elle leva la tête, vit Mathias et se retourna vers le dossier. Assis contre la roue, puis de nouveau aspergé d'eau, Mikel frissonna longuement, pris d'une quinte de toux, épuisé par la danse, l'alcool et la drogue. Il respira un grand coup et se mit la tête entre les genoux.

— Mathias, fais gaffe, tu me prends pour un *perec*[1] ou quoi ?

Son ami lui parla à voix basse :

— Mikel, j'ai fait une connerie... Je crois que j'ai buté une grognasse. Tu sais, la salope de la R 5.

Mathias lui raconta tout en quelques mots. Au début, Mikel n'arriva pas à suivre les explications un peu confuses. Ce n'est qu'à la fin qu'il réussit à rembobiner toute l'histoire en accéléré. Soudain dégrisé, il comprit qu'ils étaient pris dans une sale histoire.

— *Praube coun ! Que me fas un bèth trabalh*[2], dit-il à Mathias, qui baissa la tête.

Mikel avait retrouvé d'instinct l'usage du gascon. Par pudeur. Il mettait ainsi une distance entre l'horreur des faits et son ami, évitant de prononcer des mots trop forts, trop crus. Méfiant de nature, il se douta instantanément que Mathias et la fille avaient été aperçus ensemble par plusieurs personnes. D'autres raveurs les avaient vus aussi en train de pousser la R 5 embourbée. Et où était l'autre, celle qui conduisait, la plus maigre ? Mathias ne le savait pas. En s'y reprenant à deux fois, il réussit à expliquer à Mikel où se trouvait l'endroit où il avait abandonné la fille.

— Je crois qu'elle s'appelle Nathalie. C'est ce qu'elle m'a dit.

Mikel décida d'aller voir. Le jour levant l'aiderait à retrouver le corps. Mais après, qu'en ferait-il ? Il déciderait sur place. Il fallait aussi retrouver l'autre fille avant la fin de la rave. C'était un témoin gênant. Il pensa qu'il devrait s'en occuper lui-même. Il n'aurait qu'à attendre

1. Chiffon.
2. Pauvre con ! Tu m'as fait un beau travail.

près de la R 5 rouge. Les deux partirent en repérage sur le parking. Après deux tours de vérification, ils comprirent que la R 5 n'y était plus.

— Mathias, il faut aller à la gravière.

— Je préfère pas...

Mikel hésita. Son ami pouvait le gêner. Il préférait finalement y aller seul.

— Alors attends-moi à la bagnole. Néra, ici !

La corneille surgit de la fourgonnette et vint se poser sur l'épaule de Mikel qui s'éloignait, laissant Mathias prostré. En lisière du champ, le long du bosquet qui marquait la rive haute de l'Adour, des jeunes ranimaient les feux allumés la veille en jetant tout ce qu'ils trouvaient dans les brasiers. Un pneu et des cartons mouillés brûlaient en dégageant une épaisse fumée noire que le léger souffle d'air du matin n'arrivait pas à dissiper. La corneille toujours sur l'épaule, Mikel se faufila entre les groupes, la capuche rabattue sur le visage, la tête baissée, les épaules voûtées, dans la même attitude que tous ceux qui l'entouraient.

Il trouva très vite le corps de Nathalie, au débouché de la saligue, allongé sur les galets gris. Mikel s'approcha avec précaution, regardant attentivement autour de lui. Personne n'avait dû passer ici depuis la fin de la nuit, l'endroit était trop difficile d'accès. Il vit d'abord les hématomes du menton et des traînées violettes sur le cou, puis le haut du pantalon de treillis arraché et le tee-shirt relevé. Fasciné par la peau claire de ce corps abandonné, il allait toucher le ventre dénudé lorsqu'il sursauta. Quelque chose avait bougé. Mikel ferma les yeux et les rouvrit aussitôt. Il remarqua le léger tremblement du corps. « Merde, elle bouge. Elle n'est pas morte. »

Plus étonné qu'effrayé, Mikel se pencha sur la fille. Elle respirait faiblement, dans un frisson continu. Sa peau était froide et humide. Il fut surpris par le masque d'infinie souffrance du visage, comme si la peur et la douleur des minutes atroces subies avaient figé une fois pour toutes son expression de la nuit.

— Ho, tu m'entends ? Nathalie, tu m'entends ?

La situation était nettement plus compliquée que prévu. « Un vrai cadavre aurait été plus facile à faire disparaître. » Un corps vivant, c'était autre chose. Agenouillé près de la jeune fille, il regarda une nouvelle fois autour de lui. Tout lui parut gris : la peau de Nathalie, la plage de galets, les nuages bas. Un cri miaulé lui fit lever les yeux. Une buse tournait au-dessus d'eux. Venue en reconnaissance, elle s'éloignait vers les arbres les plus hauts, en bordure du champ où allait s'achever la rave-party. Son regard revint vers Nathalie. « Il ne faut pas rester là plus longtemps. Quelqu'un va nous voir. »

La beauté du vol de ce rapace l'avait stimulé. Mikel pensa avoir trouvé l'idée. « Génial, se dit-il en empoignant le corps pour le porter vers le couvert de la saligue. On va respecter la nature. Milharis a raison. Il faut toujours faire ce qu'on dit. » Il venait de repenser à cette conférence qui l'avait passionné, six mois plus tôt. Organisée par le Relais de Lumière, une communauté vaguement écologiste installée depuis quelques années à Monluc, cette soirée lui avait apporté des réponses aux questions qu'il se posait depuis longtemps. Il avait franchi le pas, un peu par hasard mais surtout par intérêt, alléché par l'affiche qu'il avait lue à l'entrée de Saint-Lézer : L'HOMME DANS LA NATURE ; LA NATURE DANS L'HOMME. Celui qui avait parlé, un certain Milharis, l'avait impressionné par sa stature, sa voix et sa force de conviction. Le conférencier avait évoqué la nature comme jamais Mikel n'en avait entendu parler. De façon simple et logique, il avait expliqué la place de l'homme dans l'ordre du monde, l'intelligence primale des animaux et le respect de leurs différences.

Cette première conférence avait été décisive. Ecoutant attentivement ce Milharis, Mikel avait été séduit par son idée de fusion avec la nature et la correspondance que ce « Maître » établissait entre l'homme, l'animal et la terre mère. Il avait retrouvé dans ces idées tout ce à quoi il croyait depuis bien longtemps mais sans jamais avoir su l'exprimer clairement. Ce que Mikel avait entendu ce jour-là et par la suite l'avait rendu intelligent. Il était reparti heureux d'avoir trouvé un sens à tout ce qu'il ressentait confusément. Il était surtout fier d'avoir été écouté par les gens de cette communauté. La plupart venaient du Nord ou de la région parisienne, comme il l'avait compris à leur accent pointu. Il était ensuite allé les voir dans leur Relais, sur la colline de Monluc. Très vite, il s'était rapproché d'eux, leur rendant à l'occasion quelques services. « Respecter la nature et tout lui restituer, de façon naturelle. Organiser la fusion de l'homme et de la nature. » C'est ce que Mikel allait entreprendre. « Restaurer l'ordre perturbé par la folie de Mathias. »

Il lui fallut quelques secondes pour mettre en œuvre cette idée qui lui ferait disposer de la vie de Nathalie. Mikel trouva le corps plus léger qu'il ne le pensait. Après un inventaire rapide des lieux, il le déposa à l'endroit où les hautes herbes et les saules formaient une jungle quasi impénétrable. Avec beaucoup de soin, il le coinça entre deux grosses racines. Il dut forcer sur un bras. Elle gémit. « Elle est mourante. » Fallait-il continuer ? « Il le faut. Sa disparition naturelle est la meilleure solution. » Mikel jugea mieux qu'elle s'éteigne là, dans son linceul de saules et de roseaux. « Les ragondins et les buses la feront disparaître petit à petit. »

Il revint vers le lit de l'Adour pour se laver les mains et se passer de l'eau sur le visage. Un claquement d'ailes sec le surprit au moment où il allait se relever. Néra venait de bondir sur le côté et s'éloignait en claudiquant sur les galets ronds. L'oiseau avait vu un danger. Mikel se retourna vivement et fut saisi d'horreur. Un spectre se dressait au-dessus du buisson de saponaires et de joncs : le visage tuméfié et le buste cireux de Nathalie. Dans un dernier réflexe de vie, la jeune fille cherchait de l'air, du secours, la bouche grande ouverte sur un cri muet. Plus aucun son ne sortait de ses cordes vocales broyées par les mains de Mathias. Un hurlement silencieux qui glaça Mikel. Ce sursaut de vie le révolta. C'était un désordre insupportable dans le scénario qu'il avait imaginé. « Elle devrait être morte. Il ne faut pas laisser cela ainsi. La nature doit rester maîtresse de tout... » Mikel se reprit et se précipita vers le corps, après avoir ramassé un gros galet gris. Lentement, presque avec précaution, il recoucha Nathalie sur son lit d'herbes et de racines et lui tourna la tête sur le côté. Néra s'était rapprochée. Il leva son bras. Le choc sourd de la pierre sur la tempe de la jeune fille effraya la corneille, qui fit de nouveau un bond de côté. Il frappa une deuxième fois, lourdement. « La nature doit reprendre ses droits... Ecarter les trop faibles, les condamnés... Laisser toutes leurs chances aux vivants. »

La besogne n'était pas finie. Mikel prit son couteau, tranchant comme un rasoir, qu'il déplia avec soin. « Néra, viens ici ! Néra, ici ! » La corneille se rapprocha en quelques sautillements prudents. Mikel la regarda, sourit, puis commença à entailler le ventre de Nathalie. Le corps tressauta. Il entendit un râle rauque. « Merde, elle a encore du jus. » Sans hésiter, sa main remonta vers la gorge. D'un coup précis et puissant, il plongea la lame au plus profond et trancha net la carotide, s'écartant vivement pour éviter le jet de sang. Il connaissait ce geste depuis toujours. Vingt ou trente fois, il l'avait vu faire pour la pèle-porc. Lui-même avait appris à trancher le cou des canards en travaillant l'été précédent à l'usine de foie gras.

Habituée au sang et à la viande crue, la corneille s'était rapprochée. Mikel la laissa faire. « Vas-y, petite, vas-y... » Néra sentit, piqua, arracha. Il l'observa un long moment, fasciné par ce festin sauvage. « Les autres suivront. Ça ne manque pas de corneilles par ici, avec tous ces maïs. » Mikel était sûr de lui. « Tout ça partira vite. Je parie que ces salopards de ragondins seront les premiers au banquet. La nature a du bon, c'est sûr. Elle digère tout. » Il s'éloigna, rassuré, en paix avec lui-même. « Ce Milharis a diablement raison. »

2

Agathe s'était accordé quelques jours de réflexion avant de prendre sa décision définitive. Pour elle, fille des étés brûlants, la « belle saison » s'achevait dans les jours qui suivaient le 15 août. Elle n'avait jamais aimé cette période qui voyait le soleil s'éloigner vers le sud. Cette échéance pouvait l'aider. Déjà, on annonçait les premières neiges sur les Pyrénées, bien au-delà de deux mille mètres. La montagne commençait à répandre sa fraîcheur dans toute la région, à travers les vallées du piémont et le large couloir de la plaine de l'Adour. Les nuits étaient plus fraîches, avant l'extraordinaire répit de soleil et de couleurs qu'allait offrir le lumineux été indien du Val d'Adour. Agathe hésitait encore.

Mille fois elle avait répété dans sa tête le scénario de son départ. Elle n'envisageait pas une bouderie prolongée, suivie d'une séparation résignée. « C'est trop nul ! » Par tempérament, elle préférait une rupture brutale avec des cris, peut-être des pleurs. Agathe avait vite compris qu'elle ne pourrait rien planifier. Elle s'en sentait incapable, laissant la vie suivre son cours, sans mise en scène préalable. Elle s'adapterait, comme elle l'avait toujours fait. La seule chose qui lui importait maintenant était d'associer Olivier à sa décision et de partir sans faire de peine à son papoun.

Deux jours après la sévère discussion avec ses parents, elle décida d'aller lui rendre visite, Brastous sur les talons. Veuf depuis presque vingt ans, Maurice Peyroulet vivait seul dans une petite maison du faubourg, sur les bords de l'Adour. Son jardin occupait un ancien lit de rivière où le fleuve avait déposé au fil des millénaires un trésor d'alluvions sur une dizaine de mètres d'épaisseur, des milliards de particules arrachées à la montagne et aux prairies d'alpage. Cette terre formée de sable et de graviers, truffée à certains endroits de limon et de vase, était généreuse et pas très gourmande : un léger arrosage suffisait à lui faire restituer toute sa richesse organique.

« C'est un cadeau royal de nos Pyrénées à nous autres, cultivateurs du Val d'Adour, répétait Peyroulet. Les montagnes nous offrent chaque jour un spectacle gratuit. En plus, elles assurent notre subsistance. »

Sur le premier quart de son parcours, l'Adour abandonnait son statut de torrent de montagne, impétueux, indiscipliné, dopé parfois par la fonte des neiges, pour celui de rivière encore vive. Autrefois, le fleuve en crue réinvestissait ses rives basses, vivifiant pour de longues décennies une terre jaune où le soleil accrochait des reflets d'or. Ces catastrophes bénéfiques appartenaient au passé. Des barrages et des travaux d'endiguement encageaient désormais en partie l'Adour.

« Ils vont nous la transformer comme le Nil des Egyptiens, râlait Peyroulet. Tu le sais, *gouyatote,* c'est maintenant une sorte de canal qui ne nourrit plus ses fils.

— Mais, papoun, il faut bien protéger les habitants des inondations, et les vacanciers des campings aussi, nuançait Agathe, agacée par ces jérémiades.

— Bah... Passe encore qu'ils placent des rochers pour tenir les rives. Un jour, tu sais, à force de bétonner, ils vont mettre *nostre Adou*[1] sous terre. Et pour quoi ? Pour gagner de la place et construire des rocades », maugréait le vieux, roulant le mot « rocade » comme une injure grasse.

Peyroulet exagérait. Dans ce pays perpétuellement assoiffé, une myriade de cours d'eau naturels ou artificiels arrivaient à étancher la soif des cultures. Les hommes y travaillaient la terre depuis près de cinq mille ans. Les plus anciens canaux remontaient aux temps des barbares, creusés par les envahisseurs wisigoths ou vascons qui voulaient faire boire leurs chevaux et tourner leurs moulins. L'eau était une richesse à portée de main, jamais à plus de trois ou quatre mètres de profondeur.

« Il suffit de poser la pioche au bon endroit et d'installer la comporte... »

Peyroulet était fier de son potager, réputé produire les meilleurs salades du village, bien craquantes, au goût de menthe et de noisette. Son gendre les vendait dans son magasin et sur les marchés. Il lui reversait l'argent, qui venait ainsi compléter sa pension de retraité des Postes. Lorsque Peyroulet portait son cageot de salades et de cornichons aux Labadie, Brastous était toujours là pour le fêter. L'animal gris et jaune aux boucles folles, dont un ancêtre avait dû croiser un chien de berger, connaissait par cœur le chemin qui menait au logis de Peyroulet et la haie de mûres qui bordait son potager. Il plongeait sous le roncier comme un labrit sur le jarret d'un mouton, au ras du sol, à toute vitesse. Brastous savait qu'une écuelle pleine de bons morceaux l'attendait. Le grand-père aimait observer le chien pendant qu'il engloutissait les os. Il l'apostrophait, tel un vieux compagnon d'infortune :

1. Notre Adour.

« Tiens, *praube can*[1], des osseries pour t'escagasser les dents. Et c'est du bon, grand feignant. Du canard de chez Tauzin. »

Brastous levait la tête une seconde, comme par intérêt pour son bienfaiteur, la gueule entrouverte sur une étrange grimace attentive qui pouvait tenir lieu de sourire poli. Il fouettait encore plus fortement l'air de sa queue, avant de replonger vers l'écuelle, qu'il nettoyait en quelques minutes après l'avoir poussée sur plusieurs mètres, à coups de truffe impatiente.

Assis sur un petit banc de bois qui faisait face à l'entrée du potager, Maurice Peyroulet était occupé à mettre en ordre des ficelles qui lui servaient à lier les légumes lorsqu'il vit arriver Agathe. Il la regarda, les yeux pétillants de plaisir.

— *Eh adiu*, la Brindille ! *Oun bas àtàu*[2] ? Tu viens voir ton *bielh papoun*[3] ?

— Bonjour… Comment vas-tu ?

— *Atàu. Lou sou reyoune*[4].

— Papoun, s'il te plaît, parle français, comme tout le monde.

Peyroulet savait qu'il agaçait Agathe en employant de plus en plus souvent le gascon, la langue de ses parents, de sa jeunesse. Avec l'âge, les mots et les expressions lui revenaient par vagues, de plus en plus fréquentes. Il s'en amusait, en taquinant Agathe.

— Un beau soleil brille sur l'Adour, mademoiselle, ajouta-t-il en prenant l'accent pincé qu'il supposait être celui des Parisiens.

1. Pauvre chien.
2. Où vas-tu comme cela ?
3. Vieux grand-père.
4. Comme ça. Le soleil rayonne.

— Moque-toi ! Tu n'as pas trop chaud ?

— Bah... A mon âge, tu sais, on a toujours plutôt froid. *L'atye que tougne, l'iber que bin*[1].

— Papoun, arrête, je ne comprends rien. En tout cas, il fait déjà lourd, ce matin.

— Allez, *bin t'assède*[2], je t'écoute.

Agathe observa le vieil homme appliqué à lisser les ficelles grises, une à une. Il en faisait de petites pelotes rondes en forme de nids d'hirondelle, qu'il liait avec une ficelle blanche, coupée court. Une colonne de ces nids soigneusement ordonnés commençait à prendre forme à côté de lui. Absorbé dans son travail minutieux, avec la patience des vieux pour qui chaque seconde est une éternité volée à la mort, il attendait qu'Agathe reprenne la parole.

— Heu... Papoun, je suis venue te dire... Je vais partir.

Quelques secondes passèrent. Peyroulet poussa un petit grognement et leva la tête, un bout de ficelle entre les lèvres.

— Tu sais ce que tu fais, Tinou...

— Oui, papoun, j'y ai bien réfléchi.

— Il ne faudrait pas que tu partes sur un coup de sang.

Il voulait dire sur un coup de tête. Peyroulet connaissait bien le tempérament parfois emporté d'Agathe. Dans ces cas-là, il était toujours le seul à marquer un peu d'indulgence pour la jeune fille.

— Tu pars ou tu t'enfuis ? lança-t-il soudain en lui jetant un regard de côté qu'elle ne vit pas, occupée à taquiner Brastous avec la pointe de sa ballerine.

— Je pars. J'en ai assez de cette vie. Les légumes, c'est pas mon truc, pas ma vie, tu le sais.

1. L'âge résonne, l'hiver vient.
2. Viens t'asseoir.

Elle se reprit car elle ne voulait pas faire de peine à son grand-père :

— Enfin, je veux dire que cela ne m'intéresse pas. Ni cultiver ni vendre. Je préfère encore mieux acheter tout au supermarché et garder mon temps pour faire autre chose.

— Ah oui ? Eh bé ! Si tes parents t'entendaient, ils ne seraient pas trop ravis, je crois. Après ton frère, c'est donc toi qui vas les laisser. Et pour faire quoi ?

Agathe hésita. Peyroulet parlait sur un ton calme, presque enjoué. Elle eut le sentiment qu'il jouait avec elle.

— Ben... Vivre. Vivre ma vie, quoi. Faire ce que j'ai envie de faire et pas ce que les autres voudraient m'imposer. Ici, au pays, on est comme sur des rails, pour la vie. Rester me donnerait l'impression d'étouffer.

— Ah oui ? Et tu crois qu'on respire mieux à Toulouse ou à Paris ? Qu'on n'étouffe pas un peu parfois aussi ?

— Ce n'est pas pareil... On est plus libre.

— Tu as peut-être raison... Mais ce n'est pas ce que je comprends quand je vois tout ce qui se passe à la télé. Regarde tous ces gens pressés de vivre leur vie, comme tu dis, et qui la brûlent sans savoir pourquoi ni comment. Et après ? Pour se reposer, se retrouver, les voilà qui descendent par chez nous, comme la transhumance des bêtes. Tu ne trouves pas ça drôle ?

— Ce n'est pas pareil...

— Eh quoi, Tinou, tu ne sais dire que cela. As-tu au moins réfléchi à cette vie que tu veux vivre ? Et d'abord, jusqu'à nouvel ordre, c'est la société Labadie primeurs qui va te faire vivre cette vie que tu veux. N'est-ce pas un peu hypocrite, tout de même ?

— Mais je ne peux pas tout couper et vivre sans rien...

— Eh té, la drôlesse ! Et pourquoi pas, mademoiselle l'aventurière ? C'est facile de vivre ses rêves avec l'argent des autres.

— Ce n'est pas ça...

— Mais si, Tinou, c'est bien cela. Tu veux ta liberté, tes droits, tes rêves. Très bien et pourquoi pas. Mais le reste du monde, tu en fais quoi ? Ceux qui restent, qui assurent, qui ramassent, qui consolident.

Peyroulet s'arrêta, un peu essoufflé, indigné. Il prit le temps de lier un nouveau petit nid, le déposa à côté des autres et s'empara d'une autre ficelle en vrac.

— Tu sais, je n'ai eu que mon certificat d'études. Je voulais partir moi aussi, et des gens m'ont aidé. Mais il m'a fallu rendre ce qu'on m'avait apporté et assurer à mon tour...

— Mais c'était une autre époque, papoun. Aujourd'hui...

— Ta, ta, ta, *praube parrat*[1]... Aujourd'hui ou hier, tu me fais rire. Tu ne crois pas que chaque époque a eu ses jeunes, ses rêves de jeunes, ses désirs et ses tentations de jeunes ? Dis, tu ne crois pas ? Ici, tu as ta famille, tes amis.

De nouveau, Agathe se sentait prise dans le piège d'une conversation qui l'entraînait trop loin. Elle ne pouvait pas dire à son grand-père tout ce qu'elle avait en tête, ses secrets les plus intimes. Comment expliquer son rejet des routines, de cette vie rurale qui était la sienne depuis vingt ans, son refus des règles villageoises, des gestes et des mots que chaque saison répétait, entre la place du marché, l'esplanade de la mairie, les commerces des Allées, l'agence du Crédit agricole et le parking du Super U à la sortie du bourg ? Elle l'aurait peiné, inutilement.

— Je sais, papoun. Mais aujourd'hui notre société offre davantage de libertés. On peut bouger beaucoup plus facilement qu'autrefois.

1. Pauvre moineau.

— La cage est plus grande, mais *le càuye qu'es tustém ue càuye*[1]. Agathe, je sais que tu vas n'en faire qu'à ta tête. J'en suis sûr. C'est comme cela, maintenant : les jeunes doivent bouger, et on fait tout d'ailleurs pour qu'ils bougent et s'échappent. Je crois que tes parents le savent.

— Eux ? Ils s'en fichent...

— Au fond, tu sais, ça me fait plaisir que tu tentes quelque chose, parce que tu regretterais de ne pas l'avoir fait. Mais attention, petite ! Attention où tu vas, jusqu'où tu vas. Ne perds pas trop de vue ton clocher, tes marques, même celles que tu refuses aujourd'hui.

Agathe se leva. Peyroulet resta les yeux baissés et dit d'une voix sourde :

— *Que càu balham un pot*[2] *!*

Agathe ne comprit pas. Elle se pencha vers Peyroulet, qui leva vers elle son regard fané, ses yeux humides.

— Comment, papoun ?

— Fais-moi la bise ! N'oublie pas ton Brastous et ce vieux facteur de Maurice Peyroulet. On n'est que de passage, tu sais...

La sonnerie du portable tira brutalement Mikel de l'engourdissement dans lequel il commençait à sombrer. Son premier réflexe, avant de décrocher, fut de regarder l'heure. « Treize heures trente. Putain, je suis allongé depuis cinq minutes à peine et déjà je m'endors. » Il eut du mal à reprendre ses esprits. Il s'en voulut. Mikel Lapoudge détestait cette sensation qui voit le corps et l'esprit flotter, comme si le cerveau était déconnecté. Il s'acharnait à toujours conserver le contrôle de ce qu'il faisait, à éviter toute intrusion extérieure. Il le portait sur

1. La cage est toujours cage.
2. Donne-moi un baiser.

son visage aux traits perpétuellement tendus. Ses mâchoires crispées traduisaient un état de tension intérieure qui le quittait rarement. Même chez lui, Mikel ressentait souvent cette impression d'étouffement que les murs, les plafonds, le regard des étrangers faisaient naître en lui. Même la compagnie de ses proches lui pesait. Cette tendance n'avait fait que se renforcer.

Mikel passait des nuits agitées depuis la tragique rave-party d'Estirac. Quelques mauvais cauchemars, une sensation permanente de chaleur. Il craignait d'être reconnu et redoutait de croiser de nouveau cette R 5 rouge qui revenait parfois hanter ses rêves. Ni lui ni Mathias ne connaissaient l'identité de la deuxième fille, celle qui conduisait. Ils n'osaient pas interroger leurs connaissances. Ils avaient décidé de s'éviter en dehors des heures de travail. C'était facile : Mathias travaillait à l'usine de foie gras de Maubourguet et Mikel avait été engagé en tant que saisonnier à la Tour des Rapaces de Montaner. Une quinzaine de kilomètres et une vague appréhension séparaient les deux amis. C'était peu mais suffisant.

Quand il n'était pas de service, Mikel restait dans sa chambre, tapissée de posters d'oiseaux, allongé sur la grande couverture au crochet faite par sa grand-mère. Il réfléchissait longuement à ce qui s'était passé, sous l'œil luisant de Néra qui ne le quittait jamais. Il arrivait toujours à la même conclusion : « J'ai fait ce que j'avais à faire. Sans moi, ce con de Mathias aurait été bien emmerdé. De toute façon, cette fille n'allait plus vivre normalement après tout ce qu'elle avait subi. » Il avait le sentiment d'avoir remis de l'ordre dans le chaos. Il en tirait une sorte de satisfaction du devoir accompli, qui, pourtant, ne le rassurait pas complètement.

Il avait coutume, depuis longtemps, de rester couché dans sa chambre, volets mi-clos. Au début, ses parents s'étaient un peu inquiétés. Ce repos prolongé n'était pas dans les habitudes des Lapoudge, petits exploitants agricoles obligés de travailler du matin au soir. Leur trentaine de vaches et les quelques dizaines d'hectares de terre coincés entre les coteaux qui marquaient la frontière avec le Béarn et l'Echez, affluent de l'Adour, les faisaient à peine vivre. Ils croyaient leur fils malade et pensaient l'emmener en consultation chez le médecin à Vic. Un jour que le vétérinaire était venu soigner un *ripoupet*[1], les parents Lapoudge avaient évoqué la fatigue apparente et permanente de Mikel. Conciliant, Alain Bétoni avait interrogé le garçon.

« Je n'aime pas marcher, ça m'énerve, c'est tout », avait-il sèchement répondu au vétérinaire.

Plus à l'aise avec les bêtes à cornes qu'avec les problèmes d'adolescents, fussent-ils de la campagne, Bétoni avait rassuré les Lapoudge :

« Soyez sans crainte, va ! Ça lui passera. Les jeunes, aujourd'hui, ils ont des passades. C'est comme le temps, pas vrai ? Ce n'est plus comme avant. »

Mikel n'en avait pas dit davantage mais, depuis sa plus petite enfance, il n'aimait pas marcher. Ignorant encore tout des lois de la pesanteur, l'enfant voulait même rester le plus léger possible. Vers douze ans, il s'était mis à peser ses chaussures et à bannir toute matière grasse de son assiette puis, lors d'un dîner de famille, il avait eu une drôle de réflexion qui avait fait beaucoup rire ses parents, ses deux sœurs et sa grand-mère qui vivait à la maison : « Ce serait mieux si on pouvait voler... »

Suivit une période qui inquiéta beaucoup sa famille. Mikel expliquait parfois qu'il enviait la légèreté, le silence et la liberté des oiseaux. Il avait pris l'habitude de les regarder longuement, la tête en l'air, la bouche entrouverte, fasciné par tout ce qui volait. Solitaire et secret, le

1. Jeune veau.

garçon était vite passé pour un *badayre*, ce rêveur un peu bêta dont on se moque dans les campagnes. A l'école du village, il faisait tout pour fuir les sports collectifs où l'on se met à nu devant les autres. Le rugby ne l'intéressa pas, et ce garçon trop maigre et si solitaire ne retint jamais l'attention des recruteurs locaux. Il préférait faire des roues et des sortes d'entrechat qui lui donnaient l'illusion de voler. On le prit pour une « tapette ». Trop gringalet, il ne put se défendre.

Cette réputation de *badayre* et de « tata » le poursuivit longtemps, jusqu'à son inscription dans la salle de musculation qui venait de s'ouvrir à l'entrée de Vic. C'est là qu'il se forgea, seul, ce corps sec et musculeux qui le faisait maintenant respecter. Une seule personne osait encore lui dire qu'elle le trouvait trop maigre : sa grand-mère. Elle rêvait de le gaver comme elle le faisait avec ses canards mulards, orgueil de ses vieux jours.

« Au moins, pauvre, si tu ne voles pas dans le ciel, tu ne finiras pas craqué par un *paloumer*[1], lui disait-elle. Tu t'es vu : *magre com un clàu*[2] !

— *E dret com un espiàuc*[3] », rajoutait invariablement sa mère, dont la légende familiale racontait qu'elle avait gagné un concours de gymnastique, l'année de son certificat d'études.

« Les chasseurs de palombes, c'est moi qui les craquerai », pensait Mikel. Ils n'étaient pas ses amis. Il détestait l'automne, la saison des rassemblements de chasseurs impatients de faire feu sur tout ce qui portait des plumes. Lorsque les palombes réapparaissaient dans le ciel du Val d'Adour et de la Bigorre, en route vers le sud, Mikel pouvait passer des heures à observer leurs longues nuées gris-

1. Chasseur de palombes.
2. Maigre comme un clou.
3. Et raide comme un épieu.

bleu au-dessus des collines teintées d'or et de rouille, de Tarasteix à Castelnau.

Il guettait le moment où les escadrilles d'oiseaux fatigués s'abattaient sur les derniers bois de la région. Ils reprenaient leurs forces avant de passer la haute muraille des Pyrénées. Mikel savait que des centaines de palombes achèveraient leur voyage en petits tas sanglants au pied des palombières, les plumes souillées par les plombs, avant de se retrouver dans les bocaux ou les congélateurs. Avant douze ans, Mikel avait cessé de manger de la volaille.

Depuis quelques étés, il avait aussi pris l'habitude de parcourir les bois de la région pour saboter les poteaux des palombières et scier des barreaux d'échelle. La plupart des chasseurs vérifiaient leurs installations au début de la saison, mais il y eut des accidents, restés inexpliqués. Des *paloumers* chutèrent de haut. On mit cela sur le compte de la vengeance entre sociétés de chasse ou, le plus souvent, sur celui des effets du rude mélange Pernod-madiran-armagnac qui dopait sans modération le moral et la fougue des tartarins du pays.

Les balles claquaient sur l'immense paroi verticale, au rythme d'un métronome. C'était une succession régulière de détonations d'air comprimé, prolongées par un écho répercuté, dans l'air sec, sur l'alignement serré d'une haie de platanes têtards. Chaque frappe faisait vibrer l'air comme un coup de feu. Dans le silence surchauffé de ce midi d'été, Olivier s'acharnait à renvoyer toujours plus fort la petite boule de caoutchouc noir. Il lui fallait cette solitude et ce calme de la mi-journée provinciale pour bien s'entraîner. Ses horaires rendaient possible cette coupure. Ce temps libre le ramenait toujours vers le fronton, avec ses raquettes de bois et ses balles.

A cette heure, les courts de tennis qui bordaient le terrain étaient vides. Les joueurs étaient partis, chassés par la chaleur trop forte. Les boulistes avaient rejoint la terrasse ombragée du Café des Sports pour l'apéritif. Les joueurs de rugby ou de football ne viendraient que beaucoup plus tard, en fin d'après-midi, après le travail, quand la température enfin plus supportable permettrait l'endurance et leurs travaux de force.

A cette heure, le Bouscarret appartenait entièrement à Olivier. Il était le maître et l'unique occupant de ce grand parc municipal des sports, l'un des plus beaux du Sud-Ouest. Lovée dans un méandre harmonieux de l'Adour, à portée de fusil du château de Lussy, l'une des plus vieilles familles de Maubourguet, cette prairie de cinq hectares avait été léguée à la ville en 1924. Le maire de l'époque, Albert Bergès, titulaire probable du record de France de la longévité à ce poste — quarante-quatre années de mandat —, n'avait mis qu'une condition à ce don : le Bouscarret devait servir exclusivement à des activités sportives. Le premier aménagement fut le terrain de rugby. Près de quatre-vingts ans plus tard, le « petit bosquet » continuait de résonner des cris de joie ou de désespoir des joueurs et des supporters.

Olivier goûtait ces heures brûlantes et calmes, en plein soleil. On l'avait souvent dissuadé de jouer par cette chaleur. Ses parents, ses collègues du bureau de poste, ses amis :

« Olive... Tu vas mûrir à te faire éclater la citrouille !

— Oh, *lou pràube innoucén*[1] ! Tu veux fondre encore plus, alors que tu n'as que la peau et les os ?

1. Le pauvre innocent.

— Et qu'est-ce qu'il t'a fait, ce pauvre fronton, pour que tu le cognes comme ça ? En plein midi, en plus… »

Olivier riait. Il répondait « oui », ou « non », ou « peut-être ». Rien ne l'aurait empêché d'aller jouer, sinon la pluie. Son plaisir était de savourer, à chaque fois, ce mélange de vivacité et de force qu'il fallait déployer à la *pala ancha*[1], sa vraie passion, découverte, tout petit, à quatre ans, lors d'une démonstration organisée pendant les fêtes de la ville pour le cinquantième anniversaire de la construction du fronton. Fasciné, il avait vu une équipe d'Hendaye affronter celle du club de Maubourguet, championne de France de pelote-cuir, après avoir remporté les titres de championne des Pyrénées et du Béarn. En roulant de la voix pour donner toute son importance à l'événement, les organisateurs avaient présenté les visiteurs comme l'une des meilleures équipes du monde. Les gaillards avaient du talent et le sens du spectacle. Ils s'étaient donnés à fond. Ils avaient fait forte impression sur le jeune Olivier, autant que l'histoire du match d'inauguration, en 1932, que lui avait racontée mille fois son grand-père.

« Ah, petit… Chiquito de Cambo ! Tu ne l'as pas connu… »

Le magnifique champion du monde de l'époque, de son vrai nom Joseph Apestéguy, avait livré ce jour-là un match d'anthologie dont on parlait encore avec émotion près de soixante-dix ans plus tard. Olivier avait ensuite tout lu sur le légendaire fils du facteur de Cambo, devenu une star internationale de la pelote basque.

« Du fronton, lui disait-on, le gaillard envoyait la balle jusqu'aux allées Bergès… C'est dire. »

Comme tous les jeunes du village, Olivier avait d'abord pratiqué le rugby, mais, très vite, il avait su que son goût

1. Pala (raquette) large.

le portait vers le fronton, dans cette confrontation tout individuelle entre sa force et sa souplesse et ce grand mur rose brique qui prenait vie progressivement au rythme d'une partie de pala.

Agathe abandonna son vélo contre le muret de galets qui clôturait le Bouscarret. Au passage, juste avant de franchir le portillon qui donnait accès aux terrains, elle arracha une petite plaque d'écorce brunâtre sur le tronc d'un gros platane. Elle aimait faire craquer entre ses doigts cette matière, mi-bois, mi-carton, qu'elle réduisait ensuite en mille morceaux au creux de sa main, surtout quand elle se sentait nerveuse. Elle avait pris cette habitude à l'école primaire, dans la cour de récréation où une rangée de platanes biscornus comme des chapeaux de sorcière entretenait une ombre bénéfique, malgré les coupes drastiques que les employés municipaux leur faisaient subir chaque année.

Sans raison apparente, une sourde anxiété ne la quittait plus depuis quelques jours. Elle éprouvait son étreinte sournoise au creux de son estomac. A l'approche du Bouscarret, ses tempes s'étaient mises à battre un peu plus fort. Elle avait trop chaud et redoutait une migraine. Elle avait bien réfléchi à ce qu'elle allait dire à Olivier et se sentait prête, mais elle craignait l'effet de la discussion qui allait suivre, les paroles qui seraient dites et surtout celles qui ne le seraient pas. Agathe devinait que rien ne serait probablement plus jamais comme avant. Un moment, elle avait pensé qu'Olivier ne la comprendrait pas et qu'il faudrait une longue explication. Pour cela aussi elle s'était préparée, depuis quelques jours à peine, après avoir pris sa décision.

En s'avançant vers le fronton, elle fut soulagée de ne voir qu'un joueur. Elle comprit aussitôt que cette silhouette bondissante était « son » Olivier. Agathe avait pris la précaution de passer au bureau de poste. On lui avait donné l'heure de fin de service du facteur Olivier Lussan.

« Pressé comme il est, Lussan a fini sa tournée vers treize heures trente. Vois au fronton. Il ne devrait pas tarder. »

Elle savait qu'elle l'y trouverait. Pour éviter toute méprise, elle mit ses lunettes. Le brouillard de sa myopie encore légère s'estompa. Elle reconnut le bermuda blanc et le polo rouge d'Olivier, la tenue qu'il préférait pour jouer, les couleurs des pelotaris basques et des écarteurs landais.

« Ça t'aide sans doute à mieux jouer, s'était moquée Agathe plus d'une fois.

— Exactement, répliquait Olivier. Le blanc, c'est pour être plus léger. Le rouge, c'est pour cogner plus fort. Mademoiselle Je-sais-tout ne le savait-elle pas ? »

Olivier continuait à frapper la balle à grandes envolées de bras, en s'essuyant de temps à autre le front avec un bracelet de tissu éponge rouge qu'il portait au poignet. La vaste esplanade surchauffée du fronton réfractait des bouffées d'une chaleur lourde qui semblait avoir grillé l'herbe rase et jaune qui bordait la zone de jeu.

Il ne l'avait pas vue arriver. Agathe s'approcha lentement en observant son jeu. Sans pourtant bien connaître les règles, que son père, plus amateur de vélo que de balles, n'avait jamais vraiment su lui détailler, elle admira la régularité et la puissance des frappes. Olivier semblait participer à un ballet parfaitement réglé, une chorégraphie mille fois recommencée, l'ensemble du corps engagé dans la danse : rotation du torse, flexion et extension des jambes, balancement du bras. Agathe entendait le choc sourd de la balle sur le bout rond de la pala, suivi du chuintement feutré de la trajectoire, jusqu'au fronton.

« Imagine une massue de cinq cents grammes de bois qui propulse soixante grammes de gomme à deux cents kilomètres-heure, pile à l'endroit choisi », lui avait expliqué plus d'une fois Olivier en s'efforçant d'être convaincant dans sa démonstration.

Souple et précis, l'avant-bras bosselé par les muscles tendus à craquer, Olivier frappait sans relâche. Agathe enleva ses lunettes et cria :

— Olivier !

Légèrement étourdi par la chaleur et l'effort, concentré sur son jeu, il n'entendit rien. Elle cria un peu plus fort, agacée de ne pas réussir à donner à sa voix un ton plus enjoué. Elle détestait crier, sauf en colère, ce qui n'était pas encore le cas.

— Olivier !

Il tourna la tête. La petite balle noire qui revenait vers lui à toute vitesse fila en sifflant vers le fond de la *cancha*[1], avant de se perdre dans l'herbe.

— Merde ! cria-t-il pour toute réponse.

— Quoi, qu'est-ce que tu dis ?

— J'ai dit merde, bougonna Olivier en s'éloignant pour aller ramasser la balle.

— C'est sympa comme accueil. Merci.

— Ce n'est pas pour toi, tu le sais bien !

— Oui, mais tu aurais quand même pu trouver autre chose à me dire.

— Mais arrête ! C'est la balle, je te dis… Je l'ai échappée, c'est tout.

Agathe n'était pas très sûre de son explication. Olivier semblait un peu énervé. Par elle ou par son retour de frappe raté ? Elle se dit qu'elle était trop tendue. Elle voyait de l'énervement là où il n'y avait rien d'autre qu'un

1. L'aire de jeu.

petit mouvement d'humeur d'un joueur interrompu en plein jeu.

— Salut, Olivier, reprit Agathe, nettement plus conciliante, pour tenter une nouvelle entrée en matière.

— Salut, la Gathe...

Elle sourit. Il l'appelait ainsi depuis toujours, depuis leur premier baiser. Elle avait douze ans, lui quinze. Olivier avait eu l'idée de fusionner la dernière syllabe de son prénom, Agathe, avec le mot *gat*, « chat » en gascon.

« Je préfère les chiens.

— Moi, les chats.

— Je ne vois pas le rapport avec moi.

— Tu en as la souplesse, les griffes...

— Tu prépares véto ou quoi ?

— ... la perversité aussi. »

Agathe avait pris cela comme un compliment. Le rappel de ce mot-code de leur intimité lui fit plaisir. Olivier paraissait revenir vers elle.

— Qu'est-ce qui se passe ?

— Mais rien, Olivier, je passais te voir et...

Il tapotait la balle avec sa raquette, visiblement impatient de reprendre son entraînement. Ce geste agaça Agathe. Elle comprit qu'il avait la tête ailleurs. Il n'était plus avec elle. Elle insista :

— ... et je voulais te parler de quelque chose.

— Ah bon, fit Olivier poliment.

— Olivier, tu m'écoutes ?

— Mais oui, je t'écoute, je ne fais même que cela. Tu n'as pas remarqué que j'ai arrêté de jouer pour t'écouter ? Bref, je t'écoute.

Agathe sentit l'ironie. Elle fut déçue de cette entrée en matière toutes griffes dehors, de part et d'autre. D'emblée trop âpre, la discussion ne partait pas comme elle l'aurait voulu. Elle se rendait compte que ce n'était pas le moment d'expliquer des choses importantes.

— Mais qu'as-tu, Olivier ? Tu es énervé ?

— Pas du tout. C'est toi qui me sembles limite agressive.

— Oui, lâcha sèchement Mikel dans le combiné collant de crasse.

— Lohitzune...

Il mit deux secondes à comprendre. Il avait reconnu la voix mais pas immédiatement le sens du mot. Il se reprit, avala sa salive et répondit, attentif à ne pas se tromper :

— Donibane...

C'était un code entre lui et Stéphane Béhotégui. Son ami, professeur de maths à Aire-sur-l'Adour, le premier qui lui avait parlé de la liberté du peuple basque. Ce jour-là, Mikel n'avait pas tout compris, mais il avait retenu que le vrai nom de Saint-Jean-de-Luz, la ville natale de Stéphane, était Donibane-Lohitzune. Un week-end d'été, trois ans auparavant, Béhotégui avait emmené Mikel à Saint-Jean. Dans un café du petit port blanc et bleu, ce militant basque lui avait expliqué qu'un jour viendrait où il aurait besoin de lui. Béhotégui n'avait pas été très clair :

« Des services, c'est tout. Pas longtemps. Mais il faudra réagir tout de suite quand je t'appellerai. »

Mikel avait été rassuré, même s'il se sentait prêt à faire plus, sans attendre. Il avait aussitôt accepté cet étrange marché sur l'avenir. Par un goût inné de la marginalité et, surtout, par amitié pour ce professeur, un peu plus âgé que lui. Le seul qui avait vraiment su lui parler et lui redonner confiance, lors d'un stage FPA[1]. Béhotégui donnait des cours et en profitait pour faire de la propa-

1. Formation professionnelle pour adultes.

gande. Mikel s'était inscrit pour se remettre à niveau, après des petits boulots sans intérêt. Il avait quitté le lycée Mendès-France de Vic-en-Bigorre en fin de première parce que ses parents voulaient qu'il travaille tout de suite, mais pas à la ferme.

L'exploitation, entre Vic et Montaner, semblait déjà insuffisante pour faire vivre sa famille, les deux petites sœurs et la grand-mère. Les Lapoudge voulaient que leur fils entre à l'usine.

« Tu auras la sécurité de l'emploi, les congés payés. Et tu pourras nous aider un peu à la terre, après le travail, comme font les autres. »

Cette double activité devenait presque partout la règle, de Tarbes à Aire-sur-l'Adour : l'homme était salarié pendant la journée, paysan le soir ou pendant les congés. L'épouse s'occupait du bétail et des volailles. Les Lapoudge rêvaient eux aussi de cette organisation. Ils avaient parlé à leur fils de l'arsenal de Tarbes, de la SNCF et de la Ceraver, à Bazet, sur la route de Bordeaux.

« Pas de feignasse à la maison, ça *nou*[1], eh ! On embauche à Bazet ! »

L'embauche avait cessé depuis la fin des années soixante-dix dans cette usine entourée aujourd'hui de petits pavillons d'ouvriers. Fabriquer des tourelles de char Leclerc à Tarbes ou de la céramique industrielle à Bazet n'intéressait pas Mikel. Il voulait travailler à l'air libre.

« Et les canards ? Le foie, pour nous autres, c'est quelque chose, tout de même… »

C'était sa grand-mère. Son ambition était de voir entrer son petit-fils dans la nouvelle usine, flambant neuve, ouverte sur la zone industrielle de Maubourguet. « Foie Gras d'Adour FGA : le bonheur du bon goût », proclamait le grand panneau publicitaire sur la route. On disait

1. Non.

que François Mitterrand avait fait servir des foies « FGA » à l'Elysée. Un de ses fidèles, devenu ministre de l'Agriculture, en faisait livrer des cartons rue de Varenne, pour régaler ses invités officiels.

« Même aux Chinois, ils leur en ont mis à table. »

Ses parents lui citaient en exemple son ami Mathias, lui aussi fils de petits paysans sans le sou, entré chez FGA à Maubourguet. Mathias occupait trente-six postes à la fois, mais il préférait de loin celui de « tueur »... de canards.

« Vois, Mikel, disait-il à son ami. J'en fais dix mille dans la journée. Attention, au bas mot, hé... Et tu sais, jamais le droit à l'erreur : c'est eux ou moi. Un sacré boulot ! »

Le clan Lapoudge insistait auprès de Mikel, toujours réticent.

« Ceux des villes en veulent, du foie gras, en veux-tu, en voilà. Même Leclerc et Carrefour en débitent à la tonne. Réfléchis, il n'y aura jamais de chômage pour la bonne bouffe. On te le répète pourtant assez. »

Mikel avait décidé de s'en sortir, mais seul, par lui-même. « Je vais faire quelque chose de costaud. Certains seront étonnés de ce que j'ai en moi », pensait-il souvent. Passionné de pédagogie, son ami Béhotégui avait détecté cette ambition. Il devinait ce jeune paysan prêt à beaucoup de choses pour s'imposer. De façon toute bénévole, il lui avait donné quelques cours de rattrapage en maths. Il s'était surtout rapproché de Mikel lorsqu'il avait su son intention de tenter un concours d'entrée dans l'administration française.

Mikel avait hésité, puis il avait jeté son dévolu sur la SNCF, qui lui semblait correspondre le mieux à son tempérament. Un souvenir fort de son enfance avait été décisif, qui ne l'avait plus jamais quitté : l'image de la voie de chemin de fer filant en ligne droite, à perte de vue, dans le bois du Marmajou, entre Vic et Maubourguet. Cette perspective nette et rectiligne, ouvrant sur l'infini au milieu des grands chênes et des pins, illustrait exactement l'ordre des choses qu'il souhaitait. Rejoindre un jour cet univers le fascinait, beaucoup plus que l'idée de tuer des canards à longueur de journée. Mikel aimait trop les animaux, surtout ceux à plumes. Un gars de la FPA l'avait rassuré :

« A la SNCF, tu peux rester au pays. Si tu le veux, tu travailles en pleine nature et tu as des horaires, té... terribles. Moins que les trente-cinq heures, paraît-il. »

Béhotégui l'avait encouragé. Peut-être un peu trop chaudement : Mikel s'était même demandé au début si son insistance à le voir entrer à la SNCF ne dissimulait pas autre chose que de l'amitié. De toute façon, il savait que ce travail était exactement ce qu'il lui fallait s'il voulait continuer à vivre près des animaux. Il avait mis dans ce projet toute son énergie, comme pour la protection de ses oiseaux.

Mikel reconnut la voix douce et cependant autoritaire de son ami :

— Adiou, ça va ?

Il allait répondre, heureux de parler à quelqu'un, avec la distance du téléphone. L'autre ne lui en laissa pas le temps, visiblement pressé :

— Mikel, j'ai besoin de toi. Un transport. Quelque chose que tu vas aller chercher, là où je te dirai...

Mikel écoutait, impressionné par le calme et la précision de Béhotégui. Il se sentait prêt. Il voulut poser une question : quand ? L'autre déjà le devançait :

— C'est dans quelques jours. Tu auras besoin de la fourgonnette. Je te rappelle vite. Adiou !

Béhotégui était l'un des rares hommes qui l'avaient aidé jusque-là. Mikel avait même failli réussir le concours d'entrée à la SNCF, grâce à la bonne note obtenue à l'épreuve de maths. Stéphane en avait été sincèrement heureux. Mais Mikel avait été largement hors sujet pour la rédaction de français. Humilié, cassé par cet échec auquel il ne s'attendait pas, Mikel s'était dit qu'il avait désormais une dette à l'égard de son ami prof. Il avait surtout gardé de cet échec une colère froide contre l'Etat et ses agents, contre tous ceux qui n'avaient pas voulu de lui. C'est cette année-là que Michel Lapoudge avait choisi de se rapprocher de Béhotégui, en adoptant le prénom « Mikel » : Michel, en basque.

Son ami d'Aire-sur-l'Adour lui avait aussi demandé de choisir un autre nom de famille, à utiliser pour l'appeler au téléphone, « le moins souvent possible ». Mikel aimait ce petit parfum de clandestinité qui le retranchait un peu plus d'un monde qu'il supportait mal. Quelques jours plus tard, Mikel lui avait envoyé une carte postale de Lourdes avec ces seuls mots : « A la grotte, j'ai prié pour toi. Mikel Corbin. » Stéphane avait instantanément compris. « Corbin. » L'homme des corbeaux ! Béhotégui connaissait la passion de Michel pour les corvidés. Il savait que le jeune avait abandonné tout espoir de réussite à un concours administratif après son premier échec. Il était entré comme assistant à la Tour des Rapaces de Montaner, sa seule vraie passion.

Agathe ne voulait pas partir sur un malentendu avec Olivier. Elle savait qu'il n'était pas simple de discuter avec son ami, si rarement disponible. Ce n'était jamais vraiment le moment de parler avec lui, du moins sérieusement. Il trouvait toujours quelque chose de plus important à faire, à entreprendre. Leurs discussions profondes étaient rares, souvent hachées par des plaisanteries ou des interruptions qui les rendaient chaque fois plus difficiles à reprendre. Olivier se dérobait. Elle l'avait accepté en évitant jusque-là de parler d'avenir ou de projets avec ce garçon qu'elle aimait au plus profond d'elle-même depuis si longtemps.

Ni leurs trois années de différence, ni l'entrée d'Olivier dans la vie active, après sa réussite au concours des postes, n'avaient changé les sentiments d'Agathe. A Toulouse, au centre de formation régional, Olivier était sorti très bien classé. On lui avait laissé espérer une belle carrière :

« Vous avez un bon potentiel, Lussan. Vous pouvez encore monter, vous savez. Il faudrait passer par Paris. Pour la suite, ce serait mieux.

— Paris, bof...

— Vous vous trompez. A Paris, le travail est souvent plus agréable. Jamais d'embrouilles, peu de relations avec les clients, des relations plus soudées avec les collègues.

— Oui, peut-être. On verra plus tard. Pour l'instant, je préfère rester au pays, quelques années de plus. Les clients ne me font pas peur. Je verrai ensuite.

— Il vous faudra un complément de formation. Cela vous permettra d'entreprendre une autre carrière, plus ambitieuse. »

Olivier avait raconté à Agathe cette histoire de « bon potentiel ». Elle s'était d'abord moquée. Puis elle avait cherché à lui en reparler. Par petites touches prudentes, elle l'encourageait à ne pas se satisfaire de cette situation confortable. Elle jugeait ce poste trop limité pour lui, transitoire. Elle n'avait pas encore osé le lui dire ouvertement. Un jour qu'elle avait réussi à entamer une discussion un peu sérieuse à ce sujet, Olivier s'était cabré :

« Quoi ? Tu veux penser pour moi ? Mais qui a envie d'aller travailler à Paris, de nous deux ? C'est toi ou c'est moi ? »

Agathe l'avait froissé. Elle s'en était rendu compte trop tard. Mais Olivier avait vu juste : son amie tentait de le persuader de partir parce qu'elle savait déjà qu'elle ne resterait pas dans cet univers dont l'horizon lui paraissait bouché. Les tournées sur les marchés et les remplacements qu'elle assurait parfois, après les cours ou pendant les vacances, l'avaient dégoûtée du tiroir-caisse et des conversations sans cesse répétées avec les mêmes éternels interlocuteurs.

Agathe supportait de moins en moins les ménagères du quartier chipotant sur les grammes, les retraités, aigris et ennuyeux, qui cherchaient à l'entraîner dans leurs querelles de voisinage ou leurs tristes histoires de cholestérol. Les vacanciers qu'elle voyait passer l'été ne la faisaient même plus rêver. Beaucoup étaient en réalité des enfants du pays qui revenaient voir leur famille au moment des fêtes estivales. Ils ne parlaient à leur tour que des histoires du bourg, cherchant à rattraper leur retard de cancans.

Ce jour-là, Olivier avait sèchement écarté l'hypothèse d'un départ pour Paris, refermant cette aventure qu'Agathe rêvait de vivre à deux. Elle se sentait prête à partir pour quitter Maubourguet, ses parents, les routines que ses vingt ans ne supportaient déjà plus. Elle voulait tenter un concours, n'importe lequel. Elle estimait que son Deug de droit lui permettait de prétendre à quelque chose de mieux que l'animation et la gestion de « Labadie primeurs », soixante-quinze mètres carrés d'étals et de casiers, rue du Maréchal-Foch. Agathe se faisait fort de convaincre ses parents de financer son année d'études à Paris, comme ils l'avaient déjà fait pour son frère aîné, entré au Crédit lyonnais, après deux ans de BTS action commerciale.

Le silence s'était installé entre les deux amis, rayé par les stridulations des grillons, les derniers êtres encore en vie à cette heure de canicule absolue. L'air saturé de chaleur semblait craquer au rythme du bruit des insectes. Agathe regarda vers la haie de platanes qui bordaient le lit de l'Adour. Elle aurait tant aimé y entraîner Olivier, comme autrefois avec la bande du quartier, quand commençaient leurs grandes vacances de farniente et de découvertes du pays et d'eux-mêmes. Aussi loin que ses souvenirs la portaient, quinze ans à peine en arrière, elle retrouvait les vélos, les foins, l'eau et leurs aventures en plein soleil.

Longtemps, leur meilleur terrain de jeux avait été la piscine municipale : les douches glissantes où guettaient les garçons, les tasses d'eau toujours trop chlorée, les séances de natation avec Dédé, le maître nageur. Comme tous les enfants du pays, Agathe, Olivier et leurs copains y prenaient leurs quartiers d'été. L'ouverture coïncidait avec la fin de l'année scolaire et le début des grandes vacances. Après avoir animé le « bassin des minots » pendant des années, ils s'étaient enhardis, grâce aux leçons de Dédé. Ils avaient alors pu goûter au grand bassin, sous la surveillance débonnaire de leur inamovible maître nageur.

Ensuite, à partir de l'adolescence, ce furent les bords de l'Adour, les bois, les granges abandonnées et des jeux moins innocents. Au tournant de l'adolescence, Agathe, Olivier et leur bande avaient progressivement renoncé à fréquenter la piscine municipale, trop petite, trop bondée, chassés par les hordes de gamins dont l'unique plaisir était de faire les bombes le plus éclaboussantes possible, sous le nez des grands occupés à bronzer. Ils avaient cessé de s'y rendre « l'année de la vache » : en pleine saison, cet été-là, une Prim-Holstein échappée d'un champ voisin, un soir d'orage, avait défoncé le grillage de la piscine et était tombée dans le grand bassin. Elle s'était noyée. Dédé l'avait retrouvée au matin, déjà gonflée comme une bouée. Il avait fallu vider l'eau et purifier les circuits. La piscine était restée fermée deux longues journées. Agathe et Olivier avaient découvert entre-temps un nouveau champ d'exploration, du côté de l'Adour, plus écologique et plus sensuel.

Agathe s'interrogeait sur la meilleure façon de confier ce qu'elle avait préparé. Olivier s'était allongé sur l'herbe à côté d'elle, les bras en croix, les yeux fermés, un brin d'herbe sèche dans la bouche. Il goûtait ce répit. Agathe comprit qu'il n'était pas à elle, trop loin d'elle. Il se reposait pour mieux reprendre son entraînement et devait attendre qu'elle parte. Elle balaya du regard le Bouscarret. Il lui fallait une idée ou du secours. La migraine redoutée commençait à l'envahir. Elle aussi ferma un instant les yeux, sur d'étranges sillons d'or, des lumières vives et mouvantes qui lui firent penser aux scintillements de la rivière sous la lumière d'été.

Les soleils de l'Adour disparurent d'un coup. Tout s'assombrit, un grand voile noir laissant apparaître la silhouette d'Olivier en surimpression, allongé, immobile comme un cadavre. Elle ouvrit aussitôt les yeux. Il n'avait pas bougé.

— Tu veux que je parte ?

— Mais non, allons. Pourquoi dis-tu cela ?

— Parce que j'ai l'impression de t'embêter...

Olivier ne répondit pas, hésita. Il devinait que sa franchise blesserait Agathe. Il ne le voulait pas et chercha vainement un compromis :

— Non, tu ne m'embêtes pas. Mais... je voulais terminer. Tu sais, j'étais bien chaud. On pourrait... Tiens, oui, on pourrait se voir ce soir. Rendez-vous au Café des Allées. D'accord ?

Agathe fixa Olivier. Il n'avait même pas levé la tête et gardait les yeux clos. La sueur continuait à perler à la racine de ses cheveux, dégoulinant en filets réguliers sur ses joues et dans son cou. Sa bonne volonté et son entrain apparents cachaient sans doute une furieuse envie de la voir partir et de poursuivre sa partie de pala. Elle ne voulait surtout pas l'implorer pour qu'il l'écoute. Pas elle. D'ailleurs, elle n'aurait même pas su le faire.

— Non, ce sera trop tard, lâcha-t-elle presque à contrecœur en arrachant un brin d'herbe.

— Trop tard de quoi ? Sois cool ! Regarde, Gathou, il fait beau. Tu es en vacances. Qu'est-ce que tu as à te presser ?

— Ecoute-moi, Olivier...

— Encore ?

— Regarde-moi !

— Attends...

— Quoi ?

— Trop de soleil...

— Je pars !

— Attends...

— Attendre, toujours attendre, toujours faire ce que toi tu veux.

— Mais, Gathou, qu'est-ce que tu as ?

— C'est fini. Je n'attends pas. Je n'ai pas le temps. Salut, Olivier !

— Allez, arrête, tu me fais une scène ou quoi ?

Deux secondes passèrent. Le silence était revenu. Olivier se redressa sur un coude, étonné. Agathe n'était plus là. Il la vit se diriger vers le portillon d'un pas tranquille, léger. Il remarqua encore une fois sa silhouette fine et dansante, qui l'avait si souvent troublé. Son pantalon de toile kaki était juste un peu trop moulant, mais il aimait beaucoup le débardeur amande sur sa peau bronzée, avec ces fines bretelles qu'il avait tant de fois fait glisser sur son épaule.

Olivier la regarda prendre son vélo avec ce mélange de grâce et d'énergie qui l'avait toujours fasciné chez elle. Il sourit. Sa Gathe était belle, encore plus farouche aujourd'hui que la petite fille qu'il avait remarquée la première fois au collège, sept ou huit ans plus tôt. Elle était en cinquième, lui en troisième. Ils ne s'étaient plus beaucoup quittés.

Il fut soudain tenté de la rappeler, de courir après elle. Mais ce n'était pas le moment, Agathe était en colère. Il ne comprenait pas pourquoi, mais il le saurait sûrement ce soir. Il la verrait, elle serait adoucie, et peut-être qu'ils finiraient la nuit ensemble. Olivier n'en douta pas. Il ramassa sa raquette et la balle, jeta un dernier regard vers Agathe qui s'éloignait et s'élança vers le fronton aveuglant de lumière.

Cet été-là, la Tour des Rapaces, à deux pas de chez lui, fit revivre Mikel. Pour la première fois de sa vie, il se sentait utile et compétent, même s'il savait bien que les employés ne le prenaient pas au sérieux et se méfiaient un peu de lui. Pour faire impression, il avait adopté une sorte de panoplie qu'il ne quittait plus : un blouson de jean noir sur un tee-shirt ou un débardeur noir. Installé depuis le printemps dans le château de Montaner, le spectacle de la Tour des Rapaces s'était imposé comme l'une des meilleures attractions touristiques du département. Même sans oiseaux, le site, dominé par un donjon de près de quarante mètres de haut, valait la visite. Cet impressionnant château de brique et de pierre, dressé sur une butte au-dessus de l'Adour, était l'une des anciennes forteresses de Gaston Phébus. Ce magnifique prince béarnais avait choisi le soleil comme emblème. Pour rayonner sur le grand Sud-Ouest féodal.

Abandonné pendant des années, le château avait été restauré avec patience et passion par des groupes de jeunes du pays, encadrés par des professeurs médiévistes venus de Toulouse. Mikel lui-même avait passé quelques week-ends à les aider, en voisin, même s'il s'était toujours senti mal à l'aise au milieu de ces diplômés. « Ils parlent du Moyen Age comme s'ils y vivaient encore », s'étonnait-il. D'une ruine transformée en carrière de pierres, ils avaient fait un superbe mémorial du Moyen Age gascon.

Pour Mikel, cette restauration n'avait d'intérêt que d'accueillir le spectacle des rapaces. A l'âge où les garçons du pays tournaient autour des filles en faisant pétarader leurs mobylettes trafiquées, il avait commencé à lire ce qu'il trouvait sur la vie des oiseaux. Vers seize ans, sa fascination s'était transformée en passion exclusive. Il avait vite préféré le croassement des corneilles ou le sifflement du busard Saint-Martin au rire des filles. Il avait adopté une petite chouette chevêche tombée un matin dans le conduit de cheminée de sa chambre. Il avait tenté de l'élever, mais elle était morte au bout de quelques jours.

Après son échec au concours de la SNCF, Mikel avait un jour trouvé une boule de plumes dans une douve du château de Montaner. Le petit oiseau effrayé était blessé. Emu aux larmes par ce bébé corneille, il avait longuement cherché le nid familial autour du château. Il avait vérifié en vain les fourches de tous les grands arbres. Cherchant un réconfort et un compagnon, il avait décidé de nourrir et de sauver sa trouvaille. L'oiseau était rapidement devenu une grosse masse couleur de nuit, noire des pattes au bec. Mikel découvrit l'intelligence des corneilles et surtout leur fidélité. Progressivement apprivoisé, l'oiseau le suivit bientôt partout. Mikel le baptisa Néra, la noire.

Un jour d'orage violent, le facteur qui s'était abrité quelques minutes dans la cuisine des Lapoudge devant un verre de blanc avait observé l'agitation de Néra, qui allait et venait sur le dallage de la cuisine en hochant la tête, le bec menaçant. Il s'était adressé à Mikel, moqueur :

« *Auseth de malur*[1] ! Elève un corbeau, il te crèvera les yeux... Méfie-toi, petit, les anciens avaient raison. »

Mikel avait voulu répliquer mais il garda tout pour lui, comme d'habitude. « Encore un qui ne sait rien et qui ne comprend rien. » Il détestait cet homme trop gros, trop sûr de lui, toujours d'accord avec le dernier qui parlait, pourvu qu'il le fasse devant un verre bien plein. Il se retint, la réplique au bord des lèvres, lui-même surpris par la violence de sa pensée : « C'est à toi, oui, pauvre larve, qu'il bouffera la cervelle. »

Mikel avait quitté la cuisine sans rien dire, la corneille sur les talons. C'était l'heure de la tournée des pièges à souris ou à mulots, le plat préféré de Néra. Après l'avoir recueillie, il l'avait d'abord nourrie de lait, de vers et de petites graines qu'il mâchait avant de les lui glisser dans le bec. Maintenant, Mikel ne lui donnait plus que des insectes, des lézards et des rongeurs qu'il capturait dans les environs du château de Montaner, sous les pierres de la vieille forteresse. Il découpait les cadavres d'animaux avec son couteau et hachait sommairement les morceaux encore palpitants. Néra les dévorait à grands coups de bec.

Econome et méthodique, Mikel gardait les restes dans sa fourgonnette où son oiseau disposait d'une grande cage, soudée juste derrière son siège. Il aimait conduire avec la corneille perchée sur son épaule, sa joue contre le bec. Il lui parlait souvent en caressant son aile d'un petit coup de tête sur le côté.

1. Oiseau de malheur.

Depuis le début de l'été, la Tour des Rapaces présentait aux visiteurs une exposition d'oiseaux de proie en cage et, deux fois par jour, le matin et l'après-midi, un spectacle organisé autour de leur repas. Le succès allait croissant. Dans un ballet de froissement d'ailes et de claquements de bec qui faisait parfois crier de peur les spectateurs, les aigles, les vautours, les milans, les circaètes venaient survoler la foule en rase-mottes pour attraper au vol leurs morceaux de viande. Certains piquaient comme des pierres sur de petits serpents déposés sur des murets. Pendant le spectacle, Mikel était chargé de libérer les rapaces au signal d'un fauconnier — le moment qu'il préférait —, puis de les récupérer pour les renfermer. Le reste du temps, il nettoyait les cages et faisait quelques menus travaux d'entretien.

Mikel s'était fabriqué un gros bracelet en cuir dans une lanière qui servait autrefois à l'attelage des bœufs. Néra venait se poser sur son poignet. Il avait imaginé avec sa corneille une nouvelle démonstration pour le public. « Ils vont voir, tous ceux-là. Je te leur prépare un numéro… Ce sera bientôt l'un des plus attendus de Montaner. » Il s'entraînait en secret dans une clairière du bois du Marmajou pour le présenter au directeur de la Tour.

Son inquiétude concernant la conductrice de la R 5 rouge ne l'avait pas quitté. C'était même devenu une obsession, alors qu'il ne pouvait demander conseil à personne. Il ne savait pas comment l'identifier. C'est Mathias qui lui avait donné la bonne idée.

« Demande à Laurie, elle doit connaître du monde par ici. »

Laurie ! Il n'y avait pas pensé. « C'est vrai qu'elle connaît beaucoup de monde. En plus, elle est allée au lycée de Vic. Elle doit avoir plein de copines dans le coin… » Mikel fréquentait Laurie plus par désœuvrement que par amour. « Sa bonne amie de cœur », confiait sa mère aux commères du village, sans rien savoir de leurs relations. Elle avait à peine entrevu cette fille, un soir, dans la fourgonnette de son fils. « Ma bonne amie de baise, oui », se disait à chaque fois Mikel en affichant un étrange sourire qui tendait un peu plus ses pommettes.

Il avait rencontré Laurie trois mois plus tôt au supermarché d'Aureilhan, à la sortie nord de Tarbes, en revenant du centre FPA. Laurie occupait un emploi temporaire d'agent de surface en attendant d'être embauchée à l'usine de foie gras de Maubourguet. Ce soir-là, elle avait manqué l'autobus de SALT-Autocar pour rentrer chez elle, à Lafitole. Elle faisait du stop. Plutôt écolo, un peu bohème et rebelle, contre tout et contre rien, Laurie avait aimé la compagnie de ce grand type plutôt timide qui lui parlait si bien des oiseaux. Mikel s'était senti en confiance. Cette fille pâle aux cheveux clairs qu'elle nouait en tresses vaguement africaines savait l'écouter sans trop parler. Son front haut, souligné par un foulard multicolore attaché en bandeau, le fascinait. Le premier soir, il avait décidé d'accompagner l'auto-stoppeuse jusqu'à Vic, puis il avait poussé jusqu'à Nouilhan, cinq kilomètres plus loin, pour la déposer enfin à Lafitole, par la route qui traversait le bois du Marmajou.

« Laisse-moi sur le pont de l'Adour, à l'entrée, avait dit la fille, un peu méfiante.

— Mais pourquoi ? Je peux te déposer devant chez toi.

— Non, non, je ne suis pas loin, juste à côté de la nouvelle salle intersports, mais c'est un sens interdit. »

Au moment où elle allait descendre, Laurie avait posé sa main sur le bras de Mikel, tendu sur le volant. Elle avait senti tressaillir le muscle sec.

« Tu es costaud.

— Je fais de la muscu... à Vic », avait-il répondu, énonçant cela comme une évidence.

La remarque de Lauric lui avait fait un plaisir immense. Pour la première fois depuis bien longtemps, il recevait un vrai compliment. Cette fille était du pays. A en juger par son jean déchiré et quelques mèches décolorées qu'il trouva attirantes, elle devait s'y connaître un peu sur la morphologie la plus secrète des garçons du Val d'Adour. Ce qu'elle venait de dire représentait aussi pour lui la plus belle récompense, après tant d'efforts et d'argent dépensés dans la salle de musculation qu'il fréquentait depuis dix-huit mois. C'était la revanche de l'adolescent malingre qui n'avait jamais trouvé sa place dans l'équipe de rugby du village, comble de l'humiliation dans ce grand Sud-Ouest où il fallait mouiller le maillot avec un ballon ovale pour devenir un vrai fils du pays.

Mikel savait qu'il était un peu plus fort et résistant que la moyenne. Sur le chantier de restauration de Montaner, il s'était imposé pour hisser les charges les plus lourdes, en haut du donjon. Jusqu'au soir, c'est lui qui acceptait de porter les brouettes les plus remplies. On l'avait félicité. Les filles avaient remarqué sa musculature nerveuse, sa peau hâlée, luisante de sueur sous son éternel débardeur noir. Un peu troublé lors de sa première journée de chantier, un conservateur du patrimoine venu en mission de Toulouse avait même essuyé ses petites lunettes cerclées de bleu pour mieux l'observer. Le regard glaçant de Mikel l'avait vite renvoyé aux encorbellements et à ses étudiants, nettement plus accessibles.

En laissant cette fille qui venait de le complimenter à l'entrée de Lafitole, la première fois, Mikel l'avait trouvée plutôt maigre, ce qui lui avait plu. Elle s'était éloignée, un peu voûtée, serrant contre elle une sorte de besace en corde qui lui tenait lieu de sac à main, décorée d'un foulard indien mauve. Ce soir-là, lorsqu'il reprit la route vers

Vic, Mikel pensa qu'il n'avait pas vu le temps passer. « Je la reverrai, cette fille... Mais que je suis couillon ! Je ne lui ai même pas demandé son nom ! Bougre de crétin d'âne que je suis... »

Il sut son nom dès le lendemain. Mikel et Laurie prirent l'habitude de se retrouver une ou deux fois par semaine près d'une ancienne cabane de forestiers dans le bois du Marmajou, la dernière grande chênaie protégée du Val d'Adour. Elle lui racontait ses journées, la médiocrité de ses collègues de travail, la méchanceté des chefs de rayon. Il l'écoutait distraitement, en guettant les bruits de la forêt. Mikel aimait ces sous-bois impénétrables. Il s'y promenait pour repérer les traces d'animaux, lever des vols de tourterelles ou de vanneaux, sentir le mystère de ce bois plein de vies que les autres ne voyaient jamais, riche d'histoires tragiques qu'il avait entendu raconter chez lui et qui le fascinaient. En 1944, le bois du Marmajou avait servi de terrain de règlements de comptes, avec quelques malheureux notables suppliciés par des résistants de la onzième heure.

Laurie prenait toujours l'initiative des caresses. Ensuite, Mikel dénouait le long foulard qu'elle aimait porter autour de la taille, parfois dans les cheveux ou attaché à un poignet. Après l'amour, elle fumait un curieux tabac, une herbe entêtante qu'une de ses amies achetait dans un bar-bowling à l'entrée d'Aire-sur-l'Adour. Et Mikel lui racontait le retour des gypaètes barbus dans les Pyrénées, la vitesse d'attaque des faucons noirs et l'intelligence des corbeaux. Par précaution, il n'avait pas encore osé lui parler de Néra et il s'arrangeait pour ne pas emmener sa corneille avec lui dans le Marmajou. Mais, dans ces moments-là, elle lui manquait.

« Tu ne le sais pas, mais je te le dis : le cerveau du grand corbeau est proportionnellement sept fois plus grand que celui du pigeon.

— Ah bon ? »

Laurie ne comprenait pas bien ce que voulait dire ce « proportionnellement sept fois plus grand ». Mais elle avait décidé de faire confiance à Mikel. Sa science la rassurait, autant que sa force. Cela lui suffisait.

« Mais c'est énorme, tu sais, insistait Mikel. C'est l'oiseau le plus intelligent du monde. Plus qu'un chien, même...

— Alors là, ça m'étonnerait. »

Mikel lui annonça un jour que les corbeaux étaient ses meilleurs amis au monde. Il lui parla de sa « vraie sœur ».

« Elle s'appelle Néra. C'est... une jeune corneille que j'ai apprivoisée. »

Laurie hésitait à le croire jusqu'au jour où Mikel lui présenta l'oiseau, dans sa cage. Elle fut impressionnée par le bec court, les serres et cet œil d'encre brillant qui ne la quitta pas une seconde. Elle trouva sa couleur inquiétante comme la nuit.

« On dirait qu'elle est en deuil...

— On n'a pas besoin de se peinturlurer pour paraître beau », répliqua Mikel, un peu vexé.

Laurie respira : ce jour-là, elle n'était pas maquillée. Elle évita ensuite de lui poser des questions sur l'oiseau et sur la famille Lapoudge. Les choses viendraient en leur temps, pensait-elle. Mais cette rencontre avec Mikel et Néra venait d'accélérer le cours de sa vie dans une direction qu'elle n'avait pas imaginée.

3

Le géant aux cheveux gris avait parlé, à voix lente et basse, pour mieux se faire comprendre. Clara aurait préféré qu'il crie, qu'il s'emporte, comme il le faisait autrefois, au tout début de son séjour dans la communauté. Elle n'avait jamais vraiment supporté ces leçons cérémonieuses, ces réprimandes froides au cours desquelles les paroles du Maître s'insinuaient dans son cerveau et dans celui des autres fidèles. C'était du plomb fondu qui emportait toutes les volontés, les unes après les autres. Personne n'y résistait. Elle en savait quelque chose, dévouée corps et âme à celui qui l'avait tant aidée.

Mais Clara n'aimait pas s'opposer. Il ne le fallait pas, pour son bien-être et pour celui de la communauté. Elle aimait le Maître. Lui seul avait su l'élever à des hauteurs qu'elle avait longtemps ignorées. Grâce à lui, elle était allée de découverte en découverte, sur elle-même et sur les autres. Lorsqu'elle avait échoué ici, dans cette grande demeure installée sur la colline de Monluc, au-dessus de l'océan de maïs où paressait l'Adour, elle n'était plus rien. Le Maître l'avait apaisée puis enrichie. Elle avait trouvé la paix dans le calme de la communauté du Relais de Lumière.

— Rien ne doit te conduire à t'affranchir de l'harmonie que tu as librement choisie, poursuivait l'homme à voix basse, un ton au-dessous de son timbre normal. Te voilà avec nous et nous sommes avec toi.

Clara ne pouvait qu'approuver. L'harmonie présidait à la règle de vie choisie par tous. Depuis son arrivée au Relais de Lumière, elle n'avait cessé de ressentir cette fusion. Cette impression ne l'avait plus jamais quittée.

— Te voilà en moi comme nous sommes tous en toi, Clara, porteurs de lumière. Notre famille est une particule du grand cosmos d'amour universel dans lequel nous sommes appelés à fusionner, comme toi tu es une particule de notre communauté. Tu peux avoir ta place en nous et avec nous, toute ta place, comme nous sommes en toi et avec toi.

La logique de cet enchaînement de mots la rassurait. Elle lui prouvait que la communauté ne cesserait pas de la protéger mais aussi de l'encourager. L'homme à la brosse gris fer continuait lentement, presque au ralenti, concentré sur ce monologue qui ramenait la paix dans les esprits de tous ceux qui étaient assemblés. Clara s'aperçut que le Maître avait chaud. Son large visage couvert d'un voile de transpiration luisait doucement dans la clarté des deux flambeaux qui encadraient son siège. Trois gros cubes de cire, surmontés chacun d'une dizaine de petites mèches allumées, assuraient le reste de l'éclairage de cette grande pièce circulaire, presque nue : la salle des Assemblées de Lumière. Ce lieu de calme et de méditation permettait à chacun de remettre son destin entre les mains de Milharis, le Maître. Chacun repartait allégé de son fardeau.

La danse orangée des flammes s'animait par moments au rythme de la formidable énergie que dégageait cet homme massif, tassé dans son fauteuil de bois aux accoudoirs sculptés en forme de pommes de pin. Il dominait Clara, agenouillée devant lui, assise sur les talons, dans la posture recommandée pour l'Assemblée de Lumière.

La tête droite, Milharis laissait son regard se perdre loin au-dessus de Clara, sur la tenture rouge qui couvrait le mur de pierre à mi-hauteur, sur une longue tringle de bois sombre.

La cire parfumée répandait un parfum légèrement chypré qui prédisposait chacun à donner le meilleur de soi au Maître et à la communauté. Une dizaine de frères et de sœurs composaient l'assistance, en cercle autour du Maître et de Clara. Tous étaient assis dans la même position, les yeux fermés, les mains posées à plat sur les cuisses. Ils écoutaient eux aussi Milharis, concentrés sur chacune de ses paroles, pourtant presque inaudibles. Cette séance de « mise en lumière » se tenait toutes les semaines. Chaque fidèle savait qu'il passerait un jour au centre, point focal des énergies de tout le groupe, mise en lumière de soi, jusqu'au fond de son être, devant les autres.

— Nous captons tes ondes négatives et te restituons notre énergie positive, rappelait toujours le Maître.

Cette fois, c'était au tour de Clara, placée au centre du cercle de vérité qui permettait à la communauté de communier avec le cosmos, à travers le magnétisme de Milharis, véritable intercesseur entre les forces de la terre, de l'eau et de l'air.

Perché sur un pan de la muraille, près du guichet d'entrée de la Tour des Rapaces, Mikel fumait, l'air préoccupé. Il n'avait pas cessé de penser à la petite réflexion de Mathias sur Laurie, qui devait « connaître du monde ». Il observait depuis un moment plusieurs jeunes filles qui s'échangeaient les tickets d'admission en riant. Ce groupe lui donna la solution qu'il cherchait. « Les gonzesses, c'est comme les hirondelles et les chauves-souris : ça va toujours par bandes. Comme si elles ne pouvaient jamais se passer les unes des autres. » L'image des deux filles de la R 5 rouge se superposa à celle du groupe. Il repensa à Laurie : « Le con que je suis ! Elle connaît peut-être une des deux filles de la R 5, la Nathalie ou l'autre, celle qui conduisait. Peut-être même qu'elles étaient au lycée ensemble. » Ce soir-là, Mikel réussit à quitter son service plus tôt que d'habitude. De retour chez lui, au lieu de s'allonger dans sa chambre, il prétexta un achat urgent pour Néra.

— Maman, je vais à Maubourguet. Je n'en ai pas pour longtemps. Tu n'as besoin de rien ?

Il démarra sans avoir attendu la réponse et fonça vers Maubourguet. Dans le hall de réception de l'usine de foie gras, il demanda à parler à Laurie. Il la vit arriver après plusieurs minutes d'attente. Laurie semblait flotter dans sa blouse de nylon bleu ciel. Ils ne s'étaient pas revus depuis presque une semaine. Elle sourit, heureuse de le revoir. L'échange fut bref.

— Salut... Fais gaffe, Mikel. Mon chef n'est pas commode. Il n'aime pas quand on parle aux gens pendant le travail.

— T'inquiète. Il n'a pas intérêt à me dire quelque chose. Je le gaverais avec ses foies, tu verrais ça... Dis, on se voit ?

— Ouais...

— Et à quelle heure tu sors ?

— A dix-huit heures. A peu près, quoi.

— Je t'attends, d'accord ? A côté du portail.

Laurie retrouva Mikel dans la fourgonnette.

— Putain, ça pue toujours là-dedans.

Elle ne s'était pas habituée à l'odeur fade de plumes et d'humidité qu'elle avait sentie la première fois. L'habitacle lui faisait penser au poulailler de sa tante et, en pire, aux couettes en plumes de canard que fabriquaient ses parents matelassiers, de moins en moins souvent à vrai dire. Elle n'osait pourtant pas insister sur la puanteur de la fourgonnette, trop heureuse que ce gars discret et rassurant s'intéresse à elle. Laurie se faisait une joie de ces pauses occasionnelles avec Mikel, loin de ses collègues de travail, des filles qui ne parlaient que de fringues et des virées du samedi soir.

— C'était dur, aujourd'hui ?

— Oh... pareil...

N'osant jamais se livrer pour ne pas risquer de dire de bêtises, Laurie utilisait souvent ce mot, comme le faisaient les vieux du pays. Une expression d'attente et de diversion, teintée parfois de pudeur ou de prudence, l'équivalent du « P'têt' ben qu'oui, p'têt' ben qu'non » des Normands. Laurie l'avait employée, comme si son instinct lui commandait de continuer à se protéger de cet homme qu'elle connaissait encore si mal.

La question de Mikel n'était qu'un prétexte qui leur permit de savourer le long silence qui suivit. En général, ils se parlaient peu. Ces silences, équivoques au début, les avaient en réalité rapprochés, comme une sorte de pacte tacite. Mikel prit la direction de Bours, vers le petit lac de retenue où l'Adour prenait ses aises en s'étalant dans la plaine, juste après sa traversée de Tarbes. Il gara la fourgonnette près d'un gros platane au tronc couvert de blessures et, tout naturellement, Laurie se rapprocha de lui.

— Y a du monde qui passe ici, dit-il dans un sourire à peine esquissé sans oser la regarder.

— On n'est pas les premiers, je crois... répondit-elle en observant les cicatrices laissées sur l'arbre par les amoureux, un fouillis de cœurs, de flèches, de prénoms, de dates.

— Eh oui, ni sans doute les derniers...

Mikel cherchait à renouer la complicité sensuelle qui le faisait rester avec Laurie, plus longtemps qu'avec les autres. Cela la mettrait en confiance. Il raisonnait avec elle comme il le faisait avec Néra. « Il faut lui donner ce dont elle a envie, c'est comme ça qu'on apprivoise... Les oiseaux comme les humains. » La seconde d'après, Mikel avait lâché le volant. Sa main droite posée sur la cuisse de Laurie, il l'enlaça, la plaquant contre lui, le nez dans ses cheveux, la bouche sur son front. Laurie bascula vers lui et Mikel se laissa aller vers l'arrière. Il sentit ses côtes, ses hanches saillantes. « Elle est maigre comme un coucou et j'aime ça. » Il la coucha sur lui puis la serra par pressions de plus en plus fortes. Elle perçut son désir.

— Mikel, tu crois qu'on a le temps ?

Mais Laurie laissait ses mains aller sans plus de retenue. Elle était à la fois prise et rassurée par l'énergie que dégageait Mikel. Elle gémit.

— Je te fais mal ?

— Non, je suis bien...

— Viens, continue.

Ils fumaient en silence. Mikel avait entrouvert la vitre quand il avait vu Néra s'agiter à l'arrière. La fumée rendait la corneille très nerveuse et parfois agressive.

— Dis-moi, Laurie, j'ai un copain qui a rencontré une fille en boîte. Je crois qu'elle s'appelle Nathalie, ou Stéphanie, ou un truc comme ça, je ne sais plus. Elle a une R 5 rouge. Il voudrait la revoir, mais il ne sait pas comment... Ça te dit quelque chose ?

Rêveuse, Laurie se disait qu'elle se sentait bien, après sa longue journée de travail. Ce Mikel était simple et surtout pas envahissant, comme tant de copains de ses amies qui croyaient pouvoir mettre les pieds sous la table familiale après quelques soirées passées ensemble.

— Peut-être qu'elle était avec toi au bahut. A Vic, dans tes anciennes copines...

— Ah oui ? Attends. Comment tu dis ? Nathalie, avec une R 5 rouge. Eh bé, oui, té : c'est sûrement la copine de Juliette. Elles sont toujours ensemble depuis qu'elles ont leur studio à Vic.

— Tu les connais ?

Mikel cherchait à cacher son impatience. Il avait toujours su rester calme, malgré la pression. Seuls son nez un peu plus pincé que d'habitude et une légère crispation de la mâchoire trahissaient sa nervosité. Laurie ne pouvait pas le voir.

— Je pense que c'est elles. Elles ne foutaient rien et se sont mises ensemble en quittant leurs familles. Elles sortent tout le temps. Je les vois parfois.

— Qu'est-ce qu'elles font ?

— Je crois qu'elles redoublent leur terminale à Mendès-France... Elles ont déjà pas mal de retard et...

— Tu connais son nom de famille ?

— Ah oui ? Monsieur est intéressé... Et par laquelle des deux ?

— Mais non, c'est pour mon copain.

— Je préfère. Alors c'est laquelle qu'il veut revoir, ton pote ? Nathalie Moulis ou Juliette Andréani ?

Le soir même, après avoir raccompagné Laurie à Lafitole, Mikel avait cherché les deux noms dans l'annuaire des Hautes-Pyrénées. Il avait trouvé deux numéros au nom d'Andréani. L'un accompagnait une publicité pour la plus grosse entreprise de maçonnerie du canton, Andréani et Fils. L'autre numéro était au nom de Juliette Andréani. Par précaution, il appela d'une cabine de l'entrée de Tarbes, un peu avant vingt-deux heures.

— Allô, bonjour... Je... Bonsoir. Vous êtes Juliette ? demanda-t-il à la jeune femme qui avait décroché.

— Oui, répondit Juliette d'une petite voix, plutôt méfiante car elle ne reconnaissait pas son correspondant et il était déjà tard.

— Eh bé... eh bien voilà. C'est pour te donner des nouvelles de Nathalie.

— Ah, justement, je me demandais...

— Elle est partie avec nous, l'autre soir, après la teuf... On est ensemble, en Provence, avec des copains.

Mikel réfléchissait à toute allure, cherchant à inventer l'histoire la plus crédible pour rassurer cette fille.

— Mais où est-elle ? Et pourquoi elle ne m'appelle pas ?

— Tout s'est fait très vite, tu sais. Elle voulait se casser quelque temps. Elle en avait marre. Elle va t'appeler, elle m'a dit. Promis. Mais tout va bien, tout va bien. Elle te rappelle, promis.

Mikel raccrocha, un peu oppressé par ce mensonge, par cet effort d'imagination. Il se demanda si la fille avait cru à son histoire. Par précaution, il nota l'adresse inscrite sous le nom de Juliette Andréani. Il saurait maintenant où retrouver la conductrice de la R 5 rouge.

Juliette et Nathalie partaient toujours ensemble à leurs fêtes de fin de semaine, mais elles rentraient parfois chacune de leur côté, au hasard de leurs rencontres. Pendant les périodes de vacances, Nathalie avait l'habitude de réapparaître deux ou trois jours après une rave-party, les traits tirés mais souriante.

Cette fois encore, Juliette ne s'était pas inquiétée. Elle connaissait sa « Natha », fantasque, excessive, solitaire, toujours prête à « péter les plombs ». Les deux filles avaient signé entre elles une sorte de pacte de sécurité :

des précautions élémentaires face à la drogue et au sexe, qu'elles pratiquaient sans beaucoup de retenue, et toujours un petit signe en cas d'absence prolongée. Le coup de téléphone de ce copain inconnu de Nathalie l'avait rassurée. Maintenant, elle attendait l'appel ou le retour de son amie. C'était probablement une question de jours.

De toute façon, les deux filles étaient majeures, seules à gérer leur vie. Et, depuis quelques mois, un peu livrées à elles-mêmes. Nathalie Moulis et Juliette Andréani n'avaient plus vraiment de comptes à rendre, si ce n'est au lycée Pierre-Mendès-France de Vic-en-Bigorre, pour encore une année scolaire et, souvent, pour la forme. Elles redoublaient une terminale ES. Juliette et Nathalie appartenaient à un petit groupe de rebelles, filles et garçons, qui alourdissaient l'atmosphère. L'administration du lycée les contrôlait tant bien que mal, mais avait pratiquement renoncé à les faire travailler. Avec quelques autres élèves qui leur ressemblaient, enfants de paysans, de commerçants ou de salariés de PME, elles s'étaient progressivement marginalisées.

« Pas de désordre ni de drogue dans l'établissement, avait prévenu la proviseure en cours d'année, une femme énergique et lucide qui savait qu'on ne peut jamais forcer quelqu'un à travailler. Respectez la discipline générale, c'est tout ce que l'on vous demande. Si vous ne voulez pas bosser, c'est tant pis pour vous. C'est votre avenir qui est en cause, pas le mien. »

« J'attends que des emmerdes », avait répondu Nathalie à Hélène Bonneville, la conseillère d'orientation qui avait cherché à comprendre son obstination à accumuler les retards aux cours.

Lycéens sans motivation pour un bac qu'ils préparaient avec difficulté et résignation, la petite bande qui gravitait autour de Juliette et Nathalie n'attendait en réalité pas grand-chose de sa scolarité finissante.

« Se marrer », répétaient-ils.

La direction avait choisi de tolérer leurs retards, dans certaines limites. Elle avait attendu impatiemment la fin de l'année scolaire pour s'en débarrasser. Mais un noyau de trois élèves, Nathalie, Juliette et un garçon un peu lunaire, avait raté le bac et recommençait son année de terminale. La proviseure était sans aucune illusion. Elle savait déjà que la rentrée de septembre ramènerait dans son établissement un nouveau contingent de ces jeunes paumés, poussés jusqu'au lycée par la force des habitudes, la pression familiale et le manque d'idées. La plupart arriveraient révoltés, contre tout et d'abord contre eux-mêmes.

Complices depuis toujours, Juliette Andréani et Nathalie Moulis avaient pratiquement coupé les ponts avec leurs familles. Tôlier chaudronnier à l'établissement de GIAT-Industries à Tarbes, le père de Nathalie était un brave homme passionné par les métaux, son travail d'équipe et le camping-caravaning. Chez les Andréani, on avait beaucoup plus d'argent. Juliette était une privilégiée et, en toute logique, n'aurait jamais dû basculer dans cette semi-marginalité.

Son père dirigeait Andréani et Fils, la principale entreprise de maçonnerie du Val d'Adour. La saga familiale avait été jusque-là un modèle de réussite et d'intégration. Les arrière-grands-parents Andréani étaient arrivés de Ligurie avant guerre, avec la grande vague d'immigration qui avait essaimé dans le sud de la France des milliers de petits paysans italiens déshérités. En Midi-Pyrénées, beaucoup étaient devenus métayers et avaient su s'enrichir aux dépens de leur propriétaire. D'autres avaient choisi l'artisanat, comme Joseph Andréani, l'aïeul, maçon hors pair, travailleur sans relâche. Avec une vraie conscience professionnelle et le sens des affaires, son fils et lui avaient profité de la grande période des Trente Glorieuses, lorsque la France avait commencé à se couvrir de résidences secondaires.

Son petit-fils, baptisé François pour mieux l'intégrer à la société française, avait pris la suite et agrandi l'entreprise. Il préparait le passage de relais à la quatrième génération des Andréani. Laurent, l'aîné, ingénieur aéronautique à Toulouse, avait pris une autre voie. Sébastien, le fils cadet, paraissait plus intéressé par l'entreprise. Il finissait l'école supérieure de commerce de Bordeaux. Juliette était la petite dernière, arrivée douze ans après les garçons. Ses parents lui avaient cédé quasiment sur tout. L'enfant trop gâtée était devenue une adolescente incontrôlable. Elle n'en faisait plus qu'à sa tête après avoir découvert l'effet dissuasif du chantage à la fugue, en compagnie de sa meilleure amie, Nathalie.

La distance prise avec leurs familles était pour les deux filles la première étape vers cette liberté totale qu'elles cherchaient. Ni l'agriculture ni l'industrie ne les intéressaient. La télévision leur avait révélé un tout autre univers de libertés. Elles disaient vouloir travailler dans les services, l'économique et le social, s'occuper d'enfants. « Loft Story » ou « Star Academy » les fascinaient. Elles enviaient le destin de ces filles et s'identifiaient à elles. Juliette et Nathalie savaient qu'elles ne trouveraient jamais cette liberté tant espérée en restant coincées entre la montagne et la forêt landaise.

Il ne se passe jamais rien ici, répétaient-elles à leurs parents et à leurs professeurs.

Les Moulis comme les Andréani étaient dépassés par les événements. Cette autonomie presque sans limite progressivement conquise par leurs enfants leur semblait irrécupérable. Les premiers n'arrivaient pas à boucler leurs fins de mois. Les autres se débattaient dans les problèmes d'adaptation de l'entreprise aux trente-cinq heures. Aucun n'osa réagir aux premières incartades des filles. Sans se l'avouer, les parents étaient impressionnés par ces enfants qui parlaient de choses qu'ils ne connaissaient pas et ne connaîtraient probablement jamais. Ils en étaient arrivés à craindre leurs réactions. Après avoir commencé à laisser faire, ils avaient renoncé.

« Vous savez, les jeunes, aujourd'hui... »

Il y eut les retards au lycée. Suivirent les premières nuits blanches et les retours au petit matin sur une moto qui réveillait toute la rue. Avec les vêtements informes trouvés dans un surplus militaire de l'entrée de Tarbes, elles eurent les cheveux teints en noir ou peroxydés, selon les moments. Après les anneaux aux oreilles, le piercing : le nez, le nombril et même la bouche. Les parents Moulis ne donnaient plus d'argent à Nathalie. Juliette en avait encore. Elle en demandait souvent à sa mère. Le chantage marchait à tous les coups :

« C'est ça ou je me prostitue ! C'est ce que vous voulez, papa et toi ? »

Ils cédaient. Au début de l'été, les gendarmes de Maubourguet avaient demandé un entretien à François Andréani, visiblement embêtés.

« Nous avons de fortes présomptions sur le fait que votre fille Juliette appartient à un réseau de consommateurs de stupéfiants, avait commencé l'adjudant Betbèze, le commandant de la brigade de Maubourguet. Rien de bien méchant encore, monsieur Andréani, je vous rassure, mais il ne faudrait pas qu'elle continue et qu'elle se mette à en vendre. Ce serait plus grave, évidemment. »

François Andréani avait eu un léger malaise, sans gravité.

« Mais nous lui avons tout donné, sa mère et moi... avait-il pu articuler après quelques minutes. Je ne comprends pas. »

Compréhensif et sensible, à l'abri de son uniforme, l'adjudant Betbèze avait été le seul à oser dire au patron ce que tout le bourg pensait. Il savait que certains affichaient même une trouble satisfaction de voir un « gros richard » rattrapé par le malheur : « Ils l'ont bien mérité, avec cette gosse gâtée, pourrie... »

« Mais, monsieur Andréani, il faut parfois savoir dire non aux enfants. Quand on leur cède tout, vous savez... »

L'adjudant s'était interrompu, de peur de devenir blessant à l'égard du chef d'entreprise qu'il savait si puissant dans le département, au mieux avec la nouvelle municipalité.

« Un gamin, c'est comme un arbre ou un animal. Il faut un tuteur ou une autorité. Et, de temps en temps, il faut serrer la vis. »

Juliette et Nathalie achetaient des doses de haschisch à des revendeurs de Laubadère, une cité de Tarbes, ou dans un bar d'Aire-sur-l'Adour. Cela coûtait cher. Et, quand il fallait remettre de l'essence dans la R 5 ou payer le loyer du minuscule studio qu'elles occupaient derrière la gare de Vic, l'argent des parents Andréani ne suffisait pas toujours. Elles faisaient des petits boulots, grappillés ici ou là ; du débarras, des ménages. A l'occasion, elles revendaient un peu de drogue. C'était ce qu'elles appelaient « la démerde ». Elles avaient même quelques clients habituels ou occasionnels autour du jardin Massey de Tarbes et dans un restaurant qu'elles fréquentaient sur la route d'Auch.

— L'as-tu mérité ? demanda le Maître.

— Oui, assurément, répondit Clara d'une voix faible, dès le début de l'Assemblée de Lumière.

Elle avait dû confesser avec précision le motif de sa « mise en lumière » et de cette remontrance publique de

Milharis : une réflexion un peu trop vive lors des travaux de lessive collective, un certain découragement et un léger accrochage avec Gaïa, la plus âgée des femmes, celle qui faisait office de gouvernante. Puis Clara avait écouté les paroles venues du Maître. Les mots s'enchaînaient sans interruption, les idées s'emboîtaient les unes dans les autres avec une logique implacable qui fermait toute échappatoire. Clara savait qu'on n'en sortait pas. Le voulait-elle, d'ailleurs ?

Dès son arrivée dans la communauté, elle avait compris que le Maître possédait une vraie intelligence du monde et des gens. Il savait tant de choses, et tant de personnes venaient le voir, de partout. Il irradiait. L'étrange petite croix qu'il portait en pendentif, en surimpression d'une tête en forme de soleil stylisé, l'avait longtemps intriguée. Jusqu'au jour où il lui avait dit ce que cela représentait : l'image symbolique de la « révélation » qu'il avait eue dans les Pyrénées. C'est à cette époque, huit ans auparavant, qu'elle avait accepté de changer de nom, comme tous les fidèles du Relais de Lumière. Isabelle Servat était devenue Clara, à la demande de Milharis.

Tout ce qu'il disait semblait toujours si vrai. Elle l'avait découvert progressivement, après avoir essayé en vain de s'en sortir par elle-même, de se libérer seule. Mais elle avait échoué. A quarante-trois ans, Clara avait enfin trouvé un refuge et le repos au sein du Relais.

Un échec professionnel, le vide sentimental et la terrible angoisse de vieillir seule, sans soutien, sans amour, l'avaient jetée dans la marginalité. C'est alors que le Maître l'avait rencontrée. Il lui avait tendu la main en l'invitant à rejoindre la communauté qu'il avait créée pour venir en aide aux autres : le Relais de Lumière. Son énergie, son attention et sa douceur avaient capté puis apprivoisé Clara, comme tous ceux qui l'entouraient en ce moment, issus d'horizons très divers. A leurs yeux, les qualités dont faisait preuve le Maître étaient bien celles d'un authentique sauveur d'âmes. Depuis, Clara travaillait de bon cœur à la « maison Milharis », comme disaient les voisins de Monluc. A l'image des autres compagnons du Relais, Clara avait découvert une certaine paix de l'âme.

— C'est l'amour qui nous a réunis, poursuivait Milharis. Ne laissons pas les ferments négatifs dissocier notre fraternité cosmique. C'est l'amour qui nous élève les uns vers les autres dans la lumière universelle. Clara, nous t'invitons à ne pas abandonner ton voyage personnel car ceux qui t'aident en ce moment t'ont rejointe. Ne laisse pas l'esprit de division éteindre ton soleil personnel, la lumière de ton destin, et te renvoyer d'où tu viens.

« Oui, il a encore raison », pensa Clara. Il fallait évidemment plus d'amour dans la communauté, entre elle et les autres, entre elle et le Maître, en qui tous se reconnaissaient. A quoi bon autrement rester au Relais, si c'était pour retrouver les mêmes divisions et la même sécheresse qu'à l'extérieur ? A quoi bon tous ces efforts ? Le Maître était le lien qui faisait l'unité de tous, dans ce lieu où chacun avait retrouvé l'espoir, l'amour, le goût de la vie, au service des autres. Comme un mauvais frisson, l'allusion aussi rapide que subtile du Maître lui remit en mémoire sa déchéance passée, l'errance, la rue, les squats, la drogue, cet univers d'où elle avait réussi à s'échapper. Retourner dans cet enfer, à ces années de galère absolue, l'horrifiait. C'était un cauchemar jamais fini. Telle une piqûre de rappel, les mots du Maître venaient de le réveiller.

Le ton de Milharis changea. Clara comprit que la séance allait s'achever. Il était temps. Elle se sentait épuisée, mais soumise et confiante. Elle avait pris de nouvelles résolutions. Elle avait décidé de mettre davantage de bonne volonté dans les tâches qui lui seraient confiées et qui pourtant, les jours précédents, lui avaient paru si pénibles. On lui renouvelait la confiance. Elle devait continuer à en être digne.

— Clara, ma sœur, reste fidèle à ta promesse. Répands la lumière de vie qui est en toi, pour éclairer le monde et chacun d'entre nous. Réchauffe-toi à notre soleil fraternel et irradie à ton tour le meilleur des forces qui sont en toi...

Un long silence suivit la péroraison. Raymond Pailhès — alias Milharis, le Maître, pour ses fidèles — ferma les yeux à son tour, dans la même position, la nuque toujours aussi droite, ses deux avant-bras légèrement décollés des accoudoirs du fauteuil. En baissant la tête pour s'abîmer dans la réflexion qu'exigeaient ces dernières minutes de concentration, Clara observa à la dérobée le visage de Milharis. La tension et peut-être la fatigue se lisaient sur ses traits. Il semblait avoir livré un terrible combat intérieur contre les ténèbres environnantes. Il avait donné toute son énergie dans cette mise en lumière. Pour Clara, pour l'aider.

Une bouffée de reconnaissance éperdue la submergea. Comment ne pas rendre à cet homme exceptionnel tout ce qu'il offrait avec tant de générosité ? Clara se promit d'être exemplaire. Elle savait qu'il fallait étendre le rayonnement du Relais, faire connaître le Maître, rassembler d'autres forces au service de la communauté. Elle avait accepté la mission de ramener des fidèles qui, comme elle, étaient en perdition dans la société. Elle ne se croyait plus en droit de refuser quelque chose au Maître et à ses frères et sœurs, eux qui faisaient tout pour l'arracher à ses forces obscures, pour la hisser vers la lumière universelle.

Béhotégui avait rappelé Mikel sur son portable le samedi matin.

« Donibane... »

Mikel se détendit en reposant le téléphone. Sans trop le savoir, il espérait prendre davantage part à ces activités que lui avait laissé espérer Béhotégui. Il ne savait pas vraiment de quoi il s'agissait. Il devinait confusément qu'il y aurait peut-être des risques. Mais il s'ennuyait, entre sa fidèle Néra, les rendez-vous avec Laurie et les démonstrations de rapaces à Montaner. Il voulait aussi oublier la rave-party d'Estirac, l'histoire de cette Nathalie. Il avait envie d'autre chose.

Deux mois auparavant, Béhotégui lui avait demandé d'accueillir deux de ses amis. Ils étaient arrivés un soir avec deux caisses de bois clair qu'ils avaient déchargées à toute vitesse, avant de repartir aussitôt, sans rien accepter à manger ni à boire, ce qui avait profondément vexé Odette Lapoudge.

« Ceux-là, ils ne sont pas gens de par chez nous, c'est moi qui vous le dis. Partir comme ça... Té, c'est quand même drôle... A croire qu'ils ont chopé la *caguère*[1]. »

Plus tard, Mikel était allé observer les deux caisses, marquées sur le côté de bandes de peinture jaune et de lettres incompréhensibles, hâtivement tracées au gros feutre noir. Elles étaient très lourdes pour leur taille. Mikel devait les garder « quelque temps », selon les termes de Béhotégui, mais il n'avait pas osé demander aux livreurs ce qu'elles contenaient. Un seul des deux hommes avait ouvert la bouche. Il parlait français avec un accent chuintant. « Espagnol du Nord », avait conclu Mikel. L'autre, sombre et plus nerveux, n'avait pas prononcé un mot. Les caisses avaient été hissées au fenil en quelques minutes. Mikel avait pris soin de les recouvrir de plusieurs bottes de foin et de piquer sa fourche à leur hauteur pour se souvenir de l'endroit. « Va savoir ce qu'elles contien-

1. Chiasse.

nent... En tout cas, il vaut mieux protéger tout ça du regard des envieux, pas vrai, Néra ? »

Béhotégui lui avait donné une adresse au-dessus de Bagnères-de-Bigorre, en remontant le cours de l'Adour. « Je suis prêt. Porter deux caisses dans la montagne. L'affaire me paraît simple. » C'était pour dimanche après-midi.

« A Bagnères, tu bifurques pour prendre la direction Asté, c'est par la D 8. Après Campan, sur la droite, tu t'arrêtes comme pour visiter la chapelle Saint-Roch. Sur place, on te donnera les instructions. Tu les suis, tout simplement.

— Comment je saurai que c'est eux ?

— Eux sauront que c'est toi. Ils te connaissent déjà.

Mikel aurait voulu poser des questions. Béhotégui ne lui en laissa poser qu'une seule.

— Mais pourquoi dimanche ? C'est le jour où il y a le plus de monde sur cette route...

— Justement », avait répondu Béhotégui avant de raccrocher.

Dès l'après-midi, Mikel entreprit de charger sa fourgonnette. Son père n'était pas dans la grange, une chance. Il n'aurait pas à lui donner d'explication sur le curieux trafic qu'il effectuait entre le fenil et son fourgon. Les caisses étaient vraiment lourdes. Elles lui sciaient l'épaule. « Quelque vingt kilos chacune... » Il peina pour les descendre du fenil par l'échelle de bois qui lui parut ce jour-là bien frêle. « Si ça continue, ces cons de barreaux vont craquer sous le poids. »

L'arrière de la fourgonnette était encore encombré d'outils qui lui servaient au chantier de Montaner et d'un sac d'aliments pour oiseaux, destiné à la volerie de la Tour. Il mit de l'ordre, rassembla la pelle et la pioche sur un côté, ramassa les gros gants de travail qui venaient de glisser au sol en faisant peur à Néra qui grattait la poussière à ses pieds. Elle fit un saut pour aller piquer l'un des deux gants. « C'est bien, ma Néra, tu as de la gnaque. Tu ne te laisseras jamais faire. » Il empila les caisses près de la cage, puis verrouilla la voiture après l'avoir garée sous le hangar, porte arrière collée au mur pour empêcher tout accès.

En revenant vers la cuisine familiale, Mikel s'étonna de transpirer autant alors que la température avait brusquement chuté. Le vent s'était levé sous un ciel très bas, annonciateur d'un gros grain. L'air venu de l'ouest portait des odeurs de végétation humide. Le Béarn, quelques kilomètres plus à l'ouest, de l'autre côté des collines qui dévalaient sur la plaine de l'Adour, devait déjà être noyé sous les averses.

En se couchant, impatient de se retrouver à dimanche, Mikel se demanda s'il fallait emmener Laurie avec lui dans la vallée de Campan. « Eh oui, pardi, ce serait mieux. On fera comme un couple tranquille qui va passer le dimanche à la montagne... »

Mikel était obligé de se faire remplacer à la Tour des Rapaces. Le directeur, un ancien éleveur de chiens passé dans la fauconnerie après avoir conduit à la faillite une pizzeria de Lourdes, l'avait mis en garde :

« Tu nous laisses tomber un dimanche, en pleine saison. Ça ne va pas durer, tu sais. Ce n'est pas les Restos du cœur ici, ni l'Armée du Salut.

— Ouais, ça va, ça va. Je ne peux pas faire autrement.

— Oui, mais nous, on saurait peut-être bien faire autrement sans toi !

— Attendez ! Quand je vous proposerai un nouveau numéro, peut-être que vous verrez les choses d'un autre œil. »

4

Agathe décida de partir sans repasser par le magasin de ses parents. Elle pensait avoir déjà tout dit à sa famille. Juste avant de refermer la porte, elle griffonna un petit mot, qu'elle laissa sur la table de la cuisine :

> *Comme je vous l'ai dit, je pars quelque temps. Je serai chez des copines de la fac. Je vous écrirai. Vous avez mon portable. Bises.*

Elle n'emportait qu'un minimum de bagages et un peu d'argent, son téléphone portable, un sac en bandoulière, une ou deux adresses à Paris. Des amies de la fac, montées dans la capitale pour les vacances, chez d'autres amies, l'hébergeraient ou l'aideraient à trouver un logement provisoire, en attendant la fin de l'été. Sur le pont de l'Adour, devant le magnolia géant qui donnait aux vieilles pierres du chevet de l'église des airs de palais andalou, elle hésita quelques instants. Fallait-il faire le crochet pour aller dire adieu à Maurice Peyroulet ? Elle renonça. Elle redoutait de faiblir devant son grand-père. Elle ne le voulait pas. Plus maintenant.

La route vers Tarbes et le sud était assez chargée. Sur la nationale, elle essayait de ne faire signe qu'aux voitures, en rabaissant vite son bras à l'approche des camions. Elle subissait le regard appuyé des routiers, assorti parfois d'appels de phares, et l'indifférence des autres. Une voiture s'arrêta. C'était une infirmière qui la connaissait de vue. Agathe fit semblant de ne pas la reconnaître.

— Je vous ai déjà vue sur le marché. Les légumes, c'est cela ?

Agathe aurait préféré être ailleurs. Ce rappel l'énervait. Elle n'avait pas envie de parler. Par chance, l'infirmière bavarde bifurquait vers le centre équestre d'Artagnan et la déposa au carrefour de Baloc. Agathe lui avait menti en disant qu'elle se rendait à Tarbes. Une fois seule, elle hésita. Son sac était un peu lourd et quelques gouttes de pluie commençaient à tomber. Elle détestait ce temps humide et plombé qui faisait oublier la lumière des semaines précédentes. Une mousse d'énormes nuages gris venus de l'ouest roulait au-dessus d'elle, alourdie par toute l'eau chargée au cours du voyage depuis le golfe de Gascogne.

Agathe décida de reprendre l'auto-stop et se remit bravement au bord de la route, le pouce levé. La tristesse de ce temps l'aidait finalement à s'éloigner de sa famille, à quitter son pays. La grisaille de cette précoce fin d'été soutenait sa fuite. Elle devinait que tout aurait été plus difficile en plein soleil. En pleine lumière, pouvait-on fuir sa terre ?

Une fourgonnette beige au museau aplati taché de rouille s'arrêta à quelques mètres d'elle, en mordant sur les graviers du bas-côté. Agathe aperçut les autocollants multicolores sur les portières et elle marqua une hésitation avant de s'avancer. Elle se méfiait de ces jeunes paysans qui récupéraient des épaves hors d'usage dans les ferrailles automobiles, puis les retapaient pendant des mois, moteur et carrosserie, avant de brancher une sono de dément. Les plus audacieux installaient un klaxon américain, pourtant interdit, ou une trompe de cargo transatlantique. Ensuite, ces coqs sillonnaient les campagnes à tombeau ouvert, portés par la bière et les décibels.

Le passager de la fourgonnette fit signe du bras par la fenêtre ouverte. C'était une fille. Prudente, Agathe scruta la cabine avec insistance, s'attendant à trouver une bande de jeunes partis en goguette pour la soirée. Ils n'étaient que deux, le conducteur, un gars vêtu de noir, l'air peu aimable, et une fille maigre, pâle, le front haut sous un bandeau indien. Elle fut rassurée.

— Vous allez où ?

Sans répondre, la passagère se serra vers le volant et lui lança :

— Tu montes, oui ? On t'emmène…

Elle avait l'accent plat du pays, un peu chantonnant. Le conducteur se pencha et grogna quelque chose qu'Agathe ne comprit pas. Elle ouvrit la portière et s'assit, aussitôt saisie par une odeur fade, quelque chose d'indéfinissable qu'elle n'arriva pas à identifier. Il faisait chaud, comme si le moteur était en prise directe sur l'habitacle. Ils allaient vers Lourdes. Elle aussi, et même plus loin, pensa-t-elle soudain, une boule d'appréhension dans la gorge.

Agathe les observait à la dérobée, sans oser leur parler. Elle n'y tenait pas, eux non plus, apparemment. Le conducteur fixait la route à travers un pare-brise maculé de fientes d'oiseau. L'homme était noueux, les mâchoires crispées. Elle remarqua l'expression tendue de son visage, accentuée par ses tempes étrangement concaves, et les mouvements de sa glotte protubérante glissant sous la peau, comme un silex aiguisé. Sa compagne s'était tassée sur son siège, les genoux repliés sous elle. Elle gardait le regard dans le vague en jouant avec une de ses mèches, sans plus porter d'intérêt à l'auto-stoppeuse.

Ces deux jeunes venaient probablement d'un de ces nombreux élevages de chèvres qui s'étaient installés depuis quelques années dans la région, pensa Agathe. Ils avaient racheté des terres réputées incultes, sur les coteaux qui bornaient le Val d'Adour, à l'est et à l'ouest. Elle connaissait un peu ceux de Labatut, où sa mère allait parfois chercher de petits fromages « façon Sainte-Maure », mais elle n'avait jamais aperçu cette fille et ce garçon. Les « zippies » ne faisaient de mal à personne, et deux ou trois jeunes du pays les avaient rejoints. Agathe savait par ses parents que les gens du pays n'aimaient pas beaucoup ces originaux vivant en communauté fermée, ne sortant que pour vendre leurs fromages sur les marchés et lors des fêtes de village.

« Des feignants qui vont toucher leurs allocs à la ville », affirmait son père, qui le tenait du maire.

Serrant son sac polochon contre elle, elle s'était laissé progressivement engourdir par la chaleur et le ronronnement de la vieille fourgonnette. Un chaos plus prononcé et le cliquètement métallique du frein à main la réveillèrent. Le conducteur regarda sa montre, sans un mot. La fille fouillait dans le vide-poche où traînaient une cordelette, un vieux gant de cuir, des bouts de plastique et un tube d'aspirine. Elle se tourna vers elle.

— Ah, t'es réveillée ? On est arrivés...

— On est où ?

C'est en posant la question qu'Agathe reconnut le vaste carrefour qui marquait l'entrée de Lourdes, à l'endroit où le boulevard du Centenaire dérive le trafic venant du nord vers le sud, par un large contournement aux allures de boulevard périphérique. A Lourdes aussi, d'épais nuages transformaient cet après-midi en journée quasi crépusculaire.

— Nous, on va à gauche, vers la montagne, dit la fille, presque indifférente. On te laisse là, d'accord ? Tu te débrouilles, hein ? ajouta-t-elle avec un ton encourageant.

Elle ouvrit la portière par-dessus les genoux d'Agathe.

— Attends, c'est dur à ouvrir. Tu reconnais ? T'as qu'à descendre l'avenue et tu es direct dans Lourdes. Allez, tchao...

— Merci pour le stop, lança Agathe en ouvrant la portière. C'est sympa. Tchao...

Elle sauta avec souplesse en balançant son sac, claqua la portière et fit un petit signe de la main auquel Laurie répondit. Juste au moment de se retourner pour ramasser son sac et s'éloigner, elle vit de nouveau le conducteur penché vers l'avant. Mikel l'observait par-dessus le tableau de bord. « Cette fille a la légèreté d'une hirondelle et la force d'un milan », pensa-t-il en enclenchant la première pour quitter le trottoir où il avait hissé son véhicule, garé de guingois.

La gare était à cinq cents mètres à peine du carrefour où Agathe avait quitté la fourgonnette. En longeant le parking de la salle des fêtes, avenue Marqui, elle repensa à un beau souvenir, une soirée passée avec Olivier et sa bande du fronton, un mois plus tôt. Elle chercha quelques secondes le nom de cet artiste qui les avait tant fait rire : Fourcade, originaire du pays. L'humoriste jouait avec les mots comme un jongleur avec ses boules multicolores. L'image de ce jeune hirsute lui arracha un sourire. Agathe n'avait pas bien compris tout son spectacle, mais elle avait beaucoup ri et, surtout, elle s'était sentie ailleurs, le temps d'une soirée, loin de tout ce qui lui semblait si pesant dans sa vie. Ce soir-là, elle s'était une nouvelle fois serrée contre Olivier.

Elle se dirigeait vers la gare sans bien savoir si elle allait réellement prendre le train de nuit pour Paris. Craignant d'être reconnue à la gare de Tarbes où travaillait une de ses anciennes amies de lycée, elle avait choisi de partir de

Lourdes. La grande ville des pèlerinages lui paraissait plus anonyme. Elle s'était imaginée perdue dans la foule des pèlerins qui ne cessaient de converger dans la cité mariale. Au moins, elle était sûre de ne pas voir ses parents venir la récupérer ici. Par-dessus tout, elle avait peur d'être reconnue. Elle ne voulait surtout pas donner l'impression de chercher du secours, d'avoir besoin de quelqu'un. Sa fierté le lui interdisait et c'est précisément cela qu'elle fuyait : cette sensation étouffante de toujours vivre sous le regard des autres, de devoir aux autres, de ne pas être libre. Partir, c'était respirer.

Elle avait faim et soif, mais aucune envie de se retrouver dans un café, au milieu de gens qu'elle ne voulait pas côtoyer, dans le bruit des expressos et des flippers. Les regards et les réflexions des clients et des serveurs lui auraient été insupportables. Elle préférait regarder le flot des travailleurs qui retournaient chez eux et les pèlerins sur le départ par les trains de nuit. Agathe avait vu passer devant elle quelques hommes d'affaires, la cravate déjà desserrée, des employés, des secrétaires, des salariés des Sanctuaires, pressés de rejoindre leur quai, trottinant pour échapper aux gouttes qui tombaient par intermittence.

La salle de l'Assemblée de Lumière s'était vidée, dans le plus grand silence, comme le voulait l'habitude. Clara connaissait bien le rituel. Sans se retourner, elle avait perçu le léger frottement des pieds nus sur le grand tapis jaune paille, puis le glissement soyeux des tuniques-pantalons que tous portaient dans le domaine. Après de longues secondes de silence, le Maître l'invita à prendre l'une des deux coupes de bois clair que Gaïa avait préparées. Il fallait boire ce liquide orangé. Cet échange de breuvage marquait son retour symbolique dans la communauté.

Clara but, les yeux fermés, et reposa délicatement la coupe. Elle courba le dos, le menton sur la poitrine, les deux poignets joints sur son front. Elle plongea dans une méditation qui lui fit progressivement perdre la notion du temps et la conscience d'elle-même. C'était le moment final et espéré du rituel de l'Assemblée de Lumière.

« Humilité, pas humiliation », avait indiqué le Maître.

Clara sentit les mains de Milharis lui couvrir la tête. Ses larges paumes diffusaient une onde de douce chaleur qui se répandit dans sa nuque, le long de sa colonne vertébrale, dans ses artères. A la fois soulagée et légère, elle reconnut les bienfaits que le Maître savait dispenser à tous les gens qui venaient en consultation, de la France entière. Certains jours de vacances, ils étaient plusieurs dizaines à profiter du magnétisme de Milharis. Les pensionnaires du Relais de Lumière avaient ce privilège de pouvoir bénéficier plus souvent que les autres de cet attouchement salutaire. On le recevait les yeux fermés, dans la paix de cette grande salle nimbée de mystère.

Déjà engourdie par une force étrange qui gagnait tout son corps qu'elle ne contrôlait plus, Clara crut entendre le ressac de l'océan, puis une sorte de murmure de plus en plus grave qui lui rappela ces mélopées gutturales des moines tibétains qu'elle aimait écouter naguère. Elle glissa lentement sur le dos, s'allongea et déplia les jambes avant de sombrer dans une irrésistible léthargie qu'elle n'avait jamais ressentie ailleurs qu'ici, sous les doigts du Maître.

Lorsqu'elle rouvrit les yeux, Clara avait perdu toute idée du temps passé. Elle leva lentement la tête, un peu lourde. Les grands flambeaux étaient éteints. Seules brûlaient encore les dizaines de petites flammes sur les gros cubes de cire blanche. La salle était déserte, le fauteuil du Maître vide. Plus rien ne bougeait. Il devait être tard dans la soirée. Elle était seule.

Clara se demanda si elle avait dormi et resta un long moment allongée sur le sol, détendue. Elle rajusta son ensemble tunique-pantalon légèrement froissé, en tirant sur la cordelette de lin tressé pour resserrer la taille. Elle se sentait calme et reposée, comme comblée d'un amour inexpliqué.

Accroupie sous l'auvent de métal et de verre qui l'abritait de la pluie, Agathe avait assisté au ballet des taxis et des autocars déversant leurs cargaisons de voyageurs : des jeunes en bermuda, chargés comme des mules, quelques randonneurs, un groupe de jeunes filles en foulard, les joues rouges, certaines ployant sous de gros sacs à dos... Deux grand-mères tirant chacune leur petite valise à roulettes s'avancèrent à pas prudents vers elle pour lui demander la direction du boulevard de la Grotte. Renfrognée, Agathe fit un geste vague en direction du bas de la rue.

Plus tard, un chien en vadrouille s'approcha, en confiance. Il la regarda un bref instant, les yeux las, avant de poursuivre sa route vers des jeunes qui dévoraient des sandwichs en silence. Un vieux monsieur très voûté venait de s'asseoir lourdement sur un banc sans dossier. Avec des gestes lents, il tentait de replier un large mouchoir à carreaux bleus et jaunes. Ces gestes mille fois répétés mais maladroits mirent Agathe mal à l'aise. Elle voyait dans ce cérémonial l'image cruelle de la mort lente qui guettait ceux qui se résignaient. Elle détourna la tête quand le vieux se releva péniblement pour traverser le parking, à petits pas incertains.

Quelques passants remarquèrent cette fille assise par terre. Ces regards étonnés, parfois insistants, la gênaient, autant que ce passage continuel de gens dont elle ne voyait d'abord que les jambes. « Je suis nulle... » Elle se trouva trop stupide. Fuyant les cafés pour ne pas être vue, elle se retrouvait dans la ligne de mire des voyageurs et des chauffeurs de taxi qui attendaient les clients en discutant bruyamment.

Agathe n'aperçut pas la femme aux mèches claires, entre deux âges, qui la fixait depuis un moment, à quelques dizaines de mètres d'elle.

Le ciel s'était un peu plus alourdi. On le devinait chargé d'immenses réserves d'eau, prêtes à se déverser sur la vallée du Gave de Lourdes. Les toits d'ardoise, les tôles et les bâches d'un chantier de rénovation sur la place de la gare, le bitume du parking, tout évoquait cette couleur grise qu'elle n'avait jamais aimée. Loin vers le sud, deux parapentistes évoluaient en vol presque stationnaire. Leurs voiles jaune et rose se détachaient avec un relief étonnant sur le ciel plombé et les flancs verdâtres du pic du Jer. Ils viraient autour de la grande croix, comme des sentinelles prudentes, attentifs à prendre les meilleures ascendances.

En cette fin d'après-midi, la météo ne devait pas être très favorable car ils étaient peu nombreux. Agathe envia ces drôles d'oiseaux humains, ce ralenti de liberté qu'ils lui offraient, à quelques kilomètres de cet auvent sous lequel elle n'attendait rien, tassée sur son sac. Elle imagina les parfums des sapins, des fougères et des prairies à leurs pieds. Vers la droite, un petit village blanc et gris accroché au flanc d'une colline lui renvoyait une belle image de tranquillité et de paix qui lui fit penser à sa famille. « C'est tout ce que je suis en train de quitter. »

Le malaise qu'elle avait ressenti en arrivant à Lourdes n'avait cessé de grandir. Un train de pèlerins italiens arriva en gare dans un effrayant grincement d'essieux, tel un long cri d'agonie, juste avant l'arrêt final. Rien ne bougea à bord de la rame pendant un long moment. Agathe s'étonna de ne pas voir l'habituel flot de voyageurs se répandre sur le quai. Elle comprit lorsqu'elle aperçut des équipes de brancardiers qui convergeaient vers les portes des wagons.

C'était un convoi de grands handicapés, des malades pour la plupart grabataires. Ils allaient à Lourdes pour chercher un peu de réconfort et d'espérance. Ils attendaient leurs brancardiers. Il avait fallu un long moment avant de les équiper pour la descente. Des responsables entraient et sortaient du terminal des pèlerinages avec de longues listes à la main. Les formalités lui semblèrent interminables. Agathe pensait à ces voyageurs, probablement impatients de quitter les wagons afin de rejoindre leur hôtel ou aller faire leurs dévotions à la Grotte. Elle se trouva tout d'un coup bien inutile. « Pourquoi n'ai-je jamais été volontaire auprès des malades ? »

Un groupe d'hommes et de femmes vêtus de couleurs claires s'approchait : des infirmières en blouse blanche, des religieuses portant d'amples robes en tissu bleu jean, deux ou trois ecclésiastiques en chemisette grise à manches courtes et col romain. L'un des prêtres, le plus âgé sans doute, tourna légèrement la tête vers le pan de mur où Agathe s'était recroquevillée. Son regard s'attarda un moment sur elle, un peu insistant. Sans savoir pourquoi, Agathe cessa de respirer, se sentit rougir, voulut se lever, mais elle resta figée, comme une statue de plomb. Elle n'avait pas mis ses lunettes. Elle distingua une silhouette assez grande et maigre, un nez aquilin, un visage mat, adouci par une petite mousse de cheveux blancs. Juste avant de détourner les yeux, elle perçut un léger mouvement sur le visage du prêtre : elle crut voir un sourire, à peine esquissé mais lumineux. Elle regarda vite ailleurs, en proie à un curieux sentiment fait d'agacement de n'avoir pas bien vu cette personne et d'incertitude : ce visage ne lui était pas complètement inconnu. Agathe s'étonna de ce sourire fugace, de la chaleur qui avait irradié de cet homme en gris. Elle éprouva une joie légère, inexplicable, qui se dissipa très rapidement.

La faim la tenaillait toujours et son regard revenait régulièrement sur une grande publicité McDo affichée juste en face de la gare. Un courant d'air humide dévalait de la montagne. Le froid la gagnait. Agathe vérifia l'heure de départ du TGV pour Paris, voie 3, et se dirigea vers le nouveau terminal des pèlerinages, au-delà des voies 9 et 13 réservées aux trains de pèlerins. Ce hall bruyant était sinistre : ses murs crème et ses sièges de plastique et d'acier marron lui donnaient l'allure d'une salle d'attente d'hôpital. Des chariots-civières à hautes roues, prévus pour les malades couchés, formaient un gros nid d'insectes au repos.

L'animation était au centre de la salle : un groupe de handicapés en chaise roulante attendait ses accompagnateurs, qui discutaient un peu plus loin en annotant des listes de noms. Chaque chaise roulante portait au dos une petite plaque métallique bleue avec une inscription en grosses lettres blanches, comme sur les sièges pliants des metteurs en scène de cinéma. Des noms de généreux donateurs ou des ex-voto : « RECONNAISSANCE : MARION, BRIGITTE », « FAMIGLIA PISATI-TORINI, 9 MAGGIO 1999 », « ELISABETH SHERRY, 2 OCTOBER 1976 ».

Agathe pensa à tous ces gens venus du monde entier qui avaient recouvré ici l'espérance, la joie, et parfois même la santé. Elle se trouvait au même endroit, mais les rôles étaient inversés. Son voyage était sans lumière. Elle envia ces pèlerins. « Mais eux, les handicapés, quel espoir ont-ils ? » Serrés les uns contre les autres tel un troupeau apeuré, un groupe de jeunes trisomiques fixaient Agathe dans un concert étrange de grognements, de gestes brusques et désordonnés. L'un d'eux tenait une pancarte de travers : DIOCÈSE DAX-AIRE, PÈLERINAGE AOÛT 2001.

Gênée, Agathe s'éloigna. Son sac fit tomber deux béquilles qu'elle n'avait pas vues. Elle s'en voulut et aurait préféré disparaître à l'instant. Elle lâcha un « Merde ! » sonore qui fit se retourner deux brancardiers à foulard bleu et un groupe d'ecclésiastiques. Le curé aux cheveux blancs était parmi eux. Il observa de nouveau attentivement cette jeune fille au regard triste et buté. Il vit aussi qu'une autre femme regardait la scène, adossée à un pilier métallique, d'un air très intéressé. Il pensa la reconnaître mais fut repris par la conversation avec son groupe d'amis italiens.

Agathe avait senti qu'on l'observait. Elle remarqua à son tour cette silhouette en robe qui paraissait la scruter de loin, en silence. Sans ses lunettes, elle ne pouvait pourtant discerner clairement le visage de cette femme aux cheveux clairs, en partie cachée par l'ombre du pilier. Agathe revint sur ses pas en direction des quais, à la recherche d'un endroit pour attendre le train de nuit à destination de Paris.

La petite douleur à l'estomac qu'elle avait ressentie en arrivant dans la gare ne l'avait plus quittée. Associée à une impression de vide, la sensation était maintenant plus vive, irradiante. Elle n'avait rien pu avaler depuis le matin. L'idée même de se rendre au buffet de la gare lui soulevait le cœur. Elle voulait simplement être seule, s'allonger, réfléchir. Elle s'en voulait de ne pouvoir dominer cet étrange sentiment d'impuissance et d'incertitude qui l'habitait depuis quelques semaines, ce qui n'avait jamais été le cas.

Sur la voie 7, trois wagons de marchandises peints en marron semblaient immobilisés pour des siècles. L'endroit lui parut idéal pour se reposer, à l'abri du regard des autres et du crachin qui recommençait à tomber. Il fallait pouvoir entrer à l'intérieur. Elle rôda un instant autour. Deux gros madriers de bois étaient placés en travers de la voie. Agathe comprit que ces trois wagons ne bougeaient jamais de leur emplacement : ils servaient probablement d'entrepôt. Côté gare, les lourdes portes coulissantes étaient cadenassées. Agathe fit le tour et se faufila dans l'étroit passage entre le wagon et le mur du centre d'accueil des pèlerins. L'espace faisait à peine cinquante centimètres de largeur, mais elle réussit à manœuvrer une trappe non verrouillée. Celle-ci était assez large pour qu'elle fasse passer son sac et se hisse à son tour. Elle crut que personne ne l'avait vue.

L'intérieur était plongé dans une tiédeur étouffante, par contraste avec l'air frais et humide qui balayait la gare. La trappe ouverte laissait entrer un peu de clarté. Une moitié de l'espace était occupée par une pile de matelas enveloppés dans des housses en plastique. De l'autre côté, une masse plus claire attira son regard : c'était un tas de grands draps à rayures blanches et bleues, sommairement noués en d'énormes ballots rebondis. Agathe en ouvrit un : des oreillers. Elle en défit un autre et, après une seconde d'hésitation, jeta leur contenu sur le plancher de bois. Elle se fit une sorte de matelas.

Les bruits de l'extérieur arrivaient étouffés. Elle écouta un instant puis, rassurée par le calme, s'allongea sur son nid d'oreillers, recroquevillée en chien de fusil pour atténuer sa douleur au ventre. Une prière douce, chantée dans une langue inconnue près de son abri, la tint éveillée quelques minutes. Très vite, elle bascula dans un sommeil lourd, peuplé de nuages gris et de grincements d'essieux.

Dans la descente après Asté, la vieille fourgonnette de Mikel fut rattrapée et dépassée à vive allure par une Lada 4 x 4 blanche, le modèle favori des montagnards et des chasseurs du piémont pyrénéen. Elle suivait Mikel depuis son entrée dans Bagnères. Au carrefour de Campan, il remarqua à nouveau la Lada, mais cette fois le 4 x 4 était à l'arrêt. Mikel poursuivit sa route, sans en parler à Laurie. Sa compagne regardait sur le côté, fascinée par les perspectives offertes par la route sur les pentes rocheuses, les prairies d'altitude et la rivière en contrebas qui prenait des allures de gouffre. Ils s'arrêtèrent deux kilomètres plus loin, sur le parking de la chapelle Saint-Roch plongé dans une ombre froide.

— C'est un peu triste ici, lança Laurie, qui se demandait toujours quel était le but de cette étrange promenade, décidée si vite par Mikel.

Fille de la plaine, elle ne se sentait pas à l'aise dans cet univers de pics et de gouffres, de rocs et de cascades qui surgissaient de forêts sombres.

— On dirait même que les rochers ne voient jamais le soleil.

Mikel ne répondit pas. Il patientait en regardant les caravanes qui montaient à l'assaut des Pyrénées centrales, avalant péniblement les lacets de la route. Il essayait de deviner le chemin que prendraient ces touristes qui passaient en procession. Quelques kilomètres plus loin, la fourche de Sainte-Marie-de-Campan ouvrait, à gauche, sur la montée vers l'Aspin et la vallée d'Aure ; à droite, la départementale remontait l'Adour de Gripp, pour franchir le col du Tourmalet, au pied du Néouvielle. Il devinait qu'une grande partie de ces gens, dont il ne connaîtrait jamais le nom ni le visage, bifurqueraient à gauche. C'était la seule route conduisant vers l'Espagne, à travers le tunnel de Bielsa.

Un rapace tournait très haut dans le ciel, à l'aplomb d'une barre rocheuse. Mikel l'observa pendant de longues minutes, repris par sa passion. « Un vautour, peut-être. » Un léger mouvement sur le versant face à lui attira son attention. Quelque chose avait bougé autour des deux granges dissimulées dans un léger vallonnement du pré. On ne voyait que le toit d'ardoise et quelques pans de mur des deux bâtisses, mais Mikel était sûr de lui : quelqu'un était là-haut. On devait les surveiller. Il regretta de ne pas avoir pris la petite paire de jumelles qu'il avait reçue pour son dix-huitième anniversaire, six ans plus tôt. « Je me demande si Stéphane est là-haut. » Il scruta attentivement la montagne en direction des granges et sourit, espérant que Béhotégui l'observait. « S'il me regarde à la jumelle, il verra que je suis là et que tout va bien. Salut, Steph... »

— Bon, qu'est-ce qu'on glande, encore ? C'est pas marrant ici. On pourrait continuer la route.

Laurie s'impatientait sur ce parking coincé entre deux flancs rocheux dont les surplombs lui paraissaient menaçants. Elle n'était pas tranquille. Elle lança une poignée de graviers vers le gave qui bondissait sur les rochers en contrebas, grondant comme une bête pressée. Le portable de Mikel, resté sur le tableau de bord, sonna. Laurie le saisit.

— Allô...

Avec une rapidité stupéfiante, Mikel avait bondi vers la portière pour lui arracher le téléphone en lui cognant la main contre la vitre.

— Laisse, c'est pour moi...

— Mais tu me fais mal !

Il s'éloigna sans un mot d'excuse tandis que Laurie se frottait le bras. La liaison était mauvaise et il ne reconnut pas la voix, légèrement chuintante. « Ce n'est pas Stéphane. »

— Tu vas repartir... On a un petit empêchement. Tu gardes les caisses. Tu les mettras où on te dira.

— Mais je...

— Tais-toi, on n'a pas le temps. On te dira où il faudra les mettre au prochain appel. On compte sur toi.

Un peu déçu, Mikel voulut poser une autre question, mais il entendit le « clic ». Le gars avait raccroché. Il leva la tête vers les granges. Rien ne bougeait. Un train de nuages passait au-dessus de lui. Mikel vit l'ombre progresser sur le versant comme un grand rideau que l'on tire. Elle gagna les granges et fondit dans le gris tous les détails de la montagne.

— On repart ! lança-t-il à Laurie, qui essayait de bouder.

— Chouette ! Ça sent la mort, ce parking.

Un raclement métallique régulier tira Agathe de sa torpeur. Elle mit quelques secondes à comprendre où elle était et réalisa qu'elle n'avait pas le droit de se trouver là. On pourrait la prendre pour une voleuse. Elle pensa un instant que son wagon allait être attelé et partir vers une destination inconnue. La nuit devait être tombée car la clarté qui l'avait accompagnée tout à l'heure lorsqu'elle était montée dans le wagon n'était plus aussi forte. Agathe craignit d'avoir manqué le train pour Paris. Elle se demanda combien de temps elle avait dormi, mais n'osa pas bouger de peur d'attirer l'attention sur elle. Il lui était impossible de regarder sa montre sans soulever un bras.

Elle resta immobile, les yeux grands ouverts, s'efforçant de deviner l'origine du bruit. Le raclement régulier continuait, tout près d'elle. Avec d'infinies précautions, elle tourna la tête vers le côté, mais les gros oreillers l'empêchaient de voir la porte. Elle comprit enfin que quelqu'un manœuvrait le loquet de la porte coulissante. Le bruit cessa et le panneau se mit à glisser très lentement, laissant entrer le brouhaha de la ville et le faible éclairage diffusé par un lampadaire tout proche. L'intrus prit pied sur le plancher. Agathe se crispa. De la porte où il se trouvait, le visiteur ne pouvait pas la voir. Sa silhouette et son sac devaient disparaître dans l'amas de ballots et d'oreillers déposés en vrac.

La personne se redressa car Agathe vit son ombre. Des pas légers se rapprochèrent. Elle devina que l'intrus n'était pas un employé de la SNCF, ni un accompagnateur de pèlerins venu rechercher du matériel. Il aurait braqué sa lampe, sans crainte, et parlé fort. Sans rien voir, Agathe sut qu'il s'était arrêté au-dessus de son nid improvisé. Elle perçut un léger mouvement et un bruit d'étoffe. Prise de panique, elle pensa qu'on allait l'étouffer. Elle rassembla son courage et ses forces et, dans un seul mouvement d'une soudaineté inouïe, prenant appui sur son coude gauche, elle lança la main et la jambe droites en direction de l'ombre menaçante qui se penchait vers elle.

Agathe entendit un cri aigu et retomba sur les oreillers avec l'intrus qu'elle venait de déséquilibrer. Elle s'efforça de le plaquer sous elle. Agathe eut d'abord le dessus, l'agresseur semblant léger. Mais, en moins de deux secondes, elle reçut un ou deux coups secs, inattendus, qui lui firent lâcher prise. Elle poussa un gémissement de douleur au moment où l'autre la plaquait sur les oreillers, en appuyant très fort avec ses genoux maigres, durs comme du bois. En même temps, elle entendit un murmure essoufflé :

— Arrête, arrête ! N'aie pas peur… Je ne te veux pas de mal. Arrête. Calme-toi, calme-toi !

C'était une voix de femme. Agathe avait confondu la longue jupe de coton avec un grand imperméable d'homme. Elle ne voyait pas bien mais aperçut un visage mince, des cheveux plutôt clairs. La femme était maigre, ses coudes étaient aussi pointus et durs que ses genoux.

— Vous me faites mal… Lâchez-moi !

La femme relâcha sa prise. Agathe se sentait incapable de se redresser. Une nuée de petites étoiles brillait devant ses yeux. Elle sentit le malaise venir en se voyant dériver sur un océan d'oreillers. La femme maigre s'en rendit compte. Elle lui redressa la tête en la soutenant derrière la nuque avec douceur.

— Tiens, bois.

Elle avait à la main une bouteille en plastique blanc.

— N'aie pas peur, c'est de l'eau de Lourdes…

Agathe but de longues gorgées d'une eau qui lui parut incroyablement fraîche. L'autre fouilla dans le sac qu'elle portait en bandoulière et lui tendit une pomme.

— Je suis sûre que tu as faim. Vas-y, prends.

Sans réfléchir et sans un mot, Agathe saisit la pomme et croqua le fruit à pleines dents. Le jus sucré lui fit du bien. Elle reprit une gorgée d'eau. Ses forces revenaient.

— Tu vois… Tu avais faim et soif, j'en étais sûre.

Agathe ramena son sac à elle et rajusta son chemisier en essayant de mieux distinguer celle qui lui parlait.

— Qu'est-ce que vous faites là ?

— C'est plutôt à moi de te le demander, tu ne crois pas ?

— Vous êtes de la SNCF ?

— Non, non. J'étais là, je t'ai vue. Tu avais l'air si triste, si abandonnée que j'ai eu envie de t'aider. Mais… tu peux me tutoyer, si tu veux.

— Je n'ai pas envie d'être aidée. Je ne vous ai rien demandé.

— Je sais. Mais, quand tu vois quelqu'un qui se noie, tu ne lui demandes pas s'il veut être aidé, hein ?

— Je ne me noyais pas. J'allais prendre le train.

— Vraiment ? J'avais l'impression que tu ne savais pas où aller ni quoi faire. Que... tu fuyais quelque chose ou quelqu'un.

— Ça ne vous regarde pas.

Agathe voulait se relever de son nid d'oreillers et quitter cet abri devenu un piège, mais elle se sentait encore faible. Elle ne voulait pas risquer de trébucher devant cette inconnue et de devoir s'en remettre à elle, une nouvelle fois. En même temps, elle ne comprenait pas pourquoi cette femme était venue vers elle. Fallait-il la remercier ?

— Merci pour la pomme et l'eau, lâcha Agathe à voix basse.

— Tu aurais fait pareil, j'en suis sûre, répondit l'autre en riant.

Agathe nota qu'elle n'avait pas l'accent du pays. La femme s'était relevée pour se rapprocher de la porte du wagon. Ses cheveux n'étaient pas blonds mais châtain très clair, presque roux. Sa jupe longue en cotonnade bariolée aurait pu la faire passer pour une Gitane, mais sa peau était trop claire et ses yeux gris-bleu.

— Tu voulais prendre le train ?

Agathe devina que la femme n'attendait pas de réponse. Elle s'était assise sur le rebord du plancher, les jambes dans le vide, face au mur du hall des pèlerinages, de l'autre côté du boyau sombre où elles s'étaient toutes les deux faufilées. Personne ne pouvait les voir ni les entendre.

— Tiens, prends !

C'étaient de gros biscuits, pleins de grumeaux qui craquaient sous la dent. Agathe avait toujours faim. Elle grignota et reconnut le goût de l'avoine. La femme crut qu'elle se méfiait.

— Tu peux y aller, ils sont bio... Je m'appelle Clara.

— Et moi...

Agathe hésita, chercha quelque chose à dire pour ne pas livrer son prénom. Elle ne trouva rien et s'en voulut de se dévoiler aussi facilement devant une étrangère. Elle sentit que l'autre savait exactement comment l'amener à elle. Lorsque Agathe lâcha son prénom, Clara le reprit avec une voix douce, d'un air méditatif et intéressé :

— Agathe... La perle...

— Oui, je sais, on me l'a assez dit, bougonna-t-elle.

— Tu sais, Agathe, moi aussi, je suis partie un jour. J'en avais marre. Je trouvais tout le monde nul.

Elle attendit un commentaire qui ne vint pas. Agathe se taisait, assise à côté de Clara, recroquevillée, les genoux serrés entre ses bras.

— Je suis allée au bout de ma révolte. Tu sais, je suis plus âgée que toi et...

Elle s'interrompit et questionna Agathe sur le ton de l'évidence :

— D'ailleurs, tu es majeure pour partir comme cela ?

— Oui, bien sûr. Mais je m'en fous.

Et Clara reprit, presque soulagée de pouvoir continuer son travail d'approche :

— Oui, j'ai fait des conneries et je suis sûre que tu en feras. C'est chacun son tour.

En colère contre elle-même, Agathe n'osait pas rompre cette discussion. Par politesse, avec un fond de gentillesse, elle écouta d'une oreille d'abord distraite le récit de cette femme, sa voix douce. Elle prit Clara pour une originale exaltée, une solitaire qui avait besoin de parler aux autres, comme on en rencontrait dans tous les lieux publics. Elle entendit l'histoire d'une enfance banale et solitaire, une fuite et des mois de galère à Paris, un peu de prostitution et de drogue.

— Il fallait survivre, Agathe, survivre parmi les loups.

Elle comprit que chaque histoire avait apporté à Clara un surcroît de sensibilité et d'attention aux autres. Pendant un long moment, cette femme animée d'une indéfinissable passion l'inquiéta. Puis Agathe se laissa prendre au récit, à peine relancé par des questions anodines. Plus Clara parlait, plus Agathe retrouvait son propre univers de questions, de doutes, d'élans, sans les malheurs. Chacun des mots de Clara, bien choisis, faisait mouche. Ses images renvoyaient à des situations qu'Agathe pouvait facilement comprendre : la solitude et cette impression d'être inutile dans le cadre familial, l'incompréhension de ses parents et de ses amis, l'exigence forte que l'on sentait poindre, pour soi-même et pour les autres, mais aussi ce constat d'impuissance devant la montagne des difficultés que l'on devinait.

De brefs silences succédaient à de courtes histoires, comme si Clara laissait du temps à chaque épisode pour pénétrer dans le cerveau et le cœur d'Agathe. Elle reprenait ensuite son travail d'approche et de conviction, amenant lentement à elle cette jeune fille qu'elle n'avait eu aucun mal à repérer dans la foule. La gare de Lourdes avec ses milliers de passagers, souvent jeunes, en quête de certitudes, d'absolu, de soulagement ou de fuite spirituelle, était un merveilleux terrain de recrutement pour le Relais. Elle avait ainsi déjà récupéré trois personnes pour la communauté. Aucune ne savait qu'elle avait été recrutée au même endroit, de la même façon, car la consigne de Milharis était, au Relais, de ne jamais plus parler du passé mais de l'avenir.

Agathe continuait de grignoter les biscuits, de façon mécanique, sans s'en rendre compte. Elle ne répondait rien et ne posait même plus de questions tant ce qu'elle entendait lui semblait aller de soi. Le miroir que Clara lui tendait reflétait, par touches successives, sa situation, ses révoltes, ses ambitions jusque-là inexprimées.

— Et il arrive un moment où il faut choisir et savoir être utile. Ce que l'on a en soi, bon ou mauvais, doit être partagé, comme un fardeau que l'on porte à tour de rôle...

Agathe en était persuadée, mais elle n'avait pas encore trouvé la clé pour échapper à son propre labyrinthe.

— Oui, Clara, mais toi, tu en es sortie.

C'était la première fois qu'Agathe employait le prénom de la femme aux cheveux clairs. Elle venait aussi de la tutoyer. Le contact était définitivement établi. Clara sourit.

— Oui, tu as raison, Agathe. Mais ta réflexion prouve que tu es déjà sur le chemin. La clé est en toi. C'est ta force, mais il faut que tu la découvres, par toi-même et avec l'aide de ceux en qui tu placeras ta confiance.

— Tout le monde s'en fout, glissa Agathe qui espérait tant un signal de réconfort, une lueur d'espoir pour ne pas sombrer, elle aussi, dans cette galère décrite par Clara.

— Oui, tu as raison : le monde s'en fout. Et pourtant, tu sais, des gens allument sans cesse des lumières dans ce monde d'obscurité. A Lourdes et ailleurs. Quand des gens acceptent de se prendre en main et décident d'être utiles à eux et aux autres, ce monde dont tu parles peut changer. C'est comme cela que j'en suis sortie.

Elle s'arrêta et soupira. Agathe entendit le haut-parleur un peu lointain qui achevait une annonce concernant le départ du TGV pour Paris : « Quai 3, quai 3, embarquement immédiat pour Paris... » répétait une voix de basse roulant les *r* comme le tonnerre dans la montagne. Clara se laissa glisser sur le quai en tendant la main à Agathe.

Elle peina à refermer la porte, dure à manœuvrer. Agathe l'aida.

— Il vaut mieux cacher le bazar qu'on leur a mis.

Deux longs coups de sifflet stridents retentirent sur le quai 3, puis des crissements désordonnés.

— Tu viens, on va boire un truc chaud, lança Clara comme si elle n'avait rien entendu du bruit ambiant. Tu es thé ou café ?

— Thé, répondit Agathe en basculant son sac sur l'épaule.

— Ça tombe bien, moi aussi…

5

Olivier n'avait pas accordé beaucoup d'importance à la discussion du fronton avec Agathe. Le soir, elle n'était pas venue au Café des Allées, mais Olivier avait retrouvé quelques amis. Le lendemain, il avait repris son service sans plus y penser, plutôt préoccupé par le moteur de sa voiture de service. La Citroën Saxo donnait des signes de fatigue, surtout lorsqu'il fallait monter à l'assaut des nombreux raidillons de son secteur.

« Les côtes de Sauveterre et d'Auriébat sont de vrais brise-pattes », avait-il dit à Jeannot Estève, le receveur, en lui signalant ce problème technique.

Agent de l'Etat en fin de carrière, Estève voulait s'embêter le moins possible avec des problèmes administratifs.

« Oh, petit, ne m'emmerde pas avec ces histoires. Vois Bouzet, qu'il te dise s'il faut ou pas l'emmener au garage de Tarbes, ta bagnole. »

Le garage Bouzet, sur la route de Bordeaux, traitait les révisions et les petites pannes des véhicules de La Poste, celles qui ne justifiaient pas de réparations lourdes. Olivier pensait bien y passer prochainement, mais cette contrainte l'agaçait. Comme à chaque période de vacances, le mois d'août lui donnait beaucoup plus de travail qu'en période normale. La tournée durait presque une heure de plus parce qu'il fallait desservir toutes les résidences secondaires et quelques gîtes qui faisaient le plein de vacanciers.

Contrairement à certains de ses collègues, pressés de terminer leur tournée au plus vite pour se mettre à table, Olivier aimait parler avec les clients. Les conversations avec les touristes le changeaient des sempiternels propos des paysans sur le cours du veau ou des plaintes sur les taxes à l'arrosage. Certains vacanciers étaient pourtant aimables comme des portes de prison. Ils gardaient leurs distances jusqu'à la fin de leur séjour.

D'autres, au contraire, questionnaient Olivier sur les fêtes locales les plus amusantes. Ils lui demandaient les adresses des meilleures fermes-auberges. Olivier était bien embêté pour leur répondre. Il s'en était créé des dizaines en quelques années. Le pire côtoyait trop souvent le meilleur. Ce pullulement gastronomique tenait maintenant de l'attrape-couillon. Certaines granges hâtivement retapées en « coin cuisine rustique », meublées sans goût, achetaient même les « produits régionaux » à l'hypermarché Leclerc de Tarbes.

« Y en a qui n'ont pas froid aux yeux mais chaud au portefeuille », commentait Dastugue, l'inamovible préposé de la tournée 4, qui englobait une partie de Maubourguet et le secteur de Monluc.

Dastugue était scandalisé par ces atteintes à l'art de vivre gustatif de la région. Facteur approchant de la retraite mais malade, miné par l'alcool et la cigarette, il en parlait avec d'autant plus de passion et d'indignation qu'il se livrait lui-même à un généreux trafic de produits du terroir. Sa voiture jaune débordait souvent plus de bocaux de confits, de manchons et de magrets que de lettres, de colis ou de publicités de La Poste.

« Eh quoi, chacun ses goûts ! Les confits, c'est la vraie assurance-vie. Les Ricains l'ont dit. C'est par chez nous qu'on vit le plus vieux. La graisse de canard et le tannat[1] conservent mieux leur homme que les Sicav et les obligations. Ils appellent ça le « franche-paradoxe[2] ».

Le brave Dastugue était depuis quelque temps dans le collimateur de la direction départementale. Il venait de subir sa deuxième inspection en deux ans. Les décideurs de Tarbes s'interrogeaient sur sa tournée, jugée trop longue pour trop peu d'adresses à servir. Il s'était fait épingler par un contrôleur. Cette fois-ci, au cœur de l'été, la direction avait de nouveau envoyé quelqu'un chargé d'évaluer la qualité de sa tournée. Ce vérificateur était un jeune blanc-bec à peine sorti de l'école qui s'était déjà fait quelques ennemis parmi les postiers de Tarbes. Un collègue du centre départemental avait eu la bonne idée de prévenir le bureau de Maubourguet :

« Attention, les collègues : attendez-vous à un contrôle sur l'agent Dastugue ! Tarbes vous envoie un "vérif", vous allez voir... »

Il fallut presque une semaine à Agathe pour reprendre pied et revivre à peu près normalement, sous la protection de Clara. La route, dans la nuit, entre Lourdes et cette grande demeure où elle se trouvait maintenant lui avait semblé à la fois très longue, parce qu'elle était impatiente de se poser quelque part, et très courte, car elle avait dormi une bonne partie du trajet, épuisée, taraudée par son mal de ventre. Elle ne savait pas où elle était. Elle l'avait demandé à Clara, qui lui avait simplement répondu par un long « Chut », assorti d'un

1. Principal cépage du vin de Madiran (produit des vins tanniques).

2. « French paradox » : le « paradoxe français », observé par une étude médicale américaine, est la faible prévalence des maladies cardio-vasculaires dans le Sud-Ouest.

immense sourire lumineux. Agathe n'avait pas souhaité en savoir davantage, pas tout de suite. Elle se sentait étonnamment bien dans cet univers clos où l'on s'occupait d'elle, sans lui poser de questions.

« Tu seras bien ici, avait expliqué Clara en lui présentant sommairement les lieux. On va prendre soin de toi et, avec nous, tu vas pouvoir apprendre à revivre, en paix avec toi-même et avec les autres. »

Agathe voulait de la tranquillité pour ces temps qu'elle pressentait difficiles et décisifs pour son avenir. D'abord refaire surface, se remettre les idées à l'endroit, se disait-elle. Le silence qui régnait dans ce domaine lui faisait du bien. On n'entendait pas de bruit de moteur. Les routes fréquentées devaient être loin, les voitures passaient très au large du grand parc. Seul, parfois, un grondement très haut dans le ciel, suivi d'une longue traîne de coton blanc, lui faisait lever la tête. Le matin et le soir, presque toujours à la même heure, un avion commercial passait beaucoup plus bas. Elle en conclut que le domaine se trouvait sur la trajectoire d'approche d'un aéroport.

Les rares personnes qu'elle croisait lui disaient toujours bonjour avec un large sourire, mais elles évitaient de lui parler. A plusieurs indices, Agathe comprit qu'elle était quelque part dans le Sud-Ouest. La bâtisse principale dont elle ne voyait qu'un angle était une belle demeure de maître. Elle nota le crépi ocre clair, caractéristique des manoirs gascons, et l'encadrement des portes et des fenêtres dans une pierre grise qui ressemblait beaucoup au marbre des Pyrénées.

Agathe logeait dans les anciens communs de ce petit château au toit d'ardoise. Par endroits, le mur extérieur de son bâtiment livrait ses secrets de fabrication : elle reconnut l'appareillage classique de galets de l'Adour, liés au mortier de chaux. Derrière l'écran que formait un alignement de marronniers feuillus, elle pouvait apercevoir en contrebas une plaine immense, piquée de toits roses et presque plats qui lui étaient familiers. De longues flèches d'argent revenaient à intervalles réguliers dans son champ de vision : elle devina qu'il s'agissait de rampes d'arrosage pour le maïs, dont les champs s'étendaient à perte de vue. Pendant la nuit, elle entendait dans le lointain le ronronnement régulier des moteurs qui continuaient à répandre cette pluie artificielle.

Installée dans l'aile orientée au nord-est, sa chambre était petite, un peu sombre et sommairement meublée, décorée de quelques poteries de couleurs vives, aux formes tourmentées. Un long couloir distribuait d'autres chambres, rarement ouvertes, où logeaient les autres fidèles. Agathe n'avait pas d'accès au-delà de la petite terrasse d'herbe qui prolongeait sa porte-fenêtre, sur quelques mètres. Elle ne voyait rien de l'espace de ses voisins, chaque alvéole étant protégée par une épaisse haie de fusains.

Pour être tout à fait sûre de ses déductions, Agathe pensa qu'il lui faudrait vérifier si de hautes montagnes barraient l'horizon au sud. Mais elle n'avait pas le droit de sortir du périmètre que lui avait indiqué Clara. A vrai dire, elle se souciait encore très peu de savoir où elle se trouvait. Elle s'en remettait à cette nouvelle amie, cette femme si douce qui avait su lui parler et l'écouter.

« Tu comprends, lui disait Clara, tu ne peux pas encore trop circuler, c'est pour la discrétion de tous les occupants. Après, si le Maître est d'accord, tu pourras aller partout ou presque.

— Le Maître ?

— Oui, c'est le propriétaire des lieux, celui qui t'offre l'hospitalité et qui est prêt à t'aider, comme d'ailleurs il nous a tous aidés, les autres et moi. »

Après une bonne semaine de repos passé entre sa chambre et sa petite terrasse, Agathe reprit le dessus. Elle demanda à pouvoir circuler dans le domaine. Clara l'embrassa sur les deux joues, avec un bonheur non dissimulé.

« Ah, ça me fait plaisir. Tu vas pouvoir rencontrer le Maître et tous nos frères et sœurs. Quelle joie !

— Clara, explique-moi un peu...

— Ecoute, c'est simple : nous sommes des gens réunis autour de lui, au terme d'un parcours personnel qui a été souvent difficile, plus que tu ne crois. Milharis...

— Qui ?

— C'est le nom du Maître. Milharis a créé cette structure communautaire pour redonner un sens à nos vies, pour nous faire retrouver la lumière qui est en nous et surtout la faire partager aux autres. Nous sommes aujourd'hui ici, mais, demain, nous serons peut-être ailleurs. Nous vivons simplement, en symbiose avec la nature. Tu verras... Et le Maître t'expliquera les choses beaucoup mieux que moi.

— Clara, d'accord, mais... Il faudra que je te dise...

— Oui, Agathe, mais plus tard. Allons d'abord à la rencontre des autres. Je te rassure : nous ne sommes pas nombreux, mais nous voyons beaucoup de monde dans une journée.

— Ah bon ? Mais pourquoi ?

— Viens, tu vas voir. »

Tout le monde aimait bien Dastugue. Il avait formé plusieurs jeunes du bureau, dont Olivier. Ils décidèrent de l'aider à surmonter le contrôle qui l'attendait et qu'il redoutait tant. Tout le bureau s'y mit. Sermonné par Estève et aidé dans son tri matinal par une équipe de trois jeunes, Dastugue partit à l'heure, exceptionnellement. La voiture du vérificateur le suivait comme une ombre. Curieusement, Dastugue n'était pas surchargé en courrier ce jour-là, à croire qu'on lui avait allégé la tournée pour qu'elle ne déborde pas trop sur les horaires prescrits.

Dès les premières adresses, le jeune vérif nota avec gourmandise le temps passé par Dastugue chez les clients. C'était très long. Il essayait déjà de comptabiliser le nombre de verres de rouge, de blanc, de pastis et d'armagnac que ce facteur un peu fumiste devait avaler pendant sa tournée. Il guetta les premiers signes d'éthylisme. Mais, de maison en maison, Dastugue continuait de conduire la Saxo normalement et de marcher droit. Il descendait même plutôt lestement de la voiture pour y revenir, quelques minutes plus tard, en s'excusant presque auprès du vérif.

— Ils veulent un prospectus sur l'assurance-vie de La Poste...

Chez les clients suivants, c'était autre chose :

— Un renseignement sur le livret A... L'ouverture d'un compte pour leur jeune... Le tableau comparatif entre PEL et CEL... Où je me le suis mis, déjà ?

Plus la tournée avançait, plus les gens semblaient curieux et exigeants. Dastugue n'arrêtait pas de faire des allées et venues entre son véhicule et la cuisine des clients, puis il allait vers la voiture de son contrôleur, qui restait stationné à l'extérieur du portail. Dastugue lui racontait bien poliment ce qui se passait :

— Je dois bien leur expliquer la finance, à ceux-ci. Ils en redemandent depuis quelque temps. Nous préparons l'avenir, ça oui ! C'est important pour la suite, pardi !

Le jeune contrôleur commençait à réviser son jugement, impressionné par le volontarisme postal de ce Dastugue. La clientèle avait l'air de l'apprécier, séduite par ses arguments commerciaux. Il ne pouvait qu'approuver ses efforts de placements financiers. Deux ou trois fois, humblement affairé pour le plus grand succès de la poste française, Dastugue le mit même à contribution :

— Eh bé oui, collègue ! Encore une demande de carnet de timbres, à présent. Dites, par hasard, vous n'auriez pas l'appoint sur cinquante francs ?

Le vérif et le facteur furent bientôt à court de monnaie. Dastugue expliqua au contrôleur qu'il lui faudrait donc revenir le lendemain et s'arrêter à deux ou trois adresses, même sans courrier.

— Cela prendra du temps sur la tournée. Mais, que voulez-vous, il faudra bien que je leur rende la monnaie sur les carnets de timbres.

Jamais Dastugue n'avait vendu autant de timbres, ni placé autant de demandes de documentation sur les produits de La Poste.

— Ah, c'est qu'ils écrivent, ceux-ci. Ils ont de la famille dans le monde entier, sans doute. Et, vous savez, les enveloppes avec les plus beaux sites des Pyrénées, cela plaît beaucoup en ce moment.

L'une des dernières adresses se surpassa. En plein mois d'août, ces gens demandèrent un calendrier de l'année en cours. Dastugue revint vers le vérif, sérieux et tout ému :

— Diable, ils avaient oublié de me le prendre à la Noël. Ils sont de parole, au moins.

Sa tournée avait duré longtemps mais, apparemment, avec beaucoup de contacts intéressants et de clients à satisfaire. A quatorze heures trente, ce jour-là, Dastugue y était encore. Le vérif repartit dès la dernière adresse servie. Son rapport fut indulgent, voire laudatif sur beaucoup de points. Sa voiture était encore un gros point jaune sur la route de Tarbes que Dastugue refaisait sa tournée en sens inverse. Il alla remercier tous ceux qui avaient joué le jeu, à sa demande, en lui commandant comme jamais des timbres, des Sicav, des PEL et le calendrier.

— Ils veulent me virer, avait-il annoncé d'emblée dans chaque maison où il savait pouvoir être aidé, en expliquant la situation et les moyens d'y remédier.

Il arrosa la mystification comme l'exigeaient les circonstances. Tard dans l'après-midi, il fut accueilli au bureau de poste en héros rubicond, titubant mais victorieux. La « France d'en bas » venait de mystifier « la haute administration ». Le lendemain matin, à la pause de huit heures trente, on fit griller la meilleure saucisse. Sabrina, une jeune stagiaire, alla chercher une miche toute chaude chez le boulanger. Estève ouvrit un carton de côtes-de-saint-mont gardé pour les bonnes occasions. Dastugue promit qu'il n'oublierait jamais l'aide de ses collègues. Lorsque les facteurs s'élancèrent pour leur tournée matinale, il ne restait plus une goutte à boire.

Ce n'est qu'au terme d'une tranquille journée de déambulation avec Clara qu'Agathe comprit l'observation qu'elle s'était faite au hasard des rencontres : « Ils se ressemblent tous... » Elle avait remarqué plus de femmes que d'hommes, mais tous les occupants du domaine portaient le même ensemble tunique-pantalon en coton grège, retenu à la taille par une cordelette de lin.

— C'est commode, confortable, et ça n'entraîne pas de chichis entre nous, lui expliqua Clara.

Agathe nota aussi la minceur des occupants, la maigreur de certains d'entre eux, leur sourire perpétuellement accroché aux lèvres dès que leur regard croisait celui d'un autre. Les menus étaient frugaux : des céréales, des pommes, des laitages, des œufs. Agathe trouva ce régime excellent pour elle. Elle se sentait légère et disponible lorsque commençait sa journée.

« J'aimerais pouvoir parler avec les autres membres de la communauté, dit-elle un jour à Clara.

— Oui, mais chacun a ses soucis, son parcours de ressourcement personnel, sa démarche intérieure. Tu sais, Agathe, cela exige une concentration extrême. Ceux qui voudront te parler le feront quand ils en auront envie. Mais tu viens d'arriver, il faut leur laisser le temps de te connaître et de t'apprécier. »

Agathe trouva la réflexion juste. Dans la société, elle estimait souvent trop superficiels et en même temps trop familiers les rapports entre les gens. Cette approche progressive et respectueuse de la communauté lui sembla très saine. Elle comprit, à entendre certains des fidèles parler entre eux, que la plupart n'étaient pas du Sud-Ouest. Elle crut reconnaître l'accent pointu des Parisiens et même quelques intonations étrangères : le parler traînant d'un Suisse, les mots avalés de quelques Anglo-Saxons, le chuintement un peu soyeux du français prononcé à l'espagnole par un couple d'une quarantaine d'années, méfiant, secret, qui ne se mêlait pas aux autres. Agathe ne les voyait pas tous les jours.

Une grange assez vaste au sol recouvert de bitume abritait un impressionnant atelier de poterie. D'immenses ouvertures de verre pratiquées dans la vieille toiture déversaient des flots de lumière. L'atelier sentait bon la terre glaise, la peinture, les vernis. C'est de là que venaient les bibelots colorés qui décoraient sa chambre et les grands vases qu'elle avait aperçus dans les couloirs. Agathe demanda à y travailler.

— Nos modèles ont beaucoup de succès, lui raconta Clara. Ils sont conçus par le Maître, mais c'est nous qui les façonnons. On les vend bien, tu sais, ça nous permet de vivre sans faire la quête. Et, si tu veux, tu pourras t'y mettre aussi. L'argile de cette région est formidable. Sais-tu que sur ces coteaux on fait de la poterie depuis des millénaires ?

Sans aucune hésitation, Agathe se mit à l'apprentissage de la poterie, avec entrain et application, trop heureuse de trouver une place plus active dans la communauté. Après plusieurs ratages, elle découvrit le plaisir de voir naître des formes de la matière molle façonnée par ses mains, la magie du tour glissant à l'infini entre ses doigts, comme une caresse de terre vivante. Elle trouvait certains modèles de cruche ou de plat magnifiques, d'autres franchement laids, mais elle ne voulait rien en dire de peur de faire de la peine aux autres.

Par petites touches, Clara avait pris un ascendant très fort sur Agathe. Elle gommait progressivement la plupart de ses repères. Agathe pensait de temps en temps à ses parents. Clara lui assura qu'ils seraient prévenus et lui fit écrire une carte postale représentant un isard dans la montagne, avec quelques mots sibyllins :

Je suis partie chez des amis loin d'ici. Je vous recontacterai. Tout va bien. Bises.

Agathe.

— Aurais-tu quelqu'un d'autre à prévenir ?

Sans réfléchir, sans hésiter, Agathe répondit aussitôt que non, en pensant pourtant très fort à Olivier. Le garçon l'avait laissée partir, sans un mot, sans un geste. Elle considérait que c'était désormais à lui de faire un signe, un pas vers elle. Clara parut soulagée de cette réponse. Elle lui promit que la carte partirait dès que possible.

— Le facteur passe tous les jours, tu sais. On lui donnera ta carte à poster.

Après l'avoir acceptée dans l'équipe des potiers, Clara expliqua à Agathe les contraintes et les bonheurs de la vie en collectivité :

— Il faut d'abord donner, beaucoup, pour recevoir, un peu.

Elle finissait toujours ses explications en précisant que ce qu'elle lui disait était incomplet. Ce n'était rien par rapport à la richesse de l'enseignement de Milharis. Progressivement, cette stratégie d'encerclement suscita chez Agathe un besoin irrésistible d'entrer en contact avec ce

Maître resté invisible. La première fois qu'Agathe demanda quand elle pourrait le rencontrer, Clara réprima un discret sourire de triomphe qui échappa à la jeune fille. Elle la fit attendre encore plusieurs jours avant de lui donner un début de réponse. Ce fut un soir, à l'heure du coucher.

— Agathe, il va falloir te préparer à voir le Maître. Il veut bien te recevoir, mais si vraiment tu en as envie.

— Mais oui, bien sûr, je te l'ai déjà dit plusieurs fois.

— Bon, je vais voir quand ce sera possible.

La rentrée de septembre approchait. Nathalie n'avait toujours pas donné signe de vie. L'ami du mystérieux coup de téléphone n'avait pas rappelé. Juliette s'interrogeait, sans trop savoir quoi faire, alors qu'elle avait prévu d'aller passer quelques jours sur la côte landaise avec une bande de copains, dans la villa familiale mise à sa disposition par ses parents. Ne voulant pas s'en priver pour un simple caprice de Nathalie, Juliette décida de s'accorder cette pause en pensant qu'elle la retrouverait très vite ou, au moins, qu'elle recevrait une carte postale lui donnant de ses nouvelles.

A son retour, rien. La boîte aux lettres était vide. Le téléphone muet. Juliette ne comprenait plus. Elle appela quelques amis et les parents de Nathalie, en se gardant bien de donner trop de détails. Personne n'avait revu la jeune fille depuis le début du mois d'août. Elle fut étonnée de constater que personne ne semblait se soucier vraiment de Nathalie. Elle se dit qu'on pouvait ainsi disparaître sans que quiconque s'en préoccupe. Cette révélation la mit mal à l'aise. Pour la première fois depuis bien longtemps, elle ressentit un très fort sentiment de solitude.

Tout en se préparant à la rentrée scolaire, Juliette cherchait une solution. Elle n'osait pas prévenir le lycée. De quel droit serait-elle allée raconter leur vie privée ? Nathalie aurait certainement réagi comme une tigresse si elle lui avait fait cette proposition. Elle savait bien que la proviseure n'était pas responsable de la vie de ses élèves pendant les vacances, à plus forte raison des élèves majeurs. Toutes les solutions qu'elle passait en revue tournaient toujours autour du lycée.

Juliette s'arrêta sur une idée qui lui parut la moins mauvaise : Hélène Bonneville, la conseillère d'orientation qui avait en charge leur établissement. Ancienne enseignante, la jeune femme avait décidé de quitter le professorat après trois ans de métier, cherchant une vraie motivation dans ce nouveau travail d'écoute et de conseil aux élèves. Pour elle, les jeunes en perdition avaient autant besoin d'aide et de conseils psychologiques que de cours de maths ou de grammaire. Elle était en poste dans l'académie de Tarbes depuis un an seulement. Elle avait vite fait connaissance avec les terminales de Vic, dont quelques jeunes semblaient poser des problèmes, plus que dans les autres établissements dont elle s'occupait. Au lycée, les élèves avaient diversement accueilli cette jeune femme sexy, aux longues boucles blondes. Son éternel sourire traduisait un tempérament résolument optimiste.

« Un peu trop BCBG pour nous comprendre.

— Elle baise avec le CPE ou le prof de gym ?

— C'est pas Freud qu'il nous faut, mais du boulot... »

Hélène Bonneville avait paru sincère, passionnée, parfois dépassée. La contacter était risqué, mais Juliette voulait tenter sa chance. Elle avait besoin d'un conseil. « Après tout, elle est payée pour ça », se dit-elle. La mère d'une de ses anciennes amies de terminale était professeur d'anglais. Juliette obtint par elle le numéro de téléphone de mademoiselle Bonneville. Revenue de vacances, elle préparait le premier trimestre. Juliette lui dit qu'elle avait impérativement besoin de lui parler. Intriguée, flattée d'être contactée avant même la rentrée pour résoudre un problème, Hélène proposa une rencontre au lycée, ouvert aux enseignants dans les jours qui précédaient l'ouverture des classes.

— Dans la salle de doc, ça vous va ? Vous y avez déjà mis les pieds, j'espère...

Juliette trouva la remarque un peu sèche à son égard. L'insolence au bord des lèvres, elle choisit de ne pas réagir. Elle l'aurait fait en d'autres temps, mais elle avait trop besoin de parler, d'être conseillée et, peut-être, d'être rassurée.

— Ouais... OK.

— Disons vendredi, alors. Je dois y passer pour voir les consignes de la rentrée. Ne soyez pas en retard, s'il vous plaît.

Habitée par une sensation diffuse de détresse, Juliette estimait que cette Hélène Bonneville était bien la seule adulte qu'elle voulait rencontrer : elle n'était pas du pays, pas vraiment prof, femme mais pas mariée. Elle s'entendit répondre, avec une petite voix qui ne lui ressemblait guère :

— Oui, mademoiselle.

Olivier avait promis à Baptiste Lassalle de l'aider à rentrer ses dernières balles de paille avant les gros orages et les pluies qui n'allaient pas tarder. Cette semaine-là, pas de pala. C'était un sacrifice auquel il consentait bien volontiers pour l'un de ses plus fidèles amis. A peine changé dès la fin de sa tournée, son compte rendu fait au receveur, il partait vers Parrabère. Il rentrait épuisé par les travaux des champs et reprenait son service le lendemain à sept heures. Il n'avait pas revu Agathe et pensait qu'elle boudait encore.

Un soir, Baptiste lui parla de la rave-party d'Estirac. Pendant près de deux jours, des milliers de jeunes avaient saccagé plusieurs parcelles d'un exploitant.

— C'est chez Barracou, je crois. Il veut porter plainte, le pauvre. Tu penses, les gendarmes ont laissé faire. L'après-midi, il a trouvé des merdes partout, des bouteilles, des seringues, des pneus et même du gasoil renversé dans l'herbe. Il paraît que ces mecs veulent en organiser une autre avant la rentrée scolaire... Ces petits merdeux.

— Ce n'est pas bien méchant, tout de même...

— Et si on faisait ça chez toi ?

Olivier en convint. Il n'avait surtout pas envie de poursuivre la discussion, au risque d'entendre de nouvelles plaintes. La fin de semaine arrivait. Agathe ne l'avait pas relancé. Généralement, à cette saison, elle suivait de très près le programme des dernières fêtes villageoises de l'été, des plus modestes aux plus ambitieuses. Elle essayait toujours d'y entraîner Olivier, avec sa bande d'amis. Cette fois, elle n'avait pris aucune initiative. Cela ne lui ressemblait pas.

— Dis, Baptiste, c'est quand, au juste, la fête de Plaisance ? demanda Olivier en feignant de siroter son verre d'orgeat glacé, cette boisson au goût d'amande amère dont les deux copains raffolaient.

— Putain, Olive, tu dates un peu, je crois. Plaisance, c'est passé. Pour les grosses fêtes, il te reste quoi, maintenant ? La fête du vin à Madiran, c'est fini. Après, tu as Maubourguet et ses intellos sportifs. Et dans le genre plus confidentiel, tu dois encore pouvoir t'éclater à la salle polyvalente de Ladevèze-Ville ou à l'Adour-party nocturne de Labatut, moustiques et feu d'artifice compris...

Olivier rit. Il pensa qu'il lui faudrait appeler Agathe car il n'avait pas été très aimable avec elle au fronton. Il fit son numéro de portable, en vain. Agathe ne décrocha à aucun des trois appels. Il n'eut qu'une voix froide et lointaine qui ne lui ressemblait pas : « Bonjour, c'est Agathe. Laissez votre message... » Olivier en laissa trois, de plus en plus secs, avant de renoncer. Le soir, assez tard, il se décida à appeler chez Labadie. Ce premier appel d'une longue série lui laissa un goût amer. Il tomba sur la mère d'Agathe. Elle fut d'une froideur de banquise. Elle lui répondit avec sécheresse, dès la première question :

Non, Agathe n'est pas là !

Olivier insista :

— Est-elle partie en vacances ? Quand doit-elle revenir ?

Muriel Labadie ne voulait rien dire. Olivier dut lui arracher chaque mot. N'apprenant rien de très clair, il se persuada qu'Agathe sortait avec un autre garçon et que sa mère n'osait pas lui parler, de peur de lâcher une indiscrétion.

— Madame Labadie, dites-lui qu'elle me rappelle, d'accord ? Je ne vous dérangerai plus. Dites-lui bien : de la part d'Olivier Lussan. J'attends son appel. Merci encore.

Lorsqu'il eut raccroché, il se trouva bête. Pourquoi tant insister ? Il connaissait le caractère entier et passionné de la Gathe, son humeur de chat sauvage, son indépendance. Il tenta de se souvenir de ce qu'elle lui avait dit au fronton. Voulait-elle partir, le quitter ? Elle ne l'avait pas annoncé clairement. Olivier se reprocha de ne pas l'avoir suffisamment écoutée ce jour-là. Il avait cru à un caprice passager. C'était peut-être plus sérieux. Il se sentait incapable de réfléchir. Trop de choses lui échappaient, des éléments qu'il devinait importants mais sans qu'il arrive à les relier entre eux. Ce ne pouvait être qu'un petit incident de parcours entre eux. C'est vrai qu'Agathe avait un peu changé d'attitude depuis son retour de la fac. Mais aurait-elle pu partir ?

— T'inquiète, le rassura Baptiste, c'est une nouvelle foucade de ta sauvageonne.

Olivier chercha à se persuader que ce n'était que cela. Il n'en fut pas très sûr.

— Oui, de toute façon nous n'avons aucun engagement. On n'est pas mariés, après tout.

— Bien sûr, profites-en, alors. Vous parlerez plus tard de votre avenir commun...

Olivier se dit qu'il n'avait jamais eu de discussion sérieuse avec Agathe sur ce sujet qui le gênait un peu. Pour lui, faire l'amour était une chose, se marier en était une autre. Il répugnait à s'engager sous une quelconque pression. C'était trop tôt. On verrait plus tard. Agathe aurait dû le comprendre. Un étrange pressentiment le mit pourtant mal à l'aise, sans qu'il puisse se l'expliquer. Il le chassa aussitôt. Pourquoi Agathe avait-elle été si pressée de lui parler puis de disparaître ?

Hélène Bonneville arriva en jean, ce qu'elle ne faisait jamais pendant l'année scolaire. Juliette s'était maquillée beaucoup plus légèrement que d'habitude. Elle expliqua la situation, sans parler de la rave-party, n'évoquant que la disparition de Nathalie.

— Je ne l'ai pas revue depuis une dizaine de jours.

— Cela ne m'étonne pas vraiment. Votre amie est d'un tempérament fugueur, je crois. Elle l'a prouvé l'an dernier. Je pense que vous vous faites du souci pour rien. Elle va probablement réapparaître dans quelques jours, après la rentrée bien sûr, avec plein d'aventures à vous raconter.

— Mais vous n'êtes pas inquiète ?

— Le devrais-je ? Juliette, si vous l'êtes, ce que je peux comprendre d'ailleurs, vous pouvez toujours aller voir les gendarmes et leur en parler.

— Plutôt crever !

— Evidemment... Si vous croyez que c'est comme cela que vous résoudrez le problème...

— Y a d'autres solutions...

— Ah oui, et lesquelles ?

Pour Hélène, la franchise de Juliette Andréani était bon signe. Elle sentait un contact possible. Un début, au moins. L'année précédente, elle n'avait jamais pu s'entretenir seule avec cette fille. Hélène savait qu'elle venait d'un milieu plutôt favorisé pour la région. Sa dérive vers la marginalité n'était pas une fatalité. Elle pouvait encore être sauvée. Le problème était qu'elle l'avait toujours vue en compagnie de Nathalie Moulis ou d'autres jeunes du même genre. Cette fois, elle sentait une ouverture.

— Juliette, cessez de jouer la provocation. C'est inutile. Cela ne vous va pas.

— Je fais ce que je veux !

— Oui, et vous êtes majeure, je sais. Vous pouvez prendre votre vie en main, mieux que vous ne l'avez fait jusqu'à maintenant. Vous avez d'énormes atouts. La société a...

Juliette l'interrompit une nouvelle fois, sèchement :

— La société ? Vous me faites marrer. Elle nous nique de toute façon, la société. Il faut du fric pour s'en sortir. Ce sont les gros qui gagnent, c'est connu. Ce n'est pas parce que mes parents ont du blé que je ne réfléchis pas. Les petits ne sont bons que pour les allocs ou la prison. Ça me fait gerber.

— Juliette !

— C'est pas vrai ? Voyez les mecs qu'on vient de foutre en prison à Pau. Simplement parce qu'ils étaient solidaires des réfugiés basques que les flics veulent renvoyer en Espagne. C'est dégueulasse, ça, non ?

— Juliette, ce n'est peut-être pas aussi simple que cela. Et si tout le monde raisonne comme toi, on n'avance pas.

— Ils n'ont qu'à nous foutre la paix...

— Oui, en payant des impôts pour t'entretenir. C'est cela que tu veux ? Continuer à avoir de l'argent de poche quand tu veux, quand tu claques des doigts auprès de papa et maman ? Je me trompe ?

Interloquée, Juliette se redressa, comme piquée par une guêpe. Hélène Bonneville avait haussé le ton, les joues plus rouges. Elle se rendit compte qu'elle venait de tutoyer l'élève et crut être allée trop loin. Malgré les rondeurs qu'elle gardait d'une enfance encore toute proche, Juliette Andréani pouvait être redoutable. Elle l'avait lu dans son dossier. Cette fille, comme Nathalie Moulis, était connue dans le lycée pour ses accès soudains de violence. Au début de l'année précédente, en cours de gym, elle avait cassé une raquette de ping-pong sur le nez d'un garçon. Son père avait tout arrangé.

La vérité assénée par la conseillère d'orientation surprit et désarçonna Juliette. C'était si rare qu'on lui parle aussi franchement. Comme les jeunes qu'elle fréquentait avec Nathalie, elle avait pris l'habitude de communiquer avec les autres en phrases courtes et brutales, par bravade. Les insultes n'étaient jamais très loin. Elle installait toujours un rapport de force. Depuis leur départ du foyer familial, Nathalie et elle ne voyaient plus leurs parents qu'épisodiquement, après leur accord pour qu'elles emménagent dans un studio près de la gare, une vieille maison transformée en petits appartements. Elles avaient fui le monde des adultes, et Hélène Bonneville venait de tenir un langage que Juliette n'avait plus entendu depuis longtemps.

— Les vieux... enfin... les adultes pensent qu'ils ont raison sur tout. Ils n'écoutent jamais les jeunes, comme si on n'avait rien à dire. Nous, on se respecte. Entre nous, on ne se juge pas.

— C'est chacun pour soi, alors ?

— Peut-être, mais on n'est pas emmerdé par les leçons de morale des autres.

— Chacun pour soi... C'est cela que tu trouves bien ? insista Hélène. Chacun son plaisir alors, chacun sa merde. Cela ne va pas très haut, Juliette. C'est tout petit, même. Il y a ceux qui s'en sortent, toujours. Mais ceux qui ne s'en sortent pas, tu les mets où ? Tu en fais quoi ?

— Je suis solidaire... commença Juliette.

— Ah oui ? Solidaire de quoi ? En parole, alors ; en pétition, peut-être. Genre concert de solidarité. Un peu de musique, un peu de hasch, quelques bons sentiments. Des mots, hein ? C'est plus facile. Cela permet de ne pas trop s'engager, de vivre sa petite vie sans prendre trop de risques.

— Vous n'avez pas le droit !

Le bougonnement sans conviction de Juliette n'avait pas impressionné Hélène. L'élève s'était un peu tassée de l'autre côté de la grande table de la salle de documentation. Trop lancée pour pouvoir s'arrêter, Hélène ajouta :

— Tu sais... Parfois, on va dans le mur, sans s'en rendre compte. Il faut savoir demander conseil, prendre des repères et accepter les leçons de morale. Il en faut pour vivre dans notre société. Même les adultes en ont besoin. Il n'y a pas que les parents qui peuvent en donner.

— Ouais, c'est sûr. J'en ai eu, des leçons de morale, au caté. Le curé ne s'est pas gêné pour nous tartiner de bondieuseries...

Juliette s'arrêta d'un coup, retenant ce qu'elle allait dire : « Oui, et vous n'avez qu'à m'en donner aussi, des leçons de morale... » Tant de questions se bousculaient dans sa tête, tant de choses qu'elle n'arrivait pas à comprendre. Elle aurait aimé aller plus loin dans cette discussion. Dans le monde, trop de choses lui semblaient révoltantes ou incompréhensibles. Elle ne voyait pas d'alternative. Elle voulait savoir et comprendre, mais ce n'était jamais le moment. Ni avec ses parents ni avec les profs elle n'avait eu ce contact qu'elle sentait maintenant avec cette Hélène Bonneville. Elle voulait poursuivre et se lança :

— L'ancien curé était bien. Il est parti ailleurs, à Lourdes, je crois.

— Et le nouveau ? demanda Hélène, un peu calmée, étonnée de cet hommage à un curé, inattendu chez Juliette.

— Je ne sais pas. On ne va plus au caté depuis longtemps. Je crois qu'il est sympa, mais un peu sopo. Son truc, c'est la misère en Afrique. Franchement, on s'en tape. Il y a autre chose.

— Quoi ?

— Notre vie. La vie, quoi, et toutes les questions...

— Et tu les as posées, ces questions ?

— Non. L'Eglise, les parents...

Depuis leur adolescence, Juliette et Nathalie n'avaient plus trouvé d'interlocuteur pour les éclairer, pour évoquer toutes ces interrogations qui les préoccupaient mais qui leur avaient d'ailleurs vite paru sans intérêt, comparées aux malheurs du monde dont on parlait partout. Elles s'étaient éloignées des adultes et n'attendaient plus de réponses de leur côté.

Juliette s'étira. Elle souhaitait reprendre pied dans cette discussion qui l'avait bousculée. Un instant, elle voulut se confier davantage, tendre la main à cette jeune femme qu'elle pressentait compréhensive, pas démago. Elle observa Hélène qui venait d'allumer une cigarette, ce qui était pourtant formellement interdit dans la salle de documentation du lycée.

— Oui, je sais, c'est interdit, mais c'est encore les vacances, non ? Tu en veux une ?

Juliette prit une Stuyvesant bleue, le genre de cigarette douceâtre qu'elle n'aimait pas, mais elle ne voulait pas rompre ce fil ténu qui s'était noué entre la conseillère et elle. La franchise et la pression de cette jeune femme énergique lui plaisaient. Elle pensa que cette conversation arrivait trop tard. Cela ne servirait à rien. La rentrée des classes installerait de nouveau les adultes et les élèves dans leurs cases respectives. Juliette s'enferma dans le silence en soufflant sa fumée vers le plafond.

Encore trop jeune dans le métier, Hélène laissa passer le moment favorable. Elle ne perçut pas le changement imperceptible de Juliette, pendant quelques secondes. Elle s'était dévoilée, prête à poursuivre la discussion, décidée à s'aventurer plus loin. Mais Juliette allait refermer la cuirasse qui protégeait sa rébellion de jeune fille au seuil du monde adulte, ce mélange confus d'interrogations, de refus et de générosité. Hélène ne sut pas poursuivre. Juliette reprit la parole la première, en triturant la chaîne d'argent qu'elle portait au cou, une moue de petite fille boudeuse aux lèvres, comme une fuite déguisée :

— De toute façon, on ne nous écoute jamais. On interdit tout. Interdire, interdire. Franchement, j'en ai marre.

Comme lors de chaque entretien dans le bureau du Maître, Clara trouva son tabouret de bois très inconfortable, trop bas. Milharis lui faisait face, la dominant de sa haute stature, assis dans son large fauteuil de bois recouvert d'un tissu de velours rouge. La quasi-totalité de la pièce était dans l'ombre. Milharis était à peine éclairé, mais Clara était placée exactement dans le rectangle de lumière ménagé par un volet entrouvert. Un léger parfum d'encens et de menthe flottait dans la pièce.

— Parle-nous d'elle, sans omettre aucun détail. Nous ne pouvons pas nous permettre de prendre une bouche inutile, tu le sais. L'œuvre du Relais de Lumière ne peut pas être ralentie.

Milharis posait les questions. Il cherchait à comprendre le profil de cette Agathe que Clara avait réussi à recruter, conformément à la demande du Maître.

— C'est à Lourdes, hein, Clara ? Ton vivier préféré...

— Oui. C'est un endroit favorable. Les gens y sont toujours en quête de quelque chose, prêts à s'engager.

— Je crois que tu as raison. Le site est favorable. Ce n'est pas par hasard si le doigt de Dieu s'est pointé sur cette terre chargée de confluences bénéfiques.

Clara était fière de son succès, obtenu quelques jours à peine après un avertissement du Maître. Milharis l'avait félicitée en lui caressant la joue. Le Relais avait besoin d'un renfort pour ses nombreuses activités : Agathe allait pouvoir se joindre au personnel. Mais il fallait être sûr qu'elle reste assez longtemps pour être formée, puis rentable. Plus longtemps que l'homme et la femme un peu exaltés partis au bout de trois mois de vie au Relais.

— Je ne veux pas de couple, reprit Milharis en haussant le ton. C'est trop difficile à gérer. L'un monte la tête de l'autre et vice versa. Tu le sais, ça, Clara ?

— Oui, Maître, répondit Clara avec empressement, s'efforçant de faire retomber cette voix puissante qui la terrifiait quand elle tournait à l'orage. Mais cette fille me semble bien. Elle était perdue, seule, avec une volonté intéressante au fond d'elle-même...

— Laquelle ?

— Je pense qu'elle veut servir. Se dévouer à une cause, quelle qu'elle soit. Je la sens très proche de la lumière.

— Très bien, très bien, répondit Milharis avec un petit sourire. Cela doit te rappeler quelque chose...

Clara rougit, à la fois fière et confuse. Le Maître la connaissait bien. Avait-elle encore des secrets pour celui qui l'avait sortie du désespoir ? Lorsqu'il l'avait récupérée, parmi les premiers fidèles du Relais de Lumière, elle venait de vivre une année épouvantable, qui avait pourtant suivi la période la plus heureuse de sa vie : ses dix-huit mois au Rwanda en tant qu'infirmière bénévole dans une équipe de Soins sans frontières. Pendant les quinze ans qui avaient précédé, elle avait tout sacrifié à l'Assistance publique en région parisienne, jusqu'à sa vie privée. Fuyant les routines et des médecins décevants, la jolie infirmière avait découvert l'enthousiasme des missions humanitaires, l'importance vitale du moindre geste thérapeutique.

Jour après jour, soignant du matin au soir, elle avait été portée par l'idée de sa totale utilité, par cette sensation formidable de pouvoir venir en aide à des gens. Une force invisible l'avait dopée pendant des mois. Jusqu'à l'invasion de son village par des milices déchaînées. En une heure, elle avait vu anéantir dix-huit mois de travail : cinq petits garçons, sauvés par ses soins quotidiens, avaient été découpés à la machette ; trois jeunes filles avaient été emportées dans la forêt. Ils étaient ses enfants, les seuls qu'elle avait jamais eus.

La honte, l'impuissance et la fatigue accumulées l'avaient jetée dans une profonde dépression. Il avait fallu la rapatrier d'urgence. Ce fut la dégringolade, l'alcool puis les drogues. Un ancien ami médecin l'emmena dans un club échangiste. Elle se fit parfois payer. Elle ne cessait plus de vomir, étouffant de dégoût pour cette nouvelle vie faite de vide et d'inutilité. Jusqu'à sa rencontre avec Milharis, sa découverte du Relais.

— Clara ? Clara ? Ton passé, c'est fini. Il faut continuer à penser aux autres. C'est comme cela que tu peux revivre. Ne l'oublie pas.

— Je ne l'oublie pas.

— Bien sûr... Clara, tu sais que nous avons beaucoup de pèlerins qui passent, et beaucoup de commandes. Il nous faut continuer à rayonner. C'est pour cela que tout renfort est utile. Je vais recevoir et accepter Agathe et...

— Son prénom lui va très bien, Maître !

— Agathe, la perle... On verra. C'est peut-être une bonne idée, même si c'est contraire à notre règle. Je la verrai dimanche matin.

Clara sortit après avoir reçu la bénédiction traditionnelle : les deux mains de Milharis posées sur son front baissé. Dès son départ, une petite porte s'ouvrit dans un recoin du bureau, près de la cheminée.

— Qu'est-ce que tu en penses, Gaïa ? demanda Milharis sans se retourner.

— Je me méfie, répondit la haute silhouette de femme qui s'approchait du fauteuil. Clara a trouvé et ramené cette fille un peu vite, je trouve. On la connaît trop peu.

— Je sais, mais on en a besoin. Les commandes n'arrêtent pas et la poterie marche bien. Quant au courrier... Tous les jours, il en arrive davantage !

— C'est un effet de ta dernière conférence. Il faudrait peut-être arrêter. Elles attirent trop l'attention sur nous.

— Mais, Gaïa, j'ai un message à faire passer.

— Je pense que cette fille est du pays. Il faut donc être prudent.

— Et si on demandait à Lapoudge d'en savoir un peu plus ? Il n'a pas grand-chose à faire à sa Tour des Rapaces.

— Tu sais, lui, il est à prendre avec des pincettes.

Milharis éclata de rire. Gaïa avait raison. Il avait rencontré ce jeune de Montaner lors d'une de ses premières conférences dans la région. Michel Lapoudge l'avait frappé par son sérieux, sa rigueur extrême. Milharis avait aimé sa passion pour la nature et les oiseaux. Il avait surtout détecté en lui les prémices d'un dévouement absolu à toute cause qu'il croirait bonne. Un homme qui serait prêt à tout pour rendre service à qui saurait lui parler.

Le Relais de Lumière utilisait parfois Mikel pour des gros travaux d'entretien dans les communs, pour la mise en place des panneaux signalant le Relais de Lumière sur le chemin de Saint-Jacques, le GR 653 qui passait à quelques centaines de mètres du château, pour les livraisons à la Sernam de Tarbes.

— Il est un peu psychorigide, mais il a un tempérament de pur. Il doit avoir du sang cathare, ce type.

— C'est la région... Un demi-dingo, tu veux dire.

— Je te charge quand même de l'appeler. Il peut nous être utile.

Gaïa s'était rapprochée du fauteuil au moment où Milharis se levait. Il lui tapota affectueusement l'épaule et passa derrière le bureau. Le miroir d'acier qui séparait les deux bibliothèques de la pièce rassembla un bref instant l'homme et la femme. Le reflet renvoya des traits étonnamment identiques : une figure plate et large, un nez épaté, des lèvres épaisses ; les mêmes cheveux gris fer, brosse courte chez lui, stricte queue-de-cheval pour elle ; le même regard gris, d'une intensité minérale.

— D'accord, frérot. Ton message, c'est bien, mais n'oublie pas la priorité : assurer les finances du Relais. Il n'y a pas d'autres moyens pour faire passer tes idées et faire prospérer notre œuvre.

— Alors, au boulot, frangine ! Voyons les comptes et les commandes.

Agathe se sentait de plus en plus souvent fatiguée, lasse. Elle aurait aimé manger davantage et trouvait les portions des repas un peu trop légères. Mais tout le monde semblait satisfait autour d'elle. Elle n'osait pas parler de ses fringales, de peur de passer pour capricieuse ou de paraître abuser de l'hospitalité de la communauté. Chacun ici se faisait un devoir de respecter l'autre, ce que le cloisonnement des lieux encourageait. Les conversations dans l'atelier de poterie et au cours des repas étaient limitées au strict minimum.

Personne n'osait déranger son voisin. Certains des membres de la communauté paraissaient eux aussi fatigués, d'autres étaient absents, enfermés dans leur méditation. On souriait beaucoup, on parlait peu. Agathe respectait ce silence, comme le lui avait demandé Clara. Mais elle surprenait parfois des regards curieux ou interrogateurs dans sa direction. Elle trouva cela normal car elle n'avait été présentée à personne.

— Faudra-t-il que je change de nom ?

Clara attendait ce moment. La question devait même être le facteur déclenchant pour permettre la rencontre avec le Maître. Elle indiquait qu'Agathe était maintenant prête à se dépouiller de son identité pour suivre l'enseignement de Milharis, prête à s'associer de plus près aux activités du Relais de Lumière. Clara s'était rendu compte que sa recrue n'était pas très douée pour la poterie. Peu importait : la blanchisserie des pèlerins ou la salle d'accueil des clients avaient besoin de renfort. Agathe y trouverait sa place.

— Oui, changer de nom est évidemment préférable pour prendre un vrai nouveau départ. Mais ce sera uniquement si tu le souhaites. C'est une marque de confiance que nous te faisons et que tu nous fais.

— Je me sens prête.

— C'est le Maître qui te confiera ce nouveau nom. Il faudra le porter avec confiance et discrétion.

— J'espère être digne de cette confiance et, vraiment, je me sens prête.

Dès lors, cette perspective d'une rencontre avec Milharis devint une véritable obsession pour Agathe. Elle y pensait chaque jour, multipliant les questions à Clara. Restant encore un peu sceptique, elle voulait s'impliquer davantage dans la communauté, être mieux intégrée, servir, comprendre cette extraordinaire « voie de lumière » dont Clara lui avait incidemment parlé. Agathe s'appliqua pendant quelque temps à être la première pour les corvées les moins agréables, comme le nettoyage des tours de potier, le balayage du grand atelier ou le repassage des blouses de protection. Elle se mit ainsi en disponibilité totale avant cette rencontre qui la troublait un peu.

— Mais comment devrai-je m'habiller ? demanda-t-elle quelques jours plus tard à Clara.

— Comme tu le veux, évidemment... Mais comme nous, si tu le veux aussi.

Dans la journée, Gaïa, qui paraissait avoir beaucoup d'autorité sur les fidèles, prit la main d'Agathe et s'approcha d'elle, comme jamais elle ne l'avait fait.

— Une très bonne nouvelle t'attend dans ta chambre...

Cette femme massive au visage carré entouré de mèches grises impressionnait Agathe. Elle parlait peu mais elle semblait tout voir. Elle lâcha la jeune fille après lui avoir pressé vigoureusement la main.

— Il ne faudra pas décevoir la communauté, hein ?

Plus tard, de retour dans sa chambre, Agathe trouva sur son lit l'ensemble tunique-pantalon que tous portaient dans le domaine, déplié et étalé comme un costume de scène qu'une artiste va enfiler dans sa loge. Elle fut émue. Clara entra et lui annonça le moment tant attendu :

— C'est pour dimanche. Ce sera un jour de lumière. Pour toi et pour nous.

6

Tous ses confrères postiers l'avaient constaté. Même *La Dépêche* en avait parlé dans une enquête récente : les Anglais étaient de plus en plus nombreux à s'installer dans la région. Ils achetaient des ruines qu'ils restauraient avec passion. Des villages revivaient, fleuris, embellis. Méfiant au début, Olivier avait appris à les connaître et à les apprécier. Les Britanniques posaient beaucoup de questions au jeune facteur.

« Ces gens-là viennent dépenser leur argent chez nous et souvent ils dépensent sans compter, répliquait-il aux ronchons que dérangeait la conduite à droite des buveurs de thé.

— Tu as raison, petit », renchérissait Dastugue.

Lui n'aimait pas les Hollandais et les Allemands, ceux qu'il appelait « les rouquins ».

« Avec leurs rouquines, ils arrivent ici le coffre bourré de produits sous cellophane et ils n'achètent rien à nos commerces. »

Dans un franco-anglais approximatif, Olivier essayait de raconter aux vacanciers étrangers les subtilités de la course landaise. A ceux qu'il aimait bien, il expliquait les pièges immobiliers qui guettaient les touristes fortunés en quête de bonnes affaires.

« *Not here*[1], mon pauvre, une rocade est prévue, *a way of*[2] contournement... *Be careful*[3], c'est un ancien marais... Attention, les voisins sont *crazy*[4] : ils discutent à coups de marteau... Oh, je crois que la mairie veut installer ici un *settlement*[5], pour gens du voyage, les *gipsies*... »

Il glissait parfois un mot sur le scandale du château de Labatut-Rivière. Olivier aimait cette bâtisse du seizième siècle, ancienne propriété de petits seigneurs du Val d'Adour, les Fondeville de Labatut. Abandonné par des héritiers indignes, vendu à des marchands de biens sans vergogne, le château avait été en partie pillé par des gens du pays. Aujourd'hui dévoré par les ronces, ouvert à tous les vents, peuplé d'oiseaux et de lézards, cet important logis au toit d'ardoises, flanqué d'une grosse tour Renaissance elle aussi étouffée par le lierre, n'en finissait plus de tomber. Une association obstinée se battait pour le relever. Olivier rêvait également de voir ce château sauvé un jour. Peu importait par qui. Même par des Anglais. Pourquoi pas ? Ils avaient tant démoli dans la région au temps du Prince Noir, pendant la guerre de Cent Ans, qu'on pouvait les laisser réparer un peu de la folie destructrice de leurs ancêtres.

Il y avait aussi les Belges. Olivier aimait leur parler, pour le plaisir d'entendre cet accent qui leur donnait cet air de naïveté totale qui justifiait toutes les histoires drôles. Il évoquait avec eux les règles de la pelote et de la pala, et leur livrait de bonnes adresses de producteurs de foie ou de confits. Avec les Parisiens, le courant passait souvent plus mal. Olivier avait parfois l'impression d'être traité de haut par des gens qui croyaient revivre à bon

1. Pas ici.
2. Un chemin de.
3. Faites attention.
4. Fous.
5. Campement.

compte *Le Bonheur est dans le pré.* Il ne faisait alors aucun effort s'il ne sentait pas d'atomes crochus.

« Méfie-toi de leurs chiens, Olivier, lui avait-on dit au bureau lorsqu'il était arrivé. Les roquets de Parisiens sont les plus terribles. Tels maîtres, tels chiens. »

Il avait aussi appris à se méfier des vacancières de passage, surtout les hyper-bronzées, gorgées de soleil, de prunes et d'ennui. Deux ou trois fois déjà, il avait eu la surprise de voir accourir du fond du jardin des corps luisants de crème solaire, s'attardant en string monokini pour ouvrir le courrier sous les yeux d'un si charmant facteur. Ce n'était pas bien grave car, généralement, des enfants jouaient à côté, dans une pataugeoire en plastique bleu.

Dans sa tournée, Olivier avait droit, chaque été, à la naturiste obstinée. Cette dame apparemment respectable aurait pu être sa grand-mère. Elle avait pris l'habitude d'aller chercher son courrier à la boîte, toute nue. Il fallait faire vite : déposer le courrier et redémarrer aussitôt pour éviter toute équivoque et, surtout, une vision un peu déprimante de l'humanité. Il y avait aussi la « statue grecque ». On la disait ancienne danseuse. A l'heure du passage du facteur ou du boulanger, elle se postait à sa fenêtre ouverte, immobile et cambrée, les mains sur les hanches, le buste entièrement dénudé. Olivier passait rapidement, mais le boulanger rendait hommage à cette apparition fugace en actionnant plus vigoureusement et plus longtemps qu'ailleurs son klaxon.

Olivier Lussan savait qu'il pouvait plaire. Les filles le lui avaient déjà dit plusieurs fois.

« Tu as du charme.

— Oui, mais encore…

— Un mélange inexplicable.

— Alors explique ! »

Elles n'y parvenaient pas bien. Une seule s'était approchée de la vérité : Agathe. C'est elle qui le connaissait le mieux. Elle l'avait tant regardé, petite fille fascinée, adolescente amoureuse, jeune femme aimante.

« Ton regard est trop sombre. Mais il passe si vite de l'ombre à la lumière qu'on attend à chaque instant ce moment. Ton sourire est triste et plutôt rare, mais tu sais le rendre si lumineux qu'on a toujours envie de le ressusciter.

— C'est aussi un peu ton cas, Agathe... »

Elle y avait déjà pensé, elle aussi, sans jamais oser l'exprimer ouvertement, un peu par superstition. Agathe croyait que cette ressemblance entre elle et Olivier les condamnait à s'affronter, pour le reste de leurs jours. Elle se demandait depuis quelques années si ce constat ne ruinait pas d'emblée les projets en commun dont elle rêvait.

Les filles aimaient également l'entrain qu'Olivier mettait dans toutes ses activités. Elles le devinaient plus doux que sa carcasse rugueuse de joueur de pala ne le laissait supposer. Il s'amusait de ce succès, même s'il ne le comprenait pas toujours. Mais il ne voulait pas s'attarder à ces jeux qui prenaient trop de temps à son goût. Il avait tant ri de toutes ces aventures de coqs de village entendues dans son enfance et que la chronique locale de la poste gardait en mémoire. On les resservait à chaque nouvel arrivant. Au bureau, lors des fêtes ou des pots, on se racontait souvent les bonnes histoires de maris cocus et d'agents de l'Etat un peu trop ardents galopant à travers champs.

Maurice Peyroulet avait ainsi raconté pourquoi, à une certaine époque, une partie des hommes du quartier de l'Echez, sur la route de Lembeye, se ressemblaient.

« C'était Lauga, un copain avec qui j'avais fait le régiment à Mont-de-Marsan. A cette époque, il faisait la tournée par le quartier de l'Echez et le Gaillanou, mais attention, bien avant la construction du collège Jean-Jaurès. Il était petit, le bougre, ouh, qu'il était petit ! Mais... il y était tout ! Un vrai taureau. Avec du boniment, en plus. Il te faisait l'affaire en chantant Trenet et Tino Rossi. Ah, té... La mandoline qu'il leur jouait, à ces dames. Du grand art ! »

Peyroulet racontait les tournées épuisantes de Lauga, quand les hommes travaillaient à la fonderie Fabre et ne rentraient pas déjeuner. Les femmes avaient pris la précaution de leur mitonner de bonnes gamelles qu'ils mangeaient sur place.

« Le Lauga, tu peux me croire, Olivier, il y allait à la manoche et de bon cœur. Un rude gaillard, qui aurait mérité la médaille de la famille nombreuse. Parce qu'un jour on s'aperçut que tous les gamins du quartier avaient la même tête : celle de Lauga, un peu changée, mais la même...

Olivier écoutait, riait. Comme la plupart de ses collègues du bureau de poste, il avait entendu cent fois l'histoire de Lauga, à chaque fois un peu plus déformée, au gré de la faconde du conteur. Et il se trouvait toujours un nouveau pour poser la question rituelle sur la triste fin de ce Casanova du Val d'Adour :

« Et qu'est-il devenu, ce père de famille nombreuse ?

— Oh, le pauvre ! Un mari cocu l'a surpris un jour au lit avec madame. Le Lauga s'est enfui par la fenêtre, nu comme un ver. Il a eu le temps d'enfourcher sa bicyclette en direction du pont de l'Echez. Le nez dans le guidon, il n'a pas vu le Tarbes-Morcenx qui arrivait à toute vapeur. Le malheureux s'est mangé la loco et les trois wagons qui allaient avec. On n'a pu stopper et dégager ses restes qu'à la barrière de Villefranque.

— C'est triste...

— *Praube* Lauga ! Tu peux croire que oui. Mais on s'est arrangés pour que sa veuve obtienne une pension pour mari décédé en service commandé. Elle n'a jamais su que son Lauga était monté au paradis en tenue d'Adam, en plein midi. »

Le dimanche tant attendu par Agathe arriva enfin. Mais, assez tôt le matin, Clara vint la prévenir que le Maître était trop pris pour la recevoir. L'entretien était repoussé au lundi.

— Mais pourquoi ?

— Il reçoit beaucoup de monde, chaque fin de semaine. Des gens qui ont besoin de lui et qui viennent de partout. De toute la France, et même d'Europe, tu sais. Ne t'inquiète pas, ce sera lundi... A propos, tu peux maintenant t'habiller comme tu le souhaites.

— Je vais mettre la tunique...

— Parfait. Comme cela, tu te rapproches un peu plus de nous et nous de toi.

A l'atelier de poterie, Agathe remarqua quelques sourires plus avenants de la part de ses collègues de travail, ceux qui portaient déjà l'uniforme de fil grège. Cela lui fit plaisir. Elle leur sourit en retour et se montra particulièrement aimable, multipliant les initiatives pour rendre service. Cette tenue renforçait son appartenance à ce groupe qui l'avait accueillie. Cela la mettait en joie, comme si elle avait franchi une étape. Elle eut à cœur d'aider Serge, un homme d'une cinquantaine d'années aux cheveux entièrement rasés qui avait du mal à marcher et à saisir les gros objets. Il lui expliqua qu'il souffrait depuis longtemps d'une forme de sclérose en plaques qui le crucifiait de mille douleurs.

— Ce n'est qu'ici que j'ai trouvé un peu de soulagement. Le Maître me fait du bien.

— Ah bon, mais comment ? Il soigne ?

— Son fluide... Son énergie... Il sait parler au mal et le contenir. Sans ses soins, je serais sûrement paralysé ou sur une chaise roulante depuis longtemps.

Agathe n'en revenait pas. Cet homme parlait de Milharis comme d'un guérisseur, avec un bon sourire un peu voilé qui l'illuminait. Serge reprit :

— J'ai tout laissé pour venir ici. Ma femme et mon job.

— Mais c'est triste...

— La lassitude de tout, poursuivit-il. Je voulais me rapprocher de la nature, vivre en phase quoi, et quitter ce monde artificiel qui, je le sais aujourd'hui, ruinait ma santé. J'étais dans la Bourse. J'avais un gros portefeuille d'actions. J'ai tout vendu. Ma femme n'a pas compris, n'a pas supporté. La vente, quitter Paris, c'était trop. Elle est restée là-bas. Ici, je vais mieux. Milharis m'a accepté. J'ai pris ma place dans la communauté.

Plus tard dans la journée, après le repas, Agathe questionna Clara :

— Le Maître guérit des gens ?

Clara sourit mais se déroba.

— Il t'expliquera cela à sa façon, je préfère. Sois patiente. Tu vas vite découvrir toute la richesse du Relais de Lumière. Tu verras, le Maître est un bel humain.

La journée lui sembla ne jamais devoir finir, la soirée non plus. Elle resta un long moment sur sa petite terrasse à observer le carnage d'insectes des chauves-souris qui cinglaient l'air du crépuscule. Une brise tiède l'enveloppait par moments d'un parfum de paille sèche et de feuilles de chêne. Lorsque le vent était plus fort, elle reconnaissait l'odeur puissante du maïs. Elle entendit très loin dans la plaine un cortège de klaxons. Elle pensa à un mariage joyeux et esquissa un sourire. Olivier ! Elle fut surprise d'avoir aussi peu pensé à lui depuis son arrivée dans la communauté. Elle avait caché son existence à Clara et enfoui ce secret si profondément en elle qu'elle l'avait presque oublié.

Ses parents ne lui manquaient pas, ni son grand-père. Elle était contente d'avoir pu discuter avec lui avant de partir, comme si elle avait mis les choses en ordre. « Lui comprendra mon silence puisqu'on s'est franchement parlé. » Pour Olivier, c'était différent. Ils s'étaient quittés sur un malentendu, une fausse querelle. Elle en gardait une impression poisseuse d'inutile et d'inachevé, exactement ce qu'elle avait toujours détesté. A la réflexion, tout cela lui paraissait de plus en plus loin.

Elle frissonna et, pensive, se toucha le ventre, la main à plat, geste qu'elle faisait de plus en plus souvent. Elle resta longtemps assise à regarder la nuit tomber, repérant l'entrée en scène des étoiles. Le spectacle de ces nuits d'été commençait par petites touches lumineuses d'abord timides dans un ciel d'encre violette, vers l'est et vers le sud. Quand la nuit était tombée, l'explosion lointaine des milliards de galaxies allumait le cortège de la Voie lactée qu'elle ne se laissait jamais de scruter. Elle se coucha très tard, fatiguée mais incapable de dormir. Elle se dit que ce lundi serait radieux. « Un beau jour pour rencontrer le Maître. »

Les premiers jours de septembre furent caniculaires. Certains paysans commençaient à s'inquiéter : « Ces chaleurs dessèchent sans faire mûrir les choses comme il faut. »

La plupart pourtant se réjouissaient. Des coteaux de Madiran, roi des vins du Sud-Ouest, à ceux de Saint-Mont, le vaillant petit frère en progression constante, on se frottait les mains. « La vigne tirait la langue. Cela fait du bien. »

Il avait beaucoup plu après le 15 août. Le volume du raisin et sa richesse alcoolique semblaient pouvoir être au rendez-vous de la vendange d'octobre.

« Abondance de biens ne nuit pas », rappelaient les prudents.

Pour la première fois depuis bien longtemps, Olivier n'arrivait pas à profiter de ces chaudes journées qui prolongeaient une belle saison que beaucoup avaient pris l'habitude d'enterrer, dès ces premières grosses pluies d'après la mi-août. On allait vers l'automne, l'une des périodes les plus radieuses de l'année dans la région, avec sa succession d'événements et de réjouissances traditionnels : les vendanges, toujours une fête, l'arrivée des palombes, la chasse aux champignons, la reprise du championnat de rugby et, pour Olivier qui s'accordait toujours quelques jours de congé à la mi-septembre, les grandes marées d'équinoxe.

Il attendait ce moment pour aller avec toute une bande de copains vers Biarritz ou Saint-Jean-de-Luz, sur les rochers ou dans les rouleaux furieux de l'Atlantique. Il y avait aussi, à cette époque, l'anniversaire d'Agathe, qu'ils célébraient ensemble depuis deux ans. Le 21 septembre 2000, à la fin d'un été plein d'orages, ils avaient dormi ensemble toute une nuit, pour la première fois.

Le vague sentiment de malaise qui s'était instillé en lui à la mi-août ne le quittait plus. C'était une impression désagréable de manque et d'insatisfaction, qui revenait en bouffées irrépressibles. Il ne trouvait pas d'explication très claire mais se gardait bien d'aller la chercher plus loin en lui. Il s'en voulait. Encore plus sombre, il devenait parfois brutal.

Sa tournée commençait à reprendre son rythme tranquille car la plupart des estivants étaient repartis. Il restait des couples sans enfants d'âge scolaire, des vacanciers du troisième âge et les familles de paysans. Ses tournées ne le passionnaient plus. Sa voiture n'avait pas été réparée.

Les choses s'enchaînèrent très vite. Plus tard, dans l'après-midi de ce lundi, Agathe tenta de se rappeler tout ce qui s'était passé. Elle y arriva avec difficulté, anéantie par un nouveau coup de fatigue alors qu'elle revenait de l'atelier. Personne ne vit son malaise. Elle put rejoindre sa chambre et s'allonger. Elle attribua d'abord sa faiblesse au temps lourd qui semblait peser sur tout son corps. Ses tympans compressés et son ventre lui faisaient mal.

La belle matinée saturée de soleil et de bleu azur s'était progressivement dégradée. Un léger voile nuageux avait commencé à recouvrir le ciel, qui avait été jusque-là d'une pureté exceptionnelle. Insidieusement, les nuages avaient gagné en importance, transformant la lumière d'or du matin en clarté de plomb. Une chaleur de four s'était abattue sur le Val d'Adour. Cette fin d'après-midi lui pesait. Agathe sentait de nouveau un début de nausée la gagner, comme lorsqu'elle s'était réveillée d'une sorte d'hypnose après l'entretien avec Milharis.

Elle avait été reçue dans la grande salle tendue de rouge dont lui avait parlé Clara : l'Assemblée de Lumière.

« C'est là que nous nous réunissons pour faire le point, examiner l'application de notre règle. En réalité, c'est surtout pour nous ressourcer, capter l'énergie des uns et des autres au profit de tous. Cela fait du bien à chacun d'entre nous, sous l'autorité du Maître. »

L'explication lui avait paru grandiloquente, mais lorsqu'elle était entrée dans la salle, seulement éclairée par de grands flambeaux et des blocs de bougies, Agathe avait été frappée par la beauté et l'intensité du moment.

Cette grande pièce fraîche baignait dans un parfum doux de menthe et d'encens. Quelque chose de sacré vibrait entre ces murs de pierre, pensa-t-elle. Elle ressentit ce qu'elle avait déjà perçu, enfant, dans la vieille église fortifiée de Castelnau.

La communauté des fidèles, agenouillés au bord du rideau rouge qui courait le long du mur, était rassemblée en cercle autour de la pièce. Agathe n'osa pas les regarder, attentive à bien faire les choses. Sans un mot, le Maître lui désigna le petit coussin au pied du grand fauteuil de bois dans lequel il trônait, massif comme un bouddha blanc. Impressionnée, Agathe garda les yeux baissés.

« Bienvenue, Agata... »

La voix lui sembla à la fois puissante et douce. Elle fut rassurée, flattée qu'on s'occupe ainsi d'elle. Elle serait donc « Agata ». Le Maître parla d'échanges, de lumière, d'ordre naturel, de fusion des énergies, de communauté de destins. Elle écoutait, sans arriver à se concentrer sur ce qu'il disait. Les mots entendus lui rappelèrent la première discussion avec Clara, à la gare de Lourdes. Curieuse malgré tout, elle risqua une ou deux fois un regard vers le géant qui la dominait de sa masse. Elle remarqua la légère transpiration qui éclairait sa face plate. La petite croix sur fond de soleil d'or de son pendentif réflétait la lueur des flambeaux. Le motif lui rappela quelque chose, mais elle ne sut pas l'identifier.

Plus le Maître parlait, plus Agathe se sentait rassurée, confortée. Elle retrouvait une famille qui s'intéressait à elle, à ses envies, à ses besoins.

« Le Relais de Lumière a besoin de toi, comme toi tu as eu et tu auras besoin de nous, poursuivait Milharis. Chacun dépose son fardeau et apporte sa part positive. Il reçoit en même temps l'énergie vitale des autres par mon intermédiaire. »

Agathe pouvait retrouver une logique dans un monde vidé de sens, sans ordre apparent. Elle l'avait fui parce qu'elle ne comprenait plus, ou trop mal, ce qu'allait être sa place. Elle avait cherché à comprendre son destin, son utilité. Personne ne lui avait apporté de réponse. Autour d'elle, chacun semblait ne se préoccuper que de sa propre trajectoire, rien de plus. Cet homme parvenait à redonner du sens dans cette confusion. Il délivrait cette paix qu'apportait l'intelligence du monde. Clara ne lui avait pas menti.

Toute à ses pensées, Agathe s'entendit répondre trois fois « oui » lorsque Milharis lui demanda si elle était prête à rejoindre la communauté, à en accepter les règles, à la servir avec dévouement. Elle but un liquide orange dans une coupe en bois d'olivier qu'il lui tendit. Une musique grave et douce berça ces derniers moments de l'Assemblée de Lumière. Agathe entendit des frôlements de pieds et des froissements d'habit derrière elle. La flamme des bougies vacilla. Elle n'osa pas se retourner mais comprit que les fidèles quittaient la salle.

Sans un mot, Milharis se pencha vers elle et posa ses deux mains sur sa tête, l'obligeant à se courber davantage. Une onde de chaleur gagnait son corps, comme le fluide d'une nouvelle vie qui entrait en elle. Un étrange engourdissement l'envahissait. Clara avait raison, pensa-t-elle une fois encore. Elle savait que le Maître soignait des gens qui venaient le voir de tout le pays. Il prodiguait des conseils grâce à un pendule qui ne le quittait jamais. Son magnétisme était réel, intense et bienfaisant.

Pour la première fois depuis bien longtemps, Agathe sentit le sommeil venir, sans cette peur des cauchemars qui, depuis l'adolescence, la tenait toujours éveillée de longues minutes. Elle s'affaissa. Milharis retira aussitôt ses mains et vint s'agenouiller près du corps de la jeune fille.

Les cagettes de courrier étaient pleines, comme tous les lundis. Un soleil de plomb fondu écrasait maintenant la plaine et sa jungle de maïs, dont certains épis, presque à maturité, commençaient à faire éclater leur petite enveloppe de papier crépon. Olivier savait que l'orage montait sur le Béarn, avant d'aller rôder sur les coteaux de l'Armagnac, comme un loup affamé. Dans sa petite voiture jaune, il ruisselait. Son polo bleu marine et son jean PTT lui collaient à la peau.

La dernière maison à servir était une fermette restaurée à l'écart de la départementale, cernée par des maïs pratiquement aussi hauts que le toit. La maison n'avait pas de boîte à lettres, malgré les demandes répétées de La Poste. Des vacanciers la louaient tous les quinze jours aux Cazenave. Les derniers en date venaient du Puy-de-Dôme, d'après la plaque d'immatriculation de la Citroën BX qu'ils garaient sous l'unique arbre. C'était la seule ombre de l'endroit, un marronnier exsangue aux feuilles racornies, baptisé « parc arboré » par le fils Cazenave, dans la publicité des Gîtes de France. Cette ruine avait servi pendant des années de débarras où les Cazenave entreposaient leurs vieux outils agricoles, mangés par la rouille. Il en avait disposé quelques-uns dans la courette.

« Ça fait plus rural pour les Parisiens », expliquait-il à ses voisins.

Grâce aux prêts consentis, la restauration de la maison ne lui avait presque rien coûté. Un coup de badigeon ocre et les volets peints curieusement en mauve clair avaient fait l'affaire. En deux saisons payées au prix fort, cette « fermette de charme au parc arboré et clos » avait déjà couvert les frais de remise en état. Ces avantages fiscaux et la vogue du tourisme rural expliquaient la soudaine prolifération des gîtes et des chambres d'hôtes dans toute la région.

« Il faut être *pégot* pour s'installer aujourd'hui dans l'agriculture, disait Baptiste Lassalle à Olivier. Regarde les Cazenave, ce sont les moins couillons de tous. Il vaut mieux retaper une vieille grange et planter trois roses trémières devant : tu en fais un gîte pour les Parisiens, et par ici les billets... »

Olivier n'avait guère sympathisé avec le couple de la fermette Cazenave. Ils n'avaient pas d'enfants mais un horrible petit chien blanc, des bouclettes sur un corps de rat, qui aboyait férocement dès qu'une voiture passait sur le chemin. Arrivé fin août, ces gens seraient probablement les derniers à occuper cette maison pour l'été. Ils semblaient taciturnes et ne respiraient pas la sympathie.

« Qu'est-ce que tu veux, Lussan, ils sont du nord, avait commenté Dastugue.

— Du nord, Dastugue ? Ils sont de Clermont-Ferrand.

— Eh oui, quoi, du nord de l'Adour... »

Lui était un petit bonhomme d'une cinquantaine d'années, aux jambes grêles et pâles qu'il exhibait sous un bermuda trop large et trop long. Elle, à peine plus jeune que lui, bien plantée, arborait en toute circonstance une crinière de cheveux bouffants, qu'elle lissait vers l'arrière avec des ongles couleur rubis. Ce ménage un peu dépareillé lui faisait penser à l'accouplement d'un poulet et d'une lionne. Il en riait parfois lorsqu'il s'arrêtait chez les Cazenave, où le fils fantasmait sur la dame :

« Elle a des griffes, té, qui te réveilleraient un mort... Je me ferais bien chercher les poux par cette lionne. »

Ce jour-là, le chien blanc resta muet. La Citroën n'était pas sous le marronnier et les volets mauves étaient clos. Olivier crut que le couple était parti sans l'avoir prévenu. Il faillit redémarrer, pensant déjà aux formalités nécessaires pour réexpédier le courrier, mais il se ravisa en remarquant du linge qui séchait sous la grange. Il attendit quelques secondes, agacé de devoir descendre de voiture avec cette chaleur, prêt à rabrouer le roquet à bouclettes. Rien ne bougea. Le temps lourd rendait le silence encore plus pesant. La forêt des maïs, à leur plus haute taille, étouffait le moindre souffle d'air.

Olivier ouvrit le portillon pour glisser l'enveloppe sous la porte d'entrée. Il allait se baisser lorsque le battant s'ouvrit lentement sur l'ombre fraîche du couloir d'entrée.

— Vous voulez boire quelque chose de frais ?

La voix était douce, presque irréelle. Encore ébloui par la clarté aveuglante de ce midi triomphant, étonné de cette soudaine présence que rien n'avait laissé supposer, Olivier mit une fraction de seconde à réaliser que la femme qui venait d'ouvrir la porte et qui l'invitait à entrer était nue. Entièrement nue. Sa chevelure épaisse éclaircie par des mèches claires luisait dans la pénombre, sur un sourire plein de promesses.

— Mon mari est à la pêche...

— Et vous êtes à la chasse ?

L'insolence fit sourire la lionne. Elle s'effaça légèrement derrière la porte. Olivier s'avança pour tendre l'enveloppe qu'il avait encore à la main. Dans le même mouvement, comme un ballet préréglé, la femme fit un pas vers l'avant, lui arrachant la lettre qu'elle jeta loin en arrière, et se plaqua sur lui. Olivier sentit le corps tiède et pressant, les seins lourds écrasés sur son polo bleu trempé de sueur. D'instinct, il referma ses bras, effleura le dos et saisit les hanches de la femme à pleines mains. La lionne soupira en réprimant une sorte de tremblement puis s'écarta soudain de lui, cambrée vers l'arrière, le souffle court, la poitrine se soulevant en saccades. Déjà ému par ces quelques secondes intenses, la bouche sèche, Olivier fut incapable d'articuler le moindre mot. Il sentait la transpiration couler dans le creux de son dos.

Ni lui ni elle ne pouvaient plus parler, emportés par un désir sauvage et muet. Elle le tira par la main, forte et souple. La pièce de droite, aux volets clos, n'était éclairée que par un rayon de soleil qui passait à travers une persienne trouée. Olivier vit un grand lit recouvert d'un simple drap blanc, telle une oasis de fraîcheur dans la moiteur ambiante. De minuscules poussières d'or flottaient dans le rai de lumière. Un parfum de prune et de lessive flottait dans la chambre. La femme s'allongea en travers du lit, les bras en croix, les jambes repliées. Olivier la regarda, comme s'il voulait suspendre ce moment irréel et se donner l'illusion du choix.

Il ne connaissait que la minceur, la nervosité des filles de son âge. Uniformément hâlé, ce corps aux courbes pleines et douces qui s'offrait sans pudeur lui parut beau et rassurant, sans les arrière-pensées qu'il prêtait aux filles qu'il avait connues. L'envie d'y goûter, sans attendre, sans réfléchir, sans calcul, le submergea. Il posa ses mains sur les épaules de la femme, caressa les seins, explora le creux des hanches, les cuisses. Elle frissonna, prise du même léger tremblement que dans l'entrée : un soupir, puis un spasme fugace. Olivier fit glisser ses doigts sur une peau de satin, que sa bouche trouva bientôt fraîche et sucrée.

La femme le déshabilla avec une étonnante légèreté. Son sourire brûlant l'invitait à la rejoindre. Concentré, le regard voilé de sombre, en colère contre lui et le monde, Olivier se sentit incapable de rendre toute cette douceur qui l'enveloppait. Aucun mot, aucun compliment ne lui venait aux lèvres. Les sourcils froncés, il cherchait à réfréner cette puissante sensation d'énergie qui montait en lui. Il voulait pétrir et goûter ce fruit offert par l'été finissant, ce corps sur lequel il roulait et qui fondait avec lui. Il eut envie de mordre. Elle le devina.

— Doucement, doucement, murmura-t-elle en fermant les yeux.

Un long murmure s'éleva de la foule, et quelques cris aigus de femmes. Un rapace apparu à une meurtrière de la Tour de Montaner venait de plonger sur un bout de viande lancé par un fauconnier, juste au-dessus des spectateurs. Les sifflements, les froissements d'ailes, les claquements de becs, les envols, les atterrissages se succédaient depuis vingt minutes. Une violence diffuse, une tension un peu sauvage s'étaient installées dans la cour du château. Les commentaires du directeur de la Tour des Rapaces renforçaient la pression sur les spectateurs.

— Ce fauve s'appelle l'autour des palombes, mesdames et messieurs, expliquait-il dans un petit mégaphone à piles. Un kilo lancé en piqué à trois cents kilomètres-heure, avec moins d'un centimètre d'erreur au point d'impact ! Et je vous demande maintenant le plus grand silence...

La foule se tut instantanément, fascinée par ce ballet de vitesse, de puissance et de cruauté, rythmé, selon les moments, par une musique planante ou par des solos de batterie et de guitare électrique. La démonstration avait déjà présenté plusieurs sortes de faucons, un milan noir, un aigle, un vautour percoptère, des éperviers. Les oiseaux surgissaient des meurtrières comme des boulets, foudroyant les bouts de viande lancés en l'air par le personnel. Le jeu des fauconniers, tous vêtus d'un débardeur sombre qui ne laissait rien ignorer de leurs tatouages, faisait aussi partie du spectacle. Gestes précis, petits coups de sifflet brefs adressés aux oiseaux, bracelets de cuir au poignet, ils imposaient leur autorité aux oiseaux comme à la foule.

Plus un son ne montait de la centaine de gens assis dans la cour pour cette attraction spectaculaire : le repas des rapaces. Cette fois, la sono s'était tue. On n'entendait plus que le vent froisser la cime des chênes et des mûriers platanes qui cernaient les remparts. Un claquement sec fit sursauter les spectateurs. Des bruits de succion et de déglutition suivirent.

— Mais oui, mesdames et messieurs, vous assistez au festin de l'autour des palombes, grand amateur de bonne chère.

Amplifiés par un petit micro émetteur attaché sous sa tête, les coups de bec de l'oiseau sur les débris de viande se répercutaient en résonnant sur les pans de muraille du château.

— Et ne vous trompez pas, l'autour des palombes peut s'attaquer à des oiseaux et à des mammifères plus gros que lui. Nous en avons fait l'expérience.

A nouveau la foule murmura, partagée entre l'admiration et l'effroi. Fascinés, les premiers rangs observaient le repas du rapace, qui déchiquetait entre ses pattes jaunes les morceaux de viande. De temps à autre, l'autour relevait la tête, méfiant. Ses yeux orange à pupille noire balayaient les spectateurs, glaçant les plus émotifs. Le directeur continuait à énumérer les performances et qualités des oiseaux qu'il présentait, comme un vendeur de voitures :

— Mais oui, mesdames et messieurs, avec un poids de cinq à sept kilos, une envergure de près de deux mètres cinquante, voici le gypaète barbu, la Rolls de nos montagnes, un fabuleux engin volant qui niche dans les parois rocheuses de nos Pyrénées, doté d'un fabuleux cerveau...

Il s'arrêta au moment précis où un assistant surgit de l'arrière de la scène avec un gypaète posé sur ses deux poings serrés et gantés. Il déposa l'oiseau devant un os long qu'un autre employé venait de jeter devant lui. Le rapace fit quelques petits sauts de côté, faisant mine de s'éloigner plusieurs fois avant de revenir. Cette danse préliminaire dura plusieurs secondes. Des flashs crépitèrent. Le gypaète portait lui aussi un émetteur sur le corps, prolongé par une minuscule antenne qui dépassait sa queue d'une dizaine de centimètres. Il crocheta l'os dans l'une de ses serres et commença à le marteler. Ses furieux coups de bec tonnaient entre les vieux murs du château.

— Nous vous demandons maintenant de ne plus bouger, murmura le directeur dans son micro.

Le gypaète arracha un à un les derniers fils de viande rouge puis saisit l'os dans son bec, hésita une seconde et prit son envol, lourdement, au ras des têtes des spectateurs. Instinctivement, tous courbèrent l'échine en sentant le souffle des battements d'ailes au-dessus d'eux. C'était le moment qu'attendait Mikel, assis en retrait sur un petit muret qui longeait le chemin menant aux cages. Il aimait cet instant de l'envol, la force et la légèreté développées par l'oiseau, la crainte des gens. « Ils s'aplatissent, écrasés par la puissance du rapace. Les gens ne comprendront jamais que c'est la plus belle image de la liberté qui existe. »

Déployant toute son envergure sur plus de deux mètres, le gypaète avait pris un peu d'altitude au-dessus de la cour du château, à la verticale d'une grosse pierre plate qui bordait le rempart, légèrement à l'écart de la foule. Il se stabilisa en faisant jouer chacune de ses plumes. Mikel regarda en connaisseur les rémiges sombres de l'oiseau vibrer face au vent d'ouest.

— Une nouvelle fois, mesdames et messieurs, je vous demande d'admirer l'intelligence de ce rapace, l'un des hôtes les plus impressionnants de nos montagnes Pyrénées.

Le directeur était encore en train de parler lorsque le gypaète laissa tomber son os vers le sol, soulevant une nouvelle clameur d'émotion. Beaucoup crurent à un incident. Mais tout alla très vite. L'os se brisa en trois morceaux sur la grosse dalle grise au moment précis où le rapace achevait un virage serré vers la cour. Il se posa, les serres en avant, tout près des morceaux et acheva de les déchiqueter en quelques coups de bec que tous les spectateurs entendirent comme s'ils participaient au festin du rapace.

— Et je crois, mesdames et messieurs, que l'on peut applaudir Ténor, notre gypaète barbu, toujours fidèle dans les grands rendez-vous, et aussi Pablo, son fauconnier préféré.

« On n'est pas au cirque, maugréait Mikel dans son coin en observant la scène. Bientôt c'est autre chose de sérieux qu'on applaudira. Néra va scotcher tous ces touristes pour de bon. »

Abandonnée, étalée sur toute la largeur du lit défait, la lionne du Puy-de-Dôme n'avait pas bougé, les yeux toujours clos, quand Olivier était parti. L'enveloppe était restée sur le carrelage rouge de l'entrée, petit rappel aux réalités, signe discret de ce temps suspendu qui avait rapproché deux étrangers de façon fulgurante. Il la regarda et sortit sans un mot. La pêche au pont de l'Adour devait être bonne : l'homme aux mollets de poulet n'avait pas réapparu. Olivier démarra à toute vitesse pour s'éloigner rapidement de la maison aux volets mauves.

Il roula ensuite très vite dans la plaine, sur les chemins mal goudronnés qui serpentaient entre les champs de maïs. Son arrivée brutale dans le silence de cette campagne écrasée par le soleil surprenait des bandes d'oiseaux noirs. Dérangés dans ce qui paraissait être leur domaine exclusif, ils semblaient attendre le dernier moment pour s'envoler, à grands coups de claquements d'ailes indignés.

Une soif atroce taraudait Olivier. Il avait l'impression d'étouffer. Il freina brutalement juste au moment où il allait traverser un rideau de pluie qui barrait la route, déversé par une rampe d'arrosage. Il coupa le moteur et ouvrit la portière. L'air sentait le bitume surchauffé. Des bouffées de vapeur chaude montaient de l'asphalte arrosé par intermittence. Ce maïs à perte de vue l'asphyxiait. A cet endroit, sur les meilleures terres du Val d'Adour, les tiges atteignaient trois mètres de haut, transformant la terre gasconne en une immense plantation tropicale.

Cette invasion datait des vingt dernières années. Le maïs avait colonisé les trois quarts des terres cultivables du Val d'Adour, devenu une usine à ciel ouvert de ce nouvel or jaune. Toute l'économie de la région en dépendait, et la campagne, méconnaissable, offrait un paysage défiguré, privé d'horizon. En été, la marée verte prenait l'allure d'une forêt vierge impénétrable, le sol damé par les bombardements d'eau quasi permanents. Dès l'automne et pendant tout l'hiver, les machines agricoles transformaient ces vastes étendues en champ de bataille. Après le cataclysme, il ne restait que des pieds déchiquetés, des feuilles pourries. Une campagne hachée, peuplée de squelettes jaunis de végétaux. « On a même les nuées de corbeaux à demeure, ces charognards de tous les champs de bataille », pensait Olivier avec rage.

Les discussions avec Baptiste sur ce sujet étaient orageuses. Ils se disputaient souvent. Lassalle avait arrêté l'élevage après la crise de la vache folle. Il ne faisait pratiquement plus que du maïs, avec quelques essais de soja, plus rentable grâce aux aides européennes.

« Vous ruinez la terre, vous polluez les nappes, vous sabotez la nature, accusait Olivier.

— Il faut bien vivre et cultiver ce qui rapporte », répondait Baptiste.

Olivier rêvait de raser ces cultures industrielles qu'il jugeait contre nature, potentiellement dangereuses pour les équilibres biologiques naturels.

« On bousille l'avenir. »

Il savait pourtant que le maïs apportait à Baptiste, comme aux autres paysans, un vrai revenu. Olivier le reprochait presque à son ami :

« Vous faites du maïs parce que les paysans sont devenus des chasseurs de primes européennes. Uniquement pour cela.

— Oui, peut-être, répondait Lassalle, mais tu préférerais sans doute voir disparaître trois cent mille paysans et les envoyer pointer au chômage ? Et que se passerait-il ensuite ? Il faudrait aller payer des "jardiniers de la terre" pour entretenir les campagnes... Drôle d'avenir. »

Olivier savait que ces avantages que grappillaient les paysans étaient souvent indispensables pour de jeunes exploitants, comme son ami Lassalle, généralement endettés jusqu'au cou.

« Vois, Olivier, plaidait Baptiste. Je me cogne soixante-dix à quatre-vingts heures de travail hebdomadaires. Mes congés, c'est au lance-pierre. Et combien je gagne ? Moins de six mille francs par mois. »

La discussion avait failli s'envenimer entre les deux amis lorsque Olivier avait avoué ses presque neuf mille francs mensuels, pour moins de trente-cinq heures par semaine.

« Et en plus tu as des congés, non ? Et la garantie de l'emploi, évidemment. »

Sur cette route surchauffée, perdu dans ce cauchemar de maïs, Olivier se sentit soudain inutile, seul, sali. Il sortait des bras d'une femme qu'il ne connaissait pas, à qui il n'avait pratiquement pas parlé, qu'il ne reverrait sans doute jamais, et il avait laissé partir celle dont il se sentait le plus proche, qui ne l'avait jamais trahi. Il s'en voulait aussi de ces reproches faits à son meilleur ami. Baptiste gagnait sa vie en sabotant la nature, mais lui, que faisait-il, au juste ? Porter le courrier, rassurer les mémés, parler aux parents, sourire aux enfants, s'éclater au fronton et rire avec les copains, cela suffisait-il ?

Il s'éloigna de la Saxo et fit quelques pas vers la zone balayée par le puissant jet d'eau. Il se mit au milieu de la route et attendit. Le crépitement des gouttes sur les larges feuilles de maïs annonça l'arrivée de la trombe d'eau. Le grondement redoubla. Olivier ne bougea pas. Il fut dedans, enveloppé, noyé des pieds à la tête dans un bruit de cataracte.

Le mur d'eau s'éloigna vers l'intérieur du champ. Rafraîchi, rasséréné, Olivier leva les yeux vers l'immensité vert et bleu, les bras grands ouverts dégoulinant d'eau. Aveuglé par la lumière intense du soleil au zénith, il but longuement sa chaleur, immobile, le sourire aux lèvres. Les rayons de feu lui brûlaient les paupières et les bras, instillant en lui une force et une confiance nouvelles. Revigoré, lavé de tous ses doutes, il s'ébroua et poussa un hurlement sauvage, comme un enfant qui vient de marquer son premier but. Un long cri de joie retrouvée et de défi.

A la Tour des Rapaces, les derniers visiteurs s'étaient attardés devant les cages, comme d'habitude, fascinés par les serres, les becs et les yeux cruels qui ne cessaient de les fixer. Mikel avait achevé assez vite l'entretien des cages, la corvée d'eau, le nettoyage de l'aire de démonstration où les touristes laissaient des papiers de bonbon et des bouteilles vides. Cette saleté le mettait toujours en rage.

— Alors, Mikel, montre-nous un peu ce que tu as préparé ! lui lança le directeur, le sourire en coin.

Deux ou trois fauconniers s'étaient rapprochés. Ils savaient que Mikel possédait une corneille apprivoisée dont il ne se séparait quasiment jamais. Le jeune avait promis un numéro qu'il avait longuement répété. Le directeur avait été tenté de refuser, mais la concurrence était telle dans la région qu'il avait sans cesse besoin de nouvelles idées. Il avait donné son accord à Mikel en lui disant pourquoi :

« Tu comprends, petit, il y a déjà foule par ici. Alors tu as intérêt à être compétitif. A cent kilomètres à la ronde, on trouve la colline aux marmottes, un donjon des aigles, un rocher des singes, un parc aux autruches, la vallée des lamas, la forêt des papillons...

— Sans compter les parcs à cons, avait lâché Mikel d'un ton rogue, car il détestait s'entendre appeler “petit”.

— Quoi ?

— Bé oui, les campings. »

Mikel s'éloigna du directeur et des employés pour parler à Néra, qu'il sortit de sa cage. Il revint avec elle, posée sur son épaule, et saisit un sac de toile marqué de larges auréoles de graisse.

— A terre, Néra !

La corneille sauta au sol et se mit à marcher en travers, l'œil méfiant. Mikel en profita pour se diriger vers un muret qui bornait l'une des entrées de la cour intérieure du château. Il en avait disposé les pierres, une à une, lors d'un précédent chantier de restauration. Il enleva sa chemise et s'allongea sur la pierre tiède.

— Le mieux serait de le faire à poil. Ce serait plus fort.

— Montre-nous d'abord comme ça, avant d'ouvrir le musée aux horreurs.

Mikel sortit de son sac de petites boulettes rosâtres. Très méticuleusement, il les disposa sur son ventre, dans ses oreilles, sur son menton.

— Qu'est-ce que c'est ? demanda le directeur, qui s'était avancé, suivi des fauconniers.

— Des boulettes de saucisse, de maïs et de lait. Je les ai préparées. Liées avec ma salive. C'est le plat préféré de Néra, depuis toujours. C'est avec cela que je l'ai sauvée quand elle était petite.

— Tu en bouffes aussi ?

— Il faut bien. C'est cent pour cent naturel.

La dizaine de boulettes en place, Mikel émit un curieux bruit de succion, à la fois sifflement mouillé et miaulement de petit chat. Néra tourna vivement la tête. Mikel recommença son appel. En marchant, claudiquant d'une patte sur l'autre, l'oiseau se rapprocha du muret, toujours aussi méfiant.

— Néra, monter ! Manger ! Monter ! Manger !

L'ordre répété deux ou trois fois fit bondir la corneille sur le muret puis sur le corps de Mikel. Il l'encouragea une nouvelle fois. Après un coup de tête circulaire, Néra commença à piquer, sèchement, d'abord vers le ventre. Elle s'enhardit et s'attaqua aux oreilles. Fascinés, le directeur et les fauconniers regardaient le festin de la corneille. Sur le dos, l'homme au torse zébré de griffures paraissait d'une vulnérabilité extrême sous les pattes et le bec de l'oiseau noir.

— Attendez, ce n'est pas fini… dit Mikel à voix basse, pour ne pas effrayer Néra.

Il plaça deux ou trois boulettes dans sa bouche, qu'il bloqua avec sa langue, le plus loin possible à l'intérieur du palais. En attente sur sa poitrine, Néra l'observa un moment. Elle vit le geste, la bouche restée grande ouverte. Elle hésita à peine. En deux bonds, elle se trouva à la hauteur de son menton. Un coup d'œil à droite et à gauche, puis son bec luisant plongea loin dans la bouche, comme s'il allait arracher la glotte de Mikel.

— Merde, le con ! murmura le directeur, impressionné, un peu écœuré. C'est pas mal du tout...

Mikel venait de placer deux boulettes sur chacun de ses yeux. Il chuinta doucement pour encourager Néra, en équilibre instable sur son visage. Il savait que la corneille répugnait toujours à cet ultime exercice. Mikel pensait qu'un oiseau hésitait à attaquer les yeux d'un être encore vivant. Il se figea, l'encourageant de toute sa force mentale. « Vas-y, fais ton boulot, Néra. Comme dans la nature. Pique, prends, nettoie... »

— Piquer, murmura-t-il une seule fois à Néra.

Elle plongea deux fois vers les orbites. Le directeur et ses aides eurent un léger mouvement de recul, la même pensée en tête. Cette démonstration était très spectaculaire. L'oiseau noir semblait avoir dévoré les entrailles, la gorge et les yeux d'un homme nu, comme il l'aurait fait d'un cadavre sur un champ de bataille. Le comportement repoussant d'un animal aussi familier dans nos campagnes, apparemment inoffensif malgré son croassement inquiétant, donnait une dimension d'épouvante à la présentation de Mikel. « Ce type est un malade. Il faut s'en méfier... » Le directeur de la Tour des Rapaces comprit tout l'intérêt pour son spectacle.

— OK, c'est bien. Entraîne-toi encore un peu, mais je crois que c'est bon. On va voir où placer ton corbeau dans la présentation.

— C'est une corneille, rectifia Mikel, agacé, en se rhabillant.

— Ouais, mais « corbeau » ça sonne mieux pour les gens.

L'automne gascon s'était installé, en majesté, fidèle à sa réputation d'été indien. Le temps s'était stabilisé au beau. Dans la journée, l'air restait tiède sous un ciel magnifique, après des nuits fraîches. Au matin, la rosée abondante venait étancher la perpétuelle soif d'une terre pourtant comblée par l'Adour. Le soleil généreux qui s'imposait était toujours aussi radieux, mais de plus en plus bas sur l'horizon. La chaleur et la lumière poussaient à maturité tout ce que le Val d'Adour et les coteaux qui le flanc-gardaient offraient à profusion. Le raisin, le maïs, les noix, les figues tardives régnaient en maîtres.

« Le tannat ne déçoit jamais. »

A Madiran comme à Saint-Mont, sur la route d'Aire-sur-l'Adour, les rouges de l'année seraient bons, disait-on. On savait ce vin gorgé du même soleil brûlant qui réchauffait la Navarre, de l'autre côté des sommets pyrénéens. Mais la fraîcheur descendant des montagnes, les grands vents de l'ouest et les pluies venues de l'Océan si proche apaisaient ses brûlures. Compagnon toujours fidèle des temps de gloire et des jours de peine, ce vin sombre et généreux chantait l'âme gasconne. En lui coulait le sang d'une terre de vieille civilisation.

Arrivés à maturité, les tournesols avaient cessé leur course obstinée derrière le soleil. Ternies après avoir été éclatantes de lumière, les rosaces de pétales attendaient maintenant la récolte. Comme le maïs, dont les épis faisaient éclater leur gangue végétale, les uns après les autres, à mesure que les pieds et les feuilles pâlissaient. La saison voyait les champs abandonner leur palette de couleurs. Elle passait aux bosquets d'arbres, roussis par les premières teintes automnales. Du bois du Marmajou aux collines du Vic-Bilh, les tons s'enflammaient en vagues miel et rouge, poudrées d'or par le soleil du soir. Comme chaque année, les marronniers couverts de rouille prenaient de l'avance sur les autres arbres. Leurs coques piquantes commençaient à bombarder les routes, les cours de ferme et d'école.

Tout invitait encore au farniente, avant les premières pluies vraiment froides qui viendraient en octobre et novembre. Olivier Lussan restait pourtant en retrait. Il ne parvenait pas à savourer cet ultime chant de vie de la nature. Septembre débuta sans projet. Octobre allait passer sans passion. Olivier écarta l'idée d'aller seul à Saint-Jean-de-Luz ou à Biarritz pour retrouver les amis qui l'appelaient. Il ne savait plus que répondre à ceux qui l'invitaient avec Agathe.

— Venez, c'est formidable. On est en tee-shirt toute la journée. La mer est super.

— Non, merci, pas pour le moment. Agathe a prévu autre chose…

Il mentait, sans trop savoir où le conduiraient ses mensonges. Il s'en voulait de ne pas pouvoir dire une vérité qu'il ne connaissait pas. Il ignorait totalement où se trouvait son amie, avec qui elle avait pu partir. Il avait pris la ferme décision de la retrouver et de lui parler, enfin sérieusement, miné par l'idée qu'elle avait voulu lui dire quelque chose d'important au fronton. Il n'avait pas su l'écouter. Il lui faudrait réparer.

Les parents Labadie ne lui cachaient pas leur tristesse et leur désarroi. Eux non plus n'avaient pas de nouvelles, depuis une banale carte postale postée de Lourdes, fin août. Olivier était certain qu'ils ne mentaient pas. En s'arrangeant avec Baudéan, son collègue de la tournée 3 qui desservait la rue du Maréchal-Foch, il pouvait vérifier le courrier adressé aux Labadie. Au mépris du règlement et du serment qu'ils avaient tous prêté en acceptant d'assurer ces fonctions, ce collègue lui montrait les lettres et les paquets destinés aux Labadie.

« Mon pauvre, lui avait dit Baudéan, si ma femme pouvait partir un peu sans laisser d'adresse, je ne m'en plaindrais pas. Ah, ça oui, ce seraient de vraies vacances ! Tu verras, plus tard… »

Olivier regardait chaque matin le courrier des Labadie, espérant reconnaître l'écriture d'Agathe. En vain. Le plus discrètement possible, il avait aussi interrogé tous ses collègues. La plupart connaissaient « la fille Labadie », au moins de vue. Olivier avait espéré que quelqu'un l'aurait aperçue dans la région, chez des gens, qu'on en aurait entendu parler. Aucun ne l'avait vue. Il téléphona au frère d'Agathe, installé à Paris. Le fils Labadie tomba des nues et rassura Olivier en riant :

« C'est bien elle... Elle se fait désirer, c'est tout. Et tu tombes dans le panneau. Tu devrais pourtant la connaître, non ? »

Olivier se persuada qu'elle s'était réfugiée à Paris, désireuse de couper les ponts pendant quelque temps. Elle donnerait bientôt d'autres nouvelles à sa famille. Et peut-être à lui. Il jouait moins souvent à la pala et évitait le fronton de Maubourguet. Pour ne pas être vu au Bouscarret et devoir répondre aux questions sur Agathe, il s'était replié sur le fronton de Lafitole, adossé à la nouvelle salle des sports bâtie au pied de la butte. Il était à deux pas de chez lui. Il y jouait parfois tard, comme en cette fin d'après-midi, cognant la balle et courant sans jamais cesser de penser à Agathe.

Hélène Bonneville était repartie plutôt satisfaite de son rendez-vous avec Juliette Andréani. Ce contact avec l'une des filles réputées les plus difficiles du lycée avait été bon. Le dialogue était noué. C'était de bon augure pour l'année scolaire. Mais elle gardait une impression d'inachevé. Cette fille l'avait appelée au secours, elle n'avait su répondre qu'imparfaitement à son inquiétude et à sa détresse. Et surtout, la rentrée s'était faite sans Nathalie Moulis. L'administration et les professeurs n'avaient pu que constater l'absence de la jeune fille. Les parents avaient reçu un mot, resté sans réponse.

La proviseure avait chargé Hélène Bonneville de traiter cette affaire, comme on lui aurait donné un os à ronger. La jeune femme avait davantage éprouvé cette sensation de solitude dont elle n'arrivait pas à se défaire depuis la fin de ses études. A vingt-huit ans, seule, elle avait du mal à nouer des relations durables avec ses amis. Aucun garçon n'avait su la retenir. Etait-elle trop exigeante ? Hélène avait toujours détesté la compromission et elle cherchait chez les autres la même exigence que celle qu'elle se donnait comme ligne. Elle pensait parfois qu'elle manquait de fantaisie. Elle se dit qu'elle allait changer de coiffure avant l'hiver.

Les parents Moulis reçurent Hélène Bonneville plutôt gentiment, intimidés. Ils étaient eux-mêmes catastrophés par cette absence incompréhensible de Nathalie. Ils l'expliquaient par une fugue, plus longue que les précédentes. Hélène se rendit compte qu'ils ne savaient quasiment plus rien de la vie de leur fille. Ils avaient bien d'autres préoccupations. Depuis la terrible tempête de l'hiver 1999, les Moulis se débattaient dans de gros soucis d'argent. Le cyprès du voisin avait été coupé en deux par la tornade. Dans sa chute, il avait pulvérisé la caravane toute neuve qu'ils n'avaient pas fini de payer. Ni le voisin ni eux ne s'étaient assurés contre ce genre de dommages. Les Moulis devaient rembourser chaque mois de lourdes traites pour une épave disloquée. Le moral n'était pas au beau fixe.

Emue par la détresse de ces gens simples, Hélène était repartie un peu désemparée. Elle ne savait pas comment s'y prendre pour résoudre le problème de la disparition de Nathalie, mais sa priorité était maintenant de venir en aide à Juliette. Il fallait l'aider à reprendre pied, même et surtout en l'absence de son amie. Elle pensait qu'aider Juliette l'aiderait peut-être à faciliter le retour de Nathalie. Il n'y avait pas d'autre solution que d'avoir un entretien avec la famille Andréani. Rendez-vous fut pris pour le vendredi suivant, en fin d'après-midi.

Sylvie Andréani accueillit Hélène sur la terrasse crépie de blanc de la grande villa moderne à pigeonnier. La maison était adossée à l'entrepôt principal de la société Andréani et Fils, dissimulé par une haie de sapinettes. L'immense parking aménagé de l'autre côté de la clôture présentait une partie des matériels qui faisaient la richesse des Andréani : des appareils de levage, des mini-tracteurs, des bétonnières ; plus loin, des tas de sable de toutes sortes, des empilements de briques et de dalles de différentes couleurs, des tiges d'acier et des tuyaux en plastique. Haut comme une cathédrale, le hangar abritait d'énormes sacs de ciment et de plâtre, des bois de charpente, des portes et des fenêtres prêtes à être montées. François Andréani possédait la première entreprise de bâtiment et de bricolage du Val d'Adour.

— Il fait encore un peu chaud, s'excusa sa femme. Nous n'avons toujours pas fait installer la clim. J'enrage. Je l'avais pourtant dit à mon mari. Allez, nous serons mieux sur la terrasse.

Mince, lisse, un peu nerveuse, pieds nus, Sylvie Andréani s'installa dans la balancelle à ramages. Son ensemble pantalon polo Ralph Lauren beige et blanc était en parfaite harmonie avec une cascade de mèches blond vénitien, son teint hâlé et de lourds bracelets d'esclave aux reflets cuivrés. Hélène nota le petit cavalier bleu marine sur le sein gauche, une poitrine aux proportions parfaites. Elle aima beaucoup les coquines emmanchures courtes.

— Nous avons quelques minutes devant nous, dit la mère de Juliette en cessant de se balancer. Un thé ? C'est peut-être trop tard. Un jus de fruits, alors ? J'attends mon mari. Nous partons sur la côte.

— D'Azur ?

— Non, landaise.

Au ton un peu pincé de son hôtesse, Hélène comprit qu'elle avait commis une légère bourde. Elle ignorait que les Andréani passaient les week-ends dans leur grande villa basque d'Hossegor, en bordure du golf. Sylvie revint avec une carafe d'orangeade.

— Avec ou sans glaçons ?

Hélène entendit tinter la chevalière armoriée sur le verre de la carafe. Elle pensa que ce pouvait être aussi l'émeraude de l'annulaire droit, les brillants de l'alliance ou la grosse bague Cartier.

— C'est l'un des plus anciens golfs de France, savez-vous ? Magnifique. Mon mari a eu la chance de faire quelques parcours avec Mitterrand. Il y voit aussi Glavany.

— Ah bon, mais...

— Je vous rassure, la coupa-t-elle dans un rire un peu forcé. Dans les affaires, il faut être bien avec tout le monde. Mon mari n'est pas socialiste. Mitterrand ne l'était pas non plus, d'ailleurs ; mais, bref, vous savez ce que c'est. Au golf, on joue, on marche. Et on parle en marchant. C'est important pour les affaires.

— Bien sûr, mais je voulais vous parler de...

— Mon mari ne va pas tarder, j'espère. Alors, vous avez vu Juliette ? Elle nous en fait voir. Pensez : elle a tout et elle refuse de rester avec nous. Même nos week-ends à Hossegor...

— Elle préfère être avec ses amies. C'est de son âge.

— Parlons-en. Elle a voulu rester au lycée de Vic. Voyez ce que ça a donné. Deux ans de retard, même pas le bac. Fallait-il s'attendre à autre chose, du reste, avec ces gens ?

— Quels gens ?

— Ceux qui fréquentent Vic...

— Merci !

— Je ne parle pas des professeurs, évidemment. La proviseure est charmante, un peu étriquée, quand même. La malheureuse n'a pas vraiment le choix de sa clientèle, enfin, je veux dire de... ses élèves. Regardez son lycée : le maïs envahit presque la cour ! Comme si les gosses de paysans avaient d'autres ambitions qu'un BTS agricole. On le leur donne d'ailleurs gratuitement maintenant, n'est-ce pas ?

— Je ne crois pas. Le lycée a d'excellents résultats.

— En tout cas, nous avions les moyens de...

— Vous connaissez les amis de Juliette ?

— ... les moyens de la mettre autre part. Bétharram nous plaisait bien, mais on dit que le niveau a baissé. Au fait, c'est vrai ? Bon, Pierre-de-Fermat aussi, mais c'est à Toulouse. J'aurais préféré Grand-Lebrun à Bordeaux. Très bien, paraît-il. De toute façon, nous n'aurions pas de problème. Mon mari connaît bien le ministre de l'Education.

— Oui, oui, le golf et... on parle en marchant...

Hélène commençait à s'impatienter. Sylvie Andréani ne releva pas la moquerie. La conseillère se dit que Juliette semblait loin des préoccupations de sa mère et que son approche n'était pas la bonne. Elle devait plutôt attendre l'arrivée du père. Machinalement, elle sortit son paquet de cigarettes.

— Non, non, on ne fume pas. Mon mari essaie d'arrêter, alors...

— Excusez-moi... A quelle heure l'attendez-vous ?

— Il ne devrait pas tarder. Mon mari sait que je n'aime pas poireauter au moment d'un départ en week-end. On a beau faire, mais tout se froisse dans les valises, vous comprenez. En plus, nous sommes attendus à un cocktail au club-house...

Le travail au Relais ne manquait pas. Agathe s'y donnait à fond, heureuse d'être utile. Ses études lui paraissaient maintenant plutôt vaines. Le même brouillard incertain enveloppait ses parents, leur commerce, ses anciens amis. Seul Olivier gardait une image nette, dans le jardin secret de sa mémoire. Ce souvenir doux la troublait à chaque fois qu'il resurgissait, la nuit surtout, dans un sommeil peuplé de rêves compliqués. Elle éprouvait toujours à son égard de la rancœur : il n'avait pas su l'écouter, il l'avait laissée partir. Lorsqu'elle pensait à lui, une vague d'émotion faite d'espoir, de doute et de colère lui gonflait le cœur et parfois les yeux. Pour oublier, Agathe s'acharnait à travailler.

Elle avait menti à Clara, comme à Gaïa. Les deux femmes l'avaient questionnée, en termes presque identiques, sur un possible attachement sentimental de sa part. Se doutaient-elles de quelque chose ? Agathe était déterminée à cacher le plus longtemps possible l'existence d'Olivier, comme elle voulait cacher ce secret qu'elle portait en elle. Le travail et le relatif isolement qu'elle avait trouvés au Relais de Lumière lui apportaient une certaine paix. Elle s'y sentait plutôt bien, mais elle n'avait pas encore envie de se livrer totalement, malgré les demandes et les conseils de Clara et de Milharis.

« Il faut exister dans la confiance des autres, lui avait recommandé le Maître lors de sa première Assemblée de Lumière. Recevoir la lumière, c'est chasser ses propres zones d'ombre. C'est ainsi que l'on atteint la vraie sérénité. C'est ainsi qu'on peut ensuite la diffuser autour de soi. »

Agathe le croyait mais, par instinct, voulait encore conserver sa part de secrets, aussi minime soit-elle. Olivier et leur si courte histoire vécue en commun en étaient le trésor le plus vivant.

La fin de l'Assemblée l'avait laissée troublée. Elle n'avait pas tout compris et en était revenue lasse, avec une impression bizarre, comme si elle ne s'était plus appartenu. Elle attribuait cette sensation au magnétisme du Maître, ce don qui lui permettait de soulager les malades qui venaient le voir, et même, lui avait assuré Clara, de retrouver des gens en identifiant des sources d'ondes radiesthésiques.

Elle croyait s'être assoupie mais n'en était même pas sûre. Au Relais, les repères habituels avaient été supprimés. Les montres et les pendules n'étaient pas autorisées dans la communauté, ni les glaces et les miroirs. On vivait au rythme du soleil. Personne ne pouvait se voir ailleurs que dans le regard des autres ou, surtout, dans celui du Maître. Agathe, comme les autres, avait dû se séparer de sa montre, vivement encouragée par Clara. Elle tenait pourtant très fort à ce bracelet-montre de plongée que lui avait offert Olivier, au retour de leurs premières vacances à Biarritz.

« La sagesse commence par le dépouillement du superflu, comme le temps chronométré ou le reflet de sa propre image, lui avait expliqué Frank, un Suisse qu'elle côtoyait de temps en temps dans les couloirs. Tu reprendras ton bijou le jour venu, si tu le veux, évidemment. Il doit t'attendre dans le coffre du Relais. »

Agathe avait découvert un autre aspect de la communauté qu'elle ignorait. N'étant pas très douée pour la poterie, elle avait été affectée ailleurs, à la « salle bleue », où elle travaillait avec deux autres femmes. Cette pièce attenante au château était entièrement peinte en bleu ciel, des murs au plafond. Le carrelage blanc du sol et les rangées de néons bleus lui donnaient une allure d'aquarium ou de grand fond sous-marin. De longues étagères de bois peintes en blanc supportaient des récipients de toutes sortes et des cartons de bouteilles de verre ou de plastique. C'est là qu'elle avait découvert l'une des activités les plus rentables de la communauté : l'eau vibrée.

« On nous en commande de partout en France et du monde entier. C'est d'ici qu'irradie la lumière bénéfique du Relais, lui expliqua fièrement Clara. Viens, tu vas voir le secret de ce succès. »

Sylvie Andréani se leva du canapé, ajusta ses lunettes de soleil en serre-tête et chaussa des mocassins à picots, d'une belle couleur sable. « Des Tod's, nota Hélène. Hors de prix. » Ceux qui, précisément, lui faisaient envie depuis longtemps. Sylvie resservit du jus de fruits et se rassit.

— Mon mari dit toujours que…

Hélène se donna encore cinq minutes. Elle n'écoutait plus ce que la mère de Juliette pouvait dire. Elle but lentement son orangeade, la tête ailleurs. Un ronronnement de moteur, de l'autre côté de la maison, leur fit lever la tête.

— Mon mari ! C'est sa BM, je la reconnais au bruit. Ce n'est pas trop tôt !

— Je ne vous le fais pas dire, marmonna Hélène.

Mais l'autre ne l'entendit pas.

La porte claqua, un trousseau de clés tomba dans la grosse coupe en verre posée sur la console d'entrée, des pas lourds traversèrent le salon. Le sourire large, les yeux fatigués derrière la monture Cartier, François Andréani salua Hélène, massif et dominateur, la poignée de main légèrement enveloppante. Elle voyait pour la première fois le bienfaiteur du département, l'homme dont des dizaines de panneaux de publicité vantaient l'entreprise, sur les routes et dans les stades. Elle avait retenu le slogan d'Andréani et Fils : « DES PROS À PORTÉE DE MAIN. »

— Je vous en prie, restez assise. J'ai un peu de retard, les affaires, vous savez... Tu ne m'en veux pas, chérie ? Mais j'espère que vous avez déjà papoté un peu.

— Nous avons... parlé, monsieur Andréani, et je voulais vous demander, à propos de Juliette...

— Chérie, un whisky !

— Tu vas conduire, trésor, n'oublie pas.

— Je connais la route et les flics comme ma poche. Oui, vous disiez, mademoiselle ?

— Je disais que Juliette ne va pas bien. Sa meilleure amie a disparu.

— Une mauvaise fréquentation de moins.

— Je pense que votre fille est en train d'appeler au secours.

— Elle sait où nous trouver.

— Mais il faut peut-être l'aider à...

— Nous savons ce que nous avons à faire, mademoiselle.

François Andréani but une longue gorgée du liquide ambré. Un silence pesant s'installa sur la terrasse. « Bon, elle va partir, cette emmerdeuse », s'impatienta Sylvie en redonnant du volume à un gros bouquet de tulipes jaunes. Au loin, à l'intérieur du hangar, une scie à métaux se mit à siffler. « La commande de Despouy... » pensa Andréani en se penchant vers la table basse. Le verre à whisky tinta. « Les glaçons ou la chevalière ? » se demanda Hélène, qui désespérait de renouer le dialogue.

— Il s'agit de Juliette, insista-t-elle.

— Mademoiselle, elle est majeure et parfaitement informée.

— C'est votre fille !

— Ce n'est pas votre problème.

— Un peu, si. Je viens seulement vous prévenir que…

— Des menaces ?

— Pas du tout. C'est une démarche purement…

— Nous avons déjà discuté avec notre fille. Elle ne veut en faire qu'à sa tête.

— Je crois que quelque chose a changé.

— Elle n'a qu'à venir nous le dire.

— Il faut peut-être l'aider…

— Encore une fois, nous savons ce que nous avons à faire. Pour l'instant, j'ai d'autres priorités que les caprices de ma fille…

— … que vous avez encouragés.

Hélène comprit qu'elle allait un peu loin, emportée par sa passion, par l'irritation qu'avait fait naître ce dialogue de sourds. Elle se sentit à la fois très faible devant ce couple si sûr de lui et incroyablement libre de dire ce qu'elle pensait. Elle ne s'arrêterait pas.

— Mademoiselle, je ne vous permets pas, répliqua Andréani.

Il s'interrompit, passa la langue sur ses lèvres et reprit :

— Je ne suis pas votre élève et vous n'êtes pas en classe. Vous n'avez pas de leçons à donner ici.

— Je ne vous donne pas de leçons, mais Juliette vous demandera un jour des comptes. Soyez-en sûrs. J'aurais aimé que vous soyez des parents… « à portée de main ». Et là, il ne s'agit pas de clients mais de votre fille.

La porte claqua derrière Hélène. Devant la BMW gris argent au repos dans la cour, elle comprit qu'elle ne supportait pas ces grosses voitures. En passant le portail de bois verni décoré de fer forgé noir, Hélène se dit aussi qu'elle n'aimait pas tant que cela les polos Ralph Lauren.

Elle pouvait aussi encore attendre pour les mocassins Tod's.

Clara entraîna Agathe dans une pièce secondaire, plus petite que la salle bleue. Les énormes bidons d'acier alignés lui firent penser aux grands pots à lait qu'elle avait vus autrefois chez un oncle éleveur de vaches laitières dans le Béarn. Deux bandeaux de prises multiples distribuaient des fils qui serpentaient sur le sol, avant de plonger dans les bidons remplis d'eau chaque soir. Sur chaque prise, une petite lumière rouge indiquait la mise sous tension électrique.

— Rouge, ça marche. Cela veut dire que l'eau est en train de vibrer et se charge en énergie positive. Si c'est éteint, tu vérifies d'abord la prise. Et si ça ne marche pas, tu appelles Gaïa par l'interphone, à l'entrée de la salle bleue.

La grande pièce servait à mettre en bouteille l'eau vibrée dans la nuit. Agathe et ses collègues de travail, deux femmes d'une trentaine d'années, maigres et secrètes, transvasaient chaque matin des centaines de litres d'eau. Ce travail de citernier durait, sans interruption, de huit heures à treize heures trente. Les bouteilles étaient destinées aux expéditions. Agathe et les deux autres femmes les plaçaient dans des cartons puis les empilaient sur des palettes qu'un homme venait conditionner et emportait dans une fourgonnette, deux fois par semaine, le soir. Agathe n'avait aperçu ce livreur et sa voiture que de loin. Les autres récipients, de toutes formes et de toutes sortes, servaient aux clients de la région. Agathe savait qu'ils n'étaient autorisés à venir acheter et emporter leur réserve d'eau vibrée qu'à certaines heures de l'après-midi, entre quinze et dix-huit heures.

— Le reste du temps, la salle bleue est fermée aux clients. Autrement, tu comprends, on serait submergé de demandes et de visites.

Agathe ne croisait jamais les clients. Après la corvée d'eau, elle partait travailler aux cuisines du Relais. Elle y passait l'après-midi à essuyer et à ranger des quantités de vaisselles impressionnantes, que laissaient les marcheurs du chemin de Saint-Jacques, les pèlerins ou de simples randonneurs qui s'arrêtaient à la table d'hôtes ouverte par le Relais. La pièce contiguë à la cuisine contenait de grandes armoires métalliques généralement fermées à clé. L'une d'elles, laissée ouverte, lui permit un jour de voir qu'elles contenaient des centaines de bocaux labellisés « bio ». Le Relais les vendait aux gens de passage et par correspondance. Une autre armoire abritait de grandes boîtes pleines de petits sachets en plastique transparent qu'elle n'avait pas pu identifier.

Une fois la vaisselle et les rangements terminés, Agathe devait aussi nettoyer et éplucher des montagnes de légumes, qu'une autre femme cuisinait ou mettait en bocaux.

— Tu vois, expliquait Clara, chacun a sa tâche ici, dans l'humilité du service rendu aux autres, ceux qui séjournent et ceux qui ne font que passer. C'est ainsi que le Relais de Lumière fonctionne, dans l'ordre naturel des choses. On reçoit et on donne en retour.

Agathe trouvait cela éreintant mais juste. Elle avait compris que le Maître prodiguait des soins à certains de ceux qui venaient chercher de l'eau vibrée. Deux ou trois fois déjà, en retard sur l'horaire qui l'obligeait à rejoindre la cuisine à quatorze heures quarante-cinq au plus tard, elle avait aperçu des voitures qui se garaient sur le terre-plein de gravier servant de parking. L'endroit était à l'opposé des communs où elle vivait et travaillait toute la journée, avec la quasi-totalité des pensionnaires.

Elle avait pu observer le manège quelques minutes avant de rejoindre la cuisine. Personne ne l'avait vue. Claudiquant ou cassés en deux, les visiteurs visiblement affaiblis se dirigeaient vers l'aile gauche du château, où se trouvaient la salle d'attente et le bureau de consultation de Milharis. Ils étaient en général plus nombreux le dimanche soir ou le lundi matin. Elle s'en étonna auprès de Frank, le Suisse placide et cultivé avec qui elle aimait parler :

— Ils viennent après le rugby, couverts de bosses et de bobos, lui expliqua-t-il. Le Maître remet en place les articulations et les nerfs un peu abîmés. Ils repartent comme neufs. Ils donnent ce qu'ils veulent.

— Ça ne doit pas faire beaucoup.

— Détrompe-toi, Agata. Ils sont très généreux, au contraire. Tu penses, ils sont tellement heureux de pouvoir repartir sur leurs deux jambes sans avoir à prendre de médicaments.

Après plus d'un mois de présence au Relais de Lumière, Agathe avait ainsi découvert une bonne partie des activités de la communauté : l'atelier de poterie et la salle de production d'eau vibrée ; le service de restauration offert aux marcheurs du chemin de Saint-Jacques ; les consultations paramédicales du Maître. Clara lui avait confirmé que ces services étaient officiellement gratuits. Et pourtant, les gens payaient.

— Bien sûr, Agata. Ils donnent ce qu'ils veulent, en fonction de leurs moyens et de leur satisfaction. C'est souvent beaucoup et cela aide le Relais sans que nous ayons à subir les impôts.

Agathe se demanda où allait l'argent, les recettes de toutes ces commandes expédiées chaque semaine.

— Cela sert à l'œuvre du Relais dans le monde, lui assura Clara.

Agathe se trouva idiote et indigne d'avoir pensé au mal. Elle fut ensuite réconfortée de savoir qu'elle participait, avec les autres fidèles, à une œuvre aussi importante, attachée à diffuser le bien-être matériel et spirituel parmi ceux qui en avaient le plus besoin.

Plus le temps passait, plus ses journées lui paraissaient épuisantes. Elle supportait de moins en moins facilement les vapeurs grasses de la cuisine et l'eau bouillante des grands éviers de la buanderie, mais elle était encore heureuse de prendre part à cette œuvre collective et bénévole. Le soir, un peu avant vingt heures, elle s'effondrait sur son lit, accablée par une fatigue si forte qu'elle l'empêchait de s'endormir avant une heure ou deux. Gaïa avait noté la baisse de tonus de la nouvelle recrue. Elle commença à mieux la surveiller.

Olivier avait changé ses habitudes. Réputé pour ses retards, il arrivait maintenant au bureau de poste le premier, vers six heures trente, après avoir fait gronder sa moto dans la longue ligne droite entre Nouilhan et le passage à niveau qui marquait l'entrée sud de Maubourguet. Depuis plusieurs jours, c'est lui qui accueillait le camion de Tarbes venant livrer les sacs de courrier. Dastugue en était tout retourné. Jusque-là, il avait toujours été le premier arrivé, l'avant-garde des postiers du bureau. Non par un goût immodéré du travail ni par un louable souci de la ponctualité, mais il s'ennuyait ferme chez lui, entre ses armoires de confits et ses rangées de bouteilles. La première fois qu'il vit Olivier lui ouvrir, il s'en étonna :

« Eh bé, tu es tombé du lit ou tu t'es mis à l'heure des rouquins ? »

Pour Dastugue, tout étranger ne comptait ni les mètres, ni les litres, ni les poids comme les Français. Il ne devait donc pas vivre à la même heure. Fusillé par le regard noir d'Olivier, Dastugue n'avait pas insisté. Il aimait trop ce jeune collègue qui lui avait rendu service et l'avait déjà sorti d'un ou deux mauvais pas depuis son arrivée.

Dès que le facteur-chef déliait les sacs de courrier et coupait les liasses à la serpette, Olivier était le premier au tri général. Il dépouillait sans un mot, à une vitesse phénoménale, soucieux de voir toutes les lettres de la tournée 3, celle qui servait le magasin Labadie. Il observait plus particulièrement les « taxes », l'ensemble des lettres non affranchies, celles qui pouvaient signaler une anomalie quelconque, une détresse, peut-être, qui aurait porté l'écriture d'Agathe.

Malgré les quelque cinq cents lettres et journaux qui composaient en général sa tournée, il finissait sa liasse le premier. Il se dépêchait ensuite d'organiser son « tri-tournée[1] ». Après avoir disposé ses cagettes en plastique dans la Saxo, il revenait dans la salle et s'installait de l'autre côté de la table de tri, près des casiers, pour donner un coup de main aux collègues plus lents ou plus distraits. C'étaient toujours les mêmes, ceux qui prenaient leur temps pour trier les liasses et qui repoussaient leur tri-tournée après la pause casse-croûte de huit heures trente.

Au bureau, personne n'ignorait qu'Olivier « s'était perdu » sa petite amie. Agathe Labadie était partie pour Paris, disait-on, sans laisser d'adresse. Pourquoi Paris ? Personne ne le savait, mais la capitale était la grande ville par excellence, la cité des gens perdus...

« Eh bé, si elle se sauve maintenant, qu'est-ce que ce sera plus tard... »

1. L'organisation personnelle du courrier de chaque facteur pour sa tournée.

Baudéan avait confirmé :

« Les pauvres gens. Les Labadie ne méritaient pas cela. »

Olivier avait eu droit aux commentaires réconfortants d'usage. La jeune stagiaire arrivée pendant l'été l'avait même invité à boire un demi au Café des Allées. Jusque-là, il avait largement ignoré cette fille discrète, un peu perdue dans ce bureau au milieu de la quinzaine d'agents pour la plupart chevronnés. Il remarqua ce soir-là qu'elle avait de beaux cheveux blonds et il apprit qu'elle aimait nager.

Depuis plusieurs semaines, plus personne ne parlait d'Agathe, mais Olivier continuait d'être à l'affût des moindres ragots qui traînaient autour de la table. Un matin, alors que la pause venait à peine de commencer, répandant une odeur assez lourde de grillades à l'arrière du bureau, Dastugue lança à Olivier :

— Oh, Lussan ! As-tu demandé conseil à l'ancien ?

— Euh... non. Mais à qui ?

— Té, pardi, à l'ancêtre, la mémoire vivante du canton.

— Mais arrête tes discours ! Qui ?

Dastugue prit le temps de badigeonner d'une épaisse couche de moutarde la saucisse qui grésillait encore dans son assiette en carton. Il but ensuite une longue rasade de pacherenc blanc.

— *Ouh, lo ilh dou diable* ! Qu'il est bon, celui-là ! Té, on doit bien le reconnaître : ils ont fait de drôles de progrès à Crouseilles pour nous sortir des jus pareils. A côté du *piquepout*[1] d'avant. Dis, Estève, tu te souviens...

— Dastugue, je t'ai posé une question, l'interrompit Olivier. Tu pourrais me répondre, merde !

— Oh, té... Tu es drôle, toi. J'ai besoin d'abord de me rassasier après tout ce courrier passé entre mes pattes. J'ai

1. Nom d'un ancien cépage de vin blanc.

le jabot sec comme un coup de trique. On fatigue, tu sais, à nos âges. Allez, un autre *coutchot*[1] et on y va.

Olivier en prit son parti. Il connaissait Dastugue, aussi comédien que bon vivant. Bien souvent, au pays, les deux allaient de pair. Olivier avait commis l'erreur de vouloir le brusquer et il savait maintenant que son collègue prendrait tout son temps avant de lui répondre directement. La représentation continuait : Dastugue bougonna, catastrophé, les mains à plat sur la table, résigné à subir le pire.

— Et voilà ! On attend encore le pain. *Diu biban*[2] ! Je croyais qu'on s'était mis d'accord : il faut envoyer la fille plus tôt au boulanger.

— Elle est déjà bien gentille d'y aller, intervint Estève, le chef du bureau. Tu sais qu'elle ne mange que des cornflakes à la pause.

— Bah, mais elle est stagiaire et c'est une fille. C'est son boulot, non ?

Olivier attendait en grignotant un morceau de pain, s'efforçant de rester calme. Sa jambe droite animée d'un tressautement nerveux trahissait son impatience. Il connaissait Dastugue et savait que ses avis valaient parfois de l'or. Mais l'ancien ne les livrait jamais nettement. Il avançait, comme ce matin-là, par approches prudentes et concentriques, laissant parfois les autres deviner ce qu'il avait à dire, pour éviter ainsi d'avoir à s'exprimer directement. C'était tout un art.

Dastugue engloutit dix bons centimètres de saucisse grillée et deux verres de pacherenc de plus avant de reprendre le sujet qu'il avait lui-même lancé.

— L'ancêtre est quelqu'un que tu connais bien, je crois, murmura-t-il comme si la conversation n'avait jamais cessé.

1. Coup à boire.
2. Dieu vivant.

Olivier comprit, juste à cet instant. Le nom lui échappa dans un cri :

Peyroulet ! Maurice Peyroulet !

— Eh té ! Voilà le *ripoupet* qui se réveille un peu. Tu n'es pas aussi *pégot* que tu en as l'air, va.

Olivier s'en voulut de ne pas y avoir pensé plus tôt. Agathe partie, il n'était pas retourné voir le vieil homme. Par une habitude prise depuis quelques années, il n'avait rendu visite au grand-père Peyroulet qu'en compagnie de son amie.

La fin des vacances scolaires avait ralenti les activités à la Tour des Rapaces. L'ouverture au public était maintenant limitée aux seuls samedis et dimanches, ce qui laissait beaucoup de temps à Mikel pour les autres activités qu'il assurait au Relais de Lumière. Autoritaire, cassante, Gaïa le payait toujours en liquide. Il avait déjà repeint une série de volets, creusé le sol d'une vieille grange pour aménager une sorte de fosse, au fond de laquelle il avait disposé du gravier.

« On va en faire un petit entrepôt, lui avait dit Gaïa. Les ondes du sous-sol sont bénéfiques pour les conserves du Relais. »

Mikel pensa que cette fosse était destinée aux caisses qu'il avait apportées en août, à la demande de Béhotégui. Son ami l'avait rappelé quelques jours après le rendez-vous manqué dans la montagne. Mikel avait hâte de se séparer de ces caisses. Lorsque Béhotégui lui avait donné l'adresse finale de livraison, il avait souri. Depuis longtemps déjà, Mikel avait deviné à plusieurs indices que la communauté de Monluc devait être utilisée comme un relais par les amis de Béhotégui. Le couple d'Espagnols qu'il voyait parfois dans le parc lui semblait appartenir à la mouvance basque.

Mikel était venu déposer les caisses à la nuit tombée dans la salle de réception. Gaïa lui avait dit que quelqu'un s'occuperait de les stocker. Mikel se doutait qu'il s'agissait de conserves bien spéciales. « Au poids, des armes ou des munitions... » s'était-il dit, fier de connaître un univers opaque que le reste du monde ignorait.

« C'est rien, avait négligemment ajouté Gaïa en lui glissant deux billets de cent francs dans la main. On va mettre tout ça dans un coin. C'est pour rendre service. Et, pour demain, tu essaies de revenir au Relais dès que tu peux. »

Mikel se demandait si elle connaissait ses liens avec Béhotégui. « Elle ne les a même pas soulevées, ces caisses. Elle saurait ce qu'elles pèsent. » Mikel n'était plus là lorsque le couple sombre et solitaire qui résidait au Relais, un peu à l'écart des autres, était venu les récupérer pour les entreposer dans la grange, au fond de la petite fosse gravillonnée. Ils parlaient en basque lorsqu'ils recouvrirent les caisses d'un petit plancher de bois, sur lequel ils disposèrent plusieurs dizaines de grands pots de conserves vides, prêts à l'emploi.

Les visiteurs et les pèlerins qui s'arrêtaient au Relais entraient par une petite porte qui ouvrait sur le côté du château, à la hauteur des communs et des cuisines. Mikel était fier d'être l'un des rares à pouvoir emprunter la grande grille noire, doublée de plaques de tôle qui empêchaient toute vue sur le parc, et de remonter lentement l'allée de chênes. Il aimait s'avancer entre ces fûts centenaires. Au volant de sa fourgonnette encadrée par les deux bergers beaucerons qui patrouillaient en permanence dans le parc, il remarqua que les arbres conservaient encore une bonne partie de leur feuillage. Il les observa avec attention, un peu rêveur. « Elagueur, un beau métier. On est dans les arbres toute la journée, au milieu des oiseaux, au-dessus de tout le monde. On taille les branches pourries. On nettoie la nature... »

Cette voûte végétale en forme de nef de cathédrale l'impressionnait. « Comme une église de verdure », pensa-t-il en s'efforçant de retenir l'image pour la livrer tout à l'heure au Maître. Mikel savait que Milharis l'écoutait lorsqu'il lui parlait de la région, des gens et des choses de la nature, qu'il connaissait mal. Mais il ignorait que le Maître se servait ensuite de ces informations pour impressionner ses visiteurs.

« Et pourtant je suis né ici, à Ibos, précisément, sur le méridien de Greenwich », lui avait dit Milharis lors d'une de leurs premières conversations.

C'était quelques mois avant l'embauche de Mikel. Gaïa lui avait confié la mission de transporter à la gare de Tarbes les colis que le Relais expédiait dans le monde entier. Ce contrat tranquille lui rapportait assez d'argent pour qu'il puisse penser sérieusement à son projet : l'achat d'une immense volière où il soignerait les oiseaux blessés. Le Maître l'avait encouragé, lui promettant son aide, le jour venu.

« Il faut savoir rendre quand on a tant reçu. J'ai vu le monde, à la recherche de la vérité et de la lumière, et je suis revenu ici pour restituer tout cela, après ma révélation au sommet de la montagne. »

Mikel n'avait pas osé demander quelle révélation. Mais ce soutien inattendu l'avait galvanisé. Il s'était découvert un maître et un ami, quelqu'un qui l'écoutait et le rendait utile. Milharis l'impressionnait par sa science. Il évoquait tant de choses mystérieuses que lui, fils de paysan de Montaner, ignorait. Il les découvrait par petites touches, à chaque fois plus avide de recevoir ces bribes d'information.

« Tu as encore tant à découvrir, Mikel, et je te révélerai tout cela », avait ajouté le Maître la première fois.

Quelques mois plus tard, Milharis l'avait fait asseoir sur un tabouret de bois, dans la salle d'attente des visiteurs. Le jeune homme avait marqué un mouvement de recul en voyant le Maître déployer un pendule de métal doré, qu'il avait ensuite fait longuement tourner entre eux, comme si l'objet était animé d'une propre vie, mû par une force mystérieuse.

« Sais-tu que chacun d'entre nous a un destin unique ? C'est ici la meilleure place pour le réaliser. Nous vivons sur un axe cosmique, Mikel. Observe les longitudes et les angles entre les points géodésiques que forment le pic du Midi, le gouffre de Bétharram, la collégiale d'Ibos, la Tour de Montaner et le Relais de Lumière. Rien n'est placé là par hasard. C'est puissant. Voici un lieu où des gens vivent et se croisent depuis des millénaires, comme le prouve l'archéologie. C'est une très rare concentration d'énergie. Une bombe atomique d'ondes positives... »

Milharis et Gaïa avaient besoin de Mikel pour mener à bien les affaires du Relais, à moindre coût. Ils avaient compris à la fois sa curiosité et son introversion presque maladive. Milharis lui avait laissé croire qu'il l'initiait à ce que d'autres ne connaîtraient jamais.

« Tu appartiendras au Premier Cercle de Lumière... »

Il avait aussi eu l'intelligence de lui faire promettre le silence sur ses révélations. Mikel s'était aussitôt cru dépositaire d'un important secret, complice d'une œuvre immense en train de s'accomplir devant un monde aveugle. Il avait aussi deviné que le Maître avait besoin de sa connaissance de la nature et des gens, et il avait pris l'habitude de l'informer de temps à autre sur la vie des habitants. Pour garder cette amitié respectueuse et cet intérêt que lui manifestait le Maître, Mikel était prêt à beaucoup de sacrifices, à rendre beaucoup de services.

Une bonne odeur de soupe de légumes accueillit Olivier sur le pas de la porte, entrouverte comme d'habitude lorsque le temps n'était pas trop froid. En avance sur sa tournée, il avait décidé de faire un crochet rapide chez Maurice Peyroulet, rue Simin-Palaï. Il se souvenait que passé dix-neuf heures, l'heure du journal télévisé régional, le vieux s'enfermait chez lui, devant sa télévision. Il n'aimait plus recevoir de gens. Ses quelques visites avec Agathe avaient toujours eu lieu le matin, en général le week-end.

Ce vieux radoteur l'agaçait un peu, comme tous les anciens du pays qui râlaient contre tout : les étés pluvieux, les hivers sans neige, les motos qui passaient, les facteurs, l'euro, la télé... Le grand-père d'Agathe n'échappait pas à la règle, même si Olivier avait apprécié, au moins dans ses débuts à La Poste, les histoires que racontait cet ancien facteur qui distribuait déjà le courrier dans les années trente. Arrivé en roue libre, moteur coupé pour ne pas risquer une remarque du vieil homme, il n'avait fait aucun bruit. Il poussa légèrement la lourde porte de bois et appela :

— Monsieur Peyroulet, vous êtes là ?

Un jappement rageur lui répondit, puis une voix qui tonna :

— *A tu coun*[1] *!* Tu as failli me mettre à la renverse !

Etonné, Olivier entendit un début de cavalcade et les ongles d'un chien dérapant à toute allure sur le carrelage. Il vit débouler dans le couloir une masse grise et jaune

1. Oh, le con.

qui se jeta dans ses jambes en aboyant. Il se pencha, caressant le chien dont la queue folle indiquait la joie.

— Brastous, tu es là...

Le chien d'Agathe aboya de nouveau et tourna autour d'Olivier, inquisiteur. Il sortit sa tête par la porte, inspecta la cour, revint dans le couloir et jappa une nouvelle fois, de façon plaintive, en regardant Olivier.

— T'inquiète, petit. *Lou can*[1] t'a reconnu, tu penses. Il cherche quelqu'un qui n'est pas là. Tu sais qui ?

— Bonjour, monsieur Peyroulet. Oui, Agathe n'est pas avec moi.

— Je m'en doutais.

— Ah bon, et pourquoi ?

— Parce que la *gouyatote* disparu et qu'elle nous manque à tous. Pas vrai, Brastous ? Tiens, entre par ici.

Ils s'installèrent dans la cuisine, autour de la table encombrée de cageots et de légumes en vrac. Brastous se mit dans son coin familier, celui qu'il annexait de plus en plus souvent depuis le départ d'Agathe. Il préférait la cuisine de l'ancêtre au magasin de la rue Maréchal-Foch.

— Ce feignant passe ses journées ici, maintenant. Tu vois, je prépare une expédition pour Labadie primeurs. Des salades et des haricots. Je ne sais plus où les mettre, cette saison. Y en a tellement... *Oun bas àtàu*[2] ? Tu n'as pas changé de tournée, tout de même ?

— Non, je passais vous voir à propos d'Agathe.

— Figure-toi que je m'en doutais un peu, fit Peyroulet en souriant. Je me disais aussi qu'un vieux sac d'os comme moi n'avait guère d'intérêt pour la jeunesse.

— Ne dites pas ça, allons.

1. Le chien.
2. Où vas-tu comme cela.

— Bah, *lou bielh papoun*[1] le sait bien. C'est Agathe qui t'intéresse, et je te comprends. *Diu biban ! Oun bét brin de gouyate*[2] *!* A ton âge…

— Oui, elle est belle et…

— Plus que belle, Olivier. *Qu'es estranye*[3] *!*

— Comment ? Etrange ?

— Sauvage, secrète. Elle est partie et elle est venue me le dire, mais je n'ai pas bien compris.

— Justement, ça m'étonne.

— Pas moi, pas vraiment. Mais je suis resté *com un asou*[4]. Bête alors que j'ai été de ne pas essayer de comprendre mieux, de ne pas la retenir. Et nous voilà tous les deux, tout bêtes. C'est à pleurer.

— Mais où est-elle ?

— Eh ! Tu es drôle, toi. Si seulement je le savais…

Par deux fois déjà, Mikel était allé rôder autour de la gare de Vic, près du petit lotissement occupé par Juliette Andréani. Il l'avait finalement reconnue, la deuxième fois. Elle descendait de sa R 5 rouge. Elle vivait apparemment seule. Mikel en fut soulagé. Il hésitait sur l'attitude à adopter. Prudent, il savait qu'il ne devait plus se montrer près de chez elle, ni prendre l'initiative de la revoir. Il décida d'attendre et de ne pas trop s'inquiéter : les journaux avaient parlé de la rave-party sauvage d'Estirac mais pas de la disparition de Nathalie Moulis. Mikel ne comprenait pas pourquoi. Il ne reparlerait plus des deux filles à Laurie. Il lui avait déjà posé trop de questions, sans raison apparente.

1. Le vieux grand-père.
2. Dieu vivant ! Un beau brin de fille.
3. Elle est étrange.
4. Comme un âne.

La première alerte vint de son ami Mathias, un mardi. Ils ne s'étaient pas revus depuis une quinzaine de jours. Mikel devait se rendre au Relais, à Monluc. Légèrement en avance, il fit un tour sur le marché de Maubourguet. Sa mère lui avait demandé de regarder le prix des champignons, avec l'idée d'aller en vendre directement sur le bord de la route et aux quelques restaurants des environs.

Mathias était appuyé à un poteau de la grande halle, les mains dans les poches, la cigarette au bec.

— Té, Mathias, qu'est-ce que tu fais là ? Tu ne bosses plus ?

— Si, mais j'ai un jour de congé pour aider mes vieux. J'en profite pour faire quelques courses ici. Tu sais, avec les canards, il faut savoir parfois s'arrêter.

— C'est sûr. Ça va ?

— Bé oui, ça va...

Mikel voulait sonder son ami, connaître son état d'esprit. De son côté, Mathias était méfiant. Cette histoire de la rave-party l'obsédait, plus qu'il ne l'aurait cru. Il s'était mis à boire beaucoup, plus que d'habitude, de la bière, du Ricard. « Pour m'endormir », disait-il à ses parents.

Il se réveillait souvent la nuit, secoué par des cauchemars épouvantables, la gorge sèche, la langue pâteuse. Il reprenait une ou deux bières avant de se recoucher. Il pensait parfois que la mort de cette fille n'était qu'un mauvais rêve. Etait-elle même morte ? On en aurait parlé dans les journaux. Il ne comprenait pas pourquoi rien ne s'était passé depuis et se demandait ce que Mikel avait fait dans la gravière. Ils n'en avaient pas reparlé, et Mathias n'osait plus lui poser de questions. Déjà, avant le drame d'Estirac, son ami l'impressionnait. Depuis la rave-party, il lui faisait vraiment peur. Mathias pressentait que Mikel tenait sa vie entre ses mains.

— Tu bois un pot ?

Mathias n'osa pas refuser.

— Ouais, une mousse, sous les allées. Il fait moins lourd. Et Néra, ça va ?

Ouais. On fait maintenant un spectacle à la Tour. Un truc pas mal.

Mathias s'efforçait d'avoir l'air enjoué. Ils parlèrent pour ne rien dire, de sports et de météo, puis Mikel se pencha soudain vers l'autre, baissant la voix :

— Tu as parlé à quelqu'un de... l'autre fois ?

— T'es con ou quoi, Mikel ? A personne.

— T'es sûr ?

« Ce salopard me ment. » Mikel en était convaincu. Il venait de lire la peur dans les petits yeux ronds de Mathias, le même regard que celui des rats qu'il attrapait et découpait, vivants, pour nourrir Néra. Toujours penché vers Mathias, il nota sa dégradation physique, les cheveux gras, le cou noyé dans une masse qui tremblotait quand il parlait. « Il s'est terriblement empâté. L'alcool, la viande, les graisses. »

— Tu picoles encore plus ou quoi ?

— Oui, un peu, et je dors mal, putain ! Je ne sais pas pourquoi. C'est le boulot, je crois. Ces cons de canards, tu sais, c'est crevant et...

— Fais gaffe avec l'alcool, ça fait parler, même quand on ne le veut pas.

— Ouais, t'inquiète pas, va, je...

— Tu en as parlé à qui ?

Surpris par la brutalité de la question, Mathias se trouva pris au piège sans défense. Il ne put donner aucune réponse. Il voulut prendre son bock de bière, s'aperçut que sa main tremblait. Mikel le vit aussi et lui prit le bras. Il insista :

— Alors, à qui ?

— Mais arrête, c'est rien, quoi ! J'ai dit que j'étais à la rave-party, c'est tout.

— A qui ?

— Au boulot, je sais pas à qui. Aux copains, à Laurie. Ils voulaient savoir si je m'étais tapé des gonzesses à la teuf. Tu penses, si je leur ai dit ! Rien du tout. Je leur ai juste parlé d'une Suédoise qui était en vacances au gîte de Labatut. J'ai inventé, pardi, mais ils rêvent tous d'y aller maintenant, ces cons !

Le nez sur son verre, Mathias attendit l'orage. Mikel avait lâché son bras. Les mains dissimulées sous la petite table ronde, il serrait les poings. « Il va tout faire rater. Il bavasse. Je vais lui faire bouffer sa langue. Il y a des amateurs au bord de l'Adour... » Bouillant d'une colère qu'il maîtrisait en serrant les mâchoires, il parvint à rester calme, presque doux. Il regarda autour de lui. Tout paraissait si normal : le ballet des voitures et des camions qui tournaient en haut de la chaussée, vers Bordeaux ; Pascal, le serveur, qui passait l'éponge sur les tables.

— Ne fais pas le *pégot*, Mathias. Tu sais qu'il ne faut rien dire. C'est pour toi. T'as fait une connerie, tu sais, on a essayé de l'arranger. Mais, si tu fais le con, c'est fini pour toi.

Les coudes sur la toile cirée, face à face, Maurice et Olivier parlèrent un peu du bureau de poste et beaucoup d'Agathe. Le vieux avait servi au jeune un verre de rosé du Béarn, bien frais.

— Sens le goût de framboise.

Olivier écoutait. Les propos de Peyroulet confirmaient ce qu'Agathe lui avait déjà dit : son manque total d'intérêt pour le commerce des légumes, l'ambiance pesante dans la famille Labadie, son envie d'aller travailler à Paris.

— Je croyais qu'elle voulait partir avec toi. Il y avait bien quelque chose de sérieux entre vous, non ?

Olivier était gêné. Sa pudeur lui interdisait de répondre et de trop se dévoiler. Il ne pouvait pas révéler les quelques secrets qu'il partageait avec Agathe, cet amour tacite pour lequel il s'était bien gardé de prendre une décision, repoussant les choses à plus tard.

— Plus tard, *o jamès*[1]... lâcha Peyroulet.

En même temps, Olivier faisait confiance au grand-père. Il connaissait le lien très fort qui l'unissait à sa petite-fille. Ils passèrent en revue toutes les hypothèses. Personne n'avait eu de nouvelles, et aucun accident n'avait été signalé. Peyroulet lui suggéra de voir ses amies.

— Je l'ai fait. Rien !

— Même les anciennes ? On ne sait jamais. Et puis j'ai pensé à une chose. Etrange comme elle est, mais généreuse tout de même, elle est capable d'être allée à Lourdes en tant que bénévole, au moment des grands pèlerinages d'août. Elle y serait restée pour réfléchir que cela ne m'étonnerait pas. Elle m'en avait déjà parlé une fois : elle voulait se dévouer à un truc comme ça.

— Ah bon ?

— Elle n'avait pas osé te le dire ? J'en étais sûr. La peur de passer pour ringarde aux yeux d'un mécréant comme toi. L'idiote.

Olivier réfléchissait à ces secrets qu'Agathe avait gardés pour elle. Avait-elle cherché à lui en confier un lors de leur dernière discussion ? Voulait-elle lui dire qu'elle partait pour être bénévole à Lourdes ? Il ne le croyait pas. Ce n'était pas un tel secret d'Etat. Elle aurait dû deviner qu'il ne se serait pas moqué pour si peu, ou pas longtemps. Il y avait sûrement autre chose. Maurice lui resservit un plein verre de rosé.

— Tu peux y aller, il ne fait pas mal, celui-là. C'est de l'A-O-C[2], précisa-t-il en détachant les lettres avec respect.

1. Ou jamais.
2. Appellation d'origine contrôlée.

— Mais, pour Lourdes, poursuivit Olivier, tout à sa pensée, comment faire pour savoir si elle y est ? C'est qu'ils emploient beaucoup de monde, là-bas.

— Il faudrait voir l'administration.

— Ce sera trop long.

— J'ai peut-être une solution plus rapide. Mon copain curé !

— Vous avez un copain curé ?

— Eh té, ça t'étonne, petit ? Tu sais, l'abbé Douzous, l'ancien curé d'ici. Tu ne le fréquentais pas, je crois, mais il est parti il y a cinq ans aux Sanctuaires. Pas en retraite, attention, c'est un jeune encore : il a la soixantaine, ou un peu plus. On jouait souvent aux cartes ensemble, et surtout je l'avais aidé quand il avait voulu écrire son petit bouquin sur l'histoire de Rivière-Basse.

— Vous le voyez encore ?

— Oh, le voir, non. C'est lui qui vient parfois par ici. Et si c'était toi qui allais le voir, plutôt ?

— Moi, les curés, vous savez...

— Tais-toi, *praube innoucén* ! Tu ne le connais pas. S'il y en a un qui peut nous aider, c'est bien ce Douzous. Il n'est pas d'ici, mais c'est un solide.

— Ah, il est étranger ?

— Oh, un peu. Il est de Bazas, je crois, ou de par là-haut, mais il a fait le séminaire à Saint-Pé. Un endroit où on te formait de ces types... Olivier, il faut nous la retrouver, la petite, ajouta Maurice en ouvrant un bocal de graisserons de canard. Et vite, avant les grosses bêtises.

Une pendulette tinta dans une pièce du fond. Olivier regarda sa montre. Sa voiture était restée devant le portail, avec toutes les clayettes de courrier à l'intérieur. Ce n'était pas très prudent. Il lui restait encore une heure trente pour finir sa distribution. C'était la partie la plus longue car sa tournée servait les « écarts », les zones les plus éloignées de Maubourguet. Olivier avait des adresses à desservir sur Labatut et la route d'Auch. Il ne devait plus s'attarder.

— Je dois y aller, je vais être en retard.

— *Té ! Miyour que soune*[1]. Tu vas souper avec moi. Vois ce qui mijote par là : une bonne soupe de haricots, des *moungetas*[2] comme on n'en fait plus par ici. *Anem, bin soupa ! Lou poutayte qu'es serbit*[3] *!* Avec le pain trempé et l'ail, *Diu biban*, c'est esstra !

Olivier n'avait pas faim. Il détestait les soupes. Il voulait maintenant finir vite sa tournée et commencer sa recherche, sur la piste donnée par le grand-père.

— Je n'ai pas le temps, monsieur Peyroulet.

— Le temps de rien, *jamès*. C'est triste, ça. Et tu ne prends pas de pause ? Nous autres, à l'époque, on ne se laissait pas aller. Il faut dire qu'on ne faisait pas la tournée le cul dans une voiture... Bon, alors taille la miche. Je n'y vois plus très clair, en ce moment. La cataracte, paraît-il. Fais-toi la tartine. Ils sont bons, ces graisserons, bien poivrés comme il faut. Ils viennent de chez Tauzin.

— Je vais être en retard, monsieur Peyroulet.

— Môssieur Peyroulet, reprit Maurice en pinçant la bouche. Môssieur, Môssieur... Tu commences à me chauffer les oreilles avec tes « môssieur ». Elle ne t'a pas appris à dire *moussu*, ton Agathe, comme par chez nous ? Ou Maurice, ou papoun ? Quand même, ce n'est pas la lune que d'être aimable avec le quatrième âge. Et n'oublie pas qu'on fait équipe !

Mikel gara sa fourgonnette sur le terre-plein gravillonné et laissa Néra dans sa cage. Il craignait pour elle

1. Tiens ! Midi qui sonne.
2. Haricots du pays.
3. Allez, viens souper ! Le potage est servi.

les crocs et les pattes des molosses du Relais. Dès qu'il descendait de voiture, les deux gros chiens le reniflaient longuement, intrigués et excités par l'odeur de la corneille et des rapaces de Montaner. Tous ses habits en étaient imprégnés.

— Attends-moi là, Néra. Ici, pas de danger pour toi. Les courants sont positifs... Allez, les chiens, venez avec moi !

Il devait attendre le Maître dans la vaste pièce de réception, aux murs peints à la chaux, dépouillée comme une salle d'hôpital. Une longue table de bois, un fauteuil aux pieds sculptés, deux tabourets et deux mégalithes, d'énormes pierres grises des Pyrénées, dressées contre le mur blanc, composaient le mobilier de la pièce. Une seule fenêtre, plutôt petite, laissait entrer le jour. Cette ouverture un peu chiche entretenait une pénombre quasi permanente, ce qui permettait à Milharis de moduler la lumière à sa guise.

La pièce baignait ce jour-là dans un étrange halo orangé produit par un bloc informe posé sur la table. Ce n'était pas une lampe, mais une sorte de boule luminescente. Mikel s'approcha et estima la masse à sept ou huit kilos. « C'est comme un de ces gros champignons orange qu'on trouve sur les vieilles souches humides », pensa-t-il. Cette matière qu'il ne connaissait pas diffractait une lumière apaisante. Il se pencha, observa des marbrures, des veines, des zones claires, d'autres plus foncées. Il allait toucher l'objet lorsqu'il sursauta, surpris par une voix de stentor.

— Une lampe en cristal de sel, Mikel, tonna Milharis de l'autre bout de la salle. Un bloc vieux de deux cent soixante millions d'années, extrait d'une galerie souterraine à plus d'un kilomètre sous terre. Il vient des entrailles du globe...

— Incroyable... murmura Mikel, encore plus admiratif.

— Incroyablement utile, oui. Un concentré unique d'ions négatifs, indispensables à notre équilibre, à notre santé. Nous vivons sous la menace permanente du brouillard d'ions positifs émis par la vie moderne, celle qui a rompu avec la nature. Une cigarette détruit des millions d'ions négatifs, tu imagines !

— Mais... comment ? articula Mikel, déjà dépassé et en même temps convaincu par la science du Maître.

— Le cristal de sel est un gros émetteur d'ions négatifs, ceux que l'on trouve dans les forêts, au bord des lacs, à la montagne. C'est pour cela qu'on s'y sent si bien.

— Ça oui, dans les forêts, surtout. Et à la montagne.

— Tu as raison. Mais, quand la société moderne rompt l'équilibre naturel entre ions positifs et négatifs, avec toutes les antennes, les ordinateurs, les tissus synthétiques, c'est la catastrophe. On s'affaiblit et on perd nos capacités.

— C'est vrai, murmura Mikel, un peu inquiet.

— Sauf si on rétablit l'équilibre. Cette lampe en cristal de sel est le remède miracle. C'est un régénérateur des vitamines de l'air. Il vivifie une pièce dans un spectre lumineux favorable à la relaxation. On me l'a rapporté d'une expédition dans les profondeurs de la Terre.

Il se tut et observa Mikel. Le jeune homme n'avait pas bronché, l'œil toujours fixé sur la masse orangée, fasciné par la lumière et les explications du Maître. Milharis venait de tester sur lui la présentation de l'objet. Il allait maintenant commercialiser cette lampe sous deux formes : un petit modèle de deux kilos à quatre cent dix francs et un grand modèle, identique à celui posé sur le bureau, à neuf cent quarante-deux francs. Milharis était plutôt content de son argumentaire. Il avait laissé la porte ouverte pour que Gaïa entende. Elle aussi ne pourrait qu'être satisfaite. Le message était désormais rodé. Les commandes allaient pleuvoir.

Milharis et Gaïa estimaient que ces nouvelles lampes miracles rejoindraient bientôt les meilleures ventes d'objets du Relais : les bracelets trois métaux, les ceintures magnétiques aux seize aimants, les draps de cuivre, les capteurs d'ondes électromagnétiques que l'on fixait sur les téléphones portables. Ces articles partaient comme des petits pains. Beaucoup mieux que les poteries, raison d'être commerciale officielle du Relais de Lumière. Les objets et accessoires étaient mis sous plastique et expédiés dans les mêmes cartons que ceux utilisés pour l'eau vibrée, sans autre trace que les bons de commande en papier, progressivement remplacés par des mails.

— Le jour venu, tu pourras peut-être avoir une lampe chez toi, ajouta le Maître en prenant place dans le fauteuil.

« Je l'installerai dans ma chambre, rêva Mikel. J'aurai le contact avec le ciel, grâce à Néra, et avec les profondeurs de la Terre, par la lampe miracle. » Ils parlèrent ensuite de l'expédition des cartons. Mikel les chargeait chaque mardi et chaque jeudi dans sa fourgonnette et les portait au service de la messagerie de la SNCF à Tarbes. Le Relais lui remboursait de temps en temps le gasoil, mais Mikel en était le plus souvent de sa poche. Il n'osait rien dire, trop heureux d'être utile au Maître. Sa plus belle récompense avait été, avant l'été, le premier cadeau que lui avait offert Milharis, en présence de Gaïa, qu'il prenait pour son adjointe.

« Mikel, je te confie ce médaillon rééquilibreur, lui avait dit le Maître en lui passant autour du cou un pendentif attaché à un lacet de cuir. Garde-le toujours sur ton plexus solaire. »

Le bijou était la superposition d'un triangle, de deux cercles, d'une chaîne verticale et d'une petite fourche à trois branches en cuivre. Cette forme était fixée sur un losange de pierre grise.

« Tu portes le résultat d'une technique d'avant-garde, Mikel. C'est un émetteur radionique.

— Ah bon ?

— Oui, comme une antenne cosmique. Il capte et diffuse toutes les vibrations de l'univers. Son action neutralise toutes les ondes nocives sur le vivant. Il neutralise un environnement défavorable. »

Mikel savait depuis quelque temps que le pendentif rééquilibreur-générateur avait des effets bénéfiques. Le succès de sa prestation avec Néra à la Tour et l'absence de conséquences après la tragique rave-party du mois d'août l'avaient convaincu. Il se disait aussi qu'il avait de la chance d'habiter à Montaner, important point de convergence, avec la colline de Monluc, de courants favorables. « Milharis l'a dit. Je suis sous protection. »

Le flot des externes commençait à se tarir lorsque Hélène Bonneville aperçut enfin Juliette. Nonchalante, la tête dans les épaules, elle se dirigeait vers le portail du lycée en serrant contre elle une ancienne sacoche militaire avachie qui lui servait de cartable. Elle était seule. La plupart de ses amies de l'année précédente avaient réussi le bac et, pour beaucoup d'entre elles, avaient quitté Vic afin de suivre des formations complémentaires. Certaines étaient déjà entrées dans la vie active. Depuis la rentrée, Juliette éprouvait la solitude de tous les redoublants en début d'année, la gêne de se voir rattrapée par les « minots » de l'année précédente. Elle avait subi une première fois ces petites vexations lors de son redoublement de la troisième. Elle s'était un peu plus marginalisée dans le lycée.

La disparition inexpliquée de Nathalie l'obsédait. Juliette n'avait plus personne à qui se confier, noyée dans cette sensation de solitude totale dont elle n'arrivait pas à sortir. Elle avait décidé d'abandonner la demi-pension, ne souhaitant pas se retrouver avec les autres. Devenue externe, elle rentrait donc déjeuner chez elle tous les jours. C'était surtout pour fuir le lycée. Dans son minuscule studio, elle se contentait de grignoter une salade en sachet, sans vinaigrette, un morceau de pain, deux ou trois portions de Vache qui rit. Elle avait maigri, mais elle tenait ce régime grâce aux joints dont elle faisait maintenant une consommation quotidienne. Ses parents continuaient à lui verser de l'argent tous les mois. Son besoin augmentant, elle avait cessé de payer son petit loyer.

Hélène ne l'avait pas revue en privé depuis leur entretien, quelques jours avant la rentrée. En l'abordant, elle fut frappée par sa maigreur, ses yeux mangés par de larges cernes mauves. Elle flottait dans un jean usé plein d'accrocs et une veste informe, dont les manches trop longues lui couvraient entièrement les mains. « Cette fille ne mange plus correctement, elle doit se shooter un maximum... » se dit Hélène, émue. Elle récupérait un oiseau blessé.

— Bonjour, Juliette. Ça va ?

L'autre répondit à peine, pressant ostensiblement le pas vers sa R 5 garée sur le parking.

— Je t'offre un café ? Tu veux peut-être déjeuner ?

— J'ai envie de rien, bougonna Juliette.

— Je dois te parler.

— J'en ai rien à foutre.

— Tu vas m'écouter, Juliette ! C'est à propos de Nathalie.

Juliette espérait tellement des nouvelles de son amie qu'elle stoppa net. Le regard implorant, les mains tremblantes jointes sur sa bouche, elle se retourna vers Hélène, restée un mètre en arrière.

— Vous l'avez vue ? Elle est où ?

— Non, Juliette, je ne l'ai pas vue. Mais il faut que je t'en parle, et sérieusement.

Sous le coup d'une émotion si longtemps retenue, déçue en même temps de ne pas savoir où était son amie, Juliette ne put retenir ses larmes. Elle éclata en sanglots, hoquetant sur le parking, au moment où Hélène, qui avait deviné sa peine immense, la prenait aux épaules.

— Viens, Juliette, je t'emmène. On va reprendre des forces, ajouta-t-elle avec autorité.

Les yeux brouillés de larmes, les jambes coupées, Juliette se laissa faire, noyée dans sa tristesse, accablée par sa déception. Elle aurait aimé s'allonger, fumer, se piquer, s'endormir, oublier tout et mourir. Elle se laissa presque porter dans la voiture d'Hélène, en grelottant comme cela lui arrivait de plus en plus souvent.

— Alors, mademoiselle Andréani, on nous fait une petite crise d'anémie ou d'hypoglycémie ?

Hélène Bonneville hésita. Chez elle, son réfrigérateur était vide, ou quasiment. Elle pensa au Tivoli, le bistrot restaurant à côté de la mairie de Vic-en-Bigorre, où elle aimait prendre un café les jours de marché. Il y avait aussi le Bigourdan, sur la route de Maubourguet. Elle opta pour le second, histoire d'éviter les regards et les commérages des Vicquois. Au Bigourdan, elles se trouveraient probablement au milieu de touristes et de routiers, de quoi leur assurer un peu plus d'anonymat.

La carte était appétissante. Elle commanda pour Juliette une omelette aux champignons. C'était la saison. Les cèpes et les girolles étaient au meilleur de leur goût. Elle choisit une assiette de jambon de porc noir gascon, accompagnée d'une salade tiède de haricots tarbais, et, d'autorité, un verre de rouge pour chacune.

— Du pays, précisa-t-elle.

— Alors vous avez le choix entre le madiran ou le côtes-de-saint-mont, annonça la serveuse avec une voix de crécelle qui fit sourire Hélène.

— Le meilleur, le plus fort. Du... qui réveillerait un mort...

— Alors le meilleur c'est le madiran, mais le plus tannique c'est le saint-mont. Commencez par celui-ci, il est moins cher. Et si vous avez encore envie de réveiller le mort, passez au madiran pour terminer en beauté. Comme dit le patron, c'est le velours de l'estomac.

— J'espère qu'il a raison. On en a besoin.

Après de longues minutes de silence, assorties de quelques banalités sur les champignons et le lycée, Juliette commença à se détendre. La chaleur du restaurant, animé par les rires bruyants d'un groupe de routiers, et les premières gorgées de vin lui redonnèrent des couleurs et un peu confiance. Elle parla de la classe.

— Je m'emmerde...

— Il ne fallait pas redoubler, commenta Hélène avec franchise.

— Je sais. J'aurais dû bosser, répondit Juliette sans se vexer.

Hélène lui raconta en quelques mots sa rencontre avec ses parents, sans donner trop de détails afin de ne pas réveiller l'agressivité de la jeune fille. Elle lui redit son inquiétude pour Nathalie et lui assura qu'elle souhaitait tout faire pour la retrouver. Juliette écoutait sans rien dire, attentive à se livrer le moins possible. Mais plus Hélène parlait, plus elle se persuadait que cette femme voulait les aider. Elle ne comprenait pourtant pas pourquoi. Elle avait du mal à accepter cette aide pour elle seule, mais elle le devait pour Nathalie, disparue depuis deux mois.

Sans aucune nouvelle de son amie, Juliette commençait à comprendre qu'elle n'avait peut-être pas fait une fugue. C'était probablement plus grave, mais elle refusait encore de regarder cette réalité en face. Elle n'arrivait pas à croire qu'on puisse disparaître comme cela, aussi brutalement, dans une fête de jeunes, où tout le monde se voulait solidaire et généreux. Elle croyait connaître ce qu'était le malheur mais, sauf pour les pays en guerre ou souffrant de la famine, elle l'assimilait à sa propre souffrance. La petite fille gâtée n'avait jamais envisagé de tragédie plus grande que ses difficultés, son mal-être. Hélène Bonneville était en train de lui ouvrir les yeux.

— Essaie de te rappeler quelque chose concernant Nathalie. Qui a-t-elle pu rencontrer avant sa disparition ? Il y a peut-être un indice intéressant qui pourrait nous aider, et surtout l'aider.

Fils de la plaine, Olivier ne se sentait jamais à l'aise à l'approche de la montagne. Lourdes l'impressionnait. Cette ville enserrée entre un gave glacé et des montagnes déjà hautes lui semblait étouffante et sombre. La concentration d'hôtels et de commerces entre la rue et le boulevard de la Grotte avait fait d'un pauvre petit bourg bigourdan la deuxième ville hôtelière de France, l'un des premiers centres mondiaux de pèlerinage. Ce que l'économie locale avait gagné, la ville l'avait perdu en authenticité. Olivier avait hâte d'en repartir, après ce rendez-vous pris avec l'abbé Douzous, dans l'enceinte même des Sanctuaires, porte Saint-Joseph.

« S'il pleut, ce qui arrive parfois, je vous attendrai juste à côté, au centre d'animation pastorale », lui avait dit l'abbé au téléphone, lorsque Olivier s'était recommandé de Maurice Peyroulet.

Olivier craignait le piège des rues piétonnes qui s'étaient multipliées dans la cité mariale. Il trouva une place avenue Hélios, en contrebas de la gare, d'où il observa un instant le pic du Jer et le mamelon du Béout, les deux puissants contreforts poussés par les Pyrénées sur leur flanc nord. C'est là que le gave s'était frayé un passage vers le Béarn, pour aller se jeter beaucoup plus loin dans l'Adour.

Dès le passage de l'avenue Maransin, Olivier se perdit dans le dédale, tourna autour du château fort, reconnut des lieux qu'il avait visités étant petit, comme tous les enfants de la Bigorre. Il arriva à l'entrée des Sanctuaires par la porte Saint-Michel, à l'opposé de l'endroit où le curé l'attendait. Il lui restait près de quatre cents mètres à faire sur l'immense esplanade des pèlerinages.

— Et c'est tant mieux ! Comme cela, la Vierge couronnée vous aura accompagné tout au long de votre traversée, lui dit en souriant l'abbé Douzous lorsqu'ils se retrouvèrent. Vous l'avez vue, au moins, cette grande statue entourée de fleurs, dans la perspective de la basilique du Rosaire ?

— Ah oui, j'ai eu le temps, répondit Olivier, un peu agacé par le ton paternaliste du curé. Le site a de l'allure.

— On peut y accueillir quarante mille personnes. Ecouter chanter l'Ave Maria ici est une expérience unique…

— Oui, pour ceux qui ont la foi, l'interrompit Olivier.

— Evidemment, mais aussi pour tous les gens doués d'un minimum de sensibilité, riposta l'abbé, piqué par la remarque d'Olivier où il sentit un peu d'agressivité. Nous avons des pèlerinages venus de partout, de toutes les professions, même des facteurs. L'an dernier, on a inauguré celui des cavaliers et des attelages.

Olivier redoutait de devoir subir un cours de catéchisme ou une visite guidée des Sanctuaires, mais Douzous entra aussitôt dans le vif du sujet. L'homme était fidèle à sa réputation : direct, franc, parfois brutal. Olivier ne l'avait pas connu à Maubourguet. Dans sa famille, de vieille tradition radicale-socialiste, on ne fréquentait pas l'église. Mais il en avait parfois entendu parler par Agathe, puis par Peyroulet. Chez les Labadie, on était croyant. La mère d'Agathe animait avec quelques autres femmes *Le Messager du Val d'Adour*, la feuille de liaison des paroisses dont le curé de Notre-Dame-de-l'Assomption de Maubourguet avait la charge. On disait même qu'un ancêtre Peyroulet faisait partie de la liste très sélective des « miraculés officiels » de Lourdes, dans les années 1890.

L'abbé Douzous n'était pas diplomate. Cet homme grand et maigre, au nez de spadassin, avait été grièvement blessé en Algérie, éventré par une grenade. A Lourdes, on disait qu'il faisait sonner tous les portiques de sécurité tant il avait de plaques d'acier dans le ventre. Avoir frôlé la mort lui avait donné le courage de parler fort aux vivants, le sourire toujours aux lèvres. Pendant son apostolat à Maubourguet, il ne s'était pas privé de dire ce qu'il pensait aux uns et aux autres, rappelant les édiles à leurs devoirs et les jeunes au respect mutuel. Ce jour-là, devant Olivier, Douzous arborait une certaine décontraction que le jeune homme prit pour de la moquerie. C'est presque à contrecœur qu'il commença à lui expliquer le sens de sa visite. L'abbé l'interrompit :

— L'ami Peyroulet m'a déjà longuement parlé de tout cela. Un solide gaillard, ce grand-père. Je ne sais pas si le moule est cassé, mais ce serait dommage que la région n'en produise plus des comme lui.

Olivier eut un petit mouvement d'humeur.

— Alors, si vous savez tout, je ne sais pas pourquoi je suis venu vous raconter une nouvelle fois l'histoire.

— Tout doux, monsieur l'impatient. Moi, j'aime bien savoir ce qui se passe dans mes anciennes terres de mission.

— Mais concernant Agathe Labadie ? s'impatienta Olivier.

— Là-bas, poursuivit l'abbé comme s'il n'avait pas entendu, j'étais seul, j'avais treize paroisses et très peu de fidèles. Ici, on est plusieurs, je n'ai qu'une paroisse et des millions de paroissiens ; mais, croyez-moi, c'était plus difficile dans le Val d'Adour. Je crois qu'on y vit trop bien pour penser à Dieu.

— Sauf quand on meurt.

— Oui, il y a aussi les naissances et les mariages. Mais on place le curé entre le maire et le traiteur. La messe est devenue une prestation de plus entre le buffet et la sono du bal. Et le curé n'a pas intérêt à retarder le banquet !

Douzous riait. Olivier trouvait qu'il tardait à revenir sur le sujet de l'entretien. L'abbé le faisait par jeu, amusé de voir ce jeune homme impatient et sceptique se tourner vers lui. Il se dit qu'il était en train de le ferrer comme un saumon de l'Adour et se demanda si c'était bien charitable.

Juliette tourna un moment autour de la réponse qu'elle allait apporter à Hélène sur ce qui s'était passé à Estirac. Elle se sentait au bord du vide. Elle raconta les rave-parties, la musique, la liberté, la drogue. A sa grande surprise, Hélène ne l'interrompait pas, elle souriait tranquillement en faisant tourner quelques gouttes violacées au fond de son verre.

— Oui, Juliette, je sais en partie tout cela. Il ne faut pas croire que les adultes sont des crétins aveugles.

— Certains, si !

— Tu sais, la techno, c'est comme le rock il y a quarante ans : un peu d'art, un certain souffle de liberté et beaucoup de provoc pure. Chaque génération veut se singulariser, s'isoler dans ses rites. Les mêmes qui condamnent la techno et les raves ont parfois cassé les chaises dans les concerts de rock ou se sont éclatés dans la boue et le hasch des grand-messes hippies. Mais avoue que les rave-parties, ce n'est pas très ragoûtant...

— On ne nous laisse pas le choix. On veut juste danser. Nos teufs n'emmerdent personne.

— Ça reste à voir, surtout après le passage de milliers de teufeurs dans une propriété privée...

Elles discutèrent encore de musique, de drogue, du lycée. Juliette lui dit qu'on parlait dans l'établissement d'une autre disparition, celle d'Agathe Labadie, la fille des marchands de légumes de la rue du Maréchal-Foch à Maubourguet.

— Avant d'aller en fac à Toulouse, elle était au lycée Mendès-France.

— Décidément...

Hélène ne connaissait pas ce magasin, ni les Labadie. Elle se fichait un peu de cette Agathe. Ce n'était pas son problème. Elle réfléchissait au temps qu'il faudrait à Juliette pour avouer ce qu'elle devait probablement encore lui cacher sur la fuite de Nathalie. Elle l'encourageait à rechercher dans sa mémoire ce qui avait bien pu se passer en août, avant ou pendant la rave-party d'Estirac. Juliette lui dit qu'elles s'étaient séparées pratiquement dès les premières heures de la teuf, chacune pour soi et pour son plaisir. Elle ignorait avec qui Nathalie avait bien pu sortir lors de cette nuit d'août.

Hélène ne raffolait pas des desserts mais, pour accompagner Juliette, elle prit une mousse au chocolat maison. Juliette avait commandé une crème brûlée à la cassonade.

Elles avaient encore soif. Hélène s'était aperçue que Juliette aimait le vin, probablement initiée par son père et ses frères. Elle commanda un autre verre, « pour accompagner le dessert », précisa-t-elle à la serveuse qui portait l'addition à la table des routiers.

— Alors je vous recommande du blanc, le pacherenc moelleux automnal, vendanges tardives, le 2000 est très bien.

Elles dégustèrent leur dessert et durent s'arrêter de parler lorsque les cinq routiers se levèrent dans un fracas de chaises et de rires gras. Revigorés par le menu complet et quelques pichets de la réserve du patron, ils passèrent un à un devant la table des deux femmes, jetant des regards appuyés sur Hélène et sa longue chevelure blonde, ce qui n'était pas fréquent au pays. Elle les regarda en souriant. Juliette baissait ostensiblement la tête.

— Bonne continuation de fin d'appétit ! lança l'un d'eux, un peu plus congestionné que les autres, en refermant son blouson sur un marcel noir.

Juliette posa soudain la main sur l'avant-bras d'Hélène, qui sursauta, effrayée. Elle crut que la jeune fille allait se trouver mal. Elle avait pâli, un voile de surprise mêlée de détresse dans les yeux.

— Ça ne va pas, Juliette ?

— Si, si. Mais vous avez vu ?

— Quoi ? Les routiers ?

— Oui, les routiers. Le dernier qui est passé, qui a parlé.

— Et alors, quoi ? Un peu familier mais sympa, non ? Tu le connais ?

— Vous avez vu ? Quand il a fermé son blouson, il avait une petite chaîne et un pendentif accroché.

— Oui, et alors ?

— Il m'a fait penser aux deux mecs, le soir de la rave-party.

— Quels deux mecs ?

Juliette raconta l'incident du fossé, près d'Estirac, les deux hommes en fourgonnette, le dépannage, l'altercation avec Nathalie. Tout lui revenait. Le grand maigre, le petit à queue-de-cheval.

— Le grand, je m'en souviens bien parce qu'il avait un corbeau sur l'épaule. C'est rare, non ? Il portait un pendentif tout en longueur, pas une médaille, mais comme un bout de caillou, avec de l'or dessus. Très maigre il était, habillé tout en noir. Nathalie s'est engueulée avec eux, surtout avec le plus petit, celui qui avait une capuche et une veste de treillis.

— C'est un peu l'uniforme de tes potes dans les rave-parties, non ?

— Ouais... Je crois qu'il avait aussi des anneaux aux oreilles. On ne les a pas revus. Enfin, pas moi.

— Juliette, c'est peut-être une piste. Il faut que tu retrouves toute ta mémoire pour cette soirée-là. Mais, dis-moi, cette fille Labadie, elle allait aussi aux rave-parties ?

— Je ne sais pas. Je ne crois pas. Ce n'était pas trop le genre. Elle avait son petit copain régulier. Un beau mec mais qui ne se prend pas pour une merde.

— Tu connais son nom ?

— Ouais, il a été copain avec mon frère Bastien. C'est Olivier Lussan. Lui est resté au pays. Je crois qu'il est encore facteur à Maubourguet, aux dernières nouvelles, en tout cas.

L'abbé Douzous parlait des parents Labadie, « de braves gens », et surtout de Peyroulet, « ce cher Maurice ». Il avait accompagné Agathe lors de sa profession de foi. Des banalités qui faisaient bouillir Olivier, lorsque l'abbé changea brutalement de sujet :

— Bon, j'ai effectué une petite recherche. Agathe n'est pas dans la liste des bénévoles inscrits cet été. Elle est peut-être encore à Lourdes, mais pas officiellement.

— Autant dire que je suis venu pour rien, fit Olivier, très déçu tant il s'était accroché à cette piste lourdaise.

— Holà, du calme ! Je vous ai dit que j'avais fait une petite recherche...

— Mais vous venez de me dire que...

— ... qu'il faut prendre le temps de m'écouter, jeune homme ! Tenez, si on marchait un peu ?

Ils sortirent du centre d'animation pastorale et s'engagèrent sur la voie en pente qui menait à l'esplanade. Des centaines de pèlerins se croisaient à cet endroit, certains se dirigeant vers la ville, d'autres convergeant vers la basilique. L'abbé entraîna Olivier en lui prenant le bras. Ce dernier fut surpris par la stature et la poigne de cet homme aux cheveux blancs comme neige, vêtu de gris.

— Moi aussi j'ai été sportif, jusqu'à la guerre d'Algérie. Maurice m'a dit que vous êtes fana de pelote. J'aurais aimé en faire plus, mais je n'ai pas pu, à cause d'un petit problème...

Olivier sourit. Peyroulet avait décidément raconté beaucoup de choses à ce curé insaisissable. Il leva les yeux. La superposition grisâtre des deux basiliques, le Rosaire et l'Immaculée-Conception, lui fit penser au château de la Belle au bois dormant de Disneyland. Il ne dit rien, mais l'abbé surprit son regard.

— On peut ne pas aimer, je le reconnais. C'est du pur dix-neuvième siècle. Mais les pierres ne comptent pas. Ce sont plutôt les prières, la foi dégagée ici, année après année depuis le 11 février 1858.

Au pied des rampes, l'abbé joua le guide. Il énuméra les noms de quelques statues de saints, alignées comme des sentinelles de foi au-dessus de la foule.

— Il y en a un que j'aime bien, un peu plus haut, après Rémi et Martin. Vous voyez sa bonne tête un peu timide : c'est Vincent, un grand saint de la charité. C'est mon préféré. Vous savez pourquoi ?

Il ne laissa pas le temps à Olivier de répondre. Il reprit, dans un sourire qui éclaira son visage :

— Eh té, c'est un Gascon, des Landes. Né à côté de Dax. Saint Vincent de Paul, tiens, comme vous, un fils de l'Adour !

Olivier se laissait guider car il avait deviné où Douzous allait l'emmener. Après les fontaines, ce serait sûrement la grotte. Il aurait finalement droit à ce pèlerinage qu'il avait redouté. Mais, arrivé devant la haute masse rocheuse où Bernadette Soubirous avait vu la Vierge à dix-sept reprises, Olivier fut surpris de sentir de nouveau la main de l'abbé peser sur son bras. Il l'entraîna à travers la petite esplanade, vers le parapet qui longeait le gave aux reflets d'émeraude.

Ils regardèrent un instant la grotte et la petite statue claire, dans son écrin d'ombre et de feuillage, qui se détachait nettement sur les parois obscurcies par la fumée des bougies. De gros bouquets de fleurs vives éclairaient l'autel en marbre gris d'Arudy. A intervalles réguliers, un haut-parleur diffusait de longs « chut » pour atténuer le brouhaha. Quelques pèlerins s'agenouillaient en prière sur des prie-Dieu en bois. D'autres discutaient en désignaient la forêt de béquilles et de cannes anglaises accrochées sur la voûte de gauche.

— Ce sont des ex-voto, précisa Douzous. Il faut en enlever régulièrement... Olivier, murmura soudain l'abbé en plongeant son regard dans les yeux du jeune homme, je crois savoir où est Agathe. Il va falloir être fort.

Ce n'est que lorsque Agathe vit s'allonger les ombres, roussir les grands chênes de l'allée et tomber les feuilles au moindre coup de vent qu'elle comprit que le temps s'était écoulé plus vite qu'elle ne le croyait. Au Relais de Lumière, les fidèles n'avaient pas de calendrier. C'était un repère de plus qui avait été supprimé. Au loin, dans la plaine, au milieu des cimetières de maïs, elle apercevait les labours ocre, léchés par un soleil de plus en plus rasant. L'automne était là. La lumière dorée, moins aveuglante qu'en été, donnait aux quelques journées encore très chaudes une saveur particulière, que venait renforcer la fraîcheur des nuits. On n'entendait plus les grillons, rentrés sous terre. Les mouches cherchaient à s'infiltrer par toutes les fenêtres et les portes pour se mettre à l'abri du froid mortel qui les attendait. Suivirent de longs jours gris et pluvieux. Agathe se donnait tellement à son travail qu'elle n'avait pas vraiment vu la bascule des saisons.

Chaque semaine, elle observait au loin dans le parc un employé vêtu de noir qui faisait de grands feux de feuilles mortes. Elle ne le voyait pas bien, ses lunettes lui ayant été retirées, autre repère disparu de son « ancienne vie ». Elle aimait respirer les odeurs fortes de sous-bois et de fumée, de fougères et de champignons, même si cette saison lui donnait toujours un petit pincement d'angoisse car on allait vers les jours les plus courts, les moins ensoleillés.

Clara était devenue sa seule amie, même si Agathe la sentait souvent lointaine. Les autres fidèles restaient très en retrait. Elle les devinait plongés dans leur quête de spirituel ou d'absolu. Clara le lui avait confirmé :

« Tu sais, chacun vit ici avec son passé et s'est engagé dans sa propre recherche de lumière, prenant appui sur les enseignements du Maître. Tout le monde travaille aussi beaucoup. »

Au moins une fois par semaine, Milharis réunissait ses fidèles dans la grande salle où Agathe l'avait rencontré la première fois. Il expliquait les champs de force à l'œuvre dans le monde, les courants positifs et négatifs dont la nature était chargée. Agathe avait noté l'organisation quasi rituelle des démonstrations. Après avoir répandu l'inquiétude, le Maître rassurait tout le monde, et chacun se sentait mieux d'avoir approché l'intelligence des choses et de se savoir sur un site protégé, grâce à l'intermédiaire des pouvoirs du Maître, intercesseur naturel de puissances inaccessibles aux simples fidèles. Cinq fois déjà, elle avait assisté à ces Assemblées de Lumière qui l'avaient tant impressionnée, quelque temps après son arrivée.

Elle s'était aperçue que les femmes de la communauté passaient plus souvent que les hommes au centre du cercle. Clara lui confirma qu'elles étaient plus nombreuses dans la communauté.

« Leurs champs de force sont nettement supérieurs à ceux des hommes. Ils entrent ainsi mieux en correspondance bénéfique avec le magnétisme du Maître. »

De l'extrémité du cercle où se tenait la communauté, on distinguait mal le fauteuil dans lequel officiait le Maître. Il restait dans une demi-pénombre, à peine éclairé par la lueur des flambeaux. Le fidèle qui recevait l'enseignement se tenait face à lui, tournant le dos à l'assistance. Agathe ne comprenait pas pourquoi tout le monde partait avant la fin de l'Assemblée, lorsqu'une musique lente et grave s'élevait du fond de la salle. La personne au centre restait encore de longues minutes. Agathe avait tenté de comprendre ce qui se passait ensuite, mais l'obligation de repartir tous ensemble vers la zone des chambres interdisait de quitter le groupe.

A la fin octobre, son tour revint pour une Assemblée de Lumière.

« Ton rythme de travail a baissé, lui avait dit Clara, deux jours avant. Le Maître voudra sûrement te parler. »

De jour en jour plus fatiguée, Agathe était incapable de soutenir le même rythme qu'autrefois. Elle se sentit comme une enfant prise en faute et attendit l'Assemblée avec appréhension. Le rite était toujours le même. Elle se surprit à penser à tout autre chose en écoutant les leçons patientes et précises du Maître, dont la légère odeur de transpiration l'indisposait depuis le premier jour. Elle restait les yeux baissés, s'efforçant de respirer le moins possible. La position assise, les fesses sur les talons, lui faisait du bien et elle redoutait le moment où il faudrait se relever. Elle prit la même coupe que d'habitude, se demanda une nouvelle fois ce qu'était ce liquide au goût d'orange et, sans en avoir conscience, glissa doucement dans un sommeil paisible.

Ce curé bizarre savait quelque chose. Le vieux Peyroulet ne l'avait pas trompé en l'envoyant à Lourdes. Olivier avait tressailli aux mots redoutés de l'abbé Douzous. Il se sentit soudain soulagé et, en même temps, terriblement inquiet. Incapable de parler, le regard perdu en direction des arbres et de l'immense pelouse qui s'étendait de l'autre côté du gave, il attendit que l'abbé continue.

— J'étais présent à Lourdes à la mi-août. Ce jour-là, j'ai raccompagné deux prêtres italiens à la gare pour les aider au départ d'un train de handicapés.

Douzous raconta ce qui, d'instinct, l'avait alerté et qui, après coup, prenait un relief évident, un intérêt particulier. Il poursuivit à voix basse :

— Je dois dire que c'est presque miraculeux... Enfin, c'est Lourdes. La Providence de nous autres chrétiens.

J'étais en discussion avec mes amis lorsque j'ai aperçu, devant la gare, une fille avec un sac, assise par terre, seule.

— Agathe ?

— Pas une clocharde ni une SDF, mais plutôt le genre JMJ[1] fauché après un pèlerinage. Cette fille avait un air si triste que je crois lui avoir souri.

— C'était Agathe ?

— C'est quand elle a détourné vivement son regard que ce visage volontaire aux yeux noirs m'a dit quelque chose. Mais, vous savez, je vois tellement de jeunes dans une journée et je deviens myope, moi qui avais de si bons yeux...

— C'était Agathe !

— Oui, enfin je pense, mais je ne l'ai pas revue depuis quatre ou cinq ans, tout de même. Sur le moment, je n'ai pas vraiment réalisé, ensuite je n'y ai plus pensé...

Douzous raconta comment il avait été retenu par ses amis, par les formalités de départ, puis les adieux. C'est au moment où il quittait la gare qu'il avait aperçu une autre femme.

— Elle faisait comme si elle guettait, en attente de quelque chose, j'en suis sûr.

— Mais quel est le rapport avec Agathe ? Qui était-ce ?

Olivier avait presque crié. Des gens se retournèrent, indignés par ce jeune excité si bruyant, si peu recueilli.

— Venez, éloignons-nous. Qui ? Je vais vous le dire, Olivier. C'est quelqu'un que j'avais déjà vu à Maubourguet et que nous avons revu ici, à Lourdes. Une femme exaltée, un peu paumée. On la connaît bien, aux Sanctuaires. Nous avons appris à nous en méfier. Elle fait partie de ces gens, il y en a beaucoup comme elle, qui cherchent leur voie sans jamais la trouver, qui vont et qui

1. Journées mondiales de la jeunesse catholique.

viennent. Des gens instables, sur les plans psychologique et spirituel.

— Mais quel rapport avec Agathe ?

— Les gens comme cela sont des proies de choix pour les sectes. Et nous savons d'ailleurs que cette femme est entrée dans une secte de la région. Elle essaie de recruter des jeunes ici, à Lourdes. Un peu paumés, comme elle. Des gogos, hélas...

Le Maître attendit encore une minute, un peu essoufflé. Il se pencha sur Agathe, lui soulevant une paupière avant de prendre son pouls. Elle dormait. Il fut rassuré : le produit était sain. Cette Agata était la plus jeune et aussi la plus belle de son groupe de fidèles. Il l'avait remarquée dès le premier jour mais avait bien pris garde de le montrer à Gaïa ou à Clara, si exclusives. Gaïa n'était pas favorable au maintien d'Agata dans la communauté. Elle la jugeait trop jeune, trop imprévisible. Milharis avait tenu bon. Il devait réaliser son projet et rien ne l'empêcherait d'y parvenir. Agata était vraiment sa perle, cette lumière de l'esprit et des sens qu'il attendait depuis longtemps, celle qui, peut-être, allait porter tous ses espoirs, avant qu'il ne soit trop tard. La soixantaine à peine dépassée, il voulait laisser une trace. Gaïa connaissait son projet. Elle le désapprouvait.

« Un caprice, tu fais un caprice de plus, lui avait-elle dit lorsqu'ils avaient eu leur première discussion à ce sujet. Cette fille partira quand elle aura retrouvé son équilibre. Contente-toi de Clara.

— Je la connais trop bien.

— Elle t'aime, pourtant, et elle communie plus qu'une autre au Relais de Lumière.

— Elle est trop vieille pour mon projet. »

Gaïa préférait se taire et attendre que le temps fasse son œuvre. Un jour, il serait trop tard. Son petit frère avait d'abord été pour elle un jouet, puis il était resté à ses yeux un enfant, pour toujours, même lorsqu'il était au séminaire. Elle avait triomphé quand il en était sorti, après l'avoir tant encouragé dans ses déviances. Elle redoutait aussi ses terribles colères d'enfant gâté, ses bouderies qui pouvaient tout mettre en péril. Elle savait, quand il le fallait, satisfaire ses caprices, mais sans jamais relâcher sa surveillance. Gaïa avait trop peur de perdre son frère.

Agathe s'était affaissée sur le côté, en chien de fusil. Milharis l'allongea délicatement sur le dos. Elle s'était endormie avec une moue d'enfant, les lèvres en avant. Ses sourcils fournis et ses mèches brunes sur le front et dans le cou lui donnaient un air un peu sauvage. Il entendit Gaïa qui venait d'entrer dans la pièce. Elle éteignit quelques bougies, par économie. Elle avait tant manqué de tout lorsqu'ils étaient enfants. Milharis soupira encore une fois, oppressé par la sensation qu'il ressentait depuis qu'il avait trouvé ce moyen discret de satisfaire sa manie.

— Dépêche-toi ! lui lança Gaïa dans son dos.

Milharis promenait ses doigts sur le front, le nez, la bouche de la jeune fille endormie. Il les posait délicatement, soulignant les courbes d'un ou deux doigts. Il ferma les yeux et suivit la ligne de soie des sourcils. Puis ce fut le lobe des oreilles, le cou, la nuque, qu'il souleva. Il souffla une nouvelle fois en défaisant le petit cordon qui retenait la tunique au pantalon. Sa main remonta lentement le tissu vers le haut, faisant apparaître le ventre, la poitrine, sur lesquels il laissa courir de nouveau ses doigts, les yeux toujours fermés, pressant doucement ces rondeurs si fermes qui le troublaient, comme une promesse qu'il verrait bientôt réalisée.

— Attends ! Arrête !

Milharis sursauta et resta figé de peur. Ce n'était pas l'habitude de Gaïa de l'interrompre pendant ces quelques minutes précieuses qu'il volait à l'intimité de ses fidèles, quand l'ivresse de la possession sensuelle que lui offraient ses doigts commençait à le gagner. Elle voulait toujours accélérer les choses, de peur de voir se réveiller celle qu'elle avait endormie. Elle se pencha sur son épaule puis se mit elle aussi à genoux auprès d'Agathe.

— Regarde, dit-elle à Milharis, qui ne comprenait plus rien, déjà en colère contre sa sœur qui l'avait dérangé.

Il vit Gaïa poser la main sur le ventre d'Agathe, appuyer légèrement, descendre vers le pubis, remonter vers le sternum, tourner sur les flancs.

— Arrête, cette fille est enceinte !

— Quoi ? C'est impossible, je n'ai même pas...

— Idiot, ce n'est pas de toi, évidemment. Elle est arrivée ici déjà grosse, j'en suis sûre. Elle ne l'a dit à personne. Clara nous aurait prévenus.

Milharis mit à son tour ses mains sur le ventre rebondi d'Agathe. Il comprit que sa taille déjà bien élargie ne correspondait pas aux proportions normales de cette fille si mince. Il dut l'admettre.

— Tu as raison. La tunique avait dissimulé son ventre.

— On l'aurait vu de toute façon dans quelque temps. Maintenant, je comprends pourquoi elle était si fatiguée. Il faut la renvoyer. On n'a pas besoin de ça ici !

— Non !

— Quoi ?

— J'ai dit non !

Gaïa regarda sa montre. Une trentaine de minutes s'étaient déjà écoulées. Il fallait partir pour laisser le réveil se faire, dans la solitude de la salle de l'Assemblée de Lumière.

— Il faut faire vite. On discutera ailleurs.

Elle rajusta Agathe, serra le cordon de sa tunique et replaça la jeune fille sur le côté, pour éviter tout risque d'étouffement. Le Maître était déjà sorti, troublé mais presque heureux. Sa décision était prise. « Agata sera mienne un jour. Qu'importe son état actuel. Elle enfantera le fils de Milharis. Il s'appellera Abelio. »

L'abbé se mit à réfléchir à haute voix en remontant l'esplanade, le long de la promenade du gave. Olivier l'écoutait avec attention, de plus en plus inquiet.

— Soit Agathe est restée seule et alors là, pfut... Partie on ne sait où. Soit elle a suivi cette femme pour une raison que j'ignore et que, manifestement, vous ignorez aussi. Dans ce cas, c'est peut-être mieux...

— Je ne vois pas pourquoi !

— Tout simplement parce qu'on a une plus grande chance de la localiser.

— Vous croyez réellement ?

— Oui, parce que je sais où cette femme réside, où se trouve la communauté qui l'accueille.

— Dites !

— Il ne faut pas forcément chercher les choses très loin. Tout est parfois à portée de main. Le bien comme le mal. C'est chez nous, Olivier, au cœur de notre Val d'Adour.

— Où ?

— A Monluc, sur la colline...

— Monluc ?

L'abbé Douzous expliqua à Olivier comment l'évêché s'était intéressé à une époque à l'ancien relais de Saint-Jacques-de-Monluc, transformé pendant quelques années en colonie de vacances. L'évêque voulait en faire une maison de retraite pour ses vieux curés, nombreux à vouloir s'installer près de Lourdes. Mais le propriétaire en demandait trop cher. L'Eglise n'avait pas pu suivre. C'est une association à but non lucratif qui avait racheté la propriété.

— Nous avons évidemment cherché à savoir qui. Le Relais de Lumière, cela vous dit quelque chose ?

— Bien sûr, répondit Olivier, je vois bien, c'est sur la tournée de Dastugue, un de mes collègues. Ils font de la poterie et ils vendent des objets un peu bizarres. De gros clients en termes de courrier. Le patron est un certain monsieur Milharis.

— Ce Milharis, on le connaît, Olivier. Son Relais aussi. C'est un fêlé qui s'est monté sa petite communauté avec sa sœur, rebaptisée Gaïa, du nom de la puissance Terre... Milharis ! Vous connaissez son vrai nom ?

— Non, reconnut Olivier, de plus en plus intrigué par cette affaire et le lien qu'il ne comprenait pas entre ce Relais et Agathe.

— Il s'appelle en réalité Raymond Pailhès. Ancien séminariste à Saint-Pé, une petite dizaine d'années après moi. Ordonné diacre dans les années 1960, mais du genre déviant, suffisamment pour être renvoyé. Ce type était brillant même s'il avait fâcheusement tendance à être voyeur et à se vouloir voyant. Ce n'était pas très méchant, mais quand même gênant.

Douzous retraça brièvement l'histoire de ce « déçu de l'Eglise », selon son expression, parti chercher ailleurs le champ d'expérience de quelques dons naturels et d'une volonté de puissance exacerbée. Après un voyage humanitaire en Afrique, Pailhès-Milharis était revenu dans la région pour faire un peu de radiesthésie et de magnétisme, assortis de voyance.

— Savez-vous qu'il est natif d'Ibos ? Sa famille y habite encore, à l'ombre de la collégiale, poursuivit Douzous, pensif.

Ils s'arrêtèrent un instant près de la chapelle Saint-Joseph et repartirent dans l'autre sens après avoir renseigné un groupe de Portugais endimanchés. Olivier comprit que Pailhès aimait sa région natale : il s'était installé pendant quelques années à Bagnères, en tentant de soigner les curistes à sa façon. Il y avait eu des plaintes à la mairie.

— Mais comment avez-vous appris tout cela ?

— Vous savez, l'Eglise s'intéresse à tous les charlatans spirituels qui rôdent autour de ses ouailles. Comme Pailhès est un ancien de Saint-Pé, il est connu chez les curés. A Bagnères, c'est l'un d'eux qui nous a signalé sa présence.

— Mais qu'est-ce qu'il faisait, au juste ?

— Ce brillant parleur travaillait dans le paranormal, le paramédical, l'envers des choses, quoi. C'était déjà, paraît-il, son défaut à Saint-Pé. Je crois que le grand air de nos excellentes Pyrénées a achevé de lui tourner la tête.

— Pourquoi ?

— Milharis ! Ce nom ne vous dit rien ? Si vous connaissiez mieux votre histoire, vous auriez réagi.

— Les histoires de fou, ça ne m'intéresse pas.

— Ta, ta, ta : ce n'est pas une histoire de fou. Enfin, pas tout à fait. C'est de notre histoire et de notre géographie qu'il s'agit. Vous n'êtes jamais allé dans la vallée de Lesponne, au-dessus de Bagnères, là où l'Adour prend sa source ?

Interloqué, Olivier apprit une bien étrange histoire, à laquelle il se savait désormais mêlé par le biais d'Agathe. L'abbé lui parla de l'Adour, ce petit gave impétueux qui dévalait le flanc nord du pic du Midi de Bigorre. Pailhès était allé là-haut, au-delà du bois de Transoubats, au pied du soum[1] de Las Aygues, vers mille cinq cents mètres d'altitude.

1. Sommet pyrénéen.

— Il y a découvert une croix de pierre, connue des bons marcheurs et de quelques initiés : la croix de Béliou. Vous connaissez la légende qui a dû lui tourner la tête ?

Olivier entendit pour la première fois l'histoire de ce dieu du Soleil vénéré dans les temps anciens, Abelio, devenu Béliou pour les Pyrénéens. Sous la croix, devenue un lieu mythique des temps païens, reposerait le patriarche Milharis, pasteur presque immortel de la vallée de Lesponne, mort à l'âge de neuf cent quatre-vingt-dix-neuf ans.

— Mille ans moins un jour ! Il y avait tout dans cette histoire pour plaire à Pailhès : le dieu de la Lumière, la pierre immortelle, le fleuve Adour qui avait baigné son enfance, la montagne... Il avait tous les éléments pour séduire des gens crédules ou amateurs de fantastique. Sa communauté est née de cet amalgame. C'est comme cela qu'il s'appelle aujourd'hui Milharis et sa sœur Gaïa.

Après son passage mouvementé à Bagnères, Raymond Pailhès avait acheté l'ancienne colonie de vacances de Monluc, qui abritait désormais le siège social de son entreprise de vente par correspondance, un atelier de poterie et la maison mère de sa petite communauté.

— Avec quel argent ?

— Mystère ! Mais il en a. Les pèlerins de Saint-Jacques qui s'arrêtent au Relais font des dons. Il vend ses poteries assez cher. On raconte que beaucoup d'argent circule, mais je n'en sais pas plus. Il fait équipe avec sa sœur, son pendant féminin. Autour d'eux, je crois que ceux dont il est devenu le maître spirituel absolu travaillent pour rien. Ce sont des gens paumés...

— Pas Agathe ! Ce n'est pas possible.

— Dieu seul le sait !

— Oh, Dieu, vous savez...

— Attention, ne dites pas de bêtises, gronda l'abbé, l'index sur la poitrine d'Olivier mais le sourire aux lèvres. Pas ici, ou je vous colle trois Pater et deux Ave.

— Je ne sais pas prier, répondit Olivier.

— Ce n'est pas grave. Vous allez brûler un cierge ou deux à la Vierge. Elle nous a entendus, j'en suis sûr. Elle nous aidera à sauver Agathe.

— A quoi cela servira-t-il ?

— Ça ne peut pas faire de mal ! Alors, faites-le pour Agathe. Ce cierge sera un peu de vous, de votre temps, du bien que vous portez sûrement en vous. Regardez : les boîtes à cierges sont là-bas, près des fontaines.

Milharis et Mikel s'étaient attardés quelques minutes dans la grande salle d'accueil, puis le Maître était parti.

— J'ai une communication téléphonique importante à passer. Mais je te garde pour le déjeuner.

Comme par enchantement, Gaïa avait surgi. Elle lui avait réglé ses derniers frais d'essence et demandé des nouvelles de Néra. Flatté, Mikel avait raconté sa démonstration les samedis et dimanches à la Tour des Rapaces. Le succès était au rendez-vous. Plus il parlait, plus il avait l'impression de se révéler, ce qu'il détestait. Il se tut, abruptement.

— Tu connais les jeunes du pays, commença Gaïa. J'aimerais que tu te renseignes sur la famille d'une fille qui vient d'arriver au Relais. Je la trouve un peu bizarre. Elle s'appelle Agathe Labadie.

— Les légumes ? A Maubourguet ?

— Oui, je crois.

— Elle est ici ?

— Elle va, elle vient... répondit prudemment Gaïa au moment où Milharis revenait en tonnant : « Allez, à table ! »

La salle à manger était aménagée dans une petite pièce attenante à la salle d'accueil. Un vaisselier décoré de croix de Malte fleurdelisées et des étagères de bocaux occupaient tout un pan de mur. En face, un tableau représentait une multitude de formes géométriques, faites de nuances de blanc, de gris et de noir.

— Tu vois, c'est comme la nature. Rien n'est blanc, rien n'est gris. La difficulté est de déterminer les lignes de force positives et négatives dans ce rayonnement apparemment inextricable, dit Milharis en tirant son pendule de sa poche.

Gaïa et Mikel s'assirent à chaque extrémité de la longue table de bois, sur la partie la plus étroite, laissant Milharis seul sur le côté. Son énorme carcasse occupait un bon tiers de la longueur. Il se versa aussitôt un verre de vin, reposant la carafe sombre sans en proposer aux autres. Cela tombait bien, Mikel ne buvait jamais d'alcool, sauf de la bière. Fasciné, il observa le manège de Milharis : celui-ci s'était emparé du pendule, qui se mit à tourner de plus en plus vite au-dessus du verre. Le Maître fixait attentivement l'objet, la langue entre les lèvres, comme une limace sortant d'un trou.

— Ha, ha... Excellent. Très positif, tout cela. Parfait. Gaïa, tu peux servir Mikel.

— Non, non, je bois pas. Enfin... pas souvent.

Gaïa s'était levée pour aller à la cuisine, sans prêter attention à ce que venait de dire Milharis. Elle revint avec un plat ovale dont le fumet se répandit aussitôt dans la pièce. Mikel reconnut la bonne odeur du canard grillé. Un regard sur le plat lui confirma son intuition : de larges tranches de magret, rose sous la peau croustillante, sur un lit de grosses pépites crème et rose. « Des haricots tarbais », apprécia-t-il. Il retint son étonnement, croyant que les repas du Relais n'étaient que végétariens.

Milharis vida son verre de vin en soufflant de contentement, la lèvre supérieure ourlée de rouge. Il reprit son pendule et le promena lentement au-dessus de l'assiette fumante que lui avait servie sa sœur. Le petit cône de cuivre oscilla de façon régulière dans la vapeur parfumée. Le sourire aux lèvres, Milharis posa le pendule et saisit sa fourchette dans le même mouvement.

— Excellent. Très, très positif.

Ils évoquèrent la fréquentation touristique du département, apparemment en hausse. Dernière grande attraction ouverte dans la région, la Tour des Rapaces était un beau succès. Le chemin de Saint-Jacques qui passait tout près du Relais ne désemplissait pas. C'était même une source importante de revenus pour la communauté, avec les achats de nourriture des pèlerins. Le Relais en profitait pour diffuser ses idées et ses appels de fonds, tout autant que pour vendre sa bimbeloterie miraculeuse, ses accessoires de radiesthésie, ses bouteilles d'eau vibrée et ses produits bio. Gaïa s'agita sur sa chaise. Elle trouvait que Milharis en disait toujours trop. Elle voulut couper la discussion :

— Je vais chercher le dessert !

— Ce passage de visiteurs est bénéfique, continua le Maître tandis que Mikel buvait ses paroles. Nous rayonnons ainsi auprès de gens qui sont porteurs de lumière. Et à Lourdes, sais-tu s'il y a eu du monde, cette année ?

— On dit que oui. *La Dépêche* parle d'une augmentation du nombre des pèlerins.

— Ah, si on pouvait toucher ne serait-ce que 0,1 % de ce nombre ! dit le Maître en soupirant et en repoussant sa serviette.

Placé sur le chemin de Saint-Jacques et à proximité immédiate de Lourdes, où tous les pèlerins n'étaient pas des catholiques pleins de certitudes, le Relais occupait un emplacement stratégique pour le recrutement de nouveaux fidèles et la récupération d'argent. Milharis se garda de le préciser à Mikel. Ce passage permanent facilitait toutes les affaires, tous les arrangements. L'ETA ne s'y était pas trompée.

Depuis six mois, le Relais de Monluc abritait un couple de clandestins recherchés par la police espagnole : les responsables de la logistique d'un réseau de caches de l'ETA dans les Hautes-Pyrénées et le Gers. Certains soirs, de curieux pèlerins sans sac à dos frappaient à la porte du Relais. Ils passaient la nuit à discuter avec le couple au regard sombre et disparaissaient au matin, emportés dans une voiture de location. Ils payaient toujours rubis sur l'ongle. Gaïa mettait ces versements sur le compte des ventes de poteries aux gens de passage. Ces œuvres d'art devaient avoir un succès fou, tant les recettes étaient importantes pour le Relais.

Milharis grogna. Gaïa venait de déposer devant lui un petit ramequin de compote de pommes et un yaourt sans sucre. Entre ses énormes poings serrés, ce dessert parut étrangement minuscule. Il gronda, soufflant comme un enfant pour bien marquer son mécontentement :

— N'insiste pas, c'est ton régime, murmura Gaïa à son oreille en s'éloignant sans que Mikel puisse entendre.

Milharis avait empoigné le pendule. Le cône commença à tourner, de plus en plus vite. Mikel sentit que quelque chose n'allait pas. Le Maître devenait de plus en plus rouge à mesure que s'emballait le pendule. Quelques gouttes de transpiration perlèrent sous sa brosse grise. La table tremblait légèrement. Mikel n'osait plus toucher à sa compote, après avoir avalé le yaourt. Gaïa, au contraire, mangeait aussi tranquillement que le Maître paraissait agité. Il semblait presque à bout de souffle lorsqu'il repoussa avec horreur le ramequin et le pot, loin sur la table.

— Poison violent ! Poison violent !

Mikel comprit à ce moment-là que des ondes négatives s'étaient logées dans la compote et le yaourt. Prudent et confiant dans le verdict du Maître, il posa sa cuillère et effleura instinctivement son propre pendentif capteur de vibrations positives. Milharis se leva, apparemment épuisé, et quitta la pièce, ses grosses lèvres contractées dans une terrible moue boudeuse. Sa sœur ne lui jeta pas un regard, un étrange sourire de contentement écartant la même bouche lippue.

Olivier avait quitté Douzous insatisfait, nauséeux. L'entretien l'avait troublé. En quelques minutes, l'abbé venait de lui révéler un monde inexplicable, irrationnel, qu'il croyait très loin de lui et des siens, réservé à des malades, aux gens stressés, l'univers des « branques de la ville », comme disait Dastugue. Son retour vers la ville, vers l'avenue Hélios, acheva de le démoraliser. De l'avenue Bernadette-Soubirous à la place Peyramale, il s'était senti étranger dans ces rues où l'on parlait toutes les langues. Même les commerçants semblaient venir d'ailleurs.

« Les cinq millions de visiteurs pèlerins qui accourent dans ce coin perdu des Pyrénées chaque année viennent de cent soixante-dix pays, lui avait confié fièrement l'abbé en le raccompagnant à la porte Saint-Joseph. C'est ce qui fait de Lourdes la Ville fraternelle par excellence. Nulle part ailleurs on ne voit autant de malades rassemblés. Nulle part ailleurs aussi on n'observe autant de joie. »

Olivier n'avait guère été convaincu, tout à la surprise de ce qu'il venait d'apprendre, désemparé, envahi par la peine.

« Allez, courage ! Ne soyez plus spectateur de votre vie et de celle des autres, avait ajouté Douzous alors qu'ils se séparaient, en lui tapant amicalement sur l'épaule. Devenez acteur, Olivier. Entrez dans le mouvement.

— Qu'est-ce que ça veut dire ? Boire l'eau de la source, faire brûler des cierges, comme tous les autres ?

— Et pourquoi pas, monsieur le fier garçon de l'Adour ? »

La foule des visiteurs le bousculait sur les minuscules trottoirs encombrés d'étalages débordant de Vierges en plastique, de thermomètres adossés à des grottes « made in Taïwan » et de bâtons vernis et sculptés. Il entendait des sabirs étrangers qu'il ne comprenait pas. Il croisa des groupes d'hommes en bretelles, des femmes en coiffe blanche, ceux que l'abbé lui avait décrits comme étant des bénévoles. Ils riaient, allant de l'avant avec une énergie et un bonheur qui l'étonnèrent. Ces gens-là semblaient heureux, c'était vrai. Ils servaient. Il repensa à cette phrase de Douzous : « Regardez la joie autour de vous ! »

Olivier ne voyait que sa peine. Le secret qu'il venait de découvrir lui donnait le vertige. Il n'arrivait pas à comprendre cet abîme de silence dans lequel s'était enfermée Agathe. Il ne pouvait croire qu'elle ait prémédité son départ, choisi cette fuite vers une sorte d'enfermement qui lui paraissait si étranger à son tempérament solaire, à son esprit rebelle et critique. Il ne trouvait aucune explication, aucune réponse à ses questions. Quand, où, pourquoi avait-elle basculé dans cet univers opaque ? Il n'avait rien pu dire de plus à l'abbé lorsque ce dernier avait lâché, presque incidemment :

« Je pense qu'il manquait à Agathe une certitude ou une assurance. Elle cachait sans doute quelque chose, à sa famille et à vous. Et peut-être à elle-même… »

Olivier avait longuement regardé le cierge brûler, tandis que Douzous s'était reculé avec ce sourire un peu énigmatique auquel le jeune homme commençait à s'habituer.

« Il faut maintenant bien penser à Agathe et l'aider. Pour moi, ce sera par la prière. Pour vous, Olivier, c'est par… »

Le curé n'avait pas osé exprimer le fond de sa pensée. En avait-il le droit ? La solution qu'il croyait la plus efficace n'était pas la plus raisonnable. Un tel conseil pourrait lui être reproché plus tard. Il s'était interrompu. Olivier l'écoutait à peine, encore sous le choc de la révélation, mais il avait levé la tête, surpris par cette brutale interruption.

« Par quoi ? Qu'alliez-vous dire ? »

Douzous l'avait regardé en souriant. Ce jeune sportif lui plaisait bien. Son innocence et sa surprise non feintes signifiaient que le garçon avait du fond. Il le devinait disponible pour de belles choses et il regretta de le voir entraîné dans cette histoire qu'il pressentait sordide. Mais il fallait l'aider, lui et surtout les Labadie. Si tant d'autres étaient abandonnés, ceux-là au moins pouvaient être soutenus. Il s'y emploierait.

Tout à l'heure, à quelques mètres de cette grotte qui lui avait paru si grise et si froide, écrasée par la montagne en surplomb, Olivier s'était senti très seul, profondément désespéré par son aveuglement. Il pensait avec émotion à la détresse immense qu'avait dû ressentir Agathe. Sur la route du retour, il tenta de revivre leurs derniers instants ensemble, mais sa mémoire semblait n'avoir retenu que deux moments forts. Les autres s'étaient effacés, probablement trop insignifiants.

La discussion du fronton de Maubourguet, en août, résonnait comme un appel au remords. Un souvenir pesant le tracassait. Il le chassait, et s'imposait aussitôt une autre séquence, qui s'était déroulée presque deux mois plus tôt, par un lumineux après-midi de juin. Ils avaient joué ensemble au fronton de Lafitole, en plein soleil, comme ils aimaient le faire. Le macadam récemment posé sentait encore le goudron chaud. La partie de pala avait été passionnée, même si Olivier avait pris soin de retenir ses coups pour éviter de trop faire courir Agathe, qui n'en pouvait plus. Toutes les images lui revenaient, chaudes et claires : leur remontée à la course et en rires vers la petite maison d'Olivier, sur la butte de Lafitole, le panier de prunes dévoré, les caresses sous la douche, l'amour sur le lit à peine défait, le sommeil qui les avait emportés, nus et encore enlacés.

En sortant de la maison, bien plus tard, ils avaient été saisis par la beauté de la ligne de collines qui barrait l'horizon, en direction du Gers. Un long ruban d'or surmonté par la flèche octogonale du clocher d'Auriébat reflétait la lumière du soleil couchant. De Lafitole à Auriébat, ils avaient mis à peine cinq minutes en voiture. Ils avaient longuement marché sur la route de crête, vers Sauveterre. Le vent tiède qui soufflait de la plaine de l'Adour faisait remonter l'odeur des foins et des peupliers. Plus Olivier repensait à cette soirée de début d'été, plus il pensait à la merveilleuse complicité qui l'avait uni à Agathe. Se pouvait-il que tout cela soit fini ?

7

Le marronnier était l'ennemi de Mikel. Les larges feuilles, les tiges longues et rigides et les milliers de coques éclatées s'accrochaient dans les griffes du balai-râteau dont il se servait pour nettoyer la pelouse. Mikel appréciait pourtant ce patient travail de nettoyage qu'on lui demandait. Faire place nette, ordonner la nature en la respectant lui offrait une vraie satisfaction. Il savait surtout que le Maître et plus encore Gaïa étaient très attentifs à ce genre de détail. Il ne voulait pas les décevoir. Après les feuilles mortes, il avait prévu de repeindre la grande grille et les tôles de la clôture, le long de la route.

Cet hiver, quand la sève serait au plus bas, il ferait aussi de l'élagage, sa corvée préférée. Il en profitait pour parler aux arbres, qu'il aimait comme des frères. Il s'en occupait avec délicatesse, les dépouillant de leurs branches mortes, colmatant les trous creusés par le pic-vert ou la sittelle. Il aimait prendre sa place dans ce cycle des saisons. Il avait alors la sensation d'être un maillon de cette chaîne qui façonnait la nature, des racines aux nuages. La terre et ses profondeurs restaient pour lui un mystère, mais il connaissait le ciel et ses habitants pour les avoir observés depuis toujours. Milharis avait promis de lui en révéler les secrets. Mikel aurait tant aimé être lui aussi un fils du vent et des nuages.

« Tu devras un jour connaître Bétharram, Médous, d'incroyables sites naturels au flanc des Pyrénées, lui disait le Maître. L'homme n'en a pas compris le message essentiel. »

Mikel attendait ce jour avec impatience, en s'adonnant aux humbles tâches du Relais. Il restait le plus souvent à l'extérieur des bâtiments car il n'avait l'autorisation d'accès qu'à la salle bleue, pour prendre livraison des cartons d'eau vibrée. Il ne voyait donc que rarement les fidèles, qui vivaient dans l'autre partie du domaine, les anciens communs. A trois ou quatre reprises pourtant, il avait aperçu de loin la « petite nouvelle », comme l'appelait Frank, le Suisse qui l'aidait à porter les cartons dans la fourgonnette. Il trouvait cet homme un peu bizarre, mais n'arrivait pas à savoir si c'était un simple effet de son curieux accent ou une réelle petite faiblesse du cerveau.

« Elle s'appelle Agata, lui avait confié Frank. Vois-tu, elle est jeune mais bien souvent fatiguée, ma foi. Elle a dû traverser de dures épreuves, je pense, avant de rencontrer le Maître. C'est à dire comme nous autres. »

Mikel était l'un des rares à connaître sa véritable identité, grâce à Gaïa et à Milharis.

Gaïa lui avait dit d'attendre un ultime paquet, qu'il devait porter à la gare le soir même. Mikel patientait sur le parking lorsqu'il vit quelqu'un bouger dans la cuisine. « A cette heure-là, le Relais n'accueille plus de pèlerins : c'est donc quelqu'un de la communauté. » Il s'avança et aperçut Agata qui finissait de nettoyer la grande table d'hôte des pèlerins. Elle ne l'avait pas vu. Mikel se rapprocha de la porte-fenêtre et observa ses mouvements. Elle marchait à petits pas entre les tables. Par moments, elle se tenait le ventre à deux mains. « Elle est malade, cette fille. »

Lorsqu'elle se retourna, il nota en un éclair la beauté de son visage, l'éclat sombre de ses yeux, et il la reconnut. « Putain, qu'elle est belle ! C'est la fille que j'ai prise en stop au mois d'août. » Il l'avait déjà remarquée à l'époque. Il sut cette fois que cette Agathe Labadie, rebaptisée Agata par le Maître, lui plaisait. Il lui parlerait dès que possible.

Surprise par cette ombre fugace derrière la porte-fenêtre, Agathe réprima un sursaut de peur et fila vers l'office. Elle avait reconnu le grand type maigre vêtu de noir qui prenait livraison des cartons. Ce spectre n'avait esquissé aucun geste, aucun sourire, en croisant son regard. Il s'était contenté de la fixer avec des yeux d'une dureté minérale. Il lui avait fait peur, en lui rappelant vaguement quelqu'un.

C'est à ce moment-là que Mikel entendit la sonnerie de sa messagerie. Le portable était resté sur le siège de la fourgonnette. Il le saisit, sous le croassement indigné de Néra qu'il laissait en liberté dans la cabine quand il était à l'arrêt.

Hélène avait réussi à persuader les parents de Nathalie de se rendre à la gendarmerie de Maubourguet pour signaler la disparition de leur fille. Ils le firent en traînant les pieds, plus inquiets du qu'en-dira-t-on que du sort de cette enfant déjà majeure. Elle avait quitté depuis un an le domicile familial. L'adjudant Betbèze chercha à connaître la date et les circonstances de sa disparition. Les Moulis furent incapables de lui répondre :

— Vers le début du mois d'août… Mais on ne sait pas quand.

— Quels vêtements portait-elle ?

— On sait pas. Peut-être un jean très large et un tee-shirt.

— Avec cela, on est bien aidés. Vous avez une photo récente ?

— Oui, répondit la mère de Nathalie, qui présenta un cliché vieux de quatre ans. C'étaient nos dernières vacances ensemble, à Saint-Lary.

Le gendarme leur fit signer la déclaration et leur précisa qu'une enquête de routine serait lancée.

— Mais, vous savez, il disparaît près de dix mille personnes par an en France. La plupart sont des fugueurs. On les retrouve au bout de quelques jours ou de quelques semaines.

Il n'osa pas leur dire que mille personnes disparaissaient complètement chaque année, sans laisser aucune trace. C'est au moment de partir que la mère de Nathalie lâcha une information que Betbèze connaissait déjà :

— Elle habitait avec une copine, près de la gare.

— On passera vérifier tout cela.

Hélène fut soulagée de ne plus être la seule à partager ce souci. Elle en informa Juliette, qu'elle revoyait de temps en temps, toujours avec plaisir. La jeune fille s'était progressivement laissé apprivoiser. C'est ainsi qu'Hélène avait appris l'existence d'une certaine Laurie. Elle avait quitté le lycée très tôt pour entrer dans la vie active.

— Je l'ai vue pendant quelque temps parce qu'on avait été un peu copines, avec elle et Natha. Mais après, comme elle bossait, on s'est perdues de vue. Je la croise parfois dans les teufs. Une fille plutôt écolo.

— Où habite-t-elle ?

— Je ne sais pas. Ses parents sont toujours à Lafitole, je pense. Mais elle...

— Et sais-tu où elle travaille, maintenant ?

— Peut-être aux foies gras de Maubourguet. Ils viennent de recruter pour la saison.

Hélène n'arrivait pas à comprendre le fonctionnement de ces réseaux de jeunes du pays. Tous semblaient se connaître, après avoir parfois fréquenté le même collège et souvent le même lycée, mais personne ne savait exactement ce que les uns et les autres faisaient ou étaient devenus. Elle butait sur des approximations continuelles. Le canton ou le département n'étaient pourtant pas si grands. Elle pressentait qu'on ne lui disait pas tout car elle restait une « étrangère ».

Elle s'interrogeait aussi sur l'autre disparition dont lui avait parlé Juliette. On était apparemment sans nouvelles d'Agathe Labadie. Mais la presse, là non plus, n'en avait pas parlé. Hélène hésitait toutefois à entrer en contact avec les parents de cette fille. En quoi cela la regardait-il ? Grâce à Juliette, elle disposait d'une piste indirecte : Olivier Lussan, à Maubourguet.

Hélène se décida à interroger sa factrice. Cette femme d'une cinquantaine d'années, aux cheveux frisottés et décolorés, au visage ingrat, marbré de rougeurs disgracieuses, faisait la tournée du centre-ville de Vic. Elle était très abordable et, malgré la différence d'âge et de milieu entre les deux femmes, le courant passait plutôt bien. Tout en finesse, Hélène la questionna sur le meilleur moyen d'entrer en contact avec Olivier Lussan.

— Ah, le collègue beau gosse vous intéresse ? Je vous comprends, il a du charme.

— Mais non, pas du tout, répondit Hélène, un peu gênée de la réputation que la factrice risquait de lui faire. Je dois le rencontrer pour évoquer des amis communs à propos de… l'histoire du pays.

— Oh, alors… Mais, dites-moi, si vous êtes intéressée par l'histoire, voyez plutôt Dastugue. C'est le plus ancien en poste à Maubourguet. Il n'a jamais bougé du coin. A une époque, il faisait même une tournée à Vic.

Hélène la remercia mais elle vit la factrice hésiter, comme si celle-ci avait encore quelque chose à rajouter. Elle l'encouragea.

— Oui, je ne sais pas si je dois vous le dire, mais voyez-le vite, le Dastugue. Il est mal en point, le pauvre. L'alcool et le tabac...

Au bureau de poste de Maubourguet qu'elle appela dans l'après-midi même, on lui dit qu'il faudrait laisser un message. Lussan et Dastugue ne seraient de retour que le lendemain matin. A tout hasard, elle laissa son numéro de portable.

Mathias n'avait plus le cœur au travail. Il avait peur. Le regard de Mikel sur lui, l'autre jour, au Café des Allées, l'avait glacé. Le souvenir de cette fille abandonnée au bord de l'Adour, pendant la rave-party d'Estirac, ne le quittait plus. Son hurlement de mort sur les galets déchirait chacune de ses nuits. Mathias se demandait surtout ce que Mikel avait fait du cadavre. Plusieurs fois, il avait failli lui poser la question, mais la seule idée de reparler à voix haute de ces heures horribles lui soulevait le cœur. Il n'avait pas eu le courage de retourner à la gravière et il essayait de faire comme si rien ne s'était produit. Chaque jour qui passait accentuait son trouble, ses cauchemars, son incertitude.

Au début, il avait remercié Mikel de s'être occupé du problème à sa place. Il lui avait même semblé que les liens avec son ami de la Tour des Rapaces n'avaient jamais été aussi forts. Mais il s'était aperçu que Mikel l'évitait, sans qu'il comprenne pourquoi. Cet éloignement lui pesait et commençait à lui faire peur. Plus les semaines passaient, moins il comprenait. La crainte et l'incompréhension l'amenèrent à haïr celui qui l'avait aidé. Cette histoire l'étouffait. Il fallait absolument la confier à quelqu'un.

Cette bulle d'interrogations et de peurs éclata un soir, à l'arrêt d'autobus devant l'usine. La nuit était tombée. Laurie attendait avec lui et il remarqua que, dans l'ombre, elle avait la même pâleur que cette fille qu'il avait massacrée. Il ne savait pas exactement quoi dire, mais il devait parler, oppressé par cette confession qu'il réprimait depuis si longtemps.

— Laurie, il faut que je te dise...

Elle crut qu'il allait la draguer et le trouva vraiment idiot car tout le monde savait que Mikel n'était pas homme à se laisser tromper par qui que ce soit, garçon ou fille. Elle commença à le rabrouer :

— Arrête, Mathias ! C'est pas le moment.

Elle l'entendit gémir et se tourna vers lui. Mathias lui fit peur. La lueur des phares des voitures qui passaient le rendait encore plus blafard que d'habitude. Avachi, le menton affaissé, les cheveux dans les yeux, il semblait pendre de partout. Et il commença à parler, maladroitement. Laurie se doutait de quelque chose depuis longtemps. Elle se rappelait que les deux garçons avaient été bizarres au retour de cette rave-party. Ils avaient pratiquement cessé de se voir alors qu'elle les savait très liés, jusqu'à cette fameuse soirée d'Estirac.

Laurie voulut l'arrêter, mais Mathias s'était agrippé à elle pour déverser son histoire comme on vomit une indigestion, les yeux larmoyants, hoquetant sa peur et ses regrets. Sans vraiment réaliser encore ce qu'elle venait d'entendre, Laurie était à la fois bouleversée par la mort de cette Nathalie Moulis qu'elle avait un peu connue au lycée et dégoûtée par ce qu'avaient fait les deux garçons, ses seuls vrais amis. Un vague sentiment de crainte s'insinua en elle : elle était maintenant la troisième personne à connaître cette histoire, comme une complice. L'autocar de la SALT arriva. Mathias ne la lâchait plus, des filets de bave sur le menton, accroché à elle tel un insecte gluant. Le chauffeur klaxonna et lança, égrillard autant qu'agacé :

— Alors, les amoureux, c'est fini, les papougnettes, oui ? On va pas vous tenir la chandelle, au moins...

Elle se dégagea enfin de Mathias et s'engouffra par la porte qui allait se refermer. Le garçon gémissait toujours sur le banc quand l'autocar s'éloigna. Laurie n'osa pas le regarder. Le plus discrètement possible, elle composa le numéro de Mikel. Par chance, son ami ne décrocha pas. Le répondeur prit le message : « Mikel, c'est Laurie. Passe voir Mathias, vite. C'est hyper important, je t'assure. Il dit des conneries. »

La journée tenait toutes les promesses d'une matinée magnifique. Le ciel au-dessus de l'Adour était d'un bleu intégral, net, à peine estompé de jaune pâle dans la direction du soleil. Au matin, la nature s'était réveillée transie de froid, ourlée d'une pellicule blanche et craquante qui rappelait les températures basses de la nuit. En moins de deux heures, ce voile s'était transformé en perles de rosée, puis tout avait disparu, sauf dans les endroits restés à l'ombre. Maurice Peyroulet goûtait ces heures de répit avec un plaisir gourmand. Le soleil de la fin de l'automne réchauffait ses vieux os autant que la grosse couverture de laine des Pyrénées dont il s'entourait, le soir, devant la télévision. Il s'en faisait un abri et ronronnait de plaisir :

« *Que trobi le place boune*[1], ma petite Tinou, disait-il à Agathe, qui s'amusait de le voir ainsi. *Qu'y souy heyt com l'ase àu moulin*[2]... »

Sa petite-fille se moquait parfois de lui, lorsqu'elle le voyait dans cette enveloppe de laine brune et grise qui ressemblait à une couverture de cheval.

1. J'ai trouvé la bonne place.
2. J'y suis fait comme l'âne au moulin.

« Papoun, tu as l'air d'un vieux bédouin sous sa tente pendant une tempête de sable... »

Il bougonnait, affirmant qu'elle aussi saurait un jour ce qu'est le mal de dos et verrait ses articulations se bloquer.

« Je préférerais une tempête de ciel bleu.

— Ne *rougagne*[1] pas, papoun. Tu es mon vieux bédouin préféré. »

Ce souvenir lui arracha un sourire. Il frappa le sol avec son bâton ferré et parla tout seul :

— *Praube maynatye*[2]. On va aller te rechercher, où que tu sois. Et je te mettrai dans ma couverture de vieux bédouin pour te réchauffer.

Assis sur la plus haute marche de son perron, le béret sur les yeux, Peyroulet regarda le soleil s'abaisser vers la ligne d'horizon. Comme toutes les maisons rurales du Val d'Adour, la façade faisait face au sud. Les pierres grises du perron avaient emmagasiné la chaleur pendant toute la journée. Elles la restituaient aux heures fraîches. Peyroulet ferma les yeux, adossé à la porte. Brastous l'avait rejoint et s'était allongé de tout son long sur la dernière marche, un bloc de pierre grise des Pyrénées. Le chien d'Agathe venait de plus en plus souvent et restait de longues heures avec son vieux compagnon, même quand l'écuelle était vide.

— Tu crois peut-être la trouver ici, ta petite maîtresse. *Praube can* !

Olivier avait annoncé qu'il passerait le voir en fin d'après-midi. Il n'allait plus tarder. Peyroulet savait déjà beaucoup de choses, l'abbé Douzous lui ayant téléphoné pour lui donner les grandes lignes de sa conversation avec le jeune homme et lui dire tout le bien qu'il en pensait.

1. Ne râle pas.
2. Pauvre mignonne.

« Cet Olivier ! *Fié com un poulh*[1], ça oui ! avait ajouté l'abbé. Mais il a du tempérament. C'est un solide. Un gars de chez nous, hein, Maurice !

— Tu peux croire que oui ! Il a de la souche, le drôle. Son grand-père avait joué troisième ligne au Stadoceste tarbais, avec Maurice Landes, passé à Pau. Je crois qu'il a fini sa carrière l'année où le SOM[2] a été champion de France quatrième série, vers 1955 ou 1956.

— Bah ?

— Eh oui, je te le dis. C'était la grande équipe du président Gilbert Mouledous. De rudes gaillards, té. Ils ne se laissaient pas faire, les Cazaudebat, Berdy, Massaly. Il y avait même Lajus. Après, on a eu la sévère dégringolade.

— Maurice, ne fais pas le ronchon. Le SOM a toujours bien marché, tout de même.

— Bah... Avec quelques bonnes branlées, oui !

— Tu as peut-être oublié l'année où le SOM a été champion de France Honneur. J'y étais. En 1980, je pense... »

Peyroulet était maintenant impatient d'entendre le récit de la voix même d'Olivier. Brastous perçut le premier une pétarade lointaine. Il redressa la tête, orienta ses oreilles et se dirigea vers le portail, car il connaissait par cœur le bruit de cette moto qui avait emporté plus d'une fois Agathe, dans la rue du Maréchal-Foch. Peyroulet entendit lui aussi le moteur. Il sourit en s'étirant au moment même où Brastous se secouait des pieds à la tête. Maurice accueillit Olivier, le sourire en coin, l'œil plissé de malice et de plaisir.

1. Fier comme un dindon.
2. Stade omnisports maubourguétois.

— Alors, il t'a converti, l'abbé truffé de plombs ? J'espère qu'il t'a fait prier devant « *noste Daune dou Gabe, may dous omis è may de Diu*[1] », comme dit la prière. Viens t'asseoir !

Ils restèrent sur les marches encore tièdes, à côté du buisson de chèvrefeuille.

— Tu vois, c'est la place préférée de notre Agathe. Elle ne veut jamais le banc ou la chaise. Pas question. Elle aime se poser sur cette pierre des Pyrénées. Et regarde : le Brastous s'allonge exactement là où elle se met d'habitude.

Olivier raconta dans le détail son entretien avec l'abbé Douzous. Il répondait aux questions de Maurice le mieux possible. Ils parlèrent longtemps, Brastous entre eux, attentif, comme si lui aussi ne voulait perdre aucun détail de la conversation.

— *S'abi sabut ! S'abi sabut*[2] ! répéta Peyroulet en secouant la tête, comme accablé par le sort. Si j'avais su, Olivier, si j'avais su cette folie qu'elle avait en tête. Ah, crois-moi, j'aurais tout fait pour l'empêcher.

— On ne pouvait pas savoir, monsieur Pey... pardon, papoun. Elle est si secrète, si dure parfois.

— *Triple pec*[3] ! On n'a pas su l'écouter ni la comprendre, c'est tout !

— C'est moi surtout qui...

— Allez, arrête tes jérémiades, va. Ce n'est plus le moment. Si elle se trouve là où le dit Douzous... il faut aller nous la chercher. *E biste*[4] !

— Ce n'est pas facile.

— On s'en fout !

— Je me suis renseigné. Elle est majeure.

— Nous aussi !

1. Notre-Dame du Gave, mère des hommes et mère de Dieu.
2. Si j'avais su ! Si j'avais su.
3. Triple idiot.
4. Et vite.

— La loi est formelle et...

— Ecoute, *praube innoucén*, reprit-il en haussant la voix, la loi est parfois faite drôlement. Ceux qui en profitent ne sont pas toujours les bons. *Lous maishants*[1] savent y faire, crois-moi. Alors, si tu veux rester dans le camp des têtes creuses, *lous caps de bén*[2], libre à toi. Mais pas moi ! *Nani, pas jo*[3] !

— Papoun, il faut déjà pouvoir entrer en contact avec elle. Qui nous dit qu'elle veut revenir ?

— Pour ça, il faut aller voir.

Peyroulet se calma un peu. Il caressa Brastous ; celui-ci leva vers lui un regard de tranquille admiration qui lui fit chaud au cœur. Ils parlèrent de Dastugue, qui faisait la tournée de Monluc. Son collègue saurait dire à Olivier s'il se passait des choses dans ce Relais de Lumière. Et peut-être aussi qu'une fois alerté il pourrait repérer Agathe, au hasard de ses passages.

Le soleil commençait à disparaître derrière la grange, et la fraîcheur du crépuscule investissait la cour, préparant le froid de la nuit. Peyroulet frissonna.

— Holà, papoun, vous avez froid. Il faut rentrer.

— Oui, on va se mettre au chaud, je t'offre le café, si tu veux. Mais... je vais te dire, et après on n'en parle plus.

— J'écoute.

Brastous s'était levé, les oreilles dressées, la queue battant très lentement, comme si l'heure était grave.

— Vois comme il est brave, ce chien. Lui aussi nous écoute. Olivier... je suis un *bielh* papoun mais, crois-moi, *so que dèu arriba qu'arribe*[4].

— Je ne comprends pas ! Expliquez...

1. Les méchants.
2. Les têtes de rien.
3. Non, pas moi.
4. Ce qui doit arriver arrive.

— Si les jeunes ne font pas leur devoir, je le ferai moi, foi de Maurice Peyroulet ! Je porte mon âge mais... pour ma Tinou...

Sa voix s'étrangla, cassée par l'émotion. Olivier fut ému, lui aussi, devant la passion intacte de cet homme. Il comprenait le désespoir de ce vieux Gascon, privé de la force nécessaire pour faire face à ces *maischants* qu'il souhaitait encore défier, au soir de sa vie.

— ... pour ma Tinou... *tustém prés*[1]. J'irai moi-même s'il le faut. *E qu'at bets, qu'ey le man soulide*[2] !

Il se leva et fit quelques moulinets encore adroits avec son bâton ferré de facteur qu'il avait ressorti pour l'occasion. Prudent, Brastous s'éloigna, hors de portée du *cassecan*[3]. Agathe avait raconté à Olivier que cette grosse canne de bois patiné était le plus vieux compagnon de son grand-père. Pendant des années, ce *barrot*[4] lui avait servi à tenir les chiens en respect quand il entrait dans les cours de ferme pour porter le courrier.

— J'ai rossé plus d'une bête avec mon *cassecan*. Rien n'a changé, va. *Lous maishants* sont toujours là.

Seule à sa table de travail, Hélène Bonneville repensait à sa curieuse journée. Un samedi un peu vide comme tant d'autres. Les courses au marché de Vic, du ménage, quelques lectures, deux rendez-vous bizarres et beaucoup d'interrogations. Elle s'était rendu compte que la disparition de Nathalie la passionnait plus qu'elle ne l'aurait cru. Peut-être à cause du temps libre dont elle bénéficiait et de son intérêt pour ces jeunes en per-

1. Toujours prêt.
2. Et tu vois, j'ai la main solide.
3. Littéralement « casse-chien » : bâton servant à éloigner les chiens méchants.
4. Bâton.

dition qu'elle avait découverts grâce à son nouveau métier.

Hélène avait cessé d'enseigner parce que l'idée de se retrouver face aux mêmes élèves, toute une journée, toute l'année, l'avait effrayée. Elle avait cru pouvoir dominer cette crainte en s'occupant d'orientation scolaire. Mais, pour ses anciens collègues, elle avait changé de catégorie. Elle était devenue « non-prof ». Ils avaient pris leurs distances et Hélène s'était à son tour éloignée, déçue. Elle était aussi tenue en lisière par l'administration car elle risquait à tout moment de soulever des problèmes complexes, qui n'étaient même pas du domaine noble de l'enseignement. Dans les établissements de cette académie où elle assurait son service, Hélène Bonneville restait quelqu'un « venu du nord », une étrangère égarée dans un univers qui n'était pas le sien.

Ces quelques semaines d'interrogations et de conseils donnés aux uns et aux autres lui avaient surtout révélé sa propre solitude dans ce monde apparemment accueillant et facile. Elle le trouvait au contraire codifié à l'extrême. On lui demandait de s'occuper d'enfants mais, à travers la détresse de Juliette Andréani et l'énigme de Nathalie Moulis, elle avait dû affronter la révolte de jeunes adultes déjà sans espoir et rencontrer des parents absents, aveugles, démissionnaires.

Sans l'avoir voulu, Hélène avait découvert d'inextricables fils qui liaient et tenaient à distance en même temps le monde des villages et celui des campagnes. Des réseaux informels existaient, de jeunes et d'adultes, de paysans et de commerçants. Ils se mêlaient rarement mais s'observaient en permanence. Juliette et Nathalie, pourtant issues de deux mondes très différents, s'étaient rapprochées au hasard de leur parcours marqué par l'échec, unies dans leur détresse et leur révolte. Mais leurs familles avaient soigneusement entretenu les distances, jusque dans l'incertitude du sort de l'une des deux filles.

Hélène se regarda dans la glace, longuement. Elle s'était fait couper les cheveux, pour « ne pas avoir l'air d'une vieille qui veut paraître jeune ». Ce soir, elle trouvait le résultat d'une tristesse à mourir, sans charme et sans chic. Elle s'en voulut d'avoir trop espéré des deux rencontres d'un après-midi qui lui laissaient un goût plutôt amer. Elle se dit que le monde extérieur ne cessait d'ériger de nouvelles barrières pour l'empêcher de rompre cette solitude dont elle cherchait à sortir.

Dans la même journée, des hommes l'avaient convoitée, elle l'avait bien senti. Mais pas ceux qu'elle espérait. Et un autre l'avait presque ignorée, rejetée. L'avait-il même vue ? Il n'y avait rien eu de beau dans ces deux rendez-vous heurtés, deux contacts d'une banalité à mourir, qui la laissaient encore plus triste.

Hélène avait rappelé le bureau de Maubourguet en début d'après-midi. Olivier Lussan avait fini sa tournée. Il était déjà reparti. Elle avait ensuite demandé Dastugue.

« Oh, lui ? Vous avez une chance de le voir au Café des Allées. C'est presque en face de la poste. »

Elle connaissait l'endroit, cette avenue de platanes taillés en forme de tonnelle continue sur plus de cent mètres, l'une des plus belles sculptures végétales du Sud-Ouest.

« Façonnée par des prisonniers allemands de 1945, lui avait dit un collègue du lycée de Vic, féru d'histoire locale.

— Les pauvres ! avait-elle commenté, assez naïvement.

— Pensez-vous, Hélène ! Ils n'ont jamais été aussi heureux de leur vie qu'ici, bien nourris de tout ce dont ils avaient manqué pendant des années. La guerre était finie. Peut-être d'ailleurs qu'elle n'avait jamais vraiment commencé pour certains... »

Hélène avait foncé à Maubourguet et identifié Dastugue dans la salle du café, dès le premier coup d'œil, en se rappelant la description faite par sa factrice : « Une tête d'hippopotame sur un corps d'éléphant bleu marine... » Elle se présenta et fut agréablement surprise par l'accueil chaleureux de Dastugue, encore en uniforme de facteur, probablement lassé de son tête-à-tête avec son troisième verre de Pernod.

« *Qu'ets beroye*[1] ! Et ça me fait plaisir de parler du pays à une belle personne de la ville comme vous ! » tonna-t-il dans la salle où une femme passait la serpillière.

Elle prit un café. En riant tout seul de se trouver en si agréable compagnie, Dastugue commanda « le même, un petit jaune ». Hélène lui dit qu'elle cherchait à rencontrer Olivier Lussan, mais aussi à retrouver un jeune qu'elle ne connaissait pas. Elle lui décrivit ce qu'elle savait de Mikel.

« Grand, maigre, habillé de noir, se promenant parfois avec un corbeau apprivoisé... »

Dastugue fit durer le plaisir. Questionné par Hélène, il ne répondit pas directement, pas tout de suite. Il lui raconta qu'il avait fait naguère la tournée sur Vic, avec une partie de Caixon et de Saint-Lézer. Il lui parla des côtes trop raides qui le faisaient souffrir, du beau château de Montaner qui intéressait les gens cultivés de Toulouse et de Paris.

« Aujourd'hui, des jeunes, comme vous dites, maigres et bizarres, il y en a beaucoup. Ils ont même des boucles à l'oreille. Avec un corbeau sur le dos, c'est autre chose. Mais quand même, j'ai entendu dire... Le fils Lapoudge, peut-être. Un drôle d'oiseau. »

1. Vous êtes jolie.

Il éclata de rire. Hélène apprit que ce jeune était passionné par les oiseaux. Il travaillait l'été à la Tour des Rapaces. Elle nota son nom : Michel Lapoudge, une ferme entre Vic et Saint-Lézer.

« Un pas commode, ce gonze. Pareil, il préférerait tuer un humain qu'un oiseau.

— Il n'est plus à Montaner ?

— Ses parents habitent par là, mais lui est employé au gîte de Monluc. Enfin l'ancien, le Relais de… ce type, là, comment s'appelle-t-il déjà ?

— Vous le connaissez ?

— Qui ? Ce type ?

— Non, le fils Lapoudge.

— Bah, *que tio*[1], je le vois parfois à Monluc. On se croise. Il fait des courses pour le Relais. Ce n'est pas un bavard, je vous le dis. Et je vous parie qu'il n'a jamais bu une goutte de vin », dit Dastugue en agitant son verre vide.

Hélène fit un signe en direction du bar, tenu par un groupe de jeunes assez bruyants. Personne ne remarqua son geste. Elle hésita et commanda à haute voix. Elle crut avoir crié trop fort, mais ce n'était qu'un murmure dans le brouhaha ambiant. Personne ne l'entendit. Dastugue partit de nouveau d'un gros éclat de rire qui fit détaler le chat en train de renifler la sciure étalée au sol. Il se redressa et lança :

« *Labets*[2] ! Vous êtes sourds ou vous ne voulez pas travailler, vous autres ! Pascal, merde alors, on te commande à boire et tu ne réagis pas ! Mais où va le monde, *ilh de puto* ? »

Hélène ne savait plus où se mettre. Elle sourit, n'osa pas fumer devant son voisin et tous ces hommes accoudés

1. Que oui.
2. Alors.

au bar qui lui jetaient des coups d'œil de côté tandis que Dastugue se rengorgeait de sa bonne fortune : des verres à volonté et une jolie femme à ses côtés.

« C'est quoi, ce Relais ?

— Oh, une bande d'écolos. Ils cherchent le... le zen, je crois. Des types tristes aussi. Heureusement qu'ils ont gardé la table ouverte pour les pèlerins. Le fils Lapoudge est employé là-dedans depuis quelque temps. Il doit y être à l'aise avec tous ces *pégots*.

— Mais vous y êtes allé ?

— Eh, pardi ! Je leur porte le courrier, madame, c'est dans ma tournée. Mais jamais je ne franchis la grille, ils ont une boîte, grande comme... comme mon ventre, tiens. Oh, ils sont braves, ils ne dérangent pas. On ne les voit d'ailleurs jamais beaucoup. »

Puis ils parlèrent un peu d'Olivier. Dastugue fut plutôt bref :

« Lussan est de Lafitole, des gens un peu curieux par là-bas. C'est un coin où ils ne buvaient que du noah...

— Du noah ?

— Ah, les gens de la ville, vous ne savez rien. C'est un cépage de blanc qui rendait fou. Ils n'avaient que ça à boire. On l'a arraché partout, Dieu merci. Et en plus, ils se mariaient entre eux. »

Hélène espéra que ce Lussan de Lafitole n'était pas encore détruit par le noah. Mais La Poste n'employait pas de dégénéré grave. Dastugue la tira de ses pensées en lui confirmant que son jeune collègue avait perdu sa fiancée.

« Comment, “perdue” ?

— Disparue. Envolée. Désintégrée.

— Mais quand ?

— Cet été. Mais pourquoi il s'embêterait, le jeune ? Une de perdue... Vous lui voulez quoi, au juste, à notre Casanova ? »

Hélène sentit que Dastugue dérapait. Son ton lui déplaisait. Il sentait fort l'alcool et le tabac. Les nombreux pastis à peine troublés de deux gouttes d'eau faisaient leur effet. La diction hésitante et les gestes aléatoires devenaient gênants. Cet homme énorme, bruyant, aux mains de plus en plus envahissantes, commençait à l'indisposer. Il fallait le planter là. Dastugue lui donna l'adresse de Lussan à Lafitole et elle se dirigea vers le bar pour régler la note. Pascal, le serveur, lui fit signe que non : Dastugue avait une ardoise qu'il payait tous les mois.

Hélène allait franchir la porte lorsqu'un autre jeune près du bar s'approcha d'elle et lui glissa, avec un beau sourire velouté et un accent chantant :

« Allez voir au fronton de Lafitole. Il y passe sa rage, au lieu d'aller voir ses amis. Mais... je peux vous y accompagner si vous ne connaissez pas. On s'y perd, sur ces petites routes de la plaine... »

Le jeune avait raison. Elle se perdit et mit une trentaine de minutes pour atteindre le fronton. Lussan n'y était pas. A son adresse, dans la rue principale qui montait vers l'église de Lafitole, sa voisine lui dit qu'il était allé aider un de ses amis à rentrer du bois. Il ne devait plus tarder. Hélène attendit un bon quart d'heure. Elle marcha jusqu'au cimetière, couronné d'une haie de grands cyprès, comme une rangée de sentinelles en armure sombre. La vue panoramique la fascina pendant de longues minutes. Fauve et grise, la plaine de l'Adour s'étendait à perte de vue vers le nord et l'est, bordée par les collines qui jalonnaient l'Armagnac. Elle observa les fermes, toutes identiques, de la même couleur que la terre d'où elles semblaient jaillir, leurs façades tournées vers le grand spectacle des Pyrénées au sud, les granges et les fenils coupant les pluies venues de Béarn. Des cheminées fumaient, comme la respiration paisible de campagnes endormies par l'hiver.

En descendant le petit chemin qui longeait le cimetière, elle entendit au loin une moto puis des aboiements de chiens. Hélène prit son temps, gagnée par le calme de ce village perché sur une telle hauteur, insolite au milieu de la plaine de l'Adour. Elle revint vers sa voiture, persuadée qu'elle ne rencontrerait pas ce mystérieux Olivier Lussan. Une moto était garée à côté. Quelqu'un fumait devant la porte en discutant avec la voisine qui l'avait renseignée.

« Té, Olivier, la voilà, cette femme », fit-elle en désignant Hélène, qui s'approchait.

Hélène comprit qu'elle était enfin devant l'homme qu'elle voulait voir.

« Bonjour. Oui, c'est moi, “cette femme” : Hélène Bonneville. »

Olivier n'esquissa aucun geste ni un sourire dans sa direction. Elle s'en étonna et fut aussitôt frappée par son regard noir, aggravé par l'ombre des joues mal rasées. Un gros col roulé de laine claire dépassait de sa veste de treillis maculée de boue. Hélène le trouva beau mais peu sympathique. Elle hésita, se sentit idiote, ne sachant tout d'un coup plus quoi lui dire. Olivier ne fit rien pour la rasséréner.

« Je... j'espère que je ne vous dérange pas.

— Bonjour, dit-il simplement en écrasant sa cigarette.

— C'est monsieur Dastugue qui m'a dit... »

Elle lui raconta la disparition de Nathalie, survenue presque au même moment que celle d'Agathe, et lui fit part de son inquiétude pour Juliette.

« Vous n'avez pas froid ? Marchons... »

Enfin une attention. Hélène n'eut même pas le temps de répondre. Olivier l'empoigna d'autorité par le coude et lui fit faire un demi-tour pour remonter vers le château d'eau, point culminant du village. La pression de sa main, son odeur de feu de bois et de tabac blond la troublèrent. Dans la même minute, ce garçon à peu près du même âge qu'elle, économe en mots et en gestes, à la différence des jeunes du pays qui l'avaient parfois draguée, venait de l'étourdir d'une vraie muflerie et d'un numéro de charme sans doute involontaire. Hélène sentait en Olivier une force contenue, une réserve touchante. Elle donna encore quelques détails et soudain lâcha deux noms qui le firent sursauter.

« Répétez », lui ordonna-t-il doucement en s'arrêtant, la fixant droit dans les yeux.

Confuse, impressionnée, Hélène se demanda soudain ce qui n'allait pas : sa coiffure trop courte, son maquillage trop appuyé, une bêtise dans ce qu'elle venait de dire ? Elle s'en voulut de ces pensées, si futiles à ce moment-là, et reprit son propos :

« Je crois qu'un des types qui étaient avec Nathalie le soir de cette rave-party s'appelle Michel Lapoudge. Il paraît qu'il est un peu bizarre. Vous le connaissez ?

— Continuez !

— Oui... Et il travaille au Relais de Lumière, à Monluc. Enfin, sauf l'été, où il est employé à la Tour des Rapaces.

— Merci beaucoup. Je dois y aller. »

La sécheresse de ce commentaire sidéra Hélène. Olivier venait de reprendre à grands pas le chemin de sa maison. Il voulait maintenant quitter cette Hélène Bonneville au plus vite. Elle avait livré un indice important qui faisait le lien entre tout ce qu'il avait appris, faisant naître en lui un doute atroce : Agathe, Monluc, la secte, Lapoudge, la rave-party et cette autre fille disparue... Il aurait aimé être partout à la fois pour interroger les uns et les autres, comprendre et tenter d'arracher Agathe aux griffes de ces fous.

« Merci, redit-il à Hélène en arrivant devant la voiture. Je dois y aller... Excusez-moi. »

Il la salua d'un petit geste complice de la main en enfourchant sa moto. Il voulait foncer chez Peyroulet, lui dire ce nom de Lapoudge, savoir ce qu'il en pensait. Hélène réalisa que Lussan ne lui avait rien dit, rien appris en retour. Il ne s'était pas livré. « Les hommes que je fuis s'accrochent, ceux qui m'attirent s'enfuient... » se dit-elle dans la voiture, après un bref regard dans son miroir de courtoisie. Elle observa la moto qui s'éloignait dans la pente et redescendit vers Vic, déçue par ce deuxième entretien de la journée, mais avec une lueur d'espoir, une indéfinissable petite onde de bonheur qui venait de l'envahir : Hélène pensa qu'il lui faudrait revoir cet Olivier Lussan, pour en savoir plus.

Cette perspective la rassura et la fit un peu rêver pendant le trajet de retour. Ce n'est que chez elle, le soir, devant le miroir qui reflétait sa pâleur et ses cheveux vraiment trop courts, qu'elle sentit refluer vers elle cette grande vague de solitude qu'elle connaissait maintenant trop bien.

Mikel effaça aussitôt le message de Laurie. « Si Mathias dit des conneries, c'est qu'il va en faire », pensa-t-il en regardant sa montre. Il était déjà tard. Mathias devait être chez lui, vautré devant la télévision ou dans sa chambre. « Je ferai le crochet par chez lui, après la livraison des cartons à la gare. »

A près de vingt-trois heures, il se gara sur la petite route déserte qui conduisait à la ferme Capdetrey, dans un quartier complètement excentré de Lafitole, de l'autre côté de la butte qui dominait l'Adour, adossée au bois du Marmajou.

Mikel faillit se perdre car il venait rarement chez Mathias, détestant l'immense désordre qui régnait dans la cour. Francis Capdetrey, le père de Mathias, faisait un peu d'élevage, de la réparation de machines agricoles et du trafic de pièces détachées. Les abords de la maison disparaissaient sous un amoncellement incroyable de vieux pare-chocs, de pneus, de poutrelles métalliques, de tuyaux d'arrosage, de rouleaux de barbelés. En hiver et au printemps, pendant presque six mois, ce magma de ferrailles baignait dans un océan de boue rougie par la rouille.

Mikel s'approcha, Néra sur l'épaule, un carton à bouteilles entre les bras. Le chien de Mathias, un croisement de plusieurs bâtards qui avait produit une vague ressemblance avec un petit épagneul, ne risquait plus d'aboyer. Il était mort une nuit de l'hiver précédent après avoir hurlé pendant des heures, avaient raconté les voisins. Au matin, on avait retrouvé le pauvre chien pendu au portail avec sa laisse. Les voisins avaient aussi dit que les Capdetrey devaient tous être *hartnegat*[1] ce soir-là, comme d'habitude.

« Et pareil qu'ils sont capables de l'avoir attaché plus serré encore, *lou praube can*, pour le faire taire... »

Mikel vérifia que les parents Capdetrey étaient dans la cuisine, devant la télévision. Sommairement aménagée, la chambre de Mathias occupait une partie de l'ancienne grange de la ferme. Sa petite fenêtre était éclairée. Mikel frappa doucement et l'appela :

— Mathias ! Oh, Mathias, c'est moi ! Lapoudge !

L'autre avait entendu du bruit à sa porte, mais il crut que c'était un rat ou même plusieurs qui grattaient le bois. Il savait que les premiers froids ramenaient ces bêtes vers les endroits chauds. Certaines nuits, dans le fenil, au-dessus de sa chambre, c'était une sarabande infernale. Les rats étaient ses compagnons d'insomnie.

— Vos gueules, *arrats de malur*[2] !

1. Ivres.
2. Rats de malheur.

A sa voix déjà pâteuse, Mikel comprit que son ami était en train de s'endormir avec une bouteille. « Tant mieux, se dit-il. Ce sera plus facile. » Il tourna la poignée. La porte était ouverte. Il s'avança au milieu de la chambre, encombrée d'une grosse couverture de laine tricotée qui avait glissé au sol, parmi des cadavres de bouteilles et quelques revues pornographiques. Néra sautillait au milieu de ce capharnaüm, telle une citadine entre deux flaques d'eau. La corneille grimpa sur le lit, comme elle le faisait dans la chambre de Mikel. Mathias s'était affaissé contre la tête de lit. Il se retourna soudain et émit un couinement aigu de terreur, persuadé d'être déjà en plein delirium tremens, comme cela lui arrivait de plus en plus souvent. Il voyait un corbeau sur son lit et, au-dessus de lui, un rat tout noir avec la tête de Mikel !

— *Ilh de puto*, tu m'as fait peur, grand con !

— Eh, tu ne répondais pas, alors que je viens faire la fête.

Mathias avait du mal à se redresser. Sa tête dodelina, dessinant de gros bourrelets de graisse sous les joues. Il réussit à articuler :

— Oh là là… Qu'est-ce qui se passe ? T'as vu l'heure ? Vire ta bestiole noire…

— Vois ce carton. C'est pour nous. J'ai été augmenté à la Tour. Tu sais, mon numéro avec Néra, ça marche fort ! On va fêter ça.

Le cerveau déjà embrumé par la bière et les deux litres de vin rouge qu'il venait de boire, Mathias chercha à comprendre ce que voulait Mikel. Si l'autre venait faire la fête, c'est qu'il n'y avait aucun danger. Il se frotta la tête et le menton, et entendit Mikel lui dire, avec entrain :

— J'ai même des copines qui m'attendent chez moi. Des jolies coquines, oui !

Mathias esquissa un sourire pâteux. Il n'avait pas touché de filles depuis longtemps. La dernière fois, c'était…

dans la gravière d'Estirac. Ce souvenir douloureux le ramena à la réalité.

— Qu'est-ce que tu me veux ? lança-t-il brutalement, redevenu méfiant.

Mikel prit son temps. Il sentait Mathias encore sur ses gardes, mal à l'aise, pas franc. Il resta au pied du lit, le dos tourné à son ami. Il savait que son regard pouvait impressionner les autres. Il ne le fallait pas. Au contraire, Mikel devait se faire rassurant.

— Mais quoi, rien ! On va boire un coup, c'est tout. Et après, promis, à nous les coquines. Elles nous attendent...

Mikel voulait surtout dissimuler le carton qu'il avait apporté. Il avait disposé à l'intérieur les boissons trouvées chez lui avant de partir : un armagnac offert deux ans auparavant par le représentant d'Agricadour à qui ses parents avaient acheté les semences, en s'engageant pour cinq ans ; un litre de pastis qu'il avait en réserve et un whisky acheté en face de la gare de Tarbes. A côté des bouteilles, dans le carton, Mikel avait placé un conteneur en plastique de dix litres, vide. Il dévissa le bouchon du whisky et s'empara d'un verre irisé de traces rouges, qu'il remplit et donna à Mathias.

Mikel ne parlait jamais pour ne rien dire, Mathias le savait. C'est pour cela qu'il l'avait suivi à une époque avec une confiance aveugle, parfois même comme un petit chien. Si Mikel disait qu'on allait boire pour arroser son augmentation et qu'ils iraient voir ensuite deux coquines chez lui, ce devait être vrai. Mikel ne mentait jamais.

— Et Laurie ? demanda-t-il, encore méfiant.

— Oh, elle, cette conne ? Je l'ai larguée. J'ai trouvé mieux.

La précision acheva de rassurer Mathias. Laurie lui plaisait, mais il n'osait pas la toucher à cause de Mikel. Maintenant, ce serait plus facile de la sortir puisqu'elle n'était plus avec ce fou au corbeau. Il prit le verre et but d'un trait le liquide ambré. Mikel le resservit aussitôt en levant son propre verre qu'il porta à ses lèvres. Mathias l'imita.

— T'as vu, c'est du whisky, pas de la piquette, pour une fois.

— Ah oui, c'est du bon. Putain, j'avais soif.

— Moi aussi, ajouta Mikel, qui se retourna vers le mur pour jeter le contenu de son verre dans le conteneur posé à ses pieds.

Mathias ne s'aperçut de rien. Il buvait tout ce que lui tendait son ami. Mikel savait comment les choses allaient tourner. Dans les fêtes de village, Mathias était réputé pour les concours de fous auxquels il participait. C'était à qui boirait le plus grand nombre possible de verres d'alcool. On se défiait en général au pastis, entre fils de paysans, ouvriers agricoles, apprentis. Mathias Capdetrey était l'un des plus résistants. Mais Mikel était toujours là pour l'arrêter à temps et le ramener chez lui. « Cette fois, c'est sans limite. » Et sans témoins, à part Néra, qui s'était perchée sur une étagère encombrée de revues et d'un nounours poussiéreux à l'oreille pendante. Lorsque Mathias commença à tituber sérieusement, Mikel l'encouragea :

— Allez, Mathias, t'es un rude. Te dégonfle pas. On va la gagner, cette partie. C'est pas ces cons qui vont nous avoir, hein ?

Il le resservait tout en vidant son propre verre dans le conteneur. Mathias se croyait maintenant dans un défi de fête de village. Son ami le soutenait et il savait qu'il serait ramené à Lafitole, comme d'habitude. La tête penchée en avant, lourde comme un billot, il avait trop chaud et voyait de plus en plus trouble. Il voulait le dire à Mikel, mais il n'était plus en état de parler. Il grommelait des mots incompréhensibles, accompagnés de gestes incohérents. Deux ou trois fois, il renversa son verre. Mikel le remplit de nouveau, puis, le moment venu, il fit boire Mathias directement à la bouteille, jusqu'à la dernière goutte d'alcool. Plus tard, il lui donna aussi toutes les doses d'alcool qu'il avait versées dans le conteneur.

Mathias ne tenait plus sa tête, un râle sourd au fond de la gorge. Mikel le laissa retomber sur l'oreiller. Ses yeux devinrent vitreux au moment où il fut secoué de spasmes, une sorte d'écume aux lèvres. « C'est la fin pour ce con, pensa Mikel. Son cerveau et son estomac vont péter. C'est maintenant qu'il faut achever le travail. » Il sortit de sa poche quatre comprimés blancs qu'il avait gardés de la précédente rave-party et les regarda un instant. « J'espère qu'on ne m'a pas refilé du taz de merde. Avec ça, c'est dodo tout de suite. »

Il tira les lèvres de Mathias et lui écarta les dents d'une main, comme il l'avait vu faire par le vétérinaire au chien de ses parents. Une mousse blanchâtre et pestilentielle s'échappa et commença à couler sur les joues. « Il pue, le salaud… » De l'autre main, Mikel glissa les quatre comprimés le plus loin possible dans la gorge, puis il prit le dernier verre de pastis rempli à ras bord et le vida doucement dans la bouche toujours béante de son ami. Mathias s'étouffa puis déglutit. « Son dernier réflexe naturel », nota Mikel. Quelques minutes plus tard, le corps gonflé comme une outre se tordit. Une série de convulsions secouèrent le matelas. Effrayée, Néra battit des ailes. Le nounours poussiéreux bascula et chuta sur le lit. Mathias succomba dans la seconde qui suivit.

Le lendemain matin, assez tard, ses parents le trouvèrent dans ses déjections. Ils chassèrent un couple de rats surpris sur le cadavre glacé, puis appelèrent le médecin. Le diagnostic fut immédiat et sans appel :

arrêt cardiaque, consécutif à un coma éthylique. Mathias était connu pour ses excès alcooliques. L'épouvantable odeur d'alcool du cadavre et de la chambre, les bouteilles vides de vin, de bière et de pastis signaient la mort.

— N'allez pas chercher plus loin la cause du décès de votre fils, dit le médecin avec autorité aux parents Capdetrey, hébétés.

— Après le chien, le fils, murmura une voisine. Il fallait s'y attendre. Quand le malheur a frappé une fois...

Mikel était parti dans la nuit en emportant son verre et le carton dans lequel il avait replacé les bouteilles vides de whisky et d'Armagnac, ainsi que le conteneur en plastique.

Milharis et Gaïa avaient eu une nouvelle discussion. Comme les précédentes, celle-ci avait duré tard, plus d'une heure, dans l'ombre épaisse du bureau, à peine atténuée par une petite lampe à abat-jour rouge. Le Maître voulait garder Agathe au Relais, la mettre au repos et surtout commencer sa formation pour en faire cette matrice intellectuelle, spirituelle et physique qu'il espérait trouver sur son chemin depuis si longtemps.

— Je suis en droit d'obtenir cela, aujourd'hui que je suis dans la plénitude de mes moyens. Mon énergie intacte fécondera Agata. Cette union pérennisera l'œuvre du Relais de Lumière.

Gaïa le rappela à la réalité :

— Et le problème de ce fœtus qu'elle porte ?

Gaïa était inquiète. Elle ignorait qui était le père. Clara n'avait pas su le lui dire, et Mikel n'avait rapporté que des informations insignifiantes sur la famille Labadie. Gaïa voulait faire avorter Agathe tout de suite ou la chasser de la communauté. Dès le début, elle l'avait prise en grippe. Elle la trouvait trop jeune, trop fine, trop belle, parce que l'image de la jeune fille lui renvoyait la sienne, en négatif : des traits épais, un physique massif, le même que son frère. Mais elle était une femme. Déjà engagée sur le versant de la vieillesse, stérile à vie, elle devinait l'effet du poison distillé par cette Agata : le délitement de tout ce à quoi elle tenait, l'éloignement progressif du seul être qu'elle avait jamais aimé : son frère Raymond, Milharis, le Maître de ce Relais de Lumière qu'elle avait aidé à bâtir. Elle commençait à entrevoir qu'elle pouvait tout perdre : l'argent, la sécurité, l'attention de son frère.

— Je me suis sacrifiée pour toi après la mort des parents, disait-elle à Milharis, assis, songeur devant un petit buisson de baguettes d'encens qui achevait de se consumer. Nous avons tout fait ensemble.

— Justement. Le temps vient où...

— Je t'ai tout appris.

— Tu m'as aussi étouffé. Le séminaire, c'était ton idée.

— Ta vocation ! Tu étais fait pour ça : répandre le bien, soigner et guérir les âmes et les corps.

— Tu m'as plus isolé qu'autre chose. Les femmes...

— Tu en avais peur. Je t'ai réconforté et servi, je suis ta sœur.

— Plus qu'une sœur...

— Cela t'a bien suffi pendant des années. Je t'ai laissé faire. Tu voulais voir, toucher, sans aller au-delà. Souviens-toi, tu avais peur. Je devais être là, tout près de toi.

— C'est faux. J'aurais aimé être seul, avec d'autres que toi. Tu as tout fait pour m'en empêcher.

— Ce n'est pas vrai, tu te trompes. Regarde avec Clara. Ne t'ai-je pas laissé libre ?

— Cela t'arrangeait. Elle t'était entièrement soumise.

Gaïa rappela à son frère la promesse qu'elle avait faite à leurs parents de s'occuper de lui, toujours, mission prise au pied de la lettre. Il connaissait cette histoire. Cent fois il l'avait entendue, ému aux larmes. Aujourd'hui, il trouvait qu'elle sonnait faux. Cette gangue sentimentale avait servi à sa sœur pour mieux le tenir à ses côtés. Il allait ajouter quelque chose lorsqu'elle s'approcha de son fauteuil et lui mit la main sur l'épaule. Gaïa l'appela par son prénom, ce qu'elle faisait rarement, dans les cas graves, car elle savait que ce rappel de leur enfance bouleversait toujours son frère.

— Raymond... Regarde ce que nous avons bâti ensemble. Ce n'était pas gagné après notre retour d'Afrique et quand on a dû quitter Bagnères. Raymond, n'oublie pas cela. Ne sois pas injuste au soir de notre vie.

Lui n'estimait pas être encore arrivé au soir de sa vie. Il ressentait même depuis quelques semaines d'énormes poussées d'énergie qu'il avait d'abord attribuées à une excellente conjoncture astrale, puis au succès croissant du Relais. La confiance que lui témoignaient tous ces gens qu'il soignait et qu'il abreuvait d'eau vibrée lui faisait du bien en retour. Cela le confortait dans l'idée d'une mission cosmique qui lui avait été dévolue. Ce n'est qu'au cours de la dernière Assemblée de Lumière qu'il avait pris conscience d'un changement majeur dans son environnement. Un rayon de soleil avait pénétré sous son toit, un courant de force vitale qui avait pris les traits fins, les formes si douces et le regard d'obsidienne d'Agata. La montagne lui avait livré ce trésor, par une belle soirée d'août. « C'était même dans la nuit des Perséides », se rappela-t-il soudain en souriant.

La porte claqua. Gaïa était partie, sans ajouter un mot. Milharis se détendit en faisant craquer ses phalanges, savourant la force que lui donnait son espoir, satisfait de savoir qu'il partagerait bientôt son énergie et sa puissance. Il avait maintenant hâte de retrouver Agata pour une nouvelle rencontre à l'issue de l'Assemblée de Lumière. Il se dit qu'il pourrait aussi la revoir avant.

Milharis pensa qu'une nouvelle étape de son destin exceptionnel avait commencé sans qu'il s'en rende compte tout de suite, sous cet excellent présage d'une pluie d'étoiles filantes. « Cette année sera belle... »

8

Les déceptions s'accumulèrent pour Maurice Peyroulet et Olivier Lussan lorsqu'ils commencèrent à se renseigner sur le Relais de Lumière. Les gens ne savaient pas grand-chose sur cette communauté ou bien ils hésitaient à en parler. Le Relais était une adresse apparemment paisible, de bonne réputation, en règle avec la justice. Sur le conseil du grand-père d'Agathe, Olivier questionna Dastugue. Monluc faisait partie de sa tournée. Son collègue lui confirma ce qu'il avait déjà dit à Hélène Bonneville. Il n'avait que très peu de rapports avec cette communauté repliée sur elle-même, se contentant de déposer les lettres et les paquets dans la grosse boîte aux lettres. Il ne connaissait quasiment personne à l'intérieur, sinon le fils Lapoudge et une femme dont il n'avait pas retenu le nom, mais, chaque année à Noël, on lui préparait une bonne bouteille et une enveloppe garnie de quelques billets, qu'il trouvait généralement posées sur la boîte au moment de son passage.

— Et d'ailleurs, je préfère ne pas avoir de contact avec ces gens. Cette femme que j'ai déjà vue, elle t'a une tête ! Hou, tu n'aimerais pas te la retrouver dans le lit le matin, je te le dis !

— Mais tu ne vois personne d'autre ?

— Personne, je te dis. Ils sont tellement discrets qu'on dirait qu'ils se cachent.

La précision fit mal à Olivier, et Dastugue s'en aperçut. Il le rassura aussitôt :

— Ne t'en fais pas, petit. Si j'apprends ou si je vois quelque chose, je te le dis aussitôt. *Paraula*[1] !

Encouragé par Peyroulet qui bouillait d'impatience et qui voulait le réconforter à coups de soupes brûlantes et de confits onctueux, Olivier poursuivait ses recherches. Pour motiver Dastugue afin qu'il n'oublie pas sa promesse, il lui racontait à intervalles réguliers des histoires illustrant les méthodes et les réalités du monde des sectes. L'autre l'écoutait deux minutes puis lui disait de se taire, visiblement troublé, inquiet. Estève, le patron du bureau, demanda à Olivier d'arrêter ces récits :

— C'est pour l'ambiance, Lussan. Ça met de mauvaises idées en tête. Et Dastugue n'a pas besoin de cela en ce moment.

Le maire de Monluc, un brave gendarme à la retraite, tout dévoué à sa commune mais un peu lymphatique, leur confirma que le Relais était un endroit paisible et assez difficile d'accès. Il comprenait l'inquiétude des Labadie, le souci du grand-père et la passion d'Olivier à vouloir retrouver Agathe, mais il leur avoua qu'il ne pouvait pas grand-chose pour eux. Il fit quand même l'effort de se renseigner et, après plusieurs jours d'attente, il leur donna quelques références de textes officiels sur les sectes.

Le maire ne voulait surtout pas être entraîné dans une histoire délicate qui pouvait attirer la presse et ruiner la tranquillité du village. Lui-même s'était installé là pour vivre une retraite sereine, pour la beauté du site, adossé à des bois où il aimait aller chasser en paix. Il leur cacha un élément important de sa réflexion : le Relais de Lumière faisait chaque année un don important à sa commune. Avec ces sommes plutôt conséquentes pour une aussi

1. Parole.

petite municipalité, la mairie avait pu restaurer les fontaines, aménager une aire de pique-nique, doubler le nombre de terrains de tennis. Il espérait cette année améliorer l'éclairage public et le local des poubelles.

Cette histoire des Labadie le mettait dans l'embarras, sans rien rapporter à sa commune. Elle risquait surtout de lui faire perdre ce petit cadeau de fin d'année qu'il espérait tant. Il dissuada Olivier et Maurice de tenter quoi que ce soit, en leur rappelant la loi. Pour se débarrasser d'eux, il leur asséna l'argument choc :

— De toute façon, Agathe Labadie est majeure et réputée saine d'esprit. Qui ira croire qu'elle est retenue de force dans cette espèce de gîte que fréquentent chaque année des centaines de pèlerins de Saint-Jacques ? C'est de la rigolade. Avec cela, vous n'allez pas loin. C'est moi, ancien gendarme, qui peux vous le dire.

Olivier étudia plusieurs soirs des textes de loi et des articles. Il avait un peu de difficulté à comprendre le langage administratif et s'y reprenait à deux ou trois fois pour en saisir le sens. Ce monde nouveau et opaque qu'il découvrait l'effrayait. En même temps, plus il avançait dans la connaissance des choses, plus il avait envie de poursuivre. Il enrageait d'avoir tant ignoré ces domaines dont il n'avait jamais soupçonné l'utilité. Son ami Lassalle lui avait conseillé d'aller en librairie pour trouver des livres sur le sujet, mais c'était d'action qu'il avait soif, plus que de lectures.

Il passa à plusieurs reprises en moto devant la grille du Relais. On ne voyait absolument rien de l'extérieur. Le mur d'enceinte était trop haut pour qu'on puisse l'escalader discrètement. Une haie d'ifs touffus le doublait sur toute la longueur. Seule l'entrée latérale, qui menait au chemin de Saint-Jacques, semblait accessible, mais à cette saison il n'y avait plus guère de marcheurs ou de pèlerins.

La table d'hôtes était fermée. Il n'avait aucun prétexte pour essayer d'entrer en contact avec l'intérieur.

« Fais-toi porter pâle, lui avait conseillé Dastugue. Invente-toi un *patac*[1] pour te faire soigner par le type. Mais, fais gaffe, il a deux mastards qui te boufferaient pareil.

— Oui, mais après ? Et s'il voit que je n'ai rien, ce type ?

— Eh, tu es drôle ! Ce n'est pas ma copine qui est là-dedans depuis des mois, tout de même ! Elle y est peut-être bien, après tout...

— Dastugue, là tu vas trop loin. »

Sa grossesse, désormais évidente sous la tunique et le long manteau de laine qu'elle portait pour l'hiver, avait donné à Agathe un statut particulier. Elle travaillait moins et n'était plus affectée à la cuisine. Gaïa lui avait donné une occupation administrative : des adresses à écrire sur des étiquettes et des enveloppes à coller. Il y en avait des centaines, mais Agathe faisait ce travail à son rythme. Elle dormait beaucoup, restait parfois allongée pendant des heures dans une sorte de torpeur dans laquelle s'insinuaient des cauchemars épouvantables. Elle se réveillait en sursaut, en nage, incapable de reconstituer ces rêves qui volaient en éclats comme des puzzles trop fragiles dès qu'elle ouvrait les yeux.

Pour s'en échapper au plus vite, Agathe retournait à son travail, près de l'atelier de poterie. Elle sortait aussi se promener dans le parc qui lui était maintenant accessible. Elle y retrouvait les deux molosses qu'elle avait appris à connaître et à apprivoiser. Thor et Wotan la rejoignaient en galopant comme des fous dès qu'ils la voyaient. Ils tournaient

1. Bobo.

autour d'elle, telle une garde rapprochée, en grognant de plaisir. Elle leur lançait des bâtons qu'ils rapportaient inlassablement, heureux de jouer avec cette petite maîtresse dotée d'un aussi gros ventre.

Mikel n'était jamais loin. Agathe l'avait vite repéré, dans l'allée, près d'un chêne autour duquel sautillait souvent une corneille noire, qui s'envolait aussitôt lorsque les molosses l'apercevaient et fonçaient vers elle. Elle avait reconnu le coursier qui emportait les cartons d'eau vibrée, ce jeune homme toujours vêtu de sombre qui l'avait observée un jour derrière la vitre, muet et figé comme un fantôme. Ce Mikel l'impressionnait. Elle avait essayé de lui parler mais, gêné, il s'était dérobé. Il avait probablement reçu des consignes de discrétion de Gaïa. Il était pourtant toujours présent quand elle sortait dans le parc, tournant autour d'elle comme ce grand oiseau de proie qu'elle voyait souvent planer dans le ciel, au-dessus du domaine.

A trois reprises déjà, elle avait pu écrire à ses parents et à son grand-père, pour les rassurer, donnant des nouvelles très sibyllines. C'était à la demande de Clara. Elle trouvait normal que sa famille ne se fasse pas de souci. Agathe aurait volontiers repoussé cette épreuve tant ses parents et son papoun lui paraissaient loin dans le temps et les choses difficiles à expliquer. Ils lui semblaient parfois presque étrangers, lorsqu'elle pensait à ce bébé qu'elle portait sans qu'ils le sachent. Ils n'apprendraient son existence qu'une fois qu'il serait né, lorsqu'elle irait le leur présenter.

Dans l'une de ses lettres, assez brève, elle racontait une histoire de voyage, annonçant un retour « dès que possible ». Agathe confirmait que tout allait bien et leur demandait de transmettre son amitié à tous ses amis qu'elle n'oubliait pas, sans précision de nom. Elle écrivit une seule fois à Olivier, pour son anniversaire, qu'elle n'avait pas oublié, le 2 décembre. Quelques mots, sur une feuille de papier que lui avait donnée Clara, car c'était une autre règle de la communauté : les fidèles n'avaient plus le droit d'avoir de papier et de stylo à leur disposition. Elle essaya de résumer sa pensée, sans se trahir mais sans inquiéter non plus celui à qui la lettre était destinée.

Cher Olivier,

J'avais besoin de prendre du recul. Tu n'étais pas prêt à m'écouter et je le comprends. Je ne t'en veux pas, c'est la vie qui nous a conduits à cela. Nous ne sommes pas toujours « synchro », comme tu me le reprochais parfois. Je m'en suis rendu compte et j'ai préféré m'éloigner pour ne rien t'imposer et ne pas m'accrocher. Chacun sa liberté avant les choix importants de la vie : c'est ce que nous nous étions dit, n'est-ce pas ? Je l'ai fait et je ne regrette rien. Je reviendrai lorsque les choses se seront apaisées, pour moi en tout cas. J'espère que tu vas bien. Je t'embrasse.

Agathe.

Clara avait emporté les lettres pour les remettre à Gaïa. Il y avait eu discussion entre elle et Milharis. Le Maître voulait tout laisser partir, après avoir lu attentivement chacune des lettres. Celle écrite à Olivier l'avait même rassuré.

« Il y a eu rupture entre Agata et ce Lussan, c'est évident. Elle est partie parce que ce type n'en voulait pas. Elle était désespérée quand Clara l'a rencontrée et elle est arrivée chez nous. C'est fini, tout cela, du passé, et c'est tant mieux.

— Tu te trompes, avait répliqué Gaïa. Elle l'aime encore, ça se sent. C'est une sorte d'appel. Cette lettre ne doit pas partir. »

Le courrier pour Olivier et deux autres, destinés aux parents Labadie et à Peyroulet, partirent au feu. Une seule des quatre lettres écrites par Agathe avait été postée en novembre. Alerté par Dastugue, Lussan fonça chez les parents Labadie. Ils l'autorisèrent à lire ces quelques lignes. Olivier repartit sans un mot, troublé, encore plus inquiet, les larmes aux yeux, le cœur à vif.

Agathe n'attendait pas de réponse car elle savait qu'il n'arrivait jamais de courrier personnel au Relais. Tous les fidèles avaient rompu les ponts avec leur ancienne vie. Elle fut pourtant déçue de ne recevoir aucun message de ses parents. Elle leur avait donné une adresse où répondre : une boîte postale à Paris, indiquée par Gaïa. La réponse arriva mais fut détruite après lecture. Les parents Labadie demandaient à Agathe un numéro de téléphone où ils pourraient la joindre et des nouvelles plus précises sur sa santé. Elle venait d'entrer dans son sixième mois de grossesse et n'avait pas encore vu de médecin.

Repliée sur elle-même, couverte d'un manteau gris d'humidité froide et de fumée stagnante, la campagne dénudée sentait l'hiver. L'humeur d'Olivier était au diapason du temps qui régnait sur le Val d'Adour : sombre. Plus que jamais, il détestait ces images d'une nature exsangue. Il revenait trempé et transi de ses tournées, après de longs détours pour éviter les routes inondées. De rage, il se mettait parfois à klaxonner, faisant lever des nuées de corneilles qui s'enfuyaient en croassant. Cet hiver-là, pour la première fois depuis bien longtemps, il se surprit à repenser à cette peur de son enfance, vers cinq ans, quand il avait cru, pendant une saison, que sa vie et celle de sa famille s'achèveraient avec la victoire de l'hiver. Pour lui, le ciel uniformément gris ne pouvait qu'annoncer la fin des temps. Et quand le soleil réapparaissait, de moins en moins souvent, il le trouvait toujours plus pâle et froid.

Après avoir trop tardé, il se décida à rendre visite à Frèches, le libraire de Vic dont lui avait parlé Baptiste.

« Vas-y en confiance. C'est un jeune qui s'intéresse au monde rural et à l'histoire du pays. Il doit bien avoir quelques bouquins intéressants. »

Frèches le reçut entre deux ventes de gommes, de tubes de colle et de guirlandes de Noël. Sa diction précise et calme rassura Olivier, peu familier des livres. Il lui dénicha un seul ouvrage sur les sectes, déjà ancien. Le libraire avait lui aussi entendu parler du Relais de Lumière. Il lui raconta que, deux ans auparavant, il avait même assisté à une réunion publique de son gourou, plus par curiosité que par intérêt.

— Je crois que ce n'est pas bien méchant, précisa-t-il. Le type est radiesthésiste. Il manipule les gens, les foulures, les entorses, comme les anciens guérisseurs. J'ai entendu dire qu'il avait guéri un zona. Il vend aussi des objets et de l'eau vibrée, mais je ne sais pas à quoi ça sert. Je crois qu'il a quelques fidèles autour de lui, mais cela ne va pas bien loin.

Olivier allait sortir lorsque Frèches le retint :

— Ah, attendez, j'oubliais de vous dire. C'est drôle : l'autre jour, quelqu'un m'a demandé la même chose sur Monluc.

— Qui ?

— Une femme. Elle est prof, ou quelque chose qui en approche, au lycée de Vic. Hélène Bonneville, vous la connaissez ? Je crois qu'elle a pas mal travaillé sur le sujet. Elle est un peu psy, c'est normal, vous comprenez. J'ai l'impression qu'elle en connaît déjà un bon rayon...

Olivier comprit que c'était la jeune femme blonde un peu perdue qu'il avait vue l'autre jour à Lafitole. Il demanda son adresse, intrigué. Pourquoi cette femme qui n'était pas d'ici s'intéressait-elle tellement à Monluc ? Elle pourrait peut-être l'aider à progresser. Frèches l'accompagna sur le trottoir et lui désigna la mairie :

— C'est simple, vous prenez la rue pile devant vous, la rue du Château, à gauche de la mairie. Elle habite en face du magasin de photo. Vous trouverez un porche encadré par de belles pierres grises et une petite cour. Son nom est sur la sonnette. C'est un endroit curieux : le bâtiment a été fait avec des pierres qui restent de l'ancien château.

La moto garée sur l'étroit trottoir devant chez elle attira l'attention d'Hélène, qui revenait de faire ses courses. Elle avait déjà vu cet engin, qui lui rappela quelqu'un ou une situation récente. Elle comprit quand elle reconnut Olivier devant la porte, adossé au pilier de l'ancien portail, la cigarette à la main. Elle se troubla, rougit, chercha à s'excuser, maladroitement, en cherchant ses clés :

— Je suis désolée, je faisais mes courses. Je ne savais pas...

— Mais ce n'est pas grave du tout. C'est Frèches, le libraire, qui m'a donné votre adresse. J'espère que je ne vous dérange pas...

Olivier s'excusa pour l'accueil abrupt qu'il lui avait réservé à Lafitole. Il prétexta des soucis, la fatigue de la corvée du bois faite dans l'après-midi avec l'un de ses amis. Il ne lui révéla rien de son intérêt particulier pour le Relais de Lumière, mais il lui confirma qu'il s'intéressait lui aussi aux sectes. Ses paquets posés à la cuisine, Hélène alla dans son bureau chercher des livres, des coupures de presse, un volumineux dossier dans une chemise bleue. En passant devant la salle de bains, elle jeta un œil à son miroir, sans s'arrêter. Ils s'installèrent sur le canapé, qui grinça lourdement. Elle éclata de rire.

— Oui, c'est un peu bruyant et ça surprend toujours. Ce sont des meubles que j'ai achetés ici en arrivant.

Un chat couleur fauve surgit sur le pas de la porte, étonné, la queue en l'air.

— C'est Petit-Binô, précisa Hélène en appelant le chat, qui ne bougea pas d'un pouce et s'éloigna finalement dans le couloir, indigné et vexé par cette intrusion d'un étranger sur son canapé favori.

Hélène trouva Olivier beaucoup plus détendu que la première fois. Elle se sentait bien en compagnie de cet homme simple. Il n'était pas en représentation, ne cherchait pas à lui faire la cour. Il riait ou se rembrunissait, au hasard de la conversation, dégageant une impression de vérité et de force qui la rassurait. Elle remarqua l'élégance de ses mains, ses avant-bras dénudés sous les manches retroussées. Il était comme elle aimait les hommes : naturel et pas bavard. Elle chercha à s'arracher à ce charme qu'elle ressentait, encore plus fort que la première fois :

— Thé ? Café ?

— Non, merci, Hélène.

Il avait dit son prénom, tout naturellement. Elle ne put réprimer un sourire amusé.

— J'ai aussi du Coca...

— Alors, Coca !

Avant de se rendre dans la cuisine, elle s'arrêta dans la salle de bains. Ses joues étaient trop rouges, sa coupe de cheveux trop courte. En deux ou trois petits coups secs de la main, elle s'ébouriffa les cheveux, se passa une lingette fraîche sur le visage et fila vers le réfrigérateur. Entendre rire Olivier lui faisait du bien. Elle resta quelques secondes debout devant l'évier, la main posée sur la bouteille glacée, savourant cet instant d'intimité avec cet homme qu'elle connaissait à peine, avec qui elle se sentait en totale confiance. « C'est peut-être un signe », se dit-elle. La voix grave d'Olivier résonnait dans le petit appartement, l'emplissant d'une présence chaude. Elle ferma les yeux et se passa la main mouillée sur le front. La fraîcheur lui fit du bien. Elle ressentit une furieuse envie d'embrasser quelque chose. Elle porta ses lèvres sur la bouteille de Coca, couverte de buée, juste avant de revenir dans le salon.

Un médecin rendit visite à Agathe aux alentours de Noël. Elle n'avait rien réclamé, mais Milharis et Gaïa voulaient s'assurer que tout évoluait pour le mieux depuis que le Maître avait décidé que la grossesse irait à son terme. Il ne voulait pas risquer d'« abîmer » celle qui serait la « matrice » de son nouveau projet.

Ce petit homme gros et chauve venait de Pau. Il rendait quelques services au Relais depuis qu'il avait trouvé en Milharis et Gaïa une oreille attentive à son grand projet. Depuis quelques années, ce médecin développait en secret un « électromètre » qui semblait intéresser le Relais de Lumière : deux électrodes et un cadran destinés à localiser et à mesurer ce qu'il appelait les « zones de détresse ou de tourment spirituel chez un individu ». Le docteur essayait d'en faire une application sur Internet, mais n'avait pas encore abouti. Milharis lui donnait de temps à autre une enveloppe afin de financer sa recherche. En retour, il soignait les fidèles du Relais, rarement, et fournissait des médicaments, y compris les plus difficiles à trouver sans ordonnance.

Agathe pensa que cet homme pressé se nourrissait exclusivement d'ail tant il sentait fort. Elle fut instantanément dégoûtée et refusa qu'il l'ausculte autrement qu'en slip et soutien-gorge. L'autre n'insista pas. Elle voyait son crâne luisant penché sur son ventre avec un stéthoscope et doutait de la qualité de cette consultation. Pour s'en débarrasser le plus vite possible, elle lui affirma que tout allait parfaitement, ce qui était vrai. Après la pesante fatigue et les nausées des premiers mois, elle se portait bien. Son bébé bougeait. Elle lui parlait beaucoup. Le médecin prescrivit une analyse de sang et d'urine, décréta que tout se présentait pour le mieux et partit en lui souhaitant une « bonne fête des Lumières ». Agathe comprit qu'il voulait dire « joyeux Noël ». Elle aéra ensuite longuement sa chambre pour faire disparaître l'odeur du gnome médiéval.

Pour Milharis, le temps approchait. Il ne s'interrogeait pas sur l'enfant à naître mais sur les délais nécessaires pour entreprendre une autre conception. Agathe fut dispensée d'une nouvelle Assemblée de Lumière, notamment celle qui précéda le jour de l'An. Clara en revint transfigurée, aérienne, bavarde. Elle s'attarda longtemps auprès d'Agathe en lui touchant le ventre à plusieurs reprises.

— Je retrouve le Maître tel que je l'ai... connu au début.

Elle avait failli dire « tel que je l'ai aimé », mais elle se retint.

— C'est un humain exceptionnel, tu sais.

La cérémonie avait été splendide, la salle superbe, et le Maître portait ce soir-là deux bracelets d'une magnifique couleur turquoise qui soulignaient chacun de ses gestes dans la pénombre.

— Rends-toi compte, Agata, l'intensité bionique était telle qu'ils se sont soudain illuminés alors que l'Assemblée était sur le point de s'achever !

Le Maître avait prononcé des phrases d'une grande élévation, offrant à tous la voie d'une transformation qui changerait le monde. Il avait évoqué la fin d'un cycle, le début d'une période d'une intensité jamais vue jusque-là. Clara avait compris que sa vie et celle des autres allaient enfin basculer vers ce Cercle de Lumière dont elle avait entendu parler. Elle lui répéta mot pour mot quelques-unes de ses paroles.

— Il a dit : « Et viendra le temps du renouveau et de la fin, de l'élan et de la grande lumière. Il faudra être prêt pour le grand voyage cosmique. » C'était magnifique, Agata, crois-moi. Il regardait chacun de nous en même temps, et tous les regards étaient beaux et pleins de vie.

Agathe souriait, amusée par l'enthousiasme de son amie, qu'elle devinait un peu amoureuse de ce Milharis. Elle savait que le Maître l'avait sauvée de la rue, d'une plongée qui s'annonçait irrémédiable. Comme Clara, la plupart des fidèles avaient été guéris, ou soulagés physiquement, ou le plus souvent sauvés d'une grave dérive morale. Pour Agathe, le résultat était ambigu. Tous ces gens lui paraissaient encore très affaiblis, sous une étroite tutelle psychologique, coupés du monde. Mais tout cela lui semblait étranger à ses propres pensées. La présence de cette vie qui s'épanouissait en elle prenait chaque jour plus d'importance. C'était sa lumière à elle, son seul espoir. L'enfant naîtrait au printemps et elle sortirait, avec lui, pour rejoindre le monde, prête à se battre. Pour l'instant, elle profitait encore de sa retraite, sans envie, sans tracas.

Affalé sur le canapé, Olivier commentait un livre laissé sur la table, un de ces romans glauques et nombrilistes :

— Dire que des gens gagnent de l'argent à écrire ces conneries ! Mais qui peut s'intéresser à cela ?

— Moi !

— Pourquoi ? Ah, je sais ! Parce que ça relève du psy…

Ils rirent ensemble. Olivier s'étonnait de se trouver aussi à l'aise dans cet univers étranger qu'il découvrait avec un plaisir simple. Il aimait ce salon, ce fouillis de livres autour de l'ordinateur parsemé de petits papillons jaunes, les cadres posés au sol, les quelques dessins d'enfant sur les murs, les deux vases vides, en attente de fleurs, et ce parfum léger un peu sucré qui flottait dans la pièce. Cette prof lui avait ouvert sa porte en toute simplicité. Il la sentait passionnée, aussi déterminée que lui, plus compétente.

Les filles blondes ne l'avaient jamais attiré, parce qu'il n'en connaissait aucune dans son entourage. Ou alors ces décolorées jaune paille qui le faisaient fuir. Entre garçons, il était même de tradition de se moquer des blondes. C'étaient des plaisanteries trop insistantes pour être tout à fait innocentes. Olivier trouva Hélène plutôt mignonne, élégante et passionnante. Il se sentait bien à ses côtés, heureux d'avoir trouvé une aussi jolie complice. Ils se surprirent à se tutoyer, très vite, au fil des dossiers qu'elle lui présentait. Il apprécia sa clarté.

— Olivier Lussan, tu es un élève rapide, annonça-t-elle de façon sentencieuse.

— Hélène Bonneville, tu es une prof... euh...

Il ne trouva pas le mot, hésita entre plusieurs, ne sachant lequel choisir pour faire le compliment le plus juste possible sans le rendre gênant. Il reprit, avec un air extrêmement sérieux :

— Tu es une prof adorable, comme on aimerait toujours en avoir.

Et ils éclatèrent de rire, presque front contre front, faisant grincer le canapé comme une vieille machinerie rouillée.

— Petit-Binô ne va pas être content...

Hélène avait de nouveau rougi et enchaîna sur le vide juridique dans le dossier des sectes, le problème des gens majeurs embrigadés, la notion très vague de « manipulation mentale », sur les plans médical et juridique.

— Mais, tu sais, le vrai problème, c'est que les sectes répondent souvent à un besoin, au désarroi de l'individu moderne. Tu as lu Max Weber ?

— Non. C'est qui, un Allemand ?

— Peu importe, mais il a parlé du « désenchantement du monde ». Les gens vont chercher là où ils peuvent des certitudes que la société ne leur donne pas, ou plus. Souvent, tu sais, ils vont de leur plein gré dans une secte.

— Ça m'étonnerait... maugréa Olivier en pensant très fort à Agathe.

— Si, si ! C'est un choix. La secte répond à un manque. C'est une sorte de servitude volontaire. Cela t'explique qu'il est très difficile de parler de délit de manipulation mentale.

Hélène lui cita de mémoire le nombre de sectes ou de mouvements répertoriés comme telles dans un rapport parlementaire récent :

— Près de deux cents en France ! Mais ils ont fait un joyeux amalgame en y mettant même des mouvements cathos tout à fait respectables. L'Eglise a d'ailleurs réagi.

Elle lui donna le nom des plus grandes associations, la Scientologie, les témoins de Jéhovah, Moon, et cita des chiffres d'affaires fabuleux.

— Des centaines de millions de francs ! Pas mal, hein, pour des associations officiellement à but non lucratif, employant généralement des bénévoles et bénéficiant de tas d'exemptions fiscales et d'avantages de tous ordres. Un vrai business.

Pour elle, le Relais de Lumière de Monluc n'était qu'une petite structure aux finances obscures, probablement alimentées par les ventes de gris-gris ésotériques, l'eau vibrée et les revenus de la table d'hôtes. Raymond Pailhès, alias Milharis, était un gourou de plus, comme la France en comptait des dizaines, avec une poignée de fidèles autour de lui.

— Ils lui ont vraisemblablement apporté tous leurs revenus. Comme tous les gourous, Milharis s'est bâti une religion toute personnelle, faite d'emprunts au christianisme, au bouddhisme, aux mythes scandinaves, aux rites africains.

— Il a passé quelques années en Afrique, précisa Olivier, qui lui donna les informations obtenues de l'abbé Douzous.

— Il a dû y prendre une sérieuse insolation !

— C'est à son retour d'Afrique qu'il a lancé son mouvement Relais de Lumière, avec une importante somme rapportée de là-bas.

— Curieuse coïncidence, nota Hélène en lui tendant quelques feuillets tirés d'une imprimante.

Olivier reconnut des articles de quotidiens et de magazines récupérés sur Internet, un dossier sur l'affaire de l'Ordre du Temple solaire, dans les années quatre-vingt-dix. Plusieurs gourous avaient déjà eu affaire à la justice. Parmi eux, certains avaient séjourné au Cameroun, au Congo, comme conseillers occultes de très hautes personnalités, grassement payés en liquide pour envoûter, désenvoûter et, à l'occasion, passer vers l'Europe des mallettes de billets ou de diamants, au cas où... Ces informations recoupaient celles que l'abbé lui avait données.

Olivier avait l'impression d'avancer à grands pas. Ni l'un ni l'autre n'avait vu passer le temps. La nuit était tombée.

— Hélène, tu es formidable ! lâcha-t-il spontanément au bout de deux heures de travail. Je t'ai pris trop de temps.

Elle lui mit la main sur le poignet, délicatement, en levant les yeux vers lui.

— Non, on a bien travaillé. Je me sens bien et, moi aussi, j'apprends. J'aime ta façon d'écouter. Tu sais, je suis contente de mieux te connaître.

Hélène s'arrêta, gênée par ces quelques mots de trop qu'elle n'avait pu maîtriser. Elle était en même temps désireuse de lui faire comprendre cette attirance qu'elle éprouvait pour lui. Ce tête-à-tête n'avait fait que la renforcer. Olivier la regarda à son tour, surpris par l'imperceptible changement de ton d'Hélène. Ils arrivaient au bout de leur après-midi de travail en commun. L'un et l'autre venaient de prendre conscience de l'inévitable séparation.

Rapprochés par ces deux heures de discussion passionnée et par ce minuscule canapé aux coussins affaissés, ils devinaient qu'un seul frôlement, un seul nouveau geste pouvait tout faire basculer entre eux. Chacun se savait sur le fil d'une relation nouvelle à construire, différente, que personne n'avait préméditée. Le silence devint presque gênant. Hélène attendait quelque chose, comme le montrait sa caresse légère sur le poignet du garçon.

Olivier se sentit mal à l'aise, malheureux. Il se rapprocha d'elle. Le canapé grinça horriblement. Ils se sourirent en même temps. Olivier saisit la main d'Hélène qui effleurait encore son bras, l'éleva jusqu'à sa bouche, posa un baiser très léger à la naissance du poignet, puis il serra le visage de la jeune femme dans ses mains largement ouvertes. Elle ferma les yeux, envahie par une puissante sensation de bien-être entre ces bras qu'elle avait tant regardés. Les doigts d'Olivier effleurèrent ses joues, sa nuque. Qu'importaient l'avant et l'après. Le temps lui sembla suspendu un quart de seconde, comme une éternité.

— Hélène… Je ne joue pas. Je ne veux pas jouer avec toi. Tu ne mérites pas cela, mais beaucoup plus. Je te trouve belle, super attirante…

— Olivier…

— Attends, la coupa-t-il avec autorité et douceur.

Il fit glisser ses pouces sur la bouche d'Hélène, pour l'empêcher de parler. Les lèvres de la jeune conseillère frémirent légèrement, entrouvertes, prêtes à d'autres caresses. Alerté par les grincements du canapé, le chat couleur caramel réapparut sur le seuil, attentif, indigné.

— Ecoute, Hélène : je ne sais pas pour quoi ou pour qui tu te bats. Moi... je ne t'ai pas dit. C'est pour quelqu'un qui... m'a aimé, que je n'ai pas su regarder. J'ai laissé passer une chance et je m'en veux. J'aime quelqu'un qui est parti.

— Agathe Labadie ?

— Oui... J'aurais dû l'écouter, la comprendre. Mais je veux la revoir et l'entendre, avant toute autre décision. J'ai trop peur du gâchis. Pour elle, pour toi, pour moi aussi. J'aurais honte. Je veux continuer à marcher droit.

Dastugue signalait à Olivier, chaque jour, la petite liasse de courrier destinée au Relais. Lussan était quitte en lui offrant l'apéritif au Café des Allées. Les premières fois, il s'y rendit avec Dastugue puis, très vite, il le laissa seul après avoir dit à Pascal, le barman, que l'addition serait pour lui. Il redoutait une note salée en fin de mois, mais c'était le prix à payer pour cette surveillance à distance qu'il exerçait sur le Relais. Il voulait croire à toute force qu'il trouverait une explication, une faille, une solution pour tirer Agathe de ce piège. L'inventaire du courrier était vite fait : des factures, des bons de commande, quelques cartes postées du monde entier. Des fidèles illuminés donnaient de leurs nouvelles. Olivier reconnut sur plusieurs enveloppes administratives le nom civil de Milharis, Raymond Pailhès.

Il n'osait pas ouvrir les lettres cachetées malgré l'envie qui le tenaillait. Il savait que c'était une faute professionnelle grave, pénalement répréhensible. Comme tous les facteurs, il avait signé un engagement formel de respecter le code de La Poste et prêté serment. Cette assermentation le tracassait, même quand il déchiffrait les adresses inscrites au dos des enveloppes et cherchait à deviner, en transparence, ce qu'elles contenaient. Il savait que Milharis recevait de nombreux colis, mais ils arrivaient toujours directement au Relais, livrés par un service de la SNCF ou par d'autres sociétés de messagerie privées.

Un mardi matin, après son « tri-tournée », rapidement bouclé grâce à l'aide d'Olivier, Dastugue partit prendre avec un peu d'avance son apéritif au café. Il aimait le mardi, jour de marché. Les allées grouillaient de monde et il trouvait toujours un vieil ami à qui offrir un pot. Olivier resta seul dans la salle de tri, devant les cagettes orange de son collègue. Il devait partir pour sa tournée, mais il avait été intrigué par un petit colis attaché à la liasse destinée à Milharis. Ce cube de carton recouvert de papier kraft avait été posté de Géorgie, USA, à l'adresse du Relais, mais au nom de Michel Lapoudge. Etonné, Olivier le soupesa, le renifla, le secoua et entendit une sorte de crissement très léger. Il crut que le paquet contenait un réveil, mais il voulut en avoir le cœur net, pressentant quelque chose de bizarre. « C'est moi qui suis bizarre, pensa-t-il en réfléchissant à la meilleure solution. Je commence à délirer grave. Cette histoire me rend dingue. »

Dastugue allait revenir d'une minute à l'autre. Olivier prit sa décision dans la seconde. Il s'empara du petit colis, l'enfourna dans son blouson, saisit son sac et se hâta de s'éloigner. Il croisa Dastugue qui arrivait dans le couloir, jovial :

— Ah, Lussan, devine qui j'ai vu sur...

— Pas le temps, Dastugue, je dois y aller.

Olivier fila le plus vite possible, avant que Dastugue ne s'aperçoive de la disparition du petit paquet dans sa liasse. Il calcula qu'il ne s'en rendrait compte qu'en arrivant vers Monluc. Et encore. Peut-être qu'il l'aurait oublié. Ce qui laisserait la possibilité à Olivier de le replacer le lendemain dans la liasse, comme si de rien n'était. Il choisit la vieille route qui menait à Auriébat. Il y serait tranquille, même s'il savait que, dans les campagnes, on n'était jamais sûr de ne pas être vu. C'est Estève, son patron, qui le lui avait dit, dans les premiers jours de sa tournée : « Et méfie-toi, Lussan. Il y a toujours un paysan qui cague derrière une haie. »

Olivier s'arrêta un peu après le petit pont métallique de l'Estéous, à un croisement de plusieurs chemins de terre, protégé par de hautes haies d'aubépine. Il devait défaire le colis avec précaution, pour le refermer ensuite sans traces. Il trouva une sorte de boîte de comprimés, un bon de commande, une notice pharmacologique qu'il ne comprit pas. Tout était en anglais. Il lut seulement « gamma hydroxybutyrate », suivi de formules chimiques. Le flacon de plastique épais était scellé par une pastille métallique impossible à ouvrir sans révéler l'effraction. Il irait photocopier les papiers. Il pensa à Hélène : elle saurait lui expliquer le contenu de ce mystérieux colis.

En fin d'après-midi, Olivier était à Vic. Après les photocopies chez le libraire, il se rendit rue du Château et déposa chez Hélène Bonneville une enveloppe avec un mot d'explication, puis il fonça vers le bureau de poste. La salle était vide, tous les agents occupés au guichet. Il replaça le colis parfaitement refermé au fond du casier de Dastugue, comme s'il avait été égaré lors du tri de la veille.

Hélène avait revu Juliette, désormais apprivoisée, à plusieurs reprises. En salle des professeurs, des enseignants lui confirmèrent que la jeune Andréani allait mieux. Elle était moins agressive, un peu plus ponctuelle, mais peut-être plus rêveuse que l'année précédente. La proviseure félicita Hélène, avec un rien de condescendance et de scepticisme :

— Je sais que vous lui avez parlé, mademoiselle Bonneville. Cela lui a fait du bien, enfin pour le moment. Je crois qu'elle avait de mauvaises fréquentations, notamment cette Nathalie Moulis. Au fait, toujours aucune nouvelle de la fugueuse ?

Par l'intermédiaire de Juliette, Hélène avait aussi rencontré Laurie, à la sortie de son travail. Très intimidée, butée, Laurie s'était assez vite braquée pour ne pas avoir à discuter. Elle n'avait pas voulu parler de la rave-party du mois d'août. L'évocation du nom de Lapoudge l'avait manifestement troublée. Hélène était repartie avec la conviction que cette fille simple avait peur. Son devoir était d'aller à la rencontre de Michel Lapoudge. Dans le cas de Nathalie comme dans celui d'Agathe Labadie, on retrouvait la trace de ce garçon.

En entrant dans la cour des Lapoudge, une petite ferme bâtie en L, elle se crut retournée au Moyen Age. Quelques grosses pierres formaient un chemin hasardeux au milieu d'une mare de boue noirâtre. Hélène se demanda si c'était du purin tant l'odeur était forte. Elle choisit de longer la rigole en béton devant l'étable, à gauche, dérangeant une bande de canards qui se reposaient, la tête tournée vers l'arrière, le bec posé sur les plumes. Des poules occupaient le perron, maculé de fientes. Certaines picoraient avec méticulosité le crépi jaune, sous lequel apparaissaient des briques de terre crue. Une ancienne vigne vierge avait laissé une trace verdâtre autour de la porte d'entrée à deux vantaux, surmontée d'une imposte à la vitre cassée. Quelques fils métalliques de l'ancien treillage pendaient le long des piliers de pierres jaunes à ressauts.

Hélène n'osa pas s'approcher du groupe de poules, plutôt hostiles. Elle s'arrêta sur un rond de graviers qui émergeait du cloaque, comme une île miraculeuse. Un filet de fumée grise s'échappait de la cheminée. Quelqu'un devait être présent. Elle appela deux ou trois fois, sans obtenir de réponse. Elle allait partir quand elle entendit un léger bruit sur sa gauche, dans le fenil. Une ombre glissait derrière les lattes de pin entrecroisées. Elle vit surgir une femme sans âge, vêtue d'une blouse à fleurs, une serpette à bout de bras. Hélène expliqua qu'elle voulait voir Michel.

— Je suis sa mère, répondit sèchement Odette Lapoudge. Qu'est-ce que vous lui voulez ?

— C'est personnel. Il faudrait que je le voie, lui.

Elle pensait que le garçon n'était pas là. Sa mère se méfiait devant une femme de la ville, en bottes de cuir et long imperméable beige. Son regard inquisiteur avait évalué Hélène de haut en bas et l'avait mise très mal à l'aise. Elle laissa son numéro de téléphone sur un bout de papier. Odette Lapoudge le glissa dans la poche de sa blouse, avant de la regarder s'éloigner en se demandant ce que cette « blondasse » trop bien habillée pouvait vouloir à son vaurien de fils.

Hélène repartit avec un sentiment de malaise. Elle savait que ces gens pouvaient se comporter en parfaits bons vivants, mais seulement entre eux. Autrement, ils semblaient se méfier de tout et de tous. Elle venait d'en être victime, sans raison. Ce climat d'hostilité injustifiée la révoltait et la peinait.

Un pli non timbré l'attendait dans sa boîte. Elle l'ouvrit immédiatement, un peu inquiète en pensant à Juliette. Le petit mot manuscrit était signé Olivier, avec « bises » devant sa signature. Hélène sourit, redevenue radieuse, ses soucis et son appréhension envolés, et commença aussitôt à étudier les documents photocopiés. Elle ouvrit quelques livres, resta un moment sur son ordinateur et chercha à joindre un ami médecin. Après lui avoir longuement parlé, Hélène se remit à son clavier. Plus tard, elle brancha l'imprimante et regarda glisser les trois feuilles portant la synthèse de ses recherches. Ce qu'elle venait d'apprendre l'horrifiait. Il fallait contacter Olivier le plus vite possible. Et peut-être les gendarmes.

La buse grise et fauve tournait lentement dans le ciel teinté d'un bleu léger qui pouvait annoncer le printemps. Mikel avait repéré son nid, au sommet de l'un des chênes de l'allée, l'abri préféré de cette famille d'oiseaux. Il l'observait, attentif à ses changements de direction par d'imperceptibles mouvements de plumes ou de la tête. Il devinait plus qu'il ne voyait son bec, orienté à droite ou à gauche, les petits yeux perçants scrutant les mottes retournées du champ et, peut-être, la volaille du voisin.

L'oiseau décrivait de larges cercles concentriques à l'affût d'une proie qui, pour l'instant, ne s'était pas révélée. Un gloussement guttural, long et disharmonieux, résonna à une centaine de mètres sur la gauche. Le dindon du voisin venait d'alerter la basse-cour de la présence d'un rapace dans le ciel. Mikel sourit. L'instinct des animaux l'avait toujours fasciné. « Les hommes n'en ont pas le centième. Ils l'ont perdu, sauf certains. Parce qu'ils ont rompu le contact avec la nature. »

Lapoudge se sentait en forme. Gaïa et le Maître lui avaient confié une tâche délicate qu'il accomplissait à merveille : surveiller de loin Agathe, éviter qu'elle ne s'éloigne ou qu'une personne étrangère au Relais ne l'accoste. Il ne pouvait pas espérer mieux, saisissant tous les prétextes pour l'observer et se rapprocher d'elle. Comme tous les autres fidèles de la communauté, il la savait maintenant enceinte. Le mystère planait sur la conception. On n'en parlait pas. Il avait questionné Clara, qui lui avait tourné le dos. Il avait aussi interrogé Frank. Le Suisse n'avait pas été plus loquace, mais il lui avait simplement dit, presque extatique : « C'est une bénédiction, merveilleusement bienvenue. »

Une longue semaine de pluie suivit, détrempant tout. Les rivières débordaient dans le Val d'Adour. Mikel pensa que ces crues, ces eaux boueuses charriant toutes sortes de débris étaient la meilleure façon de faire disparaître les dernières traces de la fille de la gravière.

Il se posait aussi des questions sur Milharis et Gaïa, qu'il trouvait de plus en plus soucieux. Mikel aurait aimé discuter encore avec le Maître de toutes ces connaissances qu'il lui avait laissé entrevoir, mais Milharis s'absentait souvent, comme s'il préparait quelque chose d'important. Quelque temps après le jour de l'An, que Mikel avait passé seul au sommet de la Tour des Aigles à tenter de repérer des signes particuliers dans le ciel, il vit arriver un gros camping-car à l'entrée du Relais. Une fois les livreurs repartis en taxi, il s'approcha du véhicule tandis que Gaïa finissait de regarder les papiers.

— C'est à qui ? demanda Mikel.

— Au Relais, répondit sèchement Gaïa. Nous allons entreprendre un voyage.

La réponse avait clos la discussion. Gaïa s'éloigna, laissant Mikel encore plus perplexe, car elle venait de lui demander de trouver dans les environs un grand site d'ensilage. Ces verrues de plastique noir, généralement couvertes de dizaines de pneus usagés destinés à contrer le vent, s'étaient multipliées dans la région. On les voyait de loin. Mikel repéra un ensilage assez grand dans la plaine, entre Caussade et Estirac, juste en face de la colline de Monluc. « A vol d'oiseau, on ne peut pas faire plus proche du Relais. » L'endroit était situé près d'une vieille grange abandonnée. La première maison habitée était à une centaine de mètres. A l'instinct, Mikel pensa que sa trouvaille était bonne. « Ici, au moins, on ne sera pas dérangés... »

Quand sa mère lui parla de la visite d'Hélène Bonneville, Mikel se raidit. Méfiant, il prit le bout de papier qu'elle lui tendait.

— C'est une grande femme blonde, pas de chez nous. Le genre princesse Diana, tu vois. Elle m'a dit qu'elle habite à Vic. Elle est prof au lycée ou un truc comme ça.

Mikel fit aussitôt le rapprochement avec Nathalie Moulis, sans bien comprendre l'enchaînement des faits. « Juliette Andréani a dû se souvenir de moi, elle a parlé. Ou alors c'est cette conne de Laurie. » Il se sentait très seul, n'osait pas demander conseil à Béhotégui. Son ami basque d'Aire-sur-l'Adour lui avait dit de ne plus l'appeler après le transport des caisses au Relais. Il respectait la consigne. C'est Béhotégui qui reprendrait le contact. Mikel ne voulait pas déranger Milharis pour si peu. Il se dit qu'il lui faudrait encore traiter tout seul ce problème. Mais il ne savait pas comment. Il regarda l'annuaire des Hautes-Pyrénées. Hélène Bonneville figurait bien dans la rue principale à Vic-en-Bigorre.

Mars avait commencé dans un véritable déluge, les champs baignaient dans d'immenses mares brunâtres sur lesquelles surnageaient des moignons de maïs hachés à l'automne. La semaine était vraiment pourrie. Rien n'indiquait une rémission, en tout cas pas avant la nouvelle lune, affirmaient les anciens. Chaque client racontait à Olivier les mêmes banalités sentencieuses sur la météo.

Les paysans évoquaient les nappes phréatiques, mais aucun n'était d'accord sur l'effet de ces pluies diluviennes. Pour certains, toute cette eau allait réapprovisionner les réserves et permettrait d'arroser de plus belle le maïs à la saison suivante.

« C'est du bonus », confiaient-ils, reprenant l'expression qu'ils entendaient à la télévision dans la bouche des sportifs.

Pour les autres, ces abats d'eau sur une terre déjà dégradée par la culture intensive du maïs étaient au contraire catastrophiques : le ruissellement lessivait les sols et entraînait les nitrates vers les nappes souterraines.

« Nous le paierons très vite et très cher, tant qu'on n'aura pas réfléchi au développement durable de nos campagnes. »

Cette pluie sans interruption depuis plusieurs jours faisait enrager Olivier. Il avait recommencé à s'entraîner de façon plus assidue au fronton, alternant la pala et le chistera. Mais le retour de la pluie l'obligeait à relâcher son entraînement. Il fit quelques travaux d'entretien dans la maison de ses parents, à Tarbes, et aida les Labadie à retaper quelques-unes de leurs serres. Baptiste l'appela pour qu'il vienne l'aider à tailler des piquets d'acacia destinés aux clôtures. Il lui raconta qu'un bruit courait parmi les jeunes paysans : une nouvelle rave-party était en préparation dans les environs, pour célébrer l'équinoxe de printemps.

— Comment l'as-tu su, Baptiste ?

— Par le frère d'Abeilhé. Il est au lycée agricole. On leur a filé un petit tract avec un numéro de téléphone. Ce jeune n'est pas un con, il nous en a parlé. On attend de savoir où ça va se passer. Et si c'est chez nous, on va te leur jouer un peu de mandoline à ours.

Arrivé au Relais pour prendre ses fonctions, Mikel ressentit ce jour-là une étrange impression de vide. Il ne vit ni Agathe ni Clara. En fin de matinée, il remarqua la voiture du docteur, immatriculée dans les Pyrénées-Atlantiques. Le même petit gros qui était déjà venu, quelques semaines plus tôt. Mikel apprit par le Suisse qu'Agathe avait des contractions.

— Rien de grave, ajouta Frank d'un air important et mystérieux.

Il ne vit pas Agathe de la journée. Elle resta couchée. Mikel travailla dans la cuisine à nettoyer les fours et le chauffe-eau, en prévision de la réouverture de la table d'hôtes. Il attendait le week-end avec impatience. Un de ses copains de la Tour des Rapaces l'avait prévenu qu'une rave-party était de nouveau prévue dans la région, d'un jour à l'autre. Ce fauconnier passionné de techno était ami avec un DJ amateur qui travaillait dans une boîte de Lannemezan. « C'est lui qui avait organisé la première teuf, tu sais, en août, à Estirac. Cette fois, on va fêter le printemps. Une free d'enfer. Attends mon coup de fil. »

« Fêter le printemps, je m'en fous », pensait Mikel. Il avait seulement envie de se changer les idées, de s'étourdir de musique, d'oublier tout ce qui s'était passé, la violence et cette indécision qui l'habitaient. Il s'interrogeait sur la meilleure façon de régler le problème de la femme prof un peu trop curieuse. La teuf et les longues heures sur place effaceraient tous ses tracas. S'il ne buvait pas, il savait qu'il trouverait là ce qui le ferait partir et tout oublier : le hasch, le taz et une fille, Laurie ou une autre, peu importait.

— Clara !

L'appel, suivi d'un cri déchirant, résonna dans le couloir des chambres. Clara se leva d'un bond, le cœur battant. Elle était en alerte depuis les premières contractions de son amie, deux jours plus tôt. Elle comprit aussitôt. La porte de la chambre d'Agathe était restée ouverte, sur ordre de Milharis. Rien ne devait arriver à la jeune femme.

Clara se hâta, émue, déterminée à refaire le mieux possible les gestes qui avaient été si longtemps ceux de son métier, dans la brousse africaine. Elle n'avait plus pratiqué depuis presque dix ans. Elle avait peur. Dans la précipitation, reprise par l'urgence du métier — l'eau à faire chauffer, les linges à préparer, les conseils à donner à Agathe —, elle oublia de prévenir Gaïa, comme l'autre lui avait ordonné de le faire. Elle referma la porte.

Clara resta plusieurs heures au chevet d'Agathe. Les quinze dernières minutes furent terribles. Agathe souffrait comme jamais. On ne lui avait rien appris de la technique d'accouchement, elle ne savait pas respirer en cadence, pour soulager la douleur et faciliter le travail. En nage, les yeux grands ouverts sur cette souffrance qu'elle ne connaissait pas et qui ne la lâchait plus, elle revit ses derniers mois en quelques flashs, quelques minutes d'un film en accéléré : la colline de Lafitole et Olivier rieur et solaire, neuf mois plus tôt ; le lit défait dans un après-midi de four ; puis le Bouscarret et ce fossé qui n'avait pas cessé de s'agrandir entre elle et ses parents ; Olivier absent, aveugle ; la fuite ; Lourdes ; Clara, Milharis, les poteries, l'allée de chênes. Les petits yeux plissés de son papoun l'accompagnèrent quelques secondes. Epuisée par les coups de poignard qui lui fouaillaient le ventre, elle puisa dans cette dernière image le courage de faire front, seule, sans famille, la main de Clara sur son front, écartant ses cheveux trempés par l'effort.

Des larmes coulèrent sur ses joues : la douleur encore, mais aussi une irrépressible bouffée d'émotion et de fierté à l'idée de présenter un jour cet enfant, inconnu de tous, à son papoun. Et peut-être qu'Olivier serait là, lui aussi, sur les marches du perron, à côté du chèvrefeuille... L'enfant parut. Par réflexe professionnel, Clara chercha la montre à son poignet, en vain. C'était une petite fille, toute menue. Clara coupa aussitôt le cordon, tapota les fesses du nourrisson pour entendre son premier cri. Après l'avoir essuyé, elle l'enveloppa dans une grande serviette puis aida Agathe à expulser le placenta. Gaïa aurait dû s'occuper des vêtements du bébé, mais rien n'avait été prévu ce soir-là dans la chambre.

Les autres fidèles avaient entendu les cris et les premiers pleurs du bébé. Ils n'osaient pas approcher. Clara appela Frank et l'envoya chercher Gaïa. Agathe vit alors le bébé, de nouveau submergée par l'émotion et une sourde angoisse. Son enfant n'avait pas de prénom. Elle n'y avait pas vraiment réfléchi, mais elle n'imaginait pas une seconde être seule à prendre la décision de lui en donner un, sans partager cette joie avec quelqu'un d'autre. Mais avec qui ?

Elle ferma les yeux, s'assoupit quelques minutes sans pour autant cesser d'entendre chaque bruit autour d'elle : les gargouillis de l'enfant, l'eau dans une bassine, la voix de Clara qui parlait doucement au bébé, l'orage qui tambourinait sur les vitres et sur le toit. Clara se rapprocha. Agathe sentit une petite boule chaude à ses côtés et ne bougea plus. Le bébé dormait. Elle le fixa intensément, ses grands yeux en amande détaillant chaque millimètre de ce petit visage fermé sur son secret. Elle se dit qu'elle n'oublierait jamais rien de ces secondes, pour les raconter un jour au père de l'enfant.

— Et voilà la petite demoiselle... Et si on l'appelait Mathilde ? murmura Clara. C'était le prénom de ma grand-mère. En tout cas, je crois que c'est la sainte d'aujourd'hui. Mais c'est idiot : je ne sais même pas si on est jeudi ou vendredi. Dans ce cas, ce serait plutôt Louise.

— J'aimerais mieux Mathilde, murmura Agathe dans un souffle, esquissant un pauvre sourire. Pour te remercier de ton aide. Merci, Clara, merci.

— Oui... oui, répondit Clara, un peu gênée. Tu sais, en Afrique, à chaque naissance, les Noirs nous demandaient de regarder le calendrier pour leur choisir un prénom de Blanc. Pas seulement les cathos. Je connaissais tous les saints du calendrier par cœur.

Clara se détourna, les larmes aux yeux. La petite fille toute rose née dans cette nuit de tempête lui rappelait tellement tous ces enfants noirs qu'elle avait fait naître. Elle en avait vu mourir autant. Et jamais elle n'avait elle-même enfanté. Elle vivait encore dans cet espoir, accrochée à une vague et lointaine promesse qu'elle croyait avoir entendue, il y a bien longtemps, de la bouche de Milharis. Un « jour de fusion » dont le Maître lui avait parlé dans une Assemblée de Lumière. Clara attendait.

Agathe rouvrit les yeux au moment où Gaïa entra dans la chambre, le visage fermé, ses mèches grises dénouées. Elle n'eut pas un regard pour le bébé, minuscule poupée serrée dans sa grande serviette blanche. Elle ne demanda pas son sexe et n'eut aucun mot pour Agathe qui s'efforçait de sourire, sous les immenses cernes mauves qui mangeaient son visage.

— Où est le placenta ?

Interloquée, Clara lui montra la bassine métallique posée sur le carrelage, au milieu de linges rougis par le sang. Gaïa s'en empara et disparut quelques minutes. Clara en profita pour mettre de l'ordre dans la chambre puis fit un peu de toilette à Agathe. Elle avait placé des draps propres sur une chaise.

— Laisse-moi me reposer un moment, Clara, je me sens faible, dit la nouvelle maman d'une petite voix, presque inaudible. Je n'ai pas faim. Il faudra nourrir le bébé...

Elle s'endormit. Clara reviendrait plus tard. Il fallait qu'elle trouve de quoi nourrir le bébé. Elle comprit de nouveau que Gaïa n'avait rien prévu, contrairement à ses demandes répétées.

Deux ou trois fois dans l'après-midi, Hélène relut le petit mot d'Olivier, scotché sur le côté de son ordinateur. Son écriture bâclée, pressée, la fit sourire, comme ce tendre « Bisous » que le garçon avait ajouté. Comme un frère ou un amoureux ? Elle espérait tant de ce lien nouveau, malgré la déclaration d'Olivier sur le canapé. Il avait été franc, trop peut-être. Par moments, elle pensait qu'un sentiment particulier pour elle allait peut-être germer en lui. Son explication, dans les yeux d'Hélène, les doigts sur ses lèvres n'aurait eu pour but que de repousser un élan naissant. Cet espoir qu'elle devinait vain lui donnait chaud au ventre.

Hélène savait qu'elle avait fait cette recherche davantage pour Olivier que pour toute autre personne. Par chance, son emploi du temps bien aménagé lui avait permis de s'y donner à fond, sur Internet et par téléphone. L'aide de son ami médecin avait comblé les vides de sa documentation et éclairci des termes médicaux. Ce qu'elle avait découvert l'avait bouleversée. Elle avait aussitôt appelé Olivier, laissant un message sur son portable. Elle attendait de le voir pour avertir les gendarmes. Elle patientait devant son téléphone, n'osant pas sortir de peur de le manquer.

Il devait être seize heures. Hélène entendit au loin un claquement métallique, presque étouffé. Olivier ! Elle s'apprêtait déjà à ouvrir la porte, joyeuse, lorsqu'elle hésita, prise d'un doute. Elle réalisa qu'elle n'avait pas entendu la moto dans la rue, ni ce rugissement qui emballait le moteur juste avant qu'Olivier ne coupe le contact. Elle lui avait même fait remarquer qu'elle trouvait cette habitude horriblement désagréable pour les voisins.

Ce léger claquement métallique était celui de la gâchette du portail d'entrée, mais le bruit était bizarre. Dans la journée, les locataires ou les visiteurs laissaient claquer le battant. Cette fois, la porte n'avait pas ébranlé la vieille bâtisse. Quelqu'un l'avait retenue. Elle resta derrière la porte, interdite, rejointe par Petit-Binô, qui patientait, la queue en l'air, prêt à sortir. Quelqu'un montait l'escalier à pas lents, pas quatre à quatre, comme le faisait Olivier qui martelait plutôt les antiques marches de bois.

Hélène attendit, prise d'une sourde appréhension. Quelqu'un arrivait, prudent, veillant à ne faire aucun bruit. L'autre locataire, une vieille dame, était partie chez ses enfants. Elle devait donc être seule dans ce petit immeuble d'un étage. Elle colla son œil au judas et ne bougea plus, figée par la peur. Une ombre noire s'avançait sur le palier. Sans l'avoir jamais vu, Hélène reconnut Michel Lapoudge, ce jeune homme étrange vêtu de sombre décrit par Juliette. Il sonna, la tête à quelques centimètres du rond de verre derrière lequel Hélène restait immobile. La déformation de l'œilleton donnait à Lapoudge un air encore plus impressionnant, les traits émaciés, les pommettes et les tempes creusées, les cheveux collés sur le front.

Il sonna encore une ou deux fois. Hélène ne bougea pas, transformée en statue de plomb. Elle faillit crier et reculer lorsque Michel fixa l'œilleton, son regard glacé semblant plonger au cœur de l'intimité d'Hélène. Elle avait décidé de ne pas ouvrir, quoi qu'il en coûte. Petit-Binô vint se frotter à ses jambes, allant et venant entre ses mollets nus. Elle l'avait oublié ; elle le laissa faire, terrorisée à l'idée de l'entendre miauler pour réclamer la promenade.

Hélène vit soudain Lapoudge se baisser et la poignée de la porte tourner doucement, dans les deux sens, puis plus fort. C'était heureusement fermé à clé. Il secoua la porte brutalement, tapa quelques coups sur le chambranle. Le chat leva la tête vers Hélène, étonné, et décida de s'éloigner à pas lents dans le couloir, prudemment.

Lapoudge grogna quelque chose et tenta de forcer la serrure. Hélène réfléchit à toute vitesse. Son téléphone était dans le salon, à cinq mètres à peine. Mais le plancher allait craquer et Lapoudge comprendrait qu'elle était dans l'appartement. Cela le rendrait fou. La porte bougeait, mais la grosse serrure de sécurité résistait encore à l'outil que Lapoudge avait glissé à l'intérieur.

Un grondement retentit au loin dans la rue, pénétrant dans l'appartement dont la fenêtre était restée entrouverte. Mikel continuait à crocheter le mécanisme. Avait-il entendu ? Hélène pria pour que ce bruit tant espéré annonce la moto d'Olivier. Le grondement se rapprocha. La moto tournait devant la porte cochère. Cette fois, le bruit devait emplir la cage d'escalier. Hélène imaginait tous les gestes du motard : la moto à hisser sur le trottoir, la manœuvre un peu laborieuse pour la garer le mieux possible, la béquille à enclencher. Elle attendait le dernier rugissement. Ensuite il enlèverait son casque et descendrait.

De nouveau rivée à l'œilleton, Hélène ne sentait plus la crampe qui lui nouait la nuque et la jambe droite. Elle vit Lapoudge lever la tête, aux aguets, puis disparaître en deux bonds dans l'escalier. Elle faillit ouvrir puis crier, mais resta paralysée encore quelques secondes. Le moteur rugit, des pas lourds firent vibrer l'escalier, la sonnette tinta, presque joyeusement.

Hélène s'était reculée, pour respirer et se détendre. Elle revint à l'œilleton et, cette fois, ne put s'empêcher de hurler. Une masse sombre et luisante emplissait le judas, sans bouger. Terrorisée, elle crut que Lapoudge était revenu avec une arme pour enfoncer la porte. Elle s'arc-bouta derrière, attendant le choc. Trois coups de sonnette insistants et un appel la sortirent de la panique qui commençait à la gagner.

— Hélène ! Hélène, ouvre moi ! Qu'est-ce que tu as ? Hélène, c'est Olivier !

La tête décoiffée et le sourire farceur d'Olivier s'encadraient maintenant dans l'œilleton. Hélène déverrouilla la serrure, ouvrit la porte à toute volée et se jeta dans ses bras.

— Mais que se passe-t-il ? Explique, tu es toute pâle, dit-il, surpris, en l'entraînant dans le salon.

— J'ai vécu... quelque chose d'horrible, bredouilla-t-elle.

— Ah oui ? Quelqu'un avec un gros casque noir de moto sur la tête, je parie ? C'était moi. J'ai voulu te faire peur.

Olivier se sentit tout bête quand elle lui eut raconté l'incident. Elle s'accrochait à sa tasse de thé brûlant, se trouvant elle-même un peu stupide d'avoir paniqué. Ils pensèrent que Lapoudge s'était caché dans le local des poubelles, sous l'escalier, en attendant qu'Olivier passe, avant de s'enfuir.

— En tout cas, il n'a pas pu me reconnaître puisque j'avais gardé mon casque pour...

— Oui, oui, je sais. Pour me faire peur. C'était réussi, je dois dire.

Hélène avait repris des couleurs. Ils s'étaient mis à la table de travail, devant l'ordinateur, rejoints par Petit-Binô. Hélène lui racontait ce qu'elle avait trouvé et comment. Le chat s'était étalé sur leurs feuilles et leurs coupures de presse. Hélène le chassa avec délicatesse.

— Petit-Binô, dégage !

— Mais pourquoi ce nom impossible ? demanda Olivier, moqueur.

— A l'origine, j'avais deux chats : un grand et un plus petit. C'était un binôme très soudé. Il y avait Grand-Binô et Petit-Binô. Le grand est mort, le petit est resté. Pas vrai, Petit-Binô ?

Le chat caramel s'éloigna pour rejoindre le canapé grinçant avant qu'on ne le lui vole. Hélène se mit à surfer sur Internet et cliqua sans attendre sur plusieurs sites américains. Elle expliquait en continu ce qu'elle avait trouvé. Olivier commençait à comprendre la gravité de ce qu'il avait découvert dans le petit colis destiné au Relais, ouvert au mépris du règlement.

— Tu vois, c'est du GHB, gamma hydroxybutyrate, une vraie saloperie. On la trouve sous forme de poudre ou de granulés, comme ici. Un truc interdit en France. Tu sais pourquoi ?

— Non. Je n'en avais jamais entendu parler.

— La police l'appelle la « drogue des violeurs ». C'est inodore, incolore et sans saveur. Le GHB ne laisse quasiment aucune trace dans l'organisme.

— Indétectable ?

— Exactement, Olivier. Mon copain médecin me l'a certifié. On met la poudre ou les granulés dans un verre. Sans jamais s'en rendre compte, la victime est comme anesthésiée, dans un état second. Ce qui permet à son agresseur de la soumettre à tous ses caprices. A son réveil, la victime ne se souvient de rien, absolument rien. Tiens, regarde le site de Fernand-Widal.

Le centre antipoison de cet hôpital parisien s'était spécialisé dans le GHB. Ils lurent ensemble : « Le GHB reste seulement quatre heures dans le sang, et entre six et dix heures dans les urines. Avant même que les victimes ne prennent conscience qu'elles ont été droguées, il n'en subsiste plus aucune trace. »

— C'est dégueulasse... Donc, pas de preuve formelle.

— Oui. En France, on ne connaît pas encore très bien cette saloperie, sauf en région parisienne et aussi en Aquitaine, je ne sais pas pourquoi. Il y a eu quelques cas, dans des boîtes de nuit. Mais, aux Etats-Unis, leurs statistiques sont plutôt inquiétantes : déjà près de mille jeunes victimes.

— Mais ça ne se trouve pas n'importe où, quand même !

— Evidemment, non. Cela t'explique pourquoi le Relais passe ses commandes sur Internet. Ni vu ni connu !

— Mais pourquoi au nom de Lapoudge ?

— Oui, c'est très fort. Je te l'ai expliqué sur la fiche, à la fin. A l'origine, cette molécule GHB était destinée aux culturistes, pour réguler leur charge pondérale. Et que fait Lapoudge ?

— De la muscu !

D'après le poids du colis, ils évaluèrent la quantité de doses contenues dans le flacon destiné au Relais.

— Ça fait à peu près trente mille doses !

L'utilisation des petits granulés de GHB par Milharis les laissa perplexes. Ils pensèrent que la drogue devait servir aux cérémonies du Relais de Lumière.

— A mettre de l'ambiance ? Tu déconnes...

— Non, Olivier. Je me demande si la manipulation mentale de Milharis n'a pas ses limites. Et je pense qu'il doit se servir du GHB pour s'occuper autrement de ses fidèles, surtout les femmes.

Olivier ne répondit pas. Il voulait chasser cette idée, mais Hélène avait raison. Il se rembrunit, détourna la tête et alla vers la fenêtre. Hélène comprit son trouble. Elle le suivit.

— Pardonne-moi, Olivier, je ne voulais pas...

— Non, Hélène. Ta franchise me fait du bien. J'ouvre les yeux. Merci... J'y vais, des copains m'attendent. Je vais m'occuper sérieusement de tout cela. Fais attention à l'autre dingue et rappelle-moi en cas d'urgence.

Il la saisit aux épaules. Elle leva la tête, les bras le long du corps, et ferma les yeux. Elle sentit un baiser doux et léger effleurer son front. La porte claqua. Elle resta près de la fenêtre, écoutant la moto s'éloigner vers le pont de l'Echez.

9

Baptiste Lassalle et ses amis paysans apprirent que la rave-party programmée le samedi 23 était finalement avancée au jeudi soir. Le DJ de Lannemezan était pris le samedi pour une soirée techno. A une heure du matin, leur correspondant téléphonait l'adresse précise :

— La D 935, la D 56 à Nouilhan, le bois du Marmajou à droite. Ce sera fléché vers la clairière Lapradette.

C'était chez le malheureux Brouste. Le plan d'action des jeunes paysans était prêt depuis quelques jours. Baptiste appela Olivier chez lui, déjà endormi :

— Viens, c'est pour cette nuit…

— Tu crois vraiment que…

— Ils viennent s'installer et foutre la merde chez nous sans être invités. Tu te laisserais faire, toi ?

Olivier enfila un jean, des tennis, et prit sa raquette de pala qui ne le quittait pratiquement jamais, comme un porte-bonheur. En roulant vers Parrabère, il repensa à la découverte faite par Hélène. Cette drogue qui le révoltait devait circuler aussi dans les rave-parties, il en était sûr. Il trouverait un lien avec le Relais, peut-être par le biais de ce Michel Lapoudge, injoignable au téléphone et dans la ferme de ses parents. Informée par Juliette puis par Laurie, Hélène lui avait confirmé que Lapoudge était présent à la première rave-party d'Estirac, en août, là où avait disparu Nathalie. Il travaillait aussi à Monluc, où Agathe était recluse. Ce Lapoudge pourrait le faire entrer en contact avec le Relais. Il espérait le trouver dans cette fête clandestine du Marmajou et lui parler.

Un premier groupe de paysans s'était rassemblé à l'entrée de Parrabère. D'autres arriveraient d'Artagnan. Les tracteurs chauffaient déjà. Certains étaient attelés à de longues remorques ou à des citernes. Olivier reconnut des épandeurs de fumier et des tonnes à purin, visiblement remplis. Beaucoup de paysans étaient en bottes, vêtus de cirés, un chapeau sur la tête. Rachou, le jeune responsable du CDJA local, fit faire silence et donna quelques recommandations :

— Bon, n'oubliez pas de mettre les phares, pour la sécurité. On leur fait peur, c'est tout, et on dégage. Pas de violence, et on ne touche pas à leur matos. Ça retomberait sur Brouste. Il est avec le groupe qui part d'Artagnan.

— Oui, on leur pourrit tout, qu'ils n'aient pas envie de revenir.

— Qu'est-ce qu'il a semé Brouste, à Lapradette ?

— Je crois qu'il y a mis du soja.

— Eh bé, ça va être du propre.

— Si on ne fait pas gaffe, il va lui pousser du « hakik », pareil…

Les deux groupes de paysans se mirent en route vers quatre heures du matin, après avoir avalé d'énormes sandwiches au pâté et vidé quelques thermos de café. Une flasque d'armagnac circula. Ils partirent réchauffés, la bouche pleine de ce bon goût de noisette et de vanille, le gosier comblé par l'*aygue ardente*[1] des campagnes gascones. Les premières basses de la sono leur parvinrent à hauteur du carrefour de Nouilhan, sur la route de Tarbes. Par téléphone portable, l'autre groupe annonça qu'il avait

1. L'« eau de feu », nom imagé de l'armagnac.

bloqué le chemin qui partait d'Artagnan, à hauteur du centre équestre de Baloc. Il entrait dans le bois du Marmajou au moment où le groupe de Rachou et de Baptiste quittait la route de Lafitole, précédé et suivi par quelques voitures de teufeurs qui ne comprenaient pas la présence de tant de tracteurs à cette heure de la nuit.

A quatre heures trente, les quinze tracteurs débouchèrent dans la grande clairière Lapradette, ouverte en pleine forêt sur la rive gauche de l'Adour. Cinq cents mètres d'un terrain absolument plat s'étendaient devant eux. Ces terres labourées, hersées et semées étaient occupées par des milliers de jeunes qui faisaient déjà la fête depuis cinq heures. Les paysans dépassèrent le parking aménagé dans le champ sur la droite, où les voitures et les camions avaient éventré la terre sur d'énormes ornières. Ils se déployèrent tranquillement et préparèrent les épandeurs. Quelques raveurs les regardèrent, étonnés, sans bouger. D'autres tentèrent de s'approcher, pour comprendre. L'échange fut bref :

— Dégage, merdeux, je vais nettoyer mon champ !

— Vous n'avez pas le droit.

— Sur ma terre, j'ai tous les droits.

— Attends, fais pas le con...

Pleins phares, tous leurs projecteurs de travail allumés, les tracteurs commencèrent à progresser en vitesse lente, direction la scène de lumière et le mur de sono. L'épandage débuta, de chaque côté et vers l'arrière. Les raveurs furent surpris par cette pluie de purin et de fumier. Quelques-uns essayèrent de monter à l'assaut des tracteurs par l'avant. Eblouis par les projecteurs et impressionnés par les mastodontes que rien ne semblait pouvoir arrêter, ils tentèrent de passer par les côtés. Les paysans assis sur les ailes les repoussaient à coups de fourches ou de longs bâtons. D'autres teufeurs, déjà en plein trip, restèrent allongés, hagards, inconscients du danger.

Certains crurent que c'était de l'eau qu'on leur envoyait. Ils ouvraient la bouche pour boire cette pluie sympathique. Ils comprirent vite, asphyxiés, brûlés par le purin, mitraillés par les débris de paille et de bouses récupérés depuis quelques jours sur tous les tas de fumier des adhérents du CDJA. Ce fut une fuite éperdue.

Progressivement ralentis par les gens qui couraient dans tous les sens, les tracteurs s'étaient dispersés, l'alignement de départ n'existait plus. Les premiers arrivèrent devant la scène, hésitants sur la conduite à tenir devant les murs de haut-parleurs. Un DJ imprudent fit un doigt d'honneur au 350 CV rouge de Brouste. Le Massey Ferguson, équipé d'une fourche à l'avant, rugit et fit un bond, avant de reprendre sa progression de mammouth. Brouste abaissa la fourche et entendit crier quelque chose. Il rentra la tête dans les épaules : il avait décidé d'aller jusqu'au bout. Il était chez lui, un champ travaillé tout l'hiver, truffé des meilleures semences de chez Casau. Rien ne pourrait plus l'empêcher de faire le ménage devant lui, jusqu'à l'Adour. Ce qu'il fit.

La ligne de baffles, l'échafaudage métallique, les caissons techniques, la cabine éclairée du DJ, ses platines et le groupe électrogène furent emportés dans la même tempête. Brouste entendit de sinistres craquements, vit des gerbes d'étincelles, fut secoué par quelques cahots plus rudes et se retrouva de l'autre côté de la scène, distinguant devant lui, dans la lueur des phares, les aulnes et les peupliers qui marquaient la rive de l'Adour. Il se retourna. L'installation finissait de s'effondrer dans la boue. Un chemin de tubulures concassées marquait le sillage du Massey Ferguson. Brouste sourit et enclencha la marche arrière. Des fourmis noires couraient autour de lui, fuyant les phares et les gerbes de purin.

Assis sur le siège métallique fixé sur l'aile du tracteur de Baptiste, Olivier avait repoussé lui aussi quelques audacieux, à coups de raquette. Il montra à son ami des traces de la bataille : un peu de sang et des cheveux collés, qu'il essuya avec de l'herbe mouillée. La tonne à purin était vide ; Baptiste amorça un virage pour revenir sur ses pas. Olivier lui cria qu'il allait se dégourdir les jambes. Il le retrouverait à la sortie. Il sauta du tracteur.

— Fais-vite ! lui cria Baptiste. Je ne t'attendrai pas. Les gendarmes vont rappliquer.

Olivier sillonnait le campement dévasté à grandes foulées, la raquette à l'intérieur de son blouson. Personne ne prêtait attention à lui. La sono ne fonctionnait plus. On entendait le grondement des tracteurs s'éloigner du champ et les cris des raveurs. Des jeunes couraient ou restaient allongés. La plupart discutaient en s'essuyant. Ils faisaient de grands gestes, révoltés par l'agression et la puanteur dans laquelle tout baignait, la terre et les hommes, les sacs de couchage, les voitures, les haut-parleurs. Olivier se hâta vers la sortie. Il traversait le parking en plein désordre lorsqu'une ombre qui s'éloignait attira son attention.

Contrairement aux autres, l'homme marchait d'un pas souple et rapide, mais sans affolement. Ce type maigre et plutôt calme ne semblait pas être un paysan ni un teufeur concerné par la rave-party saccagée. Olivier le suivit, intrigué. Il était sur ses pas quand l'homme atteignit une fourgonnette beige. Il se retourna en entendant soudain quelqu'un derrière lui. Une voiture qui démarrait près d'eux les balaya de ses phares jaunes.

La stupeur cloua Olivier sur place. Incapable de parler, il en eut le souffle coupé. L'homme au visage creusé comme une tête de mort portait un curieux pendentif sur la poitrine. L'espace d'une seconde, dans la lueur des phares, il reconnut le losange de pierre grise et le motif en cuivre dont lui avait parlé Hélène : Michel Lapoudge ! Il se retrouvait face à l'un des cerbères du Relais de Lumière. Olivier s'avança et demanda, plutôt poliment :

— Je peux te parler ?

— Non, casse-toi !

Mikel crut d'abord avoir affaire à un petit revendeur de drogue. L'autre insista. Il le fixa de son air le plus mauvais et remarqua à cet instant les traits réguliers, la coupe de cheveux courte de ce gars qui l'apostrophait. Ce n'était pas un teufeur comme les autres. « Trop propre, trop poli. Ce petit pédé veut se faire une passe pour gagner sa soirée. »

— Casse-toi, connard. Va sucer ailleurs !

Olivier se sentit rougir, de honte et de colère. Ce Lapoudge l'avait pris pour une pute. Il lui parut plutôt maigre dans son blouson de jean noir. Olivier fit un pas pour le saisir au col. Mikel ne lui en laissa pas le temps. Il le repoussa, enchaînant sur un coup de poing à l'estomac, aussi rapide que brutal. Plié en deux, Olivier essayait de reprendre son souffle. Il entendit Lapoudge cracher vers lui :

— La prochaine fois, je te défonce, minable.

Même au rugby, personne ne lui avait jamais parlé avec cette haine. Sans bien comprendre cette violence qu'il n'avait pas prévue, Olivier s'en voulut d'avoir sous-estimé ce type, ses réflexes et sa force sèche, sous sa maigreur apparente. Il tenta de se redresser. Au moment où il allait de nouveau faire face à Mikel, Olivier eut deux secondes de distraction : un oiseau noir venait d'apparaître sur la vitre de la fourgonnette. Un corbeau ! C'était bien Lapoudge. Olivier voulut encore parler :

— Attends, Lapoudge, t'es con ou quoi ?

Avec une rapidité foudroyante, prenant appui sur la poignée de la fourgonnette, Mikel lui décocha un violent coup de pied. Atteint à l'épaule, Olivier glissa dans la boue et roula au sol, sonné. Son blouson s'ouvrit et laissa apparaître le manche de sa raquette. Mikel s'en empara, observant son adversaire recroquevillé dans la boue. « Un sportif... Un as de la raquette... Mon cul ! » Il se pencha vers Olivier en tapotant le bois de la raquette.

— Alors, champion, on joue au ver de terre...

Il fit un pas en arrière, s'arrêta et balança la raquette de toutes ses forces vers le corps étendu par terre. Dans un ultime réflexe, Olivier réussit à glisser l'avant-bras entre sa tête et la raquette. Il entendit un choc sourd et bascula dans un immense trou noir.

Baptiste et Brouste le retrouvèrent dix bonnes minutes plus tard. Olivier gémissait faiblement, couvert de sang. Le médecin diagnostiqua une fracture du métacarpien droit sans déplacement secondaire et une plaie profonde sur le front qui nécessita cinq points de suture.

— Si tu n'avais pas mis le bras, il t'aurait fendu le crâne, ce malade. C'est qui ?

Olivier ne donna aucun nom. Un peu vexé, il prétexta une mauvaise querelle.

— Ils étaient trois. Ils m'ont surpris. Avec mes tennis, j'ai glissé dans la boue.

Arrivés sur place quelques minutes plus tard, les gendarmes de Maubourguet firent évacuer quelques intoxications légères. Ils constatèrent le bris du matériel de sono et ramassèrent quelques pièces à conviction, dont une raquette cassée en deux, maculée de sang et de cheveux. L'enquête s'annonçait longue, malgré la plainte déposée par un DJ particulièrement vindicatif contre les « pedzouilles ». Personne n'avait pu identifier de plaque de tracteur. Même la patrouille qui était arrivée la première sur les lieux n'avait pas réussi à voir les tracteurs et leurs conducteurs. L'un des deux gendarmes qui avaient participé à l'intervention apporta une précision :

— Mais, mon adjudant, il y avait plein de boue et de merde partout !

L'adjudant Betbèze trouva le DJ très excité et pénible à supporter. Il pensa qu'il valait mieux laisser les « pedzouilles » en paix. Ce qui s'était passé assurerait pendant quelque temps la tranquillité du canton.

— Maintenant, ils iront raver ailleurs.

Mikel rejoignit le Relais en début d'après-midi, sous une pluie battante. L'eau coulait dans l'allée transformée en ruisseau de boue. Les branches cognaient dans la bourrasque. Allongés sous la grange, le museau pointé vers l'extérieur, Thor et Wotan ne bougeaient pas, pensifs, patients devant les éléments déchaînés. « Tiens, ça s'agite du côté des chambres, remarqua Mikel. Ils ont oublié d'éteindre les lampes de dehors. »

Il resta dans la fourgonnette garée sur le parking et attendit que l'orage passe, sans cesser de réfléchir. La fête au Marmajou n'avait pas été exactement ce qu'il attendait. Il ne s'était pas amusé. « Laurie n'a pas voulu venir... Je suis sûr qu'elle m'évite. Elle ne voudra peut-être plus sortir avec moi. » Et puis, il y avait eu cette intervention brutale des paysans du coin. Il avait reconnu le fils Lassalle et quelques autres, venus de Parrabère, Larreule, Artagnan, Caixon. Sa fourgonnette avait pris quelques giclées de purin, affolant Néra, toujours dans sa cage. « Ils me le paieront, tous ces cons. » Il en voulait à nouveau au monde entier.

Cette algarade avec ce type bizarre qui portait une raquette l'inquiétait. « Ce mec n'était pas un camé, ni un pédé. Il y avait autre chose. » Il ne comprenait pas quoi. Là encore, il aurait bien aimé avoir les conseils de quelqu'un. Il s'endormit, fatigué par ces efforts qu'il devait faire depuis quelques semaines pour ne rien laisser au hasard. La violence qu'il avait déployée ne l'effrayait pas, il la trouvait même dans l'ordre naturel des choses. Mais il voulait comprendre la logique de tout ce qu'il faisait.

Vers seize heures, des pas, des éclats de voix le tirèrent de sa somnolence. Néra s'agita sur le siège. Il vit Gaïa sur le perron qui lui faisait signe de venir. Ils discutèrent de longues minutes dans la salle de réception du Relais. A la fin de leur entretien, Milharis intervint. Il parla en tête à tête avec Mikel. Lorsqu'ils se séparèrent, le jeune homme ressentait de la fierté et un sentiment de puissance d'une saveur toute particulière. « Enfin, le Maître m'a confié ma première vraie mission de confiance. Il a besoin de moi. Je rejoins la grande fraternité du Relais de Lumière. »

Le couloir des chambres du Relais avait repris son calme. Clara finissait de ranger la chambre d'Agathe. Gaïa surgit, les lèvres pincées, le visage toujours aussi fermé, portant une carafe d'un liquide orangé.

— Il faut boire cette boisson énergétique préparée par le Maître pour reprendre des forces. Une première fois maintenant, ensuite quand je vous le dirai.

Clara et Agathe burent le liquide au goût d'orange, en essayant de deviner l'heure de cette journée plongée dans la grisaille et la pluie depuis le matin.

— C'est bien, lâcha Gaïa en se tournant vers Agathe. Nous allons bientôt ouvrir le nouveau cycle annoncé par le Maître.

Clara sourit à Gaïa et à Agathe, heureuse du compliment, fière d'avoir retrouvé tous les gestes précis de ce travail qui lui avait tant manqué, au début de sa dérive suicidaire. Elle était aussi très désireuse de participer à cette nouvelle étape du Relais de Lumière, promise par Milharis.

— Habille-la, ajouta Gaïa en désignant Agathe.

Et elle sortit, tenant le bébé contre elle.

Tout alla ensuite très vite. Dépassées, épuisées par les heures de veille et de souffrance qu'elles venaient de vivre, Clara et Agathe se laissèrent emporter dans le mouvement, sans comprendre, sans poser de questions. Gaïa leur fit de nouveau boire un peu de la boisson énergétique. Milharis les attendait sur le parking, près de la fourgonnette. Mikel était au volant, l'air toujours aussi sombre. La nuit était tombée, chaotique, perturbée par la pluie et un vent puissant qui faisait craquer les arbres de l'allée. Ils s'entassèrent dans la voiture et prirent la route de la plaine. C'était la première fois depuis août qu'Agathe sortait du domaine, mais elle ne pouvait rien voir, confinée à l'arrière du véhicule, assise sur un matelas qui sentait la fiente de poule, serrée contre Clara à qui Gaïa avait confié le bébé. Milharis se mit à parler :

— Le moment est venu de donner un nouvel élan au Relais. Cette nuit noire s'achèvera sur un espoir de renouveau... Chacun sera porteur de lumière et d'amour, dans le grand ordre naturel où fusionnent les énergies...

Les deux femmes entendaient un mot sur deux, trop fatiguées pour faire l'effort d'écouter. Agathe souffrait horriblement à chaque cahot, la tête dans un étau, le ventre brûlant. Elle s'était remise à saigner mais n'osa pas le dire à Clara, qui dormait par à-coups sur son épaule. Elles sortirent de leur engourdissement pour se retrouver dehors, hébétées, toujours l'une contre l'autre, au pied d'une petite église qu'elles ne reconnurent pas. Les bourrasques les faisaient trembler, les cheveux dans les yeux, leur manteau de laine trop léger transpercé par le froid.

Le vent emporta une nouvelle phrase de Milharis, qui parlait d'« épreuve de vérité », de « message au-delà de la mort ». Il essayait d'ouvrir la porte latérale de l'église, fermée à cette heure de la nuit. Sur un signe de tête, Mikel s'approcha et glissa une barre d'acier entre les deux battants. Milharis récupéra Clara et Agathe, comme un chien de berger rabat des brebis égarées sous l'orage, et les ramena en leur tenant les épaules, juste derrière Mikel. La porte céda dans un claquement sec. Personne ne pouvait les entendre. Le vacarme de la tempête couvrait tous les sons au-delà de cinq mètres. La nuit était un concert anarchique de craquements d'arbres et de claquements de tôles et de volets.

Agathe pensa à sa petite fille, toujours dans les bras de Clara. Celle-ci, la bouche contre la tête du bébé, embrassait son duvet tiède, comme si ce baiser sans fin pressentait une séparation. Milharis les poussa à l'intérieur. Elles mirent plusieurs secondes à reprendre leurs esprits, le souffle coupé, le cerveau de plus en plus lent à réagir. Le silence et le calme dans cette église plongée dans l'obscurité leur parurent irréels, comme le parfum paisible d'encens et de cire qui flottait encore dans la nef.

Une nouvelle fois, Agathe ressentit, jusqu'à l'écœurement, la forte odeur corporelle de Milharis qui la serrait contre son aisselle. Il transpirait, porté par une exaltation et un projet qu'elle ne comprenait pas. Puissant et déterminé, le Maître s'avança droit devant lui et alluma un gros briquet à essence, tandis que Mikel partait à la recherche de l'interrupteur.

— Regardez ! Plongez dans le grand mystère ! Voici la vie et la mort dans le même élan, le passé et l'avenir...

Agathe observa autour d'elle. Elle voulait s'asseoir, se reposer et prendre elle aussi, enfin, son bébé sur elle. A droite, au-delà de la chaire, des formes dorées réfléchissaient la flamme du briquet. Elle distingua un retable et un tabernacle d'une grande beauté. Elle aurait tant aimé une crèche pour pouvoir s'allonger avec son bébé. Milharis les attira de nouveau vers lui.

— Le baptême et la mort ! *In pulverem reverteris*[1] ! Jour de colère que ce jour-là !

La grosse flamme tremblotante éclairait un alignement de grands tableaux fixés au mur, à mi-hauteur. Horrifiée, Agathe discerna des bras tendus, des mains crispées, des cris d'horreur muets, des regards de peur absolue sous des nuages sombres, un dragon aux ailes de chauve-souris, des corps nus livrés au supplice. L'effort lui fut pénible, mais elle retrouva ce que cette scène lui rappelait : un livre-album commenté naguère avec l'abbé Douzous, au presbytère. L'image était une scène des fresques de la Sixtine, un détail du Jugement dernier de Michel-Ange. Elle comprit. Ils se trouvaient à cet instant dans la petite église Saint-Jean-Baptiste-d'Estirac, où un ensemble exceptionnel de huit grands tableaux avait été restauré. Deux ans auparavant, Agathe était venue dans cette même église pour l'inauguration de ce trésor méconnu du Val d'Adour. La paix et l'insouciance de cette époque lui parurent à des années-lumière. Ce souvenir si doux dans cette ambiance de folie lui coupa les jambes. Elle glissa aux pieds du Maître, qui continuait à tonner dans la nef vide où résonnaient ses imprécations, le visage éclairé telle une apparition diabolique par son briquet tenu à bout de bras :

— Jour de destruction et de misère ! Jour important et de grande amertume !

En quittant Estirac, la fourgonnette roula quelques centaines de mètres dans la plaine et s'arrêta sur un petit

1. Vous retournerez en poussière.

chemin goudronné. Ils étaient en pleine campagne, au milieu de nulle part, cinglés par les rafales de pluie. Quelques lumières clignotaient au loin, en partie cachées par des arbres. Agathe se demanda si c'étaient les lampadaires d'Estirac ou de Caussade, de l'autre côté de l'Adour, mais elle ne reconnaissait rien. Ses yeux lui piquaient, elle n'avait plus aucun repère.

Agathe ne comprenait pas ce qui lui arrivait, avançant contre son gré mais sans pouvoir résister dans cette nuit qui s'ouvrait devant elle, Clara à ses côtés, serrant la petite contre elle. Elle avait l'impression de longer un gouffre, sans garde-fou. Ils entrèrent dans un champ et marchèrent vers une masse sombre tassée à une cinquantaine de mètres. Milharis parlait toujours en serrant les deux femmes contre lui. Ses cheveux hérissés, couverts de gouttelettes d'argent, lui dessinaient un casque irisé et mouvant. Mikel avait suivi, avec sa longue barre sombre à la main.

— La mort n'est qu'un passage vers la vie, une étape inexorable. Rien ne peut arrêter la grande roue des forces. L'amour et la lumière domineront le monde. Et du néant surgira la lumière. L'éternité sera...

La masse sombre se découpait sur l'horizon plus clair. Agathe reconnut un ensilage sous une bâche noire luisante de pluie. Elle avait de plus en plus de mal à coordonner ses pensées. Son cerveau tournait au ralenti. Elle grelotta, s'appuya contre son amie qui marchait la tête toujours baissée.

D'un geste sec de faucheur, Milharis arracha soudain le bébé des bras de Clara. Elle aussi sans forces, elle abandonna l'enfant, les yeux levés vers le Maître, résignée, soumise totalement. Mikel avait soulevé un pan de la bâche en plastique. Il attendait, mâchoires crispées, légèrement penché vers l'avant, tout au succès de cette mission de confiance que lui avait confiée le Maître. Une odeur pestilentielle de plantes en décomposition se répandit autour d'eux, malgré les rafales de vent.

Agathe crut que la fatigue, le froid, la fièvre qui lui brûlait les yeux l'emportaient dans une vertigineuse chute libre. Elle voulut glisser au sol et s'allonger, dormir pour de bon, mais elle resta accrochée au bras de Clara, qui avait fermé les yeux, oscillant légèrement, sous les coups de la tempête. La pluie cessa, brutalement. Des écharpes de nuages noirs déchirés succédèrent à l'orage, chassés vers l'est par les dernières bourrasques. La lune apparaissait par intermittence, glaçant la campagne de sa lumière froide.

Sans cesser de parler de cette voix de bronze qui avait envoûté tant de fidèles et séduit tant de femmes, Milharis délivra le bébé de sa serviette et le déposa, nu, sur la masse végétale en fermentation. Surpris par le contact froid et mouillé, l'enfant tressaillit, ses bras battant l'air comme un noyé. Mikel le recouvrit aussitôt de la bâche. Le petit corps disparut au moment où Milharis reprenait les deux femmes aux épaules pour retourner vers la fourgonnette.

Les yeux toujours clos, Clara s'abandonna contre ce géant bienveillant qui n'avait cessé de la protéger. Mais Agathe s'efforça de garder les yeux ouverts en secouant la tête de droite à gauche, prise dans la gangue du somnifère qui tardait à produire tout son effet. Elle avait vu la scène sans comprendre et voulait rester éveillée, pour réagir, reprendre son enfant sur elle, au chaud. Elle entendit un coup sourd dans son dos. Tentant une dernière fois de s'arracher au sommeil lourd qui la paralysait, elle se retourna en gémissant. Des lambeaux de nuages passaient devant la lune. Le halo pâle voilé de deuil fixa l'horreur : Mikel se relevait, la barre de fer à la main, le visage contracté sur sa grimace de mort. La bâche noire portait encore la marque du coup qu'il venait de porter.

Agathe comprit et hurla. Elle puisa dans ses dernières forces pour s'arracher à l'emprise de Milharis. Elle courut vers le tas sombre, éperdue. La terre piétinée par le bétail lui collait aux pieds. Elle perdit ses chaussures, tomba, se releva. Milharis cria, une seule fois :

— Mikel !

Agathe se sentit prise, soulevée, emportée, jetée sur le matelas à l'intérieur de la fourgonnette où Clara gisait déjà, endormie. Elle voulut respirer très fort pour vaincre les vagues de sommeil, trop longtemps contenues. Elle chercha à se redresser, griffa la tôle et retomba. Ses yeux clignotèrent et se fermèrent sur une dernière vision : un oiseau noir, luisant de pluie, la regardait de côté, d'un œil cruel et courroucé.

10

Les nuits glacées appartenaient maintenant au passé, pour au moins quelques mois. Les jours rallongeaient et le soleil plus haut, plus généreux, revenait animer la terre et les hommes. Tout un monde d'insectes et d'oiseaux revivait. Les bourgeons éclataient les uns après les autres, cédant la place aux feuillages encore hésitants, petites feuilles vert tendre à la merci de la moindre gelée. Partout, la nature reprenait du volume et de la couleur.

Olivier Lussan piaffait d'impatience. Ses cinq points de suture au front et ses contusions multiples étaient oubliés, mais sa main droite restait immobilisée sur une boule de plâtre qui devait l'aider à ressouder le métacarpien. Il avait obtenu deux semaines d'arrêt de travail, car il lui était impossible de conduire la Saxo d'une seule main. Comme il était gaucher, il put reprendre l'entraînement au fronton. Il délaissa la pala pour son chistera, qu'il jugeait d'un maniement moins violent et plus précis. Il n'avait toujours pas racheté de raquette, après avoir perdu la sienne dans la boue du Marmajou.

Baptiste Lassalle venait de temps en temps le rejoindre et l'aidait à améliorer sa précision de lancer. Les deux garçons s'installaient de part et d'autre du terrain de rugby. Olivier lançait la balle vers les poteaux opposés, pour la faire retomber aux pieds de Baptiste. Il fallait doser exactement la force de projection de cette boule faite d'une bille de buis enrobée de latex, de laine et de deux enveloppes de cuir de chèvre. Bien manié, le panier d'osier et de châtaignier pouvait projeter la petite sphère de cent quinze grammes, aussi dure que la pierre, à près de trois cents kilomètres-heure. Olivier améliora progressivement ses trajectoires. Il gagna en précision. « *Ona* ! » criait Baptiste quand il jugeait que la balle était bonne. « *Berritz* ! » quand elle arrivait trop loin et qu'il devait la refaire. Bientôt, la balle ne roula plus qu'à moins de deux mètres de son ami. Les « *berritz* » se firent rares.

— Olivier, ne te fais pas justice toi-même, lui disait Lassalle. Confie tout ce bazar aux gendarmes. On les paie pour cela, non ?

Lussan hésitait encore. Pour les gendarmes, il lui fallait le témoignage d'Hélène Bonneville, mais les vacances scolaires de Pâques l'avaient éloignée momentanément du pays. Pendant au moins quinze jours, la jeune femme serait à l'abri de ce fou de Lapoudge, ce qui rassurait Olivier. Il parla aussi à l'abbé Douzous de la découverte du GHB destiné au Relais de Lumière. Le curé lui confirma que l'Eglise connaissait ce fléau. Il ajouta :

— Nous avons de bonnes raisons de penser que certains gourous utilisent ce genre de drogue pour mieux assujettir leurs fidèles. La volonté de puissance sexuelle n'est jamais très éloignée de la manipulation mentale. Cher Olivier, il faut aller prévenir les gendarmes d'urgence. Si vous ne le faites pas, je le ferai moi-même. Autrement, ce serait de la non-assistance à personne en danger.

Olivier lui demanda quelques jours de délai. Il se sentait personnellement responsable de la fuite d'Agathe et voulait tenter de réparer son aveuglement. Il avait aussi mûri un plan, sous l'influence de l'humeur guerrière de Maurice Peyroulet, qu'il passait parfois prendre chez lui pour l'emmener au fronton. Le papoun le regardait jouer en le traitant de feignant, mais il avait crié sa joie au récit de la « teuf » sabotée par les jeunes paysans du Val d'Adour. Olivier lui avait raconté les dernières péripéties, sans le détail de la « drogue du viol ». Il ne fallait pas l'inquiéter davantage.

« *A ! Lous maishants ! Lous caps de ben* ! »

Peyroulet ne quittait pas son *cassecan*, prêt au combat. Il ne comprenait pas pourquoi Olivier tardait à donner l'assaut au Relais. « Va nous la chercher, notre Tinou, qu'on n'en parle plus ! »

Il fallait lui expliquer le respect de la loi, les délais nécessaires à une action juridique. Les parents Labadie avaient effectivement pris contact avec un avocat. Quant au dossier de disparition de Nathalie Moulis, il n'avait pas progressé d'un pas, toujours aussi vide.

« Nous manquons d'éléments concrets et surtout de témoignages, expliquaient les gendarmes, qui avaient pourtant discrètement relancé leur enquête après avoir enregistré des rumeurs sur de graves incidents qui auraient émaillé les rave-parties d'Estirac et du bois du Marmajou.

Un matin, à la pause casse-croûte, Estève réunit tous les agents du bureau de poste, l'air solennel et soucieux. Dastugue était absent.

— Les gars, notre collègue Dastugue est de nouveau en arrêt pour deux jours. C'est la troisième fois ce mois-ci. Et vous avez vu dans quel état il arrive le matin : bourré dès sept heures. Ça ne va pas durer longtemps.

— Je crois qu'il ne dort pas très bien, précisa Forté, le doyen du bureau.

— C'est vrai, mais il y a une raison à cela et vous la connaissez. Depuis un mois, il nous casse les oreilles avec son histoire de Martiens. Il en voit près de chez lui, chaque nuit.

— Oui, quand il picole. C'est sûrement à cause de l'histoire de secte de Lussan.

— Et ces rave-parties, ça lui a tourné les sangs.

— Peut-être, mais je suis troublé. Je l'ai pris hier matin entre quat'z'yeux. Il était à jeun. Il m'a répété son histoire de Martiens, et sérieux comme un pape. Cette affaire m'embête. Et si c'était vrai, après tout ?

Tout le monde se mit à parler dans un brouhaha phénoménal. Chacun avait son explication, et une bonne partie des agents n'étaient pas loin de se rallier à l'idée de Forté : et si c'était vrai ? Le lendemain, ce dernier appela Dastugue, au repos chez lui. L'autre lui répéta à nouveau ce qu'il avait vu la veille, à deux pas de chez lui.

— Des Martiens, je te l'assure, Forté. Et je ne te fais pas de blague. Pas à toi, tu le sais !

Forté, son plus vieil ami, réfléchit et revint avec une proposition qui avait l'accord de Dastugue. Les agents iraient ensemble chez ce dernier, à Artagnan, pour attendre l'arrivée des Martiens et lever le doute. Tous approuvèrent.

— Oui, mais... Qu'est-ce qu'on va manger en attendant les petits hommes verts ? demanda Forté, la plus solide fourchette du bureau après Dastugue.

La réunion de vérification de la présence de Martiens en Val d'Adour se transforma aussitôt en projet pantagruélique.

— Eh, té, il le faut. On ne sait jamais, s'il leur prenait l'envie de nous enlever. Il vaut mieux faire des provisions.

Il fut décidé que ce serait un souper, avec épouses ou compagnes. L'événement méritait des témoins et, s'il s'agissait d'être désintégré ou emmené vers les galaxies lointaines, autant partir en couple. Les tâches furent réparties. Olivier devait apporter le pain.

— Passe chez le boulanger de Labatut, c'est le meilleur par ici, lui conseilla Estève.

A l'heure dite, un jeudi soir, ils se retrouvèrent tous à la table de Dastugue pour l'aider à reprendre pied face aux visiteurs de l'espace. Chacun y avait mis du sien. Velouté de cèpes, pâté de canard à l'armagnac, jambon de Villefranque, saucisson de Forté et autres cochonnailles diverses, confits de canard avec pommes sautées à l'ail et haricots tarbais, scaroles et feuilles de chêne, brebis des Pyrénées, gâteau au chocolat et ananas en boîte.

— Mais pourquoi de l'ananas en boîte ? s'interrogea Estève. Ce n'est pas la saison.

— C'est toujours la saison des boîtes d'ananas, répondit doctement Forté. Ne sais-tu pas que ce fruit dissout les graisses ?

Le bureau approuva en pensant qu'il en faudrait des tonnes pour diminuer la charge pondérale de Forté, le bien nommé. A vingt-trois heures trente, le souper était déjà bien avancé lorsque Dastugue, dressé au bout de la table, réclama le silence. Il se racla la gorge et, les deux mains sur le dossier de sa chaise, déclara dans un silence de cathédrale :

— J'y vais ! C'est l'heure ! Vous verrez qu'un Dastugue n'est pas un *pégot*...

Les convives en étaient au fromage. Le vin était gouleyant, l'armagnac allait suivre avec le fondant au chocolat. Personne n'était pressé d'aller à la rencontre des visiteurs du troisième type. Ils mirent peu d'enthousiasme à quitter la table si tôt.

— Attendez-moi ici, ajouta Dastugue, qui s'éclipsa, la serviette encore autour du cou.

Ils se regardèrent, muets, hésitant entre la moquerie et la curiosité. Certains voulaient sortir tout de suite, pour voir. D'autres disaient qu'il fallait attendre le signal de Dastugue. Olivier s'amusait avec le vieux chien de la maison, peut-être le seul dans la pièce à garder son sang-froid. Dix minutes s'étaient écoulées quand, soudain, la porte vitrée de la cuisine s'ouvrit sur un Dastugue blême et tremblant :

— Ils sont là !

Le temps et les mastications s'arrêtèrent net. Après deux secondes de silence total, un tonnerre de chaises repoussées, d'exclamations plus ou moins inquiètes, de couverts heurtés bouleversa la pièce. Tous se précipitèrent à l'extérieur. Dastugue fit arrêter la compagnie à l'angle de sa grange. Les hommes s'entassèrent derrière lui, les femmes au second plan, à l'abri, en cas de mauvaise rencontre. Elles riaient, très sceptiques, connaissant la crédulité des hommes. Dastugue s'était donné du courage avec une nouvelle lampée d'alcool. Il ne cessait plus de grommeler :

— Ah, ça oui ! On ne pourra plus me dire non ! Ah, ça oui...

Il était presque minuit. Douze têtes pointèrent simultanément à l'angle de la grange. Douze paires d'yeux un peu anxieux scrutèrent, ensemble, le point que leur désignait Dastugue : un champ situé à l'arrière de sa maison, le long du chemin vicinal qui menait vers le bois du Marmajou. A cinquante mètres contre la clôture, quatre vaches paisibles tournèrent la tête en même temps et fixèrent en retour les facteurs interloqués. Quatre belles blondes d'Aquitaine, allongées en rond, sous la clarté blafarde du lampadaire.

— Alors, je vous l'avais bien dit ! triompha-t-il en montrant du doigt le champ. Ils ont même des antennes, voyez !

Ses collègues comprirent la méprise. Avec quelques grammes d'alcool dans le sang, une mauvaise vue et le nouvel éclairage installé depuis peu par la mairie d'Artagnan, la tranquille assemblée des bêtes à cornes, mises au pacage depuis quelques semaines par le voisin, avait pris l'allure d'une soucoupe volante hérissée d'antennes. Certains partirent d'un énorme éclat de rire qui résonna dans la nuit. Les chiens du voisinage hurlèrent à l'unisson.

— Maintenant, on sait que les Martiens ruminent et laissent des bouses...

D'autres tentèrent d'expliquer à Dastugue son erreur. Il fit semblant de les croire. Ils essuyèrent des larmes : lui d'émotion, les autres de rire. Le gâteau au chocolat fut fameux, l'armagnac encore plus. Ils arrosèrent la « nuit des Martiens » comme il se devait, en trinquant à Dastugue revenu à lui. La soirée était belle, les blondes d'Aquitaine aussi.

Mikel ne quittait pratiquement plus le Relais, avec ordre de surveiller de plus près encore Agathe. Il revenait chez lui pour dîner et dormir. Les week-ends, il demeurait employé à la Tour des Rapaces, mais il passait le reste de la semaine à la disposition de Milharis et Gaïa, qui ne tenaient pas à le voir s'éloigner. Ils n'étaient pas d'accord sur sa loyauté. Milharis le croyait subjugué et totalement soumis. Gaïa en doutait. Le corbeau noir l'impressionnait. Elle trouvait Mikel parfois trop curieux et un peu pressant à l'égard d'Agathe.

« C'est normal, répondait Milharis. Il veut s'instruire. Et peut-être qu'il croit avoir des droits sur Agata, depuis l'autre nuit. Ce serait naturel. Mais il n'y touchera pas. »

Les commandes de lampes en cristal de sel, de bracelets magnétiques et de bougies auriculaires battaient tous les records. Les expéditions se multipliaient. Mikel faisait maintenant quatre livraisons par semaine au Sernam de Tarbes. Pour le récompenser et l'attacher un peu plus à sa personne, Milharis lui avait offert un deuxième cadeau, en lui promettant de l'emmener bientôt quelque part : un « bracelet aux six aimants permanents », qui devait soulager les douleurs à la nuque dont Mikel se plaignait. Le Maître l'avait magnétisé, mais sans résultat apparent.

« Tu es extrêmement noué. Tu vas porter ce bracelet pendant six mois et on refera une nouvelle séance. Il va libérer un flux magnétique positif qui devrait te soulager. »

Milharis se préparait à la deuxième phase de ce « nouvel élan » qu'il avait évoqué en mars et sur lequel il était revenu lors d'une récente Assemblée de Lumière : la conception de celui qui pourrait parachever son œuvre. Les fidèles attendaient ce moment avec impatience, émus de participer d'aussi près à un tel événement porteur de vie et d'avenir...

Ils ne voyaient plus Agathe, logée désormais dans le château, à côté de la chambre de Gaïa. Terriblement choquée à l'issue de la nuit qui avait conduit à la perte de son bébé, elle restait alitée, sous sédatif, récupérant progressivement ses forces, avec l'assistance du docteur à qui Gaïa avait parlé d'une fausse couche, à la suite d'une chute. Le médecin soignait Agathe sans poser d'autres questions. L'important pour lui était de remettre la jeune femme sur pied et surtout de poursuivre sa recherche sur son électromètre. Milharis lui avait confié que l'heure d'un grand départ approchait et qu'il ne serait pas oublié.

Clara avait refait surface plus vite qu'Agathe. Gaïa lui avait mis une sorte de marché en main : elle pouvait continuer à s'occuper d'Agathe en restant auprès d'elle, même la nuit ; sinon, elle devrait retourner aux travaux de la cuisine et s'éloigner un peu plus du Maître. Perdue, tourneboulée par des événements qu'elle n'avait pas encore bien compris, Clara n'avait pas hésité. En logeant dans la chambre d'Agathe, elle verrait plus souvent le Maître. Le jour et peut-être la nuit, comme au début du Relais de Lumière.

Milharis savait que les échéances approchaient, au terme d'un calendrier mis au point avec Gaïa.

« Un mois de repos total pour purifier Agata. La transmission du flux vital permettra à Abelio d'apparaître pour le solstice de décembre, lorsque le monde se remettra en route vers la Lumière... »

Pour Mourat, le cauchemar commença un matin de vent d'autan, poisseux, insidieux, agaçant les hommes et les bêtes. Cette chaleur inhabituelle inquiétait les paysans, qui redoutaient des floraisons trop rapides suivies d'un retour du froid qui pouvait être mortel pour les futures récoltes. Mourat travaillait à la clôture d'un pré où il allait mettre bientôt son troupeau au pacage, en attendant de le mener plus loin, sur les bords de l'Adour.

Les jours précédents, il avait remarqué une anomalie du côté de son ensilage. Les pneus qu'il disposait toujours de la même façon pour éviter la prise au vent avaient un peu bougé, sur un coin de la bâche. Le changement était imperceptible, mais il s'en était rendu compte très vite. C'était en mars. Il n'y avait guère fait attention jusqu'à la veille de ce jour poisseux. En rentrant le tracteur sous la grange, il avait aperçu au loin deux chiens qui s'enfuyaient, après avoir rôdé autour de la masse sombre.

Ce matin-là, occupé à tirer un fil barbelé entre deux piquets, il jetait de temps en temps un regard vers l'ensilage. En fin de matinée, après quelques heures de forte chaleur, il revenait de son atelier où il était allé affûter sa pince lorsqu'il aperçut un, puis deux, puis toute une volée de corneilles tournoyant autour de l'ensilage. Certaines se posaient de l'autre côté avant de repartir à tire-d'aile. D'autres arrivaient des collines et se posaient le long de la clôture.

« Un *carnus*[1] quelconque », pensa-t-il en se rapprochant. Son arrivée fit s'envoler les oiseaux noirs qui attendaient sur la route. Il fit le tour de l'ensilage et recula, effrayé devant le grouillement sombre rassemblé sur un coin de la bâche. Plusieurs dizaines de corneilles se piétinaient à cet endroit. Elles s'envolèrent brutalement dans toutes les directions, au ras du malheureux Mourat. Affolé, il mit les bras sur sa tête pour se protéger. Le souffle de ce décollage massif souleva un peu de poussière et repoussa la bâche, déchirée sur une bonne longueur par des centaines de coups de bec. Mourat s'approcha.

Un amas plutôt clair faisait tache sur le matelas sombre du fourrage fermenté. Il vit des débris de toutes sortes, certains minuscules. « Une belette », se dit-il. Il repéra un os long. « Une patte de renard... » Il se pencha, regarda mieux. Presque enfoncée dans la masse végétale, il vit une forme parfaitement ronde. « Un... crâne. *Ilh de puto...* » Il jura deux, trois fois, fasciné par cette forme humaine si petite mais reconnaissable. C'était un bébé que se disputaient les corbeaux. Il chercha à comprendre ce qui restait du cadavre.

La bande d'oiseaux s'était regroupée à une cinquantaine de mètres de l'ensilage, attendant son départ. Mourat en eut froid dans le dos. Il regarda plusieurs fois autour de lui, remit la bâche en place, arrima solidement quatre ou cinq pneus dessus et se dépêcha vers la maison, en appelant sa femme.

Elle refusa de se rendre à l'ensilage, effrayée à l'idée d'être vue par un voisin en train de soulever la bâche. Mourat voulait tout dire aux gendarmes. Elle refusait. Jusque tard dans la nuit, ils évaluèrent les risques d'une telle démarche. Les Mourat n'étaient pas parfaitement en règle avec le fisc. Ils redoutaient des rappels de versements. Ils

1. Une charogne.

avaient aussi pris du retard pour les assurances. Un de leurs deux tracteurs n'était ni immatriculé ni assuré.

— Et le *carrerot*[1], malheureux ! Tu n'y penses pas !

Ils étaient en bisbille avec leurs voisins depuis des années pour un obscur droit de passage le long du canal.

— Ils vont aller interroger les Carrère. Tu penses, ils vont tout leur dire ! On va tout perdre !

Vingt ans auparavant, sans aucune autorisation, les Mourat avaient clôturé un petit chemin qui longeait le canal. Les cris et les menaces n'avaient rien changé. Les Carrère, leurs premiers voisins, avaient arraché des piquets pendant un moment, mais les Mourat s'étaient obstinés, accrochés à ces arpents qu'ils espéraient rattacher à leur enclos, avec le temps. Les voisins se lassèrent. La végétation poussa, un taillis de ronces, de petits saules et de grandes herbes peu engageantes qui découragèrent définitivement toutes les tentatives de récupération. Quelques années plus tard, les Mourat nettoyèrent cette friche, agrandissant ainsi leur champ d'une cinquantaine de mètres carrés. Mais ils vivaient toujours dans l'angoisse d'une plainte.

— Pas de gendarmes chez nous, conclut la femme.

Mourat se retint pendant une semaine, de plus en plus nerveux. Il ne sortait pas sans jeter un regard inquiet à son ensilage. Il n'osait s'en approcher, comptait le nombre des corbeaux. Un matin, prétextant une course à faire chez le mécanicien, il se rendit à la gendarmerie. Mourat était réputé sobre et sérieux. Les gendarmes le crurent et se déplacèrent. Sur place, ils trouvèrent peu d'indices. Il ne restait que quelques fragments d'os mêlés aux végétaux. La fermentation et la voracité des animaux avaient accéléré le processus de décomposition.

1. Petit chemin.

— Cela peut vous coûter cher, Mourat, d'avoir tant attendu, lui expliqua l'adjudant Betbèze. Dissimulation de preuve d'acte délictueux...

Le soir même, sa femme, folle de colère et de honte, le mit à la porte en lui cassant un balai sur la tête.

— *Qu'in coun, aquet*[1] ! Va dormir sous ta bâche, *praube pégot* ! Ils vont tout fouiller par chez nous, maintenant. Les Carrère vont nous le reprendre, le *carrerot*...

Cette affaire obscure, quasiment sans éléments matériels, ne fut pourtant pas classée sans suite. La brigade de Maubourguet transmit l'information aux départements limitrophes, avec une demande de recherche sur une femme susceptible d'avoir accouché en mars et qui n'aurait pas déclaré le décès de son nourrisson.

A Pau, les gendarmes interrogèrent les médecins de la ville. La routine. Le sondage ne donna guère de résultat probant, à l'exception d'une histoire de fausse couche à huit mois, consécutive à une mauvaise chute, située précisément dans les Hautes-Pyrénées. Le docteur rondouillard qui raconta l'anecdote amusa les deux gendarmes auxiliaires qui lui rendirent visite. Cet homme fantasque, passionné par les inventions mécaniques, vivait dans un bric-à-brac de professeur Nimbus. Quelques jours plus tard, Pau transmettait à Tarbes le résultat de l'enquête. L'adresse indiquée par le petit médecin chauve dépendait de la brigade de Maubourguet : Relais de Lumière, à Monluc.

Le retour des beaux jours permit à Agathe de reprendre ses promenades à l'extérieur, toujours surveillée à distance par ce Mikel dont elle avait réussi à connaître le nom par Frank. Elle passait des heures allongée sur une

1. Quel con celui-là.

chaise longue, installée sur la pelouse devant le corps de bâtiment principal. Agathe restait au soleil, les yeux fermés, s'efforçant de revivre. Elle ne cessait de penser à sa descente aux enfers, ce meurtre de son bébé, son étrange impuissance qu'elle analysait de plus en plus comme une paralysie anormale. Elle commença à se demander si Clara et elle n'avaient pas été droguées.

Agathe décida de se battre, de partir, de détruire ce Relais. Elle avait maintenant deviné qu'elle n'avait pas quitté la région du Val d'Adour. Le Relais ne devait pas se trouver très loin d'Estirac. Sans ses lunettes, elle se sentait un peu infirme et elle manquait encore de repères. Les arbres autour de la propriété bouchaient toute la vue. Agathe ne pouvait jamais s'approcher de la clôture, un mur de près de deux mètres de haut.

Ce soleil de printemps qu'elle connaissait si bien lui semblait fade. Elle aimait autrefois s'y brûler la peau, si pâle en sortant de l'hiver. Mais rien n'y faisait : bien que couverte des pieds à la tête, un froid insidieux ne la quittait plus, une chape de glace pesait sur elle, une terrible impression de vide et d'isolement qui lui donnait parfois le vertige.

Elle avait maigri et perdu des cheveux. Ses muscles avaient fondu. Elle avait honte de ce corps qu'elle ne pouvait plus voir dans une glace depuis des mois mais qu'elle regardait comme une étrangère, le soir dans sa chambre.

— Tu es très belle, la rassurait Clara. Tu as bien récupéré de ta...

Elle n'achevait pas, n'osant plus prononcer les mots de « maternité », d'« enfant » ou de « naissance ». Agathe lui répondait toujours « oui », mais elle avait aussi appris à se méfier de Clara. Même encore physiquement très faible, elle se savait désormais plus forte, à l'intérieur d'elle, ne cessant de réfléchir sans jamais rien révéler de sa réflexion, le cerveau dédoublé. Agathe veillait à ne plus se laisser envahir par tout ce que le Maître et les fidèles pouvaient dire ou faire. Elle sortait progressivement de cette camisole de mots qui l'avait engourdie pendant des mois.

Milharis semblait content d'elle. Il continuait à l'envelopper de bonnes paroles, d'images, de promesses de bonheur dont elle n'avait maintenant que faire. Un jour, elle saisit qu'il souhaitait un enfant d'elle pour un projet obscur dont elle serait la « matrice ». Revenue dans sa chambre, elle vomit. Clara ne comprit pas. C'est ce soir-là qu'Agathe décida de partir le plus vite possible et de tout faire exploser.

Peu après cette conversation avec le Maître, il y eut une autre Assemblée de Lumière. Milharis l'avait imposée à Gaïa, qui trouvait la cérémonie prématurée. Elle jugeait que son frère se précipitait. L'enfant gâté n'était jamais loin sous la carcasse du Maître. Elle estima que c'était un nouveau caprice.

— Elle n'est pas prête. Tu dois encore attendre. C'est hormonal.

— J'ai besoin de la voir encore. Je dois restituer sa pureté et transmettre mon champ de forces. Il ne faut pas attendre, pour que tout soit prêt le jour venu.

— Je serai là. Tu n'iras pas plus loin que la limite que nous avons fixée...

Agathe redoutait ce rendez-vous dans la salle de Lumière. Elle s'était longuement interrogée sur le cérémonial qu'elle avait déjà vécu trois ou quatre fois, seule dans le rond de lumière des flambeaux, face au Maître. Elle avait questionné Clara, en vain. Agathe pensait que l'Assemblée répondait à un rituel de manipulation, mais sans en comprendre le moyen ni la forme. Elle se présenta ce soir-là dans un état de résistance psychologique extrême, mais apparemment soumise. Elle se souvint de ce que ses parents disaient : « Quelle comédienne tu es ! »

Les paroles du Maître glissèrent sur elle. Lisse et consentante, la tête humblement penchée, les yeux baissés, elle guettait tout. Elle vit Gaïa sortir de l'ombre et apporter les deux coupes en bois. L'une portait un anneau de cuivre. Milharis s'en empara et lui tendit l'autre. Il semblait plus nerveux que d'habitude, plus pressé. Il respirait plus sourdement, des gouttelettes au front. Elle entendit la musique de fond, des chœurs tibétains lancinants qui permettaient aux assistants d'évacuer la salle sans autre bruit que cette mélopée douce et anesthésiante.

Elle porta la coupe à ses lèvres, retrouva le même arôme d'agrumes. Pour la première fois, elle réalisa ce que lui rappelait cette odeur : les médicaments pour enfants, au goût d'orange, pour faire passer une potion amère. « Ce parfum est un masquant », comprit-elle avec horreur au moment où elle avalait la deuxième gorgée. Milharis avait bu entièrement sa coupe et se détourna légèrement pour la poser au sol. Agathe en profita pour faire glisser la sienne, quasiment pleine, derrière elle.

Quelques secondes plus tard, elle éprouva un léger picotement dans la gorge, puis une étrange sensation au bout des doigts, progressivement privés de sensibilité. La tête un peu lourde, elle comprit que cette coupe au goût d'orange contenait de la drogue, comme pour chaque Assemblée de Lumière. Dans la nuit tragique de mars, lorsque Milharis et Mikel avaient fait disparaître son enfant, Clara et elle avaient bu aussi ce « liquide fortifiant » présenté par Gaïa. On les avait droguées, écrasées de somnifères pour les associer à ce sacrifice, sans qu'elles puissent résister, pour mieux les manipuler ensuite.

Agathe sentit qu'elle s'affaissait lentement, le bras sur le côté pour se retenir dans sa glissade, lucide sur l'effet de la drogue qui se répandait en elle mais trop faible pour lutter contre l'effet de l'anesthésique. Le cerveau cotonneux, elle préféra s'allonger, comme les premières fois, les paupières baissées. Elle n'avait bu que deux gorgées à peine. C'était son seul espoir pour ne pas sombrer complètement et pouvoir résister, de toutes ses forces, au piège tendu par Milharis et Gaïa.

Au-dessus d'elle, le Maître soufflait, au comble d'une exaltation qu'il avait trop contenue jusque-là. Il attendait depuis longtemps ce moment, à chaque fois repoussé, sur les ordres de Gaïa. Agathe respirait doucement, allongée devant lui. Il toucha ses cheveux dénoués, fit jouer dans les mèches qu'il caressait les reflets d'acajou sombre allumés par les flambeaux. Sa main descendit, effleura le front et les joues, la gorge. Milharis sembla hésiter, puis Agathe sentit un léger mouvement sur son ventre. Milharis tirait délicatement le cordon qui retenait sa blouse. Elle pensa qu'il fallait réagir à cet instant, se relever. Elle en fut incapable, ses bras lourds comme du plomb, le cerveau figé, éteint par la drogue.

Elle gémit, sa tête roula sur le côté. Milharis s'interrompit, puis il reprit ses mouvements, remontant la tunique d'Agathe jusqu'aux épaules. Ses mains redescendirent jusqu'au ventre en suivant chaque courbe du corps offert. Agathe sentit la chaleur de ses larges paumes sur ses seins, son ventre, ses hanches qu'il souleva. Milharis fit glisser le pantalon d'Agathe d'une dizaine de centimètres. Ses mains poursuivaient la caresse, dans le creux de l'aine. Elle sentit une pression sur son bas-ventre. Elle voulut hurler mais elle ne réussit qu'à émettre un bruit pâteux que le violeur n'entendit même pas. Il baissa la tête, respira profondément et s'inclina sur elle, la bouche et le nez à la rencontre du pubis d'Agathe.

— Raymond !

Gaïa était entrée pour remettre de l'ordre dans la salle et surveiller son frère, dont elle se méfiait. Elle venait de trouver la coupe d'Agathe restée dans l'ombre, celle dans laquelle elle avait dissous le GHB. Le contenu était quasiment intact : Agathe n'avait presque rien bu. Soit elle n'était pas tout à fait endormie, soit elle allait se réveiller d'une seconde à l'autre.

— Raymond ! Arrête ! Regarde, elle n'a pas tout bu...

De nouvelles fiches de renseignement étaient venues compléter les dossiers de gendarmerie concernant Agathe Labadie, Nathalie Moulis et le Relais de Lumière. Les trois affaires n'étaient pas directement liées, mais l'adjudant Betbèze avait tiqué sur quelques coïncidences bizarres : la proximité des dates et des lieux des disparitions, les rumeurs persistantes de violences et d'usage de stupéfiants pendant les rave-parties, des noms et des lieux se croisant sans cesse au hasard du dossier, jusqu'à cette histoire de bébé mort dont les restes avaient été retrouvés chez Mourat, à quelques kilomètres du Relais de Lumière, où on avait signalé une femme enceinte, sans identité connue. Il avait commencé à relier certains fils, mais, faute de moyens et d'effectifs, son puzzle n'avançait plus. La dernière note reçue de Tarbes permit au chef de la brigade d'y voir soudain plus clair.

A la demande d'Hélène Bonneville, l'adjudant Betbèze avait enrichi le dossier avec les déclarations de Juliette Andréani, puis celles de Laurie. Les deux filles s'étaient troublées et avaient cité les mêmes noms : Mathias Capdetrey et Michel Lapoudge. Le premier était décédé, victime d'un coma éthylique. L'autre était connu pour ses bizarreries et sa violence. Il semblait maintenant travailler de façon quasi permanente au Relais de Monluc.

Lapoudge résidait encore officiellement à côté de Saint-Lézer, mais les gendarmes de Vic n'avaient pas réussi jusque-là à s'entretenir avec lui. Ses parents répondaient toujours qu'il n'était pas là.

Le rapport de renseignement envoyé par le groupement de gendarmerie des Hautes-Pyrénées relançait l'intérêt de ce dossier. Il signalait la présence de GHB dans le département. La note évoquait un informateur bénévole résidant à Lourdes, « non rémunéré, sérieux et bien placé », agissant sous le coup de l'indignation. Elle citait un lieu présumé de trafic : Monluc. Betbèze relut deux fois ce que précisait la note : « un endroit clos où séjourneraient beaucoup de personnes ».

Monluc, Lapoudge, la femme enceinte, un bébé mort, le GHB, tout cela devenait troublant. D'autant plus que ce Relais de Lumière dirigé par Raymond Pailhès, alias Milharis, et par sa sœur Simone, alias Gaïa, était sous surveillance discrète depuis deux ou trois ans. Des écoutes téléphoniques déjà anciennes avaient signalé cet ancien gîte comme un point de passage possible de militants indépendantistes basques, français et espagnols. La surveillance avait été par la suite abandonnée, faute d'effectifs suffisants. L'adjudant Betbèze décida de lancer une patrouille de routine, ordonnant à deux de ses hommes d'aller discuter avec les propriétaires du Relais.

« Voyez si quelque chose cloche... »

Ils choisirent le samedi, sachant que le Relais recevait du monde ce jour-là. La porte ne serait pas fermée aux visiteurs. N'ayant aucun mandat, ils ne pouvaient pas forcer les occupants à les recevoir. L'accueil fut poli mais froid. Gaïa reçut les deux gendarmes sur le pas du portillon. Ils ne purent ni entrer ni rien savoir sur les occupants.

— Nos amis sont en retraite. Nous nous sommes engagés à préserver leur tranquillité et leur anonymat.

— Michel Lapoudge travaille-t-il chez vous ?

— Oui, mais il n'est pas là pour l'instant. Il est allé faire des courses à Tarbes.

— Vous lui direz qu'il passe nous voir à la brigade de Maubourguet ou à celle de Vic. Rien de grave, c'est administratif. Tiens, vous avez un camping-car ?

— Des clients à nous.

Les gendarmes conclurent que cette femme était méfiante et qu'elle semblait leur cacher quelque chose. Le plus jeune des deux avait réussi à retenir le numéro d'immatriculation du camping-car garé dans la cour. Il était au nom de Frank Veurmans, citoyen suisse. Après quelques jours, le fichier d'Interpol leur apprit que Frank avait été emprisonné dix-huit mois à Zurich pour pédophilie. Considéré comme un peu illuminé, cet ancien cadre financier d'une grande banque suisse avait quitté sa femme et la Suisse sans laisser d'adresse. La fiche estimait que Frank Veurmans pouvait avoir rejoint une secte dans le sud de la France.

Gaïa était perplexe, inquiète. Elle se douta que Mikel avait fait une bêtise et leur avait caché quelque chose. Elle craignait aussi la reprise de la surveillance du Relais dans le cadre des enquêtes sur l'ETA. Le survol du domaine par un hélicoptère, deux jours plus tôt, l'avait alertée. Il fallait se débarrasser des caisses surveillées par le couple d'Espagnols qu'ils hébergeaient de temps en temps. La discussion avec Milharis fut vive, mais l'inquiétude de Gaïa gagna le Maître. La curiosité des gendarmes pouvait devenir dangereuse pour leurs projets. Il fallait accélérer le départ pour le grand voyage.

La colline de Monluc avait pris sa parure d'été. La plupart des petites routes et des chemins autour du Relais n'offraient que très peu de vues sur le domaine.

La grande bâtisse elle-même était nichée dans un écrin de chênes, frênes, tilleuls, marronniers et trois beaux cyprès, ce qui restait d'un immense parc. Le château, disait-on, avait hébergé Henri IV, venu passer une nuit sur la colline avec une de ses nombreuses maîtresses.

A force d'inspecter les environs avec sa moto, dès sa tournée finie, Olivier finit par repérer un endroit discret, marqué par une croix de mission, presque oubliée, en lisière d'un bois de noisetiers. Cet endroit retiré, au détour d'un minuscule chemin vicinal qui filait en direction de Lascazère, offrait une vue plongeante sur l'aile sud-ouest du Relais. Olivier reconnut une partie de la façade principale, telle qu'elle figurait autrefois sur la brochure de l'ancien gîte. Pour mieux voir, il se hissa avec précaution contre la grosse croix métallique fichée sur un socle de pierre. Agrippé au fer forgé, il observa longuement la pelouse qui s'étalait devant la façade ocre et chacune des fenêtres. Certaines étaient fermées, d'autres dissimulées derrière des volets de bois gris clair. Il n'avait aucune idée de l'endroit où pouvaient se trouver les fidèles.

« Ils ont aménagé des chambres dans les anciens communs, lui avait dit Dastugue. Mais il y en a aussi dans le corps principal du bâtiment. »

Olivier descendit une ou deux fois pour se dégourdir les jambes et reprit sa faction. Vers dix-sept heures, alors qu'il allait renoncer, il nota un mouvement. Deux silhouettes discutèrent un moment devant la porte principale, rejointes par deux gros chiens. Elles leur jetaient des bouts de bois qu'ils rapportaient dans la gueule, inlassablement. Olivier distinguait mal ces deux personnes, vêtues de la même manière. Un léger mouvement près de l'allée lui indiqua la présence d'une autre personne. Il ne vit qu'une ombre noire près d'un chêne.

Il plut à torrents pendant deux jours. Olivier renonça à monter sur Monluc. Lorsqu'il retourna à la croix, le soleil brillait depuis le matin, la nature paraissait lavée de tout. Des pollens glissaient au gré des courants d'air, chassés par le vent de la plaine vers la colline. Olivier avait apporté la paire de jumelles que lui avait prêtée Estève, grand amateur de randonnées écolos dans les Pyrénées. Il camoufla sa moto dans le sous-bois et s'installa sur la croix, mieux que la première fois, retenu par une sangle, ce qui lui permettait d'avoir les mains libres.

La pelouse du Relais était déserte, les fenêtres sans vie. Il poursuivit son inventaire des abords. A la lisière du parc, à environ cent cinquante mètres du bâtiment, deux ifs de la clôture qui doublait le mur d'enceinte tranchaient sur les autres par leur couleur jaune. Il prit repère sur ces arbres morts pour mieux s'orienter dans la masse verte qui brouillait le regard. Habitué aux trajectoires des balles sur le fronton, il sut évaluer les distances, malgré le soleil, face à lui, qui l'incommodait.

Il observait depuis près de deux heures lorsqu'il entendit un moteur de voiture qui escaladait le lacet. Il bondit dans le bosquet de noisetiers en contrebas. Quand il reprit son poste d'observation, le soleil descendait sur l'horizon, derrière la ligne de crête du Madiranais. La réverbération commençait à le gêner. Il aperçut d'abord les deux grands chiens, une chaise longue et une forme allongée. Un peu fébrile, il régla les jumelles et attendit, concentré sur cette image de bonheur paisible qu'il devinait trompeuse.

La forme fit un geste vers les chiens. Olivier tressaillit, baissa les jumelles et les releva aussitôt. C'était Agathe. Elle lui sembla transformée, les joues creusées, si pâle. Il l'observa longuement, cherchant un moyen de mieux la voir et, surtout, de lui signaler sa présence.

Le soleil qui l'embêtait depuis un bon moment lui offrit la solution. Des signaux ! Il fallait faire vite, dès maintenant. Olivier n'avait rien sur lui. Il fonça dans le sous-bois, fouilla en vain le petit coffre de sa moto. Son regard tomba sur l'un des deux rétroviseurs qui réfléchissaient à cet instant un rayon de soleil. Comme un enfant, il poussa un cri de joie. Sans tournevis, il ne pouvait rien faire. Le soleil baissait. Olivier s'entoura le poing d'un vieux chiffon et cassa net le verre. Il récupéra le plus gros morceau et fonça vers la croix. Agathe était toujours là, un des chiens à côté d'elle. Il orienta l'éclat de miroir et visa la chaise longue, tout en regardant dans les jumelles.

De longues minutes passèrent. Il vit Agathe bouger, se pencher vers le chien pour lui parler, hésiter en jetant un coup d'œil vers l'allée. Elle se leva et disparut dans le bâtiment. Déçu, Olivier décida de revenir le lendemain. Il fallait se rapprocher. L'éclat de lumière n'avait pas dû atteindre le Relais.

C'est en parlant à l'oreille de Wotan, le plus gentil des deux molosses, qu'Agathe fut surprise par l'éclat de lumière en provenance de la forêt, dans la colline située au-dessus du Relais. Elle n'y prit pas garde, croyant au reflet du soleil sur le pare-brise d'une voiture. Elle savait qu'un chemin passait là-haut pour y avoir entendu des passages de tracteurs et de motos. Elle se rendit compte que l'éclat était fixe, tremblant mais insistant. Elle reprit Wotan par le collier, se colla à lui en faisant semblant de lui parler, sans cesser d'observer longuement en direction de la forêt.

Agathe savait que Mikel la surveillait depuis l'allée. Il craignait le soleil et préférait rester à l'ombre des chênes, entre elle et le portail. Agathe comprit que c'était une chance : de là où il se tenait, il tournait le dos à la colline et ne pouvait donc pas voir ce signal lumineux. Mais il était toujours présent, sûrement pour prévenir toute fuite.

Agathe avait choisi de tout faire pour rassurer Milharis sur son comportement. Elle n'avait pas reparlé de la dernière Assemblée de Lumière, et le Maître semblait satisfait. Mais, chaque jour, elle étudiait la disposition des lieux pour s'enfuir dès qu'une occasion se présenterait. Elle n'avait pas encore trouvé la solution, gardée par Gaïa, Mikel, son corbeau et les deux chiens. D'eux au moins, elle ne redoutait plus grand-chose.

Lorsque Clara l'appela pour rentrer, Agathe ne fit aucune difficulté. Elle se mit au lit avec l'espoir qu'elle n'avait pas rêvé. Elle espérait voir ces signaux de lumière le lendemain, message d'espoir d'un autre monde. Elle s'endormit avec le sourire d'Olivier dans les yeux. Elle se remit à espérer, très fort.

Le lendemain, un samedi, le temps fut couvert et un peu frais. Agathe comprit aussitôt qu'il ne faudrait pas espérer de signaux. Elle resta pourtant sur la chaise longue tout l'après-midi, jusqu'à trembler de froid. Clara vint la récupérer en la grondant. En entrant dans la maison, Agathe se retourna vers la forêt, persuadée qu'« on » l'avait observée.

De nouveau, elle passa une meilleure nuit que les précédentes, accompagnée, dans son rêve, sur un chemin poudreux par une silhouette que le soleil lui masquait. Elle pensait que c'était Olivier mais n'en était pas sûre. Elle s'agitait. L'autre lui disait quelque chose qu'elle ne pouvait pas entendre. Il criait, mais c'était un cri muet, et elle s'en voulait de ne pas comprendre. Alors elle entendit un grondement sourd : la moto. Elle comprit à ce signal que la silhouette était bien celle d'Olivier. Il se rapprochait d'elle... Agathe se réveilla en sursaut, les poings serrés sur le drap. Un gros hélicoptère passait très bas au-dessus de la colline dans un bruit de rotors fracassant.

— C'est l'armée, ça. Ils doivent faire des manœuvres, expliquait Clara en faisant son lit. Tu savais qu'il existait encore des hussards à Tarbes ? C'est peut-être eux.

Olivier avait observé Agathe une partie de l'après-midi. Il avait remarqué à nouveau l'ombre dans l'allée, de dos. Quelqu'un — un homme, d'après les vêtements — surveillait Agathe. Michel Lapoudge, probablement. Il en eut la certitude lorsqu'il vit s'envoler une corneille, poursuivie par les deux chiens. Il faudrait faire attention à ce type dangereux.

Il revint le lendemain, un dimanche. Il faisait beau.

« Pas pour longtemps, lui avait affirmé Peyroulet qu'il était passé voir. Regarde un peu les Pyrénées. On voit les montagnes comme si on allait les toucher. C'est signe de pluie, tu sais ? »

Olivier lui avait raconté ce qu'il avait entrepris, les signaux pour prendre contact, sans trop de précisions.

« Un : je repère. Deux : je lui parle. Trois : je la fais sortir.

— *Qu'as ràsou*[1]. Mais c'est plus facilement dit que fait. »

Ce dimanche, il partit avec son chistera. Si le soleil venait à se cacher, comme l'avait annoncé le papoun météorologue, il irait jouer au fronton. Il attendit une bonne heure avant de voir apparaître deux femmes. La lumière excellente de cette fin de matinée lui permit de détailler leur habillement : un curieux ensemble tunique-pantalon de couleur beige. Agathe s'allongea la première. L'autre femme resta debout. Elles semblaient se parler. Il vit clairement Agathe s'étirer puis fermer les yeux comme si elle allait s'endormir au soleil. L'autre femme se retira et rentra dans la maison.

Agathe changea de position et se mit en chien de fusil face à la position où il se trouvait. Un espoir fou le submergea. Ce n'était pas un hasard. Elle avait vu quelque chose et devait observer, les yeux mi-clos. D'une main, il

1. Tu as raison.

orienta le fragment de rétroviseur. De l'autre, il ne cessait de regarder avec les jumelles. L'éclat vif devait l'atteindre, sans difficulté. Elle n'ouvrait pas les yeux. Il continua.

Le cœur battant, les yeux bien ouverts derrière son rideau de cils apparemment baissé pour faire croire à Mikel qu'elle dormait, Agathe observait le petit flash lumineux et insistant. L'éclair lui parvenait atténué, mais elle savait maintenant que quelqu'un lui faisait signe. Avant de tenter quoi que ce soit, elle voulait être sûre, comprendre. C'était un jeu dangereux : Clara allait revenir pour le déjeuner et Mikel pouvait s'apercevoir de quelque chose. Elle se leva, bien droite face à la colline, et s'étira ostensiblement, écartant les bras avant de les ramener vers le corps, comme un mouvement de yoga. C'est ce que Mikel crut en la voyant se détendre ainsi, de façon aussi mécanique. Agathe répéta trois fois le geste.

Au premier étirement, Olivier avait ragé. « Elle va partir. » Au deuxième, il pensa qu'il se passait quelque chose de nouveau. Au troisième geste, il comprit. Agathe lui répondait. C'était une invitation à se dévoiler davantage. Elle cherchait sûrement à comprendre qui lui faisait signe. Il cria encore de joie, son cri d'enfant joyeux, son cri de point victorieux à la pala, étouffé par les arbres qui l'entouraient.

Olivier avait réfléchi au meilleur moyen de signaler sa présence à Agathe, derrière les hauts murs qui la retenaient prisonnière. Il rejoignit sa moto, se plaça au milieu du chemin et dévissa un peu le pot d'échappement. Une très légère accélération enfla le bruit du moteur. Il était prêt. Agathe allait rentrer. Clara l'avait rejointe avec deux pommes, les mêmes petits fruits ridés qui constituaient l'ordinaire des desserts au Relais.

C'est au moment où Agathe mordit dans la pomme qu'elle entendit un tonnerre qui fit exploser le silence de la campagne. Le fracas cessa et reprit, deux fois, trois fois, se répercutant de colline en colline. Agathe reconnut instantanément l'échappement libre d'une moto. L'été précédent, Olivier avait abîmé le pot de sa machine sur un mauvais chemin du Gers. Il lui avait cassé les oreilles pendant tout le trajet du retour. De retour chez elle avec une migraine épouvantable, elle lui avait dit, fâchée : « Tu choisis : c'est ta moto ou moi. »

Il n'avait pas eu à choisir. Elle était partie, mais pour d'autres raisons. Cette fois, elle sut que c'était bien Olivier. Clara se mit en colère contre les motards. Elle parla de ces fous qui ne respectaient pas la nature. Agathe approuva, dévora la pomme blette et, pour la première fois depuis bien longtemps, sentit la chaleur du soleil.

— J'ai une faim de loup ! lança-t-elle en entrant dans la maison.

Cette énergie nouvelle dont faisait preuve Agathe étonna Clara et la réjouit. Elle fut heureuse de voir revivre son amie.

Le camping-car avait été préparé par Mikel. Gaïa lui avait recommandé de bien remplir les réservoirs d'eau et d'essence supplémentaires. Il fallait être prêt pour le « grand voyage ». Cette idée d'envol plaisait bien à Mikel, qui voulait quitter cette terre où tout et tous lui semblaient hostiles, à l'exception du Relais, son dernier refuge. Il savait que les gendarmes étaient allés chez lui et à la Tour des Rapaces. Il pensait que cette curiosité soudaine avait un rapport avec Mathias et les rave-parties.

Ses parents ne comptaient plus et Béhotégui ne l'avait pas rappelé. Seul le Maître pouvait l'aider à partir et à recommencer une autre vie, avec Néra et, peut-être, Agata, cette fille au regard chaud, fragile comme un oiseau, qu'il aimait tant regarder. Parfois, il se surprenait à imaginer un nid pour elle. Il le bâtirait de ses mains car il savait comment. Il avait observé pendant des heures les merles dans les haies et les buses au sommet des chênes. Le temps du grand départ était proche , il le savait. Il se sentait presque heureux.

Un soir, Gaïa l'emmena dans la grange qu'il avait aménagée. Il n'y était pas retourné depuis des mois. La fosse qu'il avait gravillonnée était ouverte, les caisses alignées au fond. Gaïa lui ordonna d'en charger une dans le camping-car. Il hésita, pensa à Béhotégui, voulut discuter. Gaïa ne lui laissa pas le choix :

— Veux-tu partir pour le grand voyage avec nous ou pas ?

Le soir, miné par ce qu'il ressentait comme une trahison à l'égard de son ami, il n'y tint plus. Il composa le numéro de portable de Béhotégui. Personne. Il laissa un message. Deux heures plus tard, il rappelait sur le fixe, en dépit de ce que lui avait dit Stéphane. Mikel commença à raconter la décision de Gaïa. L'autre l'interrompit sèchement :

— Attends, je te rappelle.

Mikel continuait. Il pensait que Béhotégui ne le rappellerait jamais. Il voulait savoir quoi faire et garder l'esprit tranquille. Béhotégui le stoppa net, une nouvelle fois. Il raccrocha. Mikel se sentit déçu, humilié. Son ami d'Aire-sur-l'Adour ne lui faisait plus confiance. Il n'avait pas bien compris cette extrême prudence de Béhotégui, ce souci si pressant d'écourter la conversation. Mikel n'avait pas non plus perçu le léger écho accompagnant leur conversation. L'un des deux était sur écoute.

Sur un renseignement de la section antiterroriste de Paris, un branchement d'écoute avait été fait sur la ligne fixe du professeur d'Aire, soupçonné de servir de relais logistique à une cellule itinérante de l'ETA dans le Sud-Ouest. Il n'y avait rien eu de notable pendant douze jours d'écoute. Cette fois, l'histoire des caisses paraissait nettement plus intéressante. Il fallut moins de deux heures pour analyser la conversation, identifier puis localiser le numéro appelant : un portable, au nom de Michel Lapoudge. La machine juridico-policière se déclencha, avec un objectif : contrôler ce Relais de Lumière, d'où l'appel avait été émis.

Agathe passa une partie de la nuit à chercher une solution pour communiquer avec Olivier sans éveiller l'attention de Clara ni de Mikel. Elle n'avait ni papier ni crayon. Elle trouva la solution vers deux heures du matin. Elle tira légèrement le lit pour pouvoir se glisser le long du mur, jusqu'au plancher. Dans l'obscurité, elle passa sa main sur la tapisserie jaune pâle, à hauteur de la plinthe. Comme elle s'y attendait, le raccord était légèrement décollé. Avec mille précautions, sans faire de bruit, elle déchira une feuille large comme la main et remonta dans son lit.

Maintenant, il fallait écrire. La cheminée ! Agathe savait qu'il restait des bouts de charbon, du bois mal consumé. C'est elle qui avait nettoyé la cheminée, la dernière fois qu'elles avaient fait du feu, l'unique moyen de chauffage dans la maison. Elle avait bâclé son travail et refermé le volet métallique pour cacher sa négligence. Pieds nus, elle alla vers la cheminée et, centimètre par centimètre, releva le rideau sans le faire grincer. Elle passa sa main, récupérant quelques escarbilles. Au matin, les doigts un peu noirs, Agathe avait griffonné quelques mots sur le bout de tapisserie. Il fallait le faire passer à l'extérieur.

Elle se promena longuement dans le parc, observant de temps en temps la petite colline au sud du Relais, les chiens courant à ses côtés. C'était lundi. Elle devinait qu'Olivier était à sa tournée et ne réapparaîtrait que l'après-midi. Mikel était sur le parking, vérifiant la pression des pneus d'un camping-car. Il la surveillait de loin, pas inquiet. Agathe n'avait jamais rien tenté d'anormal. Elle paraissait même plus reposée, plus détendue que quelques semaines auparavant. Tout allait bien. Il la vit descendre l'allée de chênes, jouant à jeter un bâton aux chiens. Elle s'arrêtait, repartait, se penchait vers Thor et Wotan, dans un ballet joyeux.

Agathe avait mûri son plan dès qu'elle avait vu Mikel occupé sur le parking. Il relevait la tête par moments, mais il ne l'avait pas suivie. Elle s'était tranquillement rapprochée du fond de l'allée. A cinq mètres du haut portail noir, elle s'arrêta, évalua la distance, se retourna vers le parking et se figea. Mikel avait quitté le camping-car et arrivait dans l'allée, à pas lents, sa corneille sur l'épaule, regardant de temps à autre la voûte que formaient les grands chênes. Agathe ne pouvait plus tenter ce qu'elle avait imaginé. Il la verrait et donnerait aussitôt l'alerte.

Elle s'efforça de maîtriser son angoisse, décidée à réussir. Mikel avançait toujours. Un bâton dans la main, Agathe appela Thor et Wotan. Après s'être tant amusée avec Brastous, elle connaissait bien les chiens, leur goût du jeu. Les énormes molosses étaient comme lui, joueurs et crédules. Elle leur parla, les excita, leur faisant renifler le bâton, le leur enlevant juste avant qu'ils ne referment leurs crocs dessus. Ils bavaient d'envie et trépignaient d'impatience.

Agathe se retourna vivement et lança le bâton, le plus loin possible dans l'allée, en direction de Mikel. Les chiens bondirent, mufle en avant, deux fauves lâchés dans une arène. Ils aperçurent Néra sur l'épaule de Mikel en même temps que l'oiseau vit le danger. La corneille s'envola. Les chiens étaient déjà sur Mikel, qui tentait de les calmer et de les retenir. C'est le moment que choisit Agathe. En deux sauts légers, elle fut auprès du petit muret de soutènement du portail et glissa son message sur la boîte aux lettres. Elle revint aussitôt vers l'allée en appelant les deux chiens, tandis que Mikel vérifiait que Néra était à l'abri sur un des plus hauts chênes. Il n'avait rien vu du manège d'Agathe. En passant devant lui, elle s'excusa, lui décochant un beau sourire un peu planant.

Dastugue aperçut le morceau de papier clair avant même d'arrêter sa voiture. Il parcourut les quelques mots deux ou trois fois.

— *Oh, ilh de puto ! Ilh dou diablo ! Macarel...*

Tout retourné, le facteur décida d'accélérer sa tournée, surprenant les clients qui lui préparaient habituellement un « petit blanc » ou un « jaune » selon la saison. Il n'avait jamais dérogé à cette règle, ni pour la naissance de son deuxième gamin, vingt-huit ans plus tôt, ni pour le Tour de France, ni pour la visite de François Mitterrand. Dastugue voulait se racheter après son histoire ridicule de faux Martiens.

Lorsqu'il tendit le papier à Olivier, dans la salle de tri, à l'heure où chaque facteur revenait pour le compte rendu de sa tournée, Dastugue se trouva fier de son exploit. Olivier lut le papier. L'écriture était malhabile, à peine lisible, tracée au charbon de bois. Il serra les poings. Les trois mots lui piquèrent les yeux :

Viens. SOS. Gat.

— Merci, Dastugue, dit-il, la voix encore tremblante. Je n'oublierai pas.

Il embrassa son vieux collègue sur les deux joues, crissantes comme du papier de verre. Les autres agents vinrent le féliciter. Les femmes lui firent la bise. Quelqu'un dit qu'il fallait voir les gendarmes, mais Olivier ne l'entendit pas. Dastugue versa quelques larmes qui restèrent coincées dans ses petits poils gris. Il ne trouvait pas d'autres mots :

— Oh, putains de drôles... Ils nous en font voir, c'est sûr... Oh, putains de drôles, fit-il en s'éloignant vers le Café des Allées afin de récupérer, sur les conseils d'Estève.

Tôt dans l'après-midi, les gendarmes vinrent sonner à la porte du Relais pour une ultime vérification réclamée par l'adjudant. Il souhaitait avoir la confirmation de l'identité du propriétaire du camping-car et localiser ce Frank Veurmans. Son passé justifiait tous les soupçons. S'il était bien au pays, il valait mieux le savoir et le tenir à l'œil. Gaïa refusa de les laisser entrer.

— C'est une propriété privée, un lieu de prière et de réflexion...

Elle confirma la présence de Veurmans mais dit qu'il était sorti.

— Pour faire des courses, peut-être ?

— Oui, c'est cela...

— Nous l'attendrons, alors.

— Mais il se peut qu'il rentre très tard...

— Nous reviendrons, madame. Dites-lui que nous cherchons à le voir.

C'était la deuxième fois en quelques jours que les gendarmes venaient au Relais, sous un mauvais prétexte. Gaïa était maintenant persuadée que la communauté était placée sous surveillance. Milharis en convint. Ils décidèrent d'accélérer les préparatifs du départ. Gaïa redoutait cette échéance car le Relais lui plaisait. Elle ne trouvait aucune urgence à partir pour ce « voyage » qui obsédait son frère et qu'elle devinait sans retour. Mais elle n'imaginait pas de rester sans lui. La vie sans son frère lui semblait impossible, inacceptable. Gaïa lui avait tout sacrifié et irait jusqu'au bout, pour ne pas le quitter. Elle devait aussi l'assister dans ce projet de transmission vitale qui occupait tant son esprit. Ce serait peut-être le dernier caprice d'enfant de Raymond. Gaïa pensait aussi qu'Agathe était désormais prête. Clara lui avait confirmé les bonnes dispositions de la jeune fille. Cette « bonne nouvelle » emporta sa décision.

Après être passé prendre le sac à dos avec son chistera et quelques balles, Olivier avait foncé en direction de Monluc, par le quartier de l'Echez et la petite départementale. Jamais il n'était allé aussi vite entre Maubourguet et la colline. Les platanes blanc et gris défilaient à toute allure sur le bas-côté. Il passa en trombe devant l'église et les tennis, négocia le premier virage à la limite de la chute. Il avait décidé de prévenir Agathe que tout allait s'arranger désormais, quoi qu'il puisse en coûter. Arrivé sur la route qui longeait le Relais, il s'arrêta. Il devait savoir si Agathe était encore sur la grande pelouse, là où elle avait pris l'habitude d'installer sa chaise longue.

Il fit rugir deux ou trois fois sa moto et attendit. Rien ne se passa pendant quelques minutes. Il allait recommencer lorsqu'il entendit des cris. Il se préparait déjà à escalader le mur et à foncer, malgré les chiens qui l'inquiétaient, mais il lui sembla que les cris se rapprochaient. Une femme parlait, la voix forte. Il reconnut Agathe. Elle appelait les chiens, les encourageait, suffisamment fort pour qu'il entende. Elle était là. Elle avait compris. Une voix d'homme couvrit ses jeux et les aboiements d'un chien. Un ordre :

— Agata, pas par là !

Les cris s'éloignèrent vers le château. Olivier attendit une minute et rejoignit l'endroit où il avait repéré les deux ifs morts. De son observatoire sur la colline, il avait pu évaluer la distance et l'angle entre la haie et le château. Il se hissa sur sa moto, puis escalada le mur. Agathe avait rejoint sa chaise longue. Lapoudge l'avait suivie, à une cinquantaine de mètres. Olivier vit son amie regarder longuement dans la direction de l'endroit où la moto avait tonné. Il n'osait pas se montrer, craignant plus pour la sécurité d'Agathe que pour la sienne. Elle revint vers le porche et parut hésiter une seconde. Quelqu'un appelait de l'intérieur. Elle rentra. Il savait qu'elle reviendrait pour ranger sa chaise longue. C'est toujours elle qui faisait ce travail en fin d'après-midi.

Olivier vit Lapoudge tourner les talons à son tour et se diriger vers le parking où stationnait sa fourgonnette beige. C'était le moment. Après avoir vérifié qu'il pourrait remonter en s'agrippant aux branches d'if, il se laissa glisser au sol, à la lisière du champ et de la haie d'arbres, défit son sac à dos et laça le chistera au poignet. Il fit plusieurs moulinets pour s'échauffer le bras, sans quitter des yeux le château et sa cible. Il ne fallait plus tarder. Olivier saisit une de ses balles, celle qu'il avait préparée. Il fit deux enjambées puis revint en arrière. Le terrain plat ne le gênerait pas et la distance d'élan était suffisante. Il s'accorda cinq secondes de concentration qui lui semblèrent une éternité, presque à découvert en bordure du champ. Il s'élança et balança le bras d'un geste sec. La boule de cuir s'arracha du panier d'osier avec un léger bruit de déchirure, suivi du chuintement caractéristique de la pelote projetée à pleine vitesse. Il se recula aussitôt et s'accroupit, sans cesser de suivre la trajectoire qu'il jugea parfaite : la balle retomba à quatre mètres devant la chaise longue d'Agathe. Amortie par l'herbe, elle roula et resta bloquée sous le bâti de bois. *Ona !* Olivier se retint de crier sa joie pour ce point gagnant. Il repassa de l'autre côté du mur et guetta.

Lorsqu'il vit revenir Agathe, il l'encouragea à mi-voix, suivant chacun de ses gestes pour replier la chaise-longue. « Oui, vas-y. Attention à tes doigts, tu n'as jamais su t'y prendre avec ces chaises. Voilà, tu t'es encore plantée. Reprends tout, calmement. C'est bien, la Gathe. Attends, ne pars pas. Regarde par terre… Oui, oui ! »

Agathe vit la balle et comprit immédiatement. Elle connaissait bien ces boules de cuir des pelotaris. A une époque, Olivier en avait toujours une à la main. Elle se moquait de lui : « Tu veux faire genre... »

Elle se pencha, tout naturellement, pour remettre son espadrille en place. En se relevant, la balle dans le creux de la main, elle eut le temps de lire les quelques lettres au feutre noir qui avaient un peu bavé sur les coutures de cuir : *OK. J'arrive. OL.*

Clara venait de rappeler Agathe sur l'ordre de Gaïa. L'annonce d'une Assemblée de Lumière, en plein après-midi, prenait tout le monde au dépourvu, Agathe la première. Le Maître expliqua que la conjonction cosmique était favorable au déclenchement du grand projet annoncé pendant l'hiver. Gaïa leur annonça une excursion dans la montagne, à bord du camping-car. Les fidèles se réjouirent de pouvoir sortir, pour mieux communiquer avec les éléments, autour du Maître.

Agathe était sur ses gardes, mais pleine d'espoir. Le mot d'Olivier sur la balle lui avait donné le courage de ne plus subir. Elle avait décidé de ne pas accepter d'être au centre de l'Assemblée. Il ne fallait surtout pas qu'elle boive la coupe anesthésiante. Mais, tant qu'elle n'avait aucune assurance de pouvoir s'échapper, elle ne pouvait pas risquer une réaction brutale du Relais. Mikel lui faisait trop peur.

Une fois réunis dans la grande salle, ils attendirent le Maître pendant de longues minutes. Clara semblait recueillie, un sourire léger sur les lèvres, prête à vivre un bonheur tant espéré. Par sa familiarité avec l'enseignement de Milharis, quelques bribes de conversation et divers préparatifs, elle devinait que le grand voyage vers la montagne serait précédé de cette transmission d'énergie du Maître à une femme élue, qui offrirait au monde le continuateur. Clara attendait d'une minute à l'autre la récompense de dix ans de fidélité.

Milharis entra, déjà un peu rouge et transpirant. C'est Agathe qui fut appelée. Elle ne bougea pas.

— Non !

Les autres étaient plongés dans leur concentration, le dos courbé, repliés sur eux-mêmes. Ils ne réagirent pas tout de suite. Milharis regarda Agathe, qui ne cillait pas. Gaïa entra et se posta derrière son frère. Clara gardait la tête droite, figée, le regard perdu sur la lourde tenture rouge qui barrait le mur. Agathe avait dit non en sachant qu'il fallait trouver une issue, mais elle n'en voyait pas. C'est Gaïa qui la lui offrit. Un ordre sec, aboyé, sans esprit de compromission :

— Agata ! Le Maître t'entendra dans le bureau. Clara t'accompagnera...

Milharis se retira en soufflant très fort. Gaïa dispersa l'assistance, effarée par l'insolence de leur plus jeune fidèle, et renvoya tout le monde dans les chambres, en silence. Agathe mit à profit cette poignée de secondes pour réfléchir. Il fallait qu'elle gagne du temps. Dans le bureau, elle pourrait discuter, argumenter. Elle dirait qu'elle n'était pas prête et réclamerait un délai. Et Clara serait à ses côtés pour l'aider ou s'interposer. Elle l'avait déjà tant soutenue.

Elles passèrent dans le grand bureau sombre, suivies par Gaïa. Milharis était debout, le cou rentré dans les épaules, l'allure d'un sanglier près de charger. Il regarda Agathe et Clara entrer, ses yeux ronds agrandis par la colère, le cheveu électrique, sa moue d'enfant boudeur et déçu aux lèvres. La pièce confinée sentait le vieux papier, l'encens froid et l'aigre, cette odeur si particulière que répandait Milharis. Gaïa ferma la porte. Agathe voulut aussitôt parler, le ton léger et conciliant. Elle n'en eut pas le temps. Deux bras secs et durs se refermèrent sur elle comme un étau en lui coupant la respiration. Au blouson de jean noir, elle devina que c'était Mikel, caché dans l'ombre de la porte.

— Clara, il faut la calmer, ordonna Gaïa.

Les mâchoires contractées par la colère, immense devant Agathe qui ne pouvait plus se débattre, prise au piège tel un animal, Gaïa tendait une seringue remplie d'un liquide jaune paille. Clara la prit, elle ne faisait jamais mal pour les piqûres. C'est ce que lui disaient toujours ses enfants africains, il y avait longtemps déjà.

Elle était détruite par ce qu'elle venait enfin de comprendre. Le Maître ne l'avait pas choisie pour cette conception théogamique qu'elle espérait tant. Elle avait tout accepté jusque-là du Relais. Elle avait enduré toutes les colères et les injustices de Gaïa, qu'elle détestait. En attendant ce jour merveilleux qui ne viendrait donc jamais, elle avait aussi subi toutes les fantaisies de Milharis, tous ces attouchements étranges qu'elle avait d'abord devinés, puis observés et acceptés, lorsque la coupe bue pendant l'Assemblée de Lumière n'était pas correctement dosée en GHB. Cela n'existait plus. Elle irait jusqu'au bout de l'obéissance et livrerait au Maître son dernier cadeau, sa dernière offrande.

Sans regarder Agathe, qui dardait sur elle un œil noir et désespéré, elle planta l'aiguille, injectant le produit. Agathe serrait les dents, crispée pour tenter de retarder l'effet de la drogue. Elle commença à se détendre. Une minute plus tard, elle s'affaissait doucement entre les bras de Mikel. Lorsqu'elle perdit connaissance, elle lâcha la pelote qu'elle tenait serrée dans sa main et que personne n'avait vue. Mikel la ramassa.

— Merde, qu'est-ce que c'est ? Y a des trucs écrits dessus...

Ils essayèrent de déchiffrer, en vain. La transpiration d'Agathe avait brouillé les lettres noires tracées par Olivier. Le cuir tendu n'avait gardé que quatre lettres, en partie effacées : *OK... OL.*

— Il faut vite y aller, ordonna Gaïa.

Ils sortirent aussitôt, emportant le corps d'Agathe dans le camping-car garé devant le bureau. Clara resta quelques secondes seule dans la pièce, la tête vide, envahie par cette immense vague de solitude et de détresse qu'elle avait su contenir jusqu'ici, grâce aux caresses et aux paroles du Maître. Milharis s'échappait. C'était fini. Elle sentit la vague la submerger, l'asphyxier. Elle aussi devait partir.

Elle se rapprocha du bureau de bois massif. Une boîte vide et un petit formulaire traînaient à côté d'un coupe-papier africain en ivoire. Elle le prit, le posa à plat sur sa joue, éprouva sa douceur, son tranchant. C'était le premier et le dernier cadeau qu'elle avait fait au Maître, juste avant de rejoindre la communauté du Relais. Elle le passa sur sa gorge, leva la tête.

Clara ne voulait pas mourir sale, ne voulait pas déchoir. Elle avait été si belle, enfant, puis adolescente. Radieuse, vivante. C'est aussi ce qu'elle avait aimé chez Agathe lorsqu'elle l'avait vue la première fois, sous l'auvent de la gare de Lourdes : derrière le masque de détresse, elle avait deviné cette beauté vibrante d'une fille à qui tout pouvait sourire, la vie, l'amour. Ce qu'elle avait été avant sa chute. Elle avait manqué quelque chose, elle ne savait pas quoi.

Clara baissa la tête. Il restait trois ampoules dans la boîte de Phénobarbital. Elle prépara soigneusement les solutions et s'injecta les trois doses, l'une après l'autre. A pas lents, elle rejoignit la grande salle de l'Assemblée de Lumière, où les flambeaux continuaient de brûler. La place du Maître, dans le rond de lumière tremblotante au centre de la pièce, l'attirait irrésistiblement. Elle caressa les accoudoirs où Milharis posait ses mains puissantes et s'agenouilla, le corps soudain immensément lourd, la tête appuyée sur son avant-bras posé sur le siège vide.

Clara avait espéré un grand flash de lumière pour son dernier voyage, ce départ volontaire d'une vie qui l'avait tant déçue. Mais les images autour d'elle se décomposèrent, la clarté ambiante commença à se racornir comme un bout de plastique en train de se consumer. Tout devint noir, gras, disloqué. Sa dernière vision fut la face rogue de Gaïa qui revenait dans la salle en hurlant quelque chose qu'elle n'entendait plus. Clara pensa qu'elle pénétrait dans le premier cercle de l'enfer.

Le convoi s'ébranla. Mikel en tête, avec sa fourgonnette, précédant Frank au volant du camping-car, avec Milharis et Gaïa sur la banquette. Les fidèles étaient entassés derrière, entourant Agathe, jetée inanimée sur une couchette. Il avait été convenu que Mikel passerait d'abord chez lui, au pied de Montaner, prendre un sac d'aliments pour Néra. Il n'était pas sûr de trouver de quoi manger pour elle sur la route. Il quitta le groupe pour prendre la départementale 7 par Larreule et

Caixon. Par instinct, il voulait éviter la route de Tarbes. Ils devaient se retrouver sur le grand parking situé à la sortie ouest de Lourdes.

Quelques kilomètres avant Vic, son portable sonna. C'était Laurie, une voix bizarre, presque inaudible, comme essoufflée. Elle parlait en rafales :

— Ils sont venus me voir... Pas des gendarmes, des mecs en civil... Ils sont restés longtemps... Il y avait un gentil et un vrai connard !

— Mais qui ? De quoi tu parles ?

— Des flics, Michel ! Des flics, mais pas d'ici, en costard. J'ai...

Elle se mit à pleurer, n'arrivant plus à trouver ses mots. Mikel s'impatientait.

— Qu'est-ce qu'ils voulaient ?

— Je ne sais pas, je ne sais pas ! J'ai... dû tout raconter, ce que je savais, quoi. Autrement, ils m'envoyaient en prison, ils m'ont dit.

— Mais quoi ?

— Ben, poursuivit-elle en pleurnichant, la teuf d'Estirac, la fille disparue, Nathalie, tu sais, et ce que m'avait dit Mathias. Et puis aussi l'histoire de Campan, quand on avait attendu avec les caisses devant la chapelle Saint-Roch, tu te...

— Merde ! Connasse !

Mikel avait hurlé dans le combiné, ivre de rage, et raccroché aussitôt. « Les flics sont venus pour les caisses. C'est une histoire avec Béhotégui et l'ETA. Elle a tout balancé sur Nathalie et Mathias, j'en suis sûr. Les meufs sont des connes. Les flics aussi. Tous des cons ! » Une énorme boule de haine dans la poitrine contre tous ceux qui l'entouraient, Mikel hurla de nouveau, faisant fuir Néra à l'autre bout de la fourgonnette. Il avait hâte de rejoindre le Maître, sa force et sa sagesse.

C'est juste dans le dernier virage avant la ferme de ses parents qu'il vit une Renault Espace gris métallisé et l'Estafette de gendarmerie garées devant le portail. Les flics étaient déjà chez lui. Il prit le premier petit chemin qui coupait à travers bois, pour rejoindre Montaner par une autre route. Il savait où étaient entreposés les sacs d'aliments dans le château. Le site était fermé, mais il connaissait le moyen d'y entrer.

Par chance, la route montait à l'assaut de la colline sous le couvert d'un bois de châtaigniers. Personne ne pourrait le voir, sauf à un endroit, parfaitement dégagé sur cinquante mètres. Mikel s'y engagea, le moteur emballé, au moment précis où sa mère raccompagnait « ces messieurs-dames de la police » dans la cour. Elle remarqua aussitôt la fourgonnette beige dont le moteur hurlait dans la forte pente.

— Té, mais on dirait Michel... Ça alors, qu'est-ce qu'il fout là, à cette heure ?

Les énormes murs de pierre du château lui donnaient toujours une agréable sensation de sûreté et de puissance. Mikel pénétra dans la grande salle fraîche au pied de la Tour et fonça vers la pièce du fond qui donnait accès à la réserve. C'est en revenant avec un gros sac dans les bras qu'il entendit des portières claquer devant le donjon.

— Michel Lapoudge, vous êtes là ? Montrez-vous ! Police judiciaire ! cria un homme à l'accent parisien.

Ils l'avaient repéré. Mikel ne comprenait pas comment ils avaient pu le faire aussi vite. « Mes vieux, peut-être... Des cons... » Il hésita. Ils avaient vu sa fourgonnette. La tour était sans issue. Il lâcha le gros sac et prit l'escalier. Une autre voix résonna contre la pierre :

— Lapoudge, ne fais pas le con, montre-toi !

Le ton était grave, avec l'accent du pays. « Sans doute un de ces cons de gendarmes de Vic-en-Bigorre. » Mikel étouffait, les tempes oppressées. Une peur qu'il ne connaissait pas venait de le gagner. « Se rendre, mais à qui et pourquoi ? » Il n'avait jamais pensé qu'une autre violence que la sienne s'imposerait à lui et pourrait l'emporter sur sa volonté. Il avait toujours voulu rester maître de son destin, de son corps, ne pas dépendre des autres. Il continuerait dans cette voie. Seul.

Il déboucha sur la terrasse, trente-six mètres au-dessus du sol. Le grand soleil de l'Adour l'aveugla et lui fit baisser les yeux, soudain piquetés d'une myriade d'étoiles dorées sur un immense rideau noir. Une brise assez forte venue du Béarn balayait la Tour de Montaner. Mikel inspira fortement et sourit : Néra venait de se poser sur le parapet crénelé qu'il avait lui-même consolidé, trois étés auparavant. « C'est bien, Néra... Néra fidèle. Tu m'emporteras... »

Il entendit des bruits dans l'escalier. Des gens montaient. De la cour lui parvinrent des cris qu'il ne comprit pas. Il s'approcha du créneau, monta sur l'appui d'un bond souple. Ses muscles patiemment forgés dans la salle de sport répondaient bien. Dressé dans le ciel comme un Christ noir, le soleil dans le dos, face à la plaine de l'Adour, Mikel regarda l'océan de maïs, au-delà de Pujo et d'Andrest. Il reconnut très loin au nord la flèche du clocher d'Auriébat, les monumentaux silos à grains de Maubourguet, la ligne de collines de part et d'autre de Rabastens. Il leva les yeux. Un ciel immense et pur l'attendait. « Je vais voler... » En s'élançant tel un plongeur de haut vol, il trouva la force de crier quelque chose que personne ne comprit : « Néra, emporte-moi ! »

Les gendarmes et les policiers de la section antiterroriste constatèrent le décès instantané par suicide de Michel Lapoudge, vingt-cinq ans, mort dans la cour du château de Montaner, la nuque brisée sur un pan de mur médiéval. Lorsqu'ils relevèrent la tête pour essayer d'évaluer la hauteur de la chute, ils virent un oiseau noir s'élancer à son tour dans le ciel, tourner quelques secondes au-dessus d'eux, comme indécis, et disparaître dans les cimes des grands chênes qui bordaient les remparts.

11

A l'extérieur de la propriété, côté route, Olivier avait patienté de longues minutes, à l'écoute des aboiements de chien qui devaient lui signaler le retour d'Agathe sur la pelouse. Deux ou trois fois, il se hissa sur le mur pour essayer d'apercevoir la façade du château. Tout était étrangement désert. Il fila vers le calvaire qui lui avait servi d'observatoire et tenta de nouveau de comprendre ce qui se passait au Relais. Il allait redescendre lorsqu'il distingua un groupe de personnes se dirigeant vers le parking. Il voyait mal, gêné par un petit bosquet de marronniers.

Olivier était trop loin pour intervenir. Réduit à ce rôle de voyeur impuissant, il enregistrait chaque détail. Il ne vit pas partir la fourgonnette de Mikel ni le camping-car, garés de l'autre côté du Relais. Mais il sut que quelque chose d'important se produisait. Le temps de récupérer sa moto et de redescendre de son poste d'observation, c'était trop tard. La grande grille était fermée. Il escalada le mur, près de la boîte aux lettres, et retomba de l'autre côté, sur ses gardes, prêt à faire face aux deux molosses. Il remonta la contre-allée par bonds, se dissimulant derrière les troncs des chênes.

Il lui restait à passer le glacis de la pelouse. Le cœur battant, attentif à tout ce qui pouvait traduire une présence humaine, il s'élança vers la porte, laissée entrouverte. Il fut surpris par le silence qui régnait et l'odeur dans le hall d'entrée dallé de marbre blanc et noir. Sans un mot, toujours sur ses gardes, il inspecta toutes les pièces du bas qui ouvraient sur le couloir. Personne. Il grimpa à l'étage, ouvrit toutes les chambres. Personne. Quelqu'un aurait déjà dû l'entendre et intervenir. Il appela. Des aboiements de chien répondirent au loin, vers les granges.

Il redescendit et découvrit dans le couloir une petite porte de bois qu'il n'avait pas vue. Elle ressemblait à celle d'un placard mais donnait sur un bureau. La pièce était sombre, confinée. Une porte béante ouvrait sur une autre salle, apparemment plus grande, où flottait une forte odeur de bougies et d'encens. Les volets étaient clos, un noir absolu régnait dans la pièce. Olivier chercha à droite et à gauche un interrupteur mais ne le trouva pas. L'électricité avait été supprimée dans la salle de l'Assemblée de Lumière. Il renonça à explorer cette pièce apparemment vide, où gisait depuis quelques minutes le cadavre de Clara.

Désespéré, Olivier revint dans le bureau. Le Relais était désert. Ils étaient tous partis, sauf les chiens, enfermés dans les communs, d'après leurs hurlements. Il était arrivé trop tard. Dans leur précipitation, Milharis et ses fidèles avaient même oublié une carte, en partie dépliée sur le bureau. Olivier la regarda machinalement : c'était l'*Aquitaine-Michelin* au deux cents millième, celle qu'il utilisait parfois pour ses grandes balades en moto.

Il allait sortir lorsqu'il revint sur ses pas et déplia la carte. Il repéra aussitôt un grand cercle noir de huit à dix centimètres de diamètre, tracé à l'ouest de Lourdes, à cheval sur deux départements : les Hautes-Pyrénées et les Pyrénées-Atlantiques. Le cercle coupé en deux par le Gave de Pau semblait centré sur Saint-Pé-de-Bigorre. Il englobait les premiers soums au nord d'Argelès-

Gazost. C'était peut-être une chance : la communauté devait probablement se rendre dans cette région, quelque part dans le cercle. Mais où ? Une seule personne saurait le lui dire. Il fallait l'appeler.

Pressé de repartir pour téléphoner, Olivier fit un inventaire rapide du bureau. En sortant, il heurta du pied une balle abandonnée sur le tapis : il reconnut sa pelote de cuir, maculée de stylo-feutre. Agathe l'avait ramassée et les fous du Relais avaient peut-être voulu lui faire payer cette imprudence. Il repartit à toute allure. C'est au carrefour central de Monluc, en redescendant à tombeau ouvert vers la route de Lourdes, qu'Olivier croisa un convoi fonçant dans l'autre sens : l'Estafette de gendarmerie de Maubourguet et deux Renault Espace bourrées d'hommes en civil.

Olivier s'arrêta quelques centaines de mètres plus loin et composa un numéro. Une femme décrocha et le fit patienter pendant un long moment, avant de lui dire qu'il fallait rappeler plus tard. Avec une diction fatiguée qui n'en finissait pas, elle lui expliqua que c'était l'heure des vêpres. Olivier n'étant pas pratiquant, il ne comprit pas ce que cela signifiait. Il décida de gagner du temps et prit aussitôt la direction de Tarbes, évitant l'agglomération tarbaise par Bordères, Ibos, Azereix et Ossun. Ce raccourci au milieu des maïs lui permit de rouler beaucoup plus vite, avant de rejoindre la nationale 21, au bout des pistes de l'aéroport de Lourdes. Il s'arrêta pour téléphoner de nouveau. La même standardiste lui répondit, aussi lentement que la première fois, de la voix traînante de quelqu'un occupé à autre chose.

— Mais, mademoiselle, vous vous faites les ongles ou quoi ? Vous pourriez accélérer, c'est très urgent…

Offusquée, la standardiste lui annonça qu'on était allé chercher son correspondant et elle ajouta, un peu sèchement :

— Vous pouvez dire ma sœur ! Sœur Marie-Thérèse de l'Annonciation...

Olivier patienta, frôlé par une file ininterrompue de camions et d'autocars qui se dirigeaient vers Lourdes. Il entendit des bruits de pas, puis une voix calme et chaude :

— Alors, cher Olivier, quelles sont les nouvelles du Val d'Adour ?

Olivier raconta le plus précisément possible ce qui s'était passé, le contact avec Agathe, la disparition des fidèles en camping-car, l'étrange vide du Relais, la carte et le cercle noir. L'abbé Douzous lui fit préciser deux fois les lieux inscrits sur la carte, ceux reliés à la route par un chemin, accessibles en véhicule.

— Connaissant Milharis, je ne vois qu'une destination possible...

— Laquelle ?

— Bétharram ! Pas le bourg, les grottes. Un endroit idéal pour un grand voyage délirant...

— Oh, mon Dieu !

— Oui, Olivier ! Pour une fois, je ne vous le fais pas dire.

Après avoir raccroché, l'abbé Douzous appela aussitôt la gendarmerie de Lourdes. Il connaissait bien l'adjudant-chef, un brancardier bénévole, solide et efficace. Le sous-officier lui confirma qu'un avis de recherche avait déjà été lancé sur le camping-car venu de Monluc. Une vingtaine de véhicules avaient été vérifiés entre Tarbes et Lourdes.

— Ils ont probablement de l'avance sur nous, monsieur l'abbé.

Douzous avait à peine raccroché qu'une Estafette avec quatre gendarmes à bord fonçait vers les grottes de Bétharram. En même temps, le responsable de la sécurité du site était informé d'un grave danger nécessitant l'évacuation des lieux. La brigade de Saint-Pé reçut le message d'alerte trop tard pour pouvoir intercepter le camping-car. Aucun personnel n'était disponible instantanément pour surveiller la départementale 937. La seule Estafette était mobilisée ailleurs. Il fallut la faire revenir de Peyrouse, où les gendarmes étaient en train de régler un problème d'incendie de grange.

Milharis et son convoi passèrent sans être repérés et poursuivirent leur route le long du Gave en direction de Pau. Ils bifurquèrent, à gauche, à hauteur du camping étalé sur une prairie d'un vert irréel, et remontèrent vers la grande nef vitrée qui signalait le site des grottes, l'une des curiosités naturelles les plus surprenantes du sud de la France. Le parking était presque vide, la saison n'avait pas encore vraiment commencé. Quelques autocars ronronnaient, attendant les groupes du troisième âge qu'ils allaient ramener vers Pau ou Lourdes. Des chauffeurs discutaient entre eux. Ils ne prêtèrent pas attention au camping-car.

Les fidèles se regroupèrent aussitôt autour de Milharis, comme de banals touristes, mais plus maigres, plus pâles, tous habillés du même ensemble beige. Encore cotonneuse, les effets du somnifère pas tout à fait dissipés, Agathe était au milieu d'eux, soutenue par Gaïa. Sur l'ordre du Maître, Frank Veurmans avait pris la sacoche dans laquelle Milharis venait de transférer une partie du contenu de la caisse en bois. L'absence de Mikel au rendez-vous l'avait irrité. Il ne pourrait pas compter sur le jeune. Les événements s'étaient précipités. Son projet avec Agathe avait changé de nature. Il n'avait plus le temps d'appliquer ce qu'il avait prévu. Le voyage serait différent. Ils rejoignirent l'entrée des grottes. Milharis parla de « la diagonale du Gave de Pau », de « l'absence de courants d'air violents » dans cette région réputée pour sa douceur.

— Nous sommes ici dans un des hauts lieux vibratoires de l'isthme européen, à la pointe de la grande Asie. Des conditions cosmo-telluriques exceptionnelles, attestées par le géodynamètre.

Un guidc officicl cn bérct basquc commença la visite. Le groupe du Relais suivit, attendant les commentaires de Milharis, qui enchaînait aussitôt sur les généralités que le jeune guide énonçait sans beaucoup de conviction :

— Un parcours souterrain de deux mille huit cents mètres de long permet de visiter cinq étages de galeries superposées, creusées dans le calcaire par la rivière qui se jette dans le Gave.

Ils avançaient au milieu des concrétions calcaires, sur un sol luisant d'humidité. Des voûtes immenses sculptées par la rivière et le temps renvoyaient la lumière de plusieurs projecteurs. A chaque détour du petit sentier souterrain, ils découvraient un paysage lunaire sans cesse renouvelé, où alternaient des plafonds spongieux, des stalactites en forme de lustres et des cloches naturelles. Chaque salle était différente. Ils virent se succéder des colonnes en forme de palmier, des têtes d'animal ou d'humain, des roches crénelées, des arcades et des griffes, résultat de millénaires d'infiltration, d'érosion et de dépôts de carbonate de chaux.

— Nos sources sont ici, mes frères, murmurait Milharis à ses disciples restés à l'arrière du petit groupe des touristes. Elles sont dans ce temple naturel forgé dans la pierre, par le temps, maître de tout.

La fraîcheur de la grotte fit du bien à Agathe. Elle frotta ses mains sur une roche ronde suintant une eau d'une surprenante douceur et se rafraîchit le visage. Elle avait compris que Milharis les entraînait dans une aventure dont elle devait à tout prix s'arracher, mais après avoir fait payer au Maître le meurtre horrible de son bébé. Elle ne savait comment faire, car Gaïa lui tenait fermement le bras, et le reste des fidèles la serrait à l'étouffer.

Olivier arriva en trombe sur le parking. Il vit le camping-car vide. La caissière ne sut pas lui dire quel groupe était passé. Un chauffeur d'autocar espagnol lui confirma que des gens habillés de la même façon, guidés par un homme très gros, étaient entrés une quinzaine de minutes plus tôt. Il dut encore patienter avant le départ de la navette qui emmenait les visiteurs à l'entrée supérieure. Pendant ce trajet de quelques minutes, Olivier réfléchit à ce qu'il allait faire. Il n'avait aucune arme, rien pour porter secours à Agathe. Sauf son chistera, dans le sac à dos qui ne l'avait pas quitté. A la surprise des touristes, il sortit le long gant d'osier du sac, l'enfila et le laça soigneusement à son poignet. Il avait ses trois balles. Il n'en prit que deux, une dans chaque poche.

Il se rappelait la disposition générale des lieux, un vague souvenir de sa seule visite des grottes avec sa classe, une dizaine d'années auparavant. Dépassant tout le groupe qui se rangeait entre les barres délimitant les files d'attente, Olivier bouscula une guide, effarée par l'irruption de cet escogriffe armé d'un chistera. Il s'engouffra dans le couloir menant aux premières salles et courut à perdre haleine sur le petit sentier, sautant les marches quatre à quatre, glissant et se cognant contre les rambardes avec son chistera, comme un pélican encombré de son trop long bec. En bas, les gendarmes venaient de commencer le bouclage et l'évacuation de l'esplanade et de la cafétéria des Grottes.

D'escalier en escalier, le groupe où se trouvait Milharis atteignit l'étage inférieur. On entendait un clapotis, à quatre-vingts mètres sous la voûte où coulait la rivière. A cet endroit, la roche présentait des formes extraordinairement contrastées de chaos de fin du monde et un étrange

« cloître roman », d'une facture presque humaine. Le guide continuait de parler, Milharis aussi.

— Nous voici au seuil de la salle de l'enfer, poursuivait le jeune en béret. Observez les marmites de géant creusées par les tourbillons de la rivière. L'eau est à huit degrés et nous avons ici huit cents mètres de rochers au-dessus de nos têtes.

Les touristes avaient pris de l'avance, ils arrivaient au bateau qui allait les emmener sur la rivière, ultime étape avant le petit chemin de fer qui rejoignait la sortie. Milharis arrêta ses fidèles, assez loin en arrière, et leur fit face.

— Nous approchons du cœur de diffusion des ondes de vie, calculées à vingt-deux unités positives, à la diagonale du cosmos, de la terre mère et de l'eau. Nous sommes des poussières telluriques appelées à retourner dans le sein de la terre mère.

Il cessa de parler et ouvrit un portillon qui donnait accès à un escalier interdit au public. Les marches métalliques dataient des premiers explorateurs de Bétharram. Elles servaient encore à l'entretien des projecteurs dispersés dans les grottes. Toutes et tous lui emboîtèrent le pas, de plus en plus tassés les uns sur les autres, buvant les paroles du Maître. Agathe fut contrainte de suivre le mouvement, pressée, tirée, Gaïa toujours collée à elle. Milharis parlait de plus en plus fort, couvert de sueur malgré l'humidité froide qui régnait dans ces profondeurs. Agathe l'entendit lancer une imprécation qui se répercuta sous ce plafond se perdant dans la nuit de la grotte :

— Bétharram, Bétharram, la mère qui sauve…

Sa voix couvrit l'appel du guide, qui était revenu en arrière à la recherche de ce groupe indiscipliné.

— Messieurs dames, non, non, c'est interdit au public. L'escalier est dangereux.

Milharis continuait la descente, Frank Veurmans à ses côtés, ses fidèles tassés contre lui, ne regardant que le Maître. Plus la peur s'emparait d'eux, plus ils s'en remettaient à lui. Le monde ne comptait plus. Ni passé ni présent. Ils vivaient maintenant chaque seconde comme un miracle, au seuil de ce que le Maître leur annonçait : l'éternité dans la lumière. L'ancien séminariste enivré par son prêche cosmo-tellurique ne s'arrêtait plus :

— Des ténèbres naîtra la lumière. De la pierre, l'eau. De la terre, la vie...

Troublé, soudain nerveux, le jeune guide cherchait à décrocher sa radio accrochée à sa ceinture, sans se rendre compte que quelqu'un cherchait déjà à le joindre du PC sécurité. Il entendit un grand bruit et se figea, croyant à une vision, qu'il devenait fou. A l'autre bout de cette salle immense comme une cathédrale, un homme venait de surgir dans une longue glissade acrobatique, un chistera à la main, la bouche ouverte sur un cri énorme qui courut longtemps le long de la rivière souterraine :

— Milharis !

Le Maître avait sursauté. L'écho du cri d'Olivier fit l'effet d'une décharge sur Agathe. Elle s'arracha à la prise de Gaïa et tenta de remonter. Trahie par ses espadrilles sur les marches glissantes, elle chuta lourdement. Milharis remonta à son tour de quelques mètres et la releva, la ramenant vers lui d'une poigne d'acier. Sa haute stature se découpait sur la roche claire en forme de cloche sur laquelle il s'appuyait. Olivier se trouvait à un niveau légèrement supérieur au sien : il fallait faire vite. Il vit un grand type maigre tendre une besace à Milharis. Olivier crut que le fou allait sortir une arme.

Sur ordre du Maître, Frank venait de lui présenter la sacoche. Milharis plongea la main et en sortit deux étranges cylindres gris, dont il arracha sur chacun un petit anneau métallique. Ils tombèrent en tintant dans les profondeurs du gouffre. Olivier avait posé la balle dans le panier. Il aurait aimé savoir prier pour réussir ce qu'il allait tenter. La distance était un jeu d'enfant, mais l'erreur de précision ne devait pas dépasser quinze centimètres.

Sous les yeux effarés du guide, qui s'était rapproché de lui, Olivier décocha son bras à l'horizontale, comme lorsqu'il visait la barre métallique du fronton pour placer une *cortada*, une trajectoire rasante tout en bas du fronton, à la limite de la barre horizontale qui marquait l'espace de jeu. La balle feula en traversant la nef et heurta le rocher à vingt centimètres au-dessus de la tête de Milharis. Sous l'impact, la pierre résonna comme un bourdon. *Berritz !* A refaire !

Milharis retroussa les lèvres et sourit, les yeux dilatés par les derniers gestes qu'il voulait accomplir, les mains serrées sur les cylindres gris. Il recommença à descendre l'escalier, avec un mètre d'avance sur Agathe, que suivait la petite troupe. Olivier n'avait plus qu'une balle. Agathe abandonna discrètement ses espadrilles. Poussée dans son dos par le groupe qui l'obligeait à suivre Milharis, marche après marche, elle ne quittait plus Olivier du regard. Elle décida d'agir quand elle le vit balancer de nouveau son bras.

A l'instinct, la fille du Bouscarret comprit que cette *cortada* irait cette fois au but. C'était maintenant ou jamais. La balle de cuir, dure comme du bois, frappa Milharis à l'épaule. *Ona !* Bonne ! Milharis chancela. Agathe se retourna au même moment en hurlant son désir de vie et sa soif de vengeance. Rassemblant toute son énergie, elle lança ses bras en avant, cognant et griffant, bousculant tout sur son passage. Elle vit des regards effarés, la peur et même, chez certains, la douleur provoquée par ses coups. Elle réussit à franchir trois marches, puis trois autres. Hors d'haleine, elle se jeta derrière une cavité creusée dans une grosse masse de calcaire qu'elle avait repérée en descendant.

En s'arrachant au groupe, Agathe avait entendu un pschitt bizarre lorsque Milharis avait perdu l'équilibre. Cinq secondes s'étaient écoulées. Une gerbe de lumière blanche aveuglante embrasa l'immense salle. Les deux grenades au phosphore éclatèrent en même temps, transformant en torches humaines le Maître et tout le groupe qui s'était collé à lui. Sans un cri, soudés par l'énorme boule incandescente de plusieurs milliers de degrés, Milharis, Gaïa, Frank et les autres basculèrent dans le vide sépulcral qui s'ouvrait sur quatre-vingts mètres de profondeur.

L'explosion décrocha de la voûte des centaines de kilos de stalactites, filant dans le gouffre comme des flèches, des piques et des pieux, accompagnées d'énormes blocs de rocher blancs. La même onde de choc jeta Olivier et le jeune guide à terre, aveuglés pendant de longues minutes par le flash dans lequel venaient de disparaître la communauté du Relais de Lumière et son gourou, Raymond Pailhès, alias Milharis.

C'est Agathe, pieds nus, son étrange tunique en lambeaux, qui aida les deux garçons à faire leurs premiers pas sur le chemin du retour, à la rencontre des gendarmes et de la sécurité qui accouraient.

Pour Olivier, ce ne fut pas très grave. Mais il fallut presque un mois pour remettre Agathe sur pied. Son retour dans sa famille et son univers familier produisit un effet contraire à celui qu'elle avait espéré. Le choc encaissé avec la mort de son bébé avait été trop fort. Elle ne cessait d'y repenser, se reprochant sa faiblesse, repassant le film de ces heures noires qui l'avaient approchée de l'enfer. Elle refusa d'en parler, se mura dans le silence, perdit l'appétit et le sommeil, malgré sa volonté de refaire surface.

Elle s'efforçait de sourire et de faire bonne figure à ses parents, à Olivier, à son papoun, mais un ressort était brisé. Leur médecin de famille, à qui Agathe avait raconté la perte de son enfant, ne parlerait pas. Agathe lui avait promis que ce serait elle, le jour venu, qui raconterait sa grossesse et la mort de sa petite fille à ses proches, et surtout à Olivier, son père. Il l'avait encouragée et lui faisait confiance. Ce vieux médecin connaissait Agathe depuis longtemps. Il exhortait sa famille à la patience.

« Elle a besoin d'un période de réadaptation. Elle revient de très loin. C'est en elle qu'elle trouvera la force de revenir. Mais rien ne sera plus comme avant. »

Agathe se remit à parler progressivement, des banalités, pour reprendre pied. Elle réclamait du calme et le moins de contacts possible avec les autres. Après quelques jours passés rue du Maréchal-Foch, elle demanda à aller habiter chez son grand-père, au bord de l'Adour. L'ambiance du magasin lui pesait, autant que les regards de ses parents et les clients qui posaient des questions sur elle, sous prétexte de demander de ses nouvelles. Le papoun l'accueillit avec une joie totale : « *Ho, praube* ! Tu as des joues comme le cul d'un pauvre. »

Il se faisait fort de la remettre sur pied, tel un défi, le dernier peut-être que sa longue vie lui offrait. Peyroulet lui aménagea une chambre qui ne servait plus depuis longtemps, toute simple. Muriel Labadie sortit les draps brodés de son trousseau. « Je te les gardais pour ta nuit de noces. »

Le sourire triste et lointain de sa fille la bouleversa. Elle eut mal pour Agathe, devinant des épreuves horribles que celle-ci ne lui confierait probablement jamais. Agathe recommença à sortir, pour de longues promenades.

Olivier passait la voir tous les jours et, de plus en plus souvent, il ne la trouvait pas chez son grand-père.

« Oh, et elle se promène seule », répondait Peyroulet en souriant, fier des progrès de sa Tinou.

Une ou deux fois, Olivier la trouva sur le petit pont blanc qui enjambait l'Adour, près des arènes du Bouscarret. Il l'observa un moment sans qu'elle le voie. Perdue dans ses pensées, Agathe regardait la rivière ou l'école. C'est là qu'elle avait appris à lire, sous les platanes, à deux pas de l'Adour et du fronton. Olivier essayait d'imaginer ce qu'il lui dirait, le jour où ils se retrouveraient vraiment, où tout irait mieux. Depuis le retour, ils se touchaient à peine, s'effleuraient. Elle lui déposa un jour un baiser léger sur les lèvres et s'excusa : « Il ne faut pas m'en vouloir, Olivier. Je me sens encore trop bête, sale. Salie... »

Un après-midi de grand soleil, il la découvrit en train de courir autour du stade de rugby, obstinée, concentrée sur cet effort physique qui semblait la libérer de tant de choses. Dès l'ouverture de la piscine, en juin, elle y passa ses matinées, alternant des longueurs et des bains de soleil. Dédé, le maître nageur qui lui avait appris à nager, rappela à Olivier les prouesses d'Agathe, alors qu'elle était benjamine :

« Première du département ! Avec la bise du député-maire en prime. Tu vas voir, je vais te la remettre gaillarde, moi ! »

Dédé était leur repère commun. Depuis vingt ans, cet amateur de country music et de grosses motos était professeur d'éducation physique au collège de la ville et maître nageur. Dédé avait pris à cœur la convalescence physique d'Agathe. Il lui avait préparé un programme d'entraînement progressif. En quinze jours, déjà hâlée et remusclée, elle avait repris une bonne partie de son tonus.

« Elle n'est pas belle, peut-être, ma championne ? » lançait-il à Olivier chaque fois qu'ils se voyaient.

Vers la mi-juin, un dimanche, Olivier passa voir Agathe chez Peyroulet. Elle préparait une omelette au jambon, un foulard sur les cheveux. Il la trouva bronzée, magnifique. Sa robe sans manches soulignait ses bras dorés, ses épaules rondes qu'il n'osait pas encore caresser. Il annonça qu'il ne resterait pas déjeuner. Peyroulet tournait autour de la cuisinière, comme une mouche.

— *Que soi mort de hami*[1] !

Impatient de passer à table, le grand-père voulait qu'Olivier partage leur repas. Il proposa l'apéritif, un pacherenc moelleux du Vic-Bilh qui teinta les verres d'une lumineuse buée dorée.

— Regardez-moi cela, les enfants. Le meilleur de notre terroir : l'arrufiac, le manseng, le courbu... Les meilleurs cépages du monde ou presque. Et vous savez ce qui est formidable, avec ce vin ?

— Vous allez nous le dire, papoun, s'impatientait Olivier, pressé de partir.

— C'est simple : en été, il rafraîchit le gosier de ses arômes floraux. En hiver, il restitue les soleils de l'Adour dont il s'est gorgé tout l'été. Ce goût de pain d'épices, c'est parce qu'on n'a jamais cessé de pratiquer le passerillage[2].

Peyroulet se resservit et commença à tailler de grosses tartines dans le pain couleur de miel.

— *N'as donc pas minjat*[3] ? Reste avec nous, va, au lieu d'aller courir. Regarde cette *moleta*[4].

Agathe raccompagna Olivier jusqu'au portail. Il s'équipa pendant qu'elle se balançait au battant qui se refermait tout seul, un geste de petite fille qu'elle avait

1. Je suis mort de faim.
2. Technique qui consiste à laisser confire les raisins sur souche.
3. N'as-tu pas mangé.
4. Omelette.

toujours fait. Agathe remarqua un beau bouquet de fleurs attaché sur le siège arrière de la moto. Elle s'approcha, souleva le papier, puis regarda Olivier droit dans les yeux, pensive.

— Tu sais, Olivier... Il faudra que je te raconte des choses...

— Moi aussi... Je crois que nous en avons beaucoup à nous dire...

Olivier avait hâte de raconter tout ce qu'il avait entrepris pendant ces longs mois de séparation, ses doutes, ses espoirs, ses nouveaux amis, Hélène et l'abbé Douzous. Il espérait beaucoup de cet échange qui permettrait à Agathe de se délivrer de sa propre histoire. Elle aussi savait qu'elle serait bientôt prête à partager avec Olivier ce terrible secret avec lequel elle vivait. Il devait savoir ce qu'il n'avait pas compris : cet enfant, le sien, qu'elle n'avait pas osé lui annoncer, pour respecter sa liberté de choix et ne pas paraître le contraindre ; leur fille, à peine venue au monde et massacrée par des fous, petit fantôme aussitôt disparu dont elle ne cesserait jamais de porter le deuil. Agathe savait maintenant qu'Olivier serait prêt à entendre la vérité. Mais elle n'en parlerait jamais, ni aux gendarmes ni à ses parents, redoutant la peine immense qu'ils ressentiraient. Ce n'était pas utile.

Olivier se rendait chez Hélène, qui achevait son année scolaire. Il voulait la remercier pour son aide et lui présenter Agathe, ce qu'elle ne souhaita pas.

— Et puis j'ai vu que tu avais deux vases souvent vides. Avec ces fleurs, tu pourras en remplir au moins un.

Elle lui confia qu'elle avait beaucoup appris au cours de ces derniers mois. Elle avait aussi demandé sa mutation dans une autre académie.

— En région parisienne... Tu te rends compte, personne ne veut y aller. Je suis sûre d'avoir le poste.

Hélène lui parla de Juliette, entrée dans une profonde dépression après l'annonce de la découverte des restes de Nathalie au bord de l'Adour. La mort de Mathias et de Mikel avait clos l'instruction judiciaire. Les parents Andréani avaient récupéré leur fille, qu'ils s'efforçaient de soigner, à l'abri de tout, dans leur grande villa d'Hossegor.

Olivier et Hélène se dirent qu'ils se reverraient. Elle ne le pensa pas. Elle partirait dès la fin des cours et enverrait un mot plus tard, lorsqu'elle serait loin. Elle n'avait même pas pu dire au revoir à Juliette. Hélène arrangea les fleurs en écoutant la moto s'éloigner dans cette rue du Château qu'elle avait hâte de quitter.

Olivier retourna chez Peyroulet. Tinou était sortie. Le Bouscarret, lui suggéra le grand-père. Olivier gardait encore en tête le regard pensif, le sourire un peu triste d'Agathe devant le bouquet de roses destiné à une inconnue. Il passa chez Nadine, la fleuriste des Allées qui lui faisait toujours de grands sourires. Elle l'appelait le « messager du bonheur » parce que, disait-elle, un facteur ne « devrait toujours porter que des bonnes nouvelles ». Il choisit un énorme bouquet de tournesols.

« Les premiers de la saison, tout frais, commenta Nadine. Mes soleils les plus beaux. »

Olivier trouva Agathe assise sous le pont blanc, là où l'Adour avait aménagé au fil des ans une petite berge de galets gris, bordée de saponaires. Elle rêvait et jetait de temps en temps des cailloux dans l'eau. Olivier était arrivé à pied, après avoir laissé sa moto devant le Café du Faubourg ; Agathe ne l'avait pas entendu.

Il s'arrêta sur le pont pour la regarder. Il lui parlerait, aujourd'hui. De ses projets, du nouveau concours qu'il avait décidé de passer. De Paris ou de Toulouse où il souhaitait l'emmener. De tout ce qu'il voulait découvrir avec elle et de tout ce qu'elle lui ferait découvrir. Il prit une fleur et commença à l'effeuiller, comme les garçons faisaient naguère avec les marguerites pour embêter les filles : « Je t'aime, un peu, beaucoup… » La litanie finissait toujours par « pas du tout », sauf pour certaines…

Olivier prit une autre tige. Les gros pétales jaunes tombèrent dans l'eau, emportés par le courant paisible, et se rejoignirent au hasard d'un tourbillon à peine esquissé. Agathe vit cette étrange couronne de fleurs venir vers elle, comme une offrande portée par l'eau, et repartir vers le centre de la rivière. Le soleil rasant accrocha les pétales dans sa lumière. Puis ils disparurent dans l'incandescence des reflets soulevés par les galets qui affleuraient. Agathe leva la tête. Elle aperçut Olivier, face au soleil, en pleine lumière, qui finissait d'énumérer à voix haute, pour qu'elle l'entende :

— Passionnément, à la folie, pas du tout…

Assis sur les marches, à côté du chèvrefeuille couvert de fleurs blanches qui embaumait le perron, Maurice Peyroulet savourait lui aussi le coucher de ce soleil de juin qu'il aimait tant. Il les vit arriver dans la cour, bras dessus, bras dessous, Brastous en éclaireur, l'air insolent.

— *Les bères ores, que s'en ban*[1], marmonna Maurice.

— Papoun, ne recommence pas… Le patois me fatigue.

— Ne dis pas cela, tête de *carnirot*[2]. Ça t'appartient, et tu voudrais le jeter aux orties ? On nous a pris assez de choses, tu ne crois pas ? C'est notre âme. Et puis, chacun

1. Les belles heures s'en vont.
2. Chardonneret.

peut se croire un peu poète avec le gascon. Tu ne crois pas, Olivier ?

— Je pense que oui, *moussu papoun*, répondit-il en riant.

— Bon, d'accord, reprit Agathe. On fait la paix.

— Alors, j'ai droit à un… « bisou », comme vous dites maintenant.

Lorsqu'elle revint dans la cour pour appeler Peyroulet à table, Olivier la tenait à la taille. Pour la première fois depuis longtemps, Maurice avait entendu, au loin dans la cuisine, le rire en cascade d'Agathe. Il les regarda et plissa ses petits yeux châtaigne. Ils le virent essuyer très vite une larme, qui mouillait un sourire ému.

— Eh bien, mon papoun… Qu'est-ce qui ne va pas ?

— Le papoun te répond que de pleurer est parfois plus doux que de rire.

PRODUCTION JEANNINE BALLAND

Romans « Terres de France »

Jean Anglade
Un parrain de cendre
Le Jardin de Mercure
Y a pas d'bon Dieu
La Soupe à la fourchette
Un lit d'aubépine
La Maîtresse au piquet
Le Saintier
Le Grillon vert
La Fille aux orages
Un souper de neige
Les Puysatiers
Dans le secret des roseaux
Sylvie Anne
Mélie de Sept-Vents
Le Secret des chênes
La Couze
Ciel d'orage sur Donzenac
Jean-Jacques Antier
Autant en apporte la mer
Marie-Paul Armand
La Poussière des corons
La Courée
tome I *La Courée*
tome II *Louise*
tome III *Benoît*
La Maîtresse d'école
La Cense aux alouettes
Nouvelles du Nord
L'Enfance perdue
Un bouquet de dentelle
Françoise Bourdon
La Forge au Loup
La Cour aux Paons
Annie Bruel
La Colline des contrebandiers
Le Mas des oliviers
Les Géants de pierre
Marie-Marseille
Jean du Casteloun
Michel Caffier
Le Hameau des mirabelliers
La Péniche Saint-Nicolas
Les Enfants du Flot
Jean-Pierre Chabrol
La Banquise
Alice Collignon
Un parfum de cuir
Didier Cornaille
Les Labours d'hiver
Les Terres abandonnées
La Croix de Fourche
Etrangers à la terre
L'Héritage de Ludovic Grollier
L'Alambic
Georges Coulonges
Les Terres gelées
La Fête des écoles
La Madelon de l'an 40
L'Enfant sous les étoiles
Les Flammes de la Liberté
Ma communale avait raison
Les blés deviennent paille
L'Eté du grand bonheur
Des amants de porcelaine
Le Pays des tomates plates
La Terre et le Moulin
Les Sabots de Paris
Yves Courrière
Les Aubarède
Anne Courtillé
Les Dames de Clermont
Florine
Dieu le veult
Les Messieurs de Clermont
L'Arbre des dames
Le Secret du chat-huant
Annie Degroote
La Kermesse du diable
Le Cœur en Flandre
L'Oubliée de Salperwick

Les Filles du Houtland
Le Moulin de la Dérobade
Les Silences du maître drapier
Alain Dubos
Les Seigneurs de la haute lande
La Palombe noire
La Sève et la Cendre
Le Secret du docteur Lescat
Elise Fischer
Trois Reines pour une couronne
Les Alliances de cristal
Alain Gandy
Adieu capitaine
Un sombre été à Chaluzac
L'Enigme de Ravejouls
Les Frères Delgayroux
Les Corneilles de Toulonjac
L'Affaire Combes
Les Polonaises de Cransac
Gérard Georges
La Promesse d'un jour d'été
Michel Hérubel
La Maison Gelder
La Falaise bleue
Tempête sur Ouessant
Le Démon des brumes
Denis Humbert
La Malvialle
Un si joli village
La Rouvraie
La Dent du loup
L'Arbre à poules
Les Demi-Frères
La Dernière Vague
Yves Jacob
Marie sans terre
Hervé Jaouen
Que ma terre demeure
Jean-Pierre Leclerc
Les Années de pierre
La Rouge Batelière
Louis-Jacques Liandier
Les Gens de Bois-sur-Lyre
Les Racines de l'espérance
Jean-Paul Malaval
Le Domaine de Rocheveyre
Les Vignerons de Chantegrêle
Jours de colère à Malpertuis
Quai des Chartrons
Dominique Marny
A l'ombre des amandiers
La Rose des Vents
Louis Muron
Le Chant des canuts
Henry Noullet
La Falourde
La Destalounade
Bonencontre
Le Destin de Bérengère Fayol
Le Mensonge d'Adeline
Frédéric Pons
Les Troupeaux du diable
Jean Siccardi
Le Bois des Malines
Les Roses rouges de décembre
Le Bâtisseur de chapelles
Jean-Michel Thibaux
La Bastide blanche
Le Secret de Magali
La Fille de la garrigue
Le Roman de Cléopâtre
La Colère du mistral
L'Homme qui habillait les mariées
La Gasparine
L'Or des collines
Jean-Max Tixier
Le Crime des Hautes Terres
La Fiancée du santonnier
Brigitte Varel
Un village pourtant si tranquille
Les Yeux de Manon
Emma
L'Enfant traqué
Le Chemin de Jean
L'Enfant du Trièves
Colette Vlérick
La Fille du goémonier
Le Brodeur de Pont-l'Abbé
La Marée du soir
Le Blé noir

Collection « Sud Lointain »

Jean-Jacques Antier
Le Rendez-vous de Marie-Galante
Marie-Galante, la Liberté ou la Mort

Erwan Bergot
Les Marches vers la gloire
Sud lointain
tome I *Le Courrier de Saigon*
tome II *La Rivière des parfums*
tome III *Le Maître de Bao-Tan*
Rendez-vous à Vera-Cruz
Mourir au Laos

Jean Bertolino
Chaman

Paul Couturiau
Le Paravent de soie rouge
Le Paravent déchiré

Alain Dubos
Acadie, terre promise

Dominique Marny
Du côté de Pondichéry
Les Nuits du Caire

Juliette Morillot
Les Orchidées rouges de Shanghai

Michel Peyramaure
Les Tambours sauvages
Pacifique Sud
Louisiana

Jean-Michel Thibaux
La Fille de Panama

Romans

Alain Gandy
Quand la Légion écrivait sa légende

Hubert Huertas
Nous jouerons quand même ensemble
La Passagère de la « Struma »

Michel Peyramaure
Le Roman de Catherine de Médicis

Impression réalisée sur CAMERON par

BUSSIÈRE CAMEDAN IMPRIMERIES

GROUPE CPI

à Saint-Amand-Montrond (Cher)
en janvier 2003

Composition : Nord Compo

N° d'édition : 7052. — N° d'impression : 030296/1.
Dépôt légal : janvier 2003.

Imprimé en France